Des Abends eisige Stille

SUSAN

Hill

Des Abends eisige Stille

ROMAN

Aus dem Englischen

von Susanne Aeckerle

Weltbild

Die englische Originalausgabe erschien 2005 unter dem
Titel *The Pure in Heart* bei Chatto & Windus, London.

Besuchen Sie uns im Internet:
www.weltbild.de

Genehmigte Lizenzausgabe für Verlagsgruppe Weltbild GmbH,
Steinerne Furt, 86167 Augsburg

Ein Unternehmen der Droemerschen Verlagsanstalt
Th. Knaur Nachf. GmbH & Co. KG, München.
Übersetzung: Susanne Aeckerle
Umschlaggestaltung: Atelier Seidel, Teising
Umschlagmotiv: Getty Images, Düsseldorf (© Ed Freeman)
Gesamtherstellung: CPI Moravia Books s.r.o., Pohorelice
Printed in the EU

ISBN 978-3-8289-9026-5

2011 2010 2009 2008
Die letzte Jahreszahl gibt die aktuelle Lizenzausgabe an.

Für meine überall verstreuten Maulwürfe

Selig sind, die reinen Herzens sind,
denn sie werden Gott schauen.

Matthäusevangelium

1

Im Frühlicht lag der Nebel weich und rauchig über der Lagune, und es war noch so kühl, dass Simon Serrailler froh um seine gefütterte, wasserabweisende Jacke war. Wartend stand er auf der leeren Fondamenta, den Kragen hochgeschlagen, eingehüllt in die gedämpfte Stille. Bei Tagesanbruch an einem Sonntagmorgen im März tat sich kaum etwas in diesem Teil Venedigs, in den nur wenige Touristen kamen; Sonntag war Ruhetag, und sogar die frühen Kirchgänger waren noch nicht auf den Beinen.

Er mietete hier stets dieselben zwei Zimmer über dem leeren Lagerhaus seines Freundes Ernesto, der jeden Moment anlegen würde, um Simon auf die andere Seite der Lagune zu bringen. Die Zimmer waren gemütlich und schlicht, erfüllt vom wunderbaren Licht des Wassers und des Himmels. Nachts war es ruhig, und von der Fondamenta aus konnte Simon an den abgelegenen Kanälen entlangwandern und nach Motiven für seine Zeichnungen Ausschau halten. In den vergangenen zehn Jahren war er mindestens einmal, wenn nicht zweimal pro Jahr hier gewesen. Es war sowohl Arbeitsplatz wie auch Schlupfloch aus seinem Leben als Detective Chief Inspector, genauso wie es ähnliche Zufluchtsorte in Florenz und Rom gab. In Venedig

fühlte er sich am meisten zu Hause, deshalb kehrte er immer wieder hierher zurück.
Das Tuckern eines Motors kündigte das Boot an, das gleich darauf neben ihm aus dem silbrigen Nebel auftauchte.
»Ciao.«
»Ciao, Ernesto.«
Das Boot war klein und zweckmäßig, ohne die romantischen Verzierungen traditioneller venezianischer Gondeln. Simon verstaute seine Segeltuchtasche unter dem Sitz und stellte sich neben den Bootsführer, der wendete und über das offene Wasser preschte. Der Nebel legte sich wie Spinnweben auf ihre Gesichter und Hände, und Ernesto verlangsamte für eine Weile die Fahrt, bis sie plötzlich eine Schneise durch den Dunstschleier zu schlagen schienen und in ein diesiges, gelbliches Licht gelangten, in dem Simon die vor ihnen liegende Insel erkennen konnte.
Er war schon mehrmals auf San Michele gewesen, war herumgewandert, hatte Eindrücke in sich aufgenommen – eine Kamera benutzte er nie –, und er wusste, dass er die Insel mit etwas Glück um diese Uhrzeit für sich allein haben würde, selbst ohne die schwarz gekleideten, arthritischen Witwen, die hier ihre Familiengräber in Ordnung hielten.
Ernesto sagte nicht viel. Er war kein redseliger Italiener. Er war Bäcker, arbeitete nach wie vor in der höhlenartigen Backstube, wie Generationen seiner Familie zuvor, und lieferte immer noch selbst das frische, warme Brot an den Kanälen aus. Aber er würde der Letzte seiner Familie sein, sagte er jedes Mal, wenn Simon kam; seine Söhne hatten kein Interesse, studierten in Padua und Genua, und seine Tochter war mit dem Geschäftsführer eines Hotels in der Nähe von San Marco verheiratet. Wenn Ernesto mit dem Backen aufhörte, würden die Öfen erkalten.

Venedig veränderte sich, venezianische Traditionen verschwanden, die Jugend blieb nicht, machte sich nichts aus dem harten Alltagsleben auf den Booten. Venedig würde bald sterben. Simon fand das schwer zu glauben, konnte die Prophezeiungen des nahenden Untergangs nicht recht ernst nehmen, wo doch die alte, magische Stadt immer noch da war, nach Tausenden von Jahren und trotz aller düsteren Vorhersagen, die über der Lagune schwebten.

Irgendwie, in irgendeiner Form würde die Stadt überleben, auch das echte Venedig, nicht nur die überfüllten und teuren Touristenviertel. Die Menschen, die an den abgelegeneren Wasserarmen jenseits der Zattere und der Fondamenta und an den Kanälen hinter dem Bahnhof lebten und arbeiteten, würden das auch noch in hundert Jahren tun, einander stützen und ihre Dienste in den Hotels und Touristenvierteln anbieten.

»Venedig stirbt«, wiederholte Ernesto jedoch, deutete auf San Michele, die Insel der Toten, bald würde das alles so sein, ein einziger großer Friedhof.

Sie legten am Landungssteg an, und Simon stieg mit seiner Tasche aus.

»Mittags«, sagte Ernesto. »Gegen zwölf.«

Simon winkte und ging zum Friedhof mit den gepflegten Wegen und den reich verzierten Marmorgrabmälern.

Das Motorengeräusch verklang fast sofort, worauf Simon nur noch seine eigenen Schritte, ein wenig Vogelgezwitscher und sonst nichts als die außerordentliche Stille vernahm.

Er hatte recht behalten. Niemand war hier – keine gebückten alten Frauen mit schwarzen Kopftüchern, keine Familien mit kleinen Jungs in langen Hosen und mit bunten Blumensträu-

ßen in der Hand, keine Gärtner, die Unkraut aus dem Kies zupften.
Es war immer noch kühl, aber der Nebel hatte sich gehoben, und die Sonne ging auf.
Vor zwei Jahren war ihm das Grabmal zum ersten Mal aufgefallen, und er hatte es im Hinterkopf behalten, doch in diesem Jahr war er hauptsächlich an den Marktständen gewesen, hatte die Berge von Obst, Fisch und Gemüse gezeichnet, die Menschen beim Einkaufen, die Standbesitzer, und er hatte weder Zeit noch Energie gehabt, sich auf die Friedhofsinsel einzulassen.
Er erreichte das Grabmal und blieb stehen. Es war von einem Engel mit gefalteten Schwingen gekrönt, an die drei Meter hoch, umgeben von drei Cherubim, alle mit gebeugten Köpfen und trauerndem Ausdruck, alle ernst, unbewegt schön. Obwohl in der Darstellung idealisiert, war sich Simon sicher, dass die Figuren nach lebenden Vorbildern gestaltet worden waren. Auf dem Grabstein stand die Jahreszahl 1822, die Gesichter der Engel waren typisch venezianisch, Gesichter, wie man sie noch heute sah, bei älteren Männern auf dem Vaporetto ebenso wie bei den jungen Männern und Frauen, die in ihrer Designerkleidung am Wochenende abends auf der Riva degli Schiavoni promenierten. Man sah solche Gesichter auf den großartigen Gemälden in den Kirchen, als Cherubim und Heilige und Jungfrauen und Prälaten und bei den einfachen Bürgern, die zu ihnen hinaufblickten. Simon war davon fasziniert.
Er fand einen Sitzplatz auf dem Rand eines benachbarten Grabmals und holte Zeichenblock und Bleistifte heraus. Er hatte auch eine Thermoskanne mit Kaffee und etwas Obst dabei. Es war immer noch diesig und nicht warm. Aber in den nächsten drei Stunden würde er ganz von seiner Arbeit in Anspruch ge-

nommen sein, sie nur gelegentlich unterbrechen, um sich auf den Friedhofswegen die Beine zu vertreten. Um zwölf würde Ernesto ihn wieder abholen. Simon würde seine Sachen in die Wohnung bringen, dann auf einen Campari und etwas zu essen in seine Stammtrattoria gehen. Später würde er ein wenig schlafen, bevor er einen Spaziergang in den geschäftigeren Teilen der Stadt machte, vielleicht mit dem Vaporetto den Canal Grande hinauf- und hinunterfahren, nur um es zu genießen, zwischen den alten, zerfallenden, vergoldeten Häusern auf dem Wasser zu sein und zu sehen, wie die Lichter angingen.
Seine Tage waren fast unterschiedslos. Er zeichnete, ging spazieren, aß und trank, schlief, schaute. Er dachte nicht viel an zu Hause und sein anderes Arbeitsleben.
Doch diesmal …
Er wusste, warum es ihn nach San Michele und zu den Statuen der trauernden Engel zog, aus demselben Grund, aus dem er die dunklen, weihrauchgeschwängerten kleinen Kirchen in abgelegenen Ecken der Stadt aufgesucht hatte, herumgegangen war und dieselben alten Witwen in Schwarz mit ihren Rosenkränzen hatte knien oder Kerzen anzünden sehen.
Der Tod von Freya Graffham, die unter seiner Leitung als Detective Sergeant nur so kurze Zeit im Polizeirevier von Lafferton gearbeitet hatte, war ihm viel nähergegangen, als er erwartet hatte. Seit ihrer Ermordung war ein Jahr vergangen, und die entsetzliche Tat verfolgte ihn immer noch ebenso wie die Tatsache, dass sie seine Gefühle auf eine Art angesprochen hatte, die er sich vor ihrem Tod nicht hatte eingestehen wollen.
Simons Schwester Cat Deerborn hatte gesagt, er erlaube sich nur, tiefer für Freya zu empfinden, weil sie tot sei und deshalb unfähig zu reagieren und daher keine Bedrohung mehr darstellte.

Hatte er sich bedroht gefühlt? Er wusste, was seine Schwester meinte, aber vielleicht war das bei Freya anders gewesen.
Simon verlagerte das Gewicht und verschob den Skizzenblock auf den Knien. Er zeichnete nicht die ganze Statue, sondern einzeln die Gesichter des Engels und der Cherubim; er wollte noch einmal wiederkommen, um das Grabmal als Ganzes zu zeichnen und dann an jeder Zeichnung zu arbeiten, bis er zufrieden war. Seine nächste Ausstellung würde die erste in London sein. Alles musste stimmen.

Eine halbe Stunde später stand er auf, um sich die Beine zu vertreten. Der Friedhof lag immer noch verlassen, und die Sonne stand jetzt höher am Himmel, wärmte sein Gesicht, als er den Pfad zwischen den schwarzen, weißen und grauen Grabsteinen entlangging. Während dieses besonderen Venedigaufenthalts hatte Simon sogar mehrfach überlegt, ob er nicht ganz hierher ziehen sollte. Er hatte seinen Beruf immer mit Leidenschaft ausgeübt – als Einziger seiner Familie, die seit drei Generationen Ärzte waren, hatte er einen abweichenden Weg eingeschlagen –, aber die Anziehungskraft eines anderen Lebens, das Zeichnen und vielleicht ein Leben im Ausland, um sich dem ganz zu widmen, war seit Freyas Tod zunehmend stärker geworden.
Er war fünfunddreißig. Nicht mehr lange, und er würde zum Superintendent befördert werden. Was er auch wollte.
Was er nicht wollte.
Er kehrte zu den trauernden Engeln zurück. Doch der Pfad war nicht mehr leer. Ernesto kam auf ihn zu und hob den Arm, als er Simon sah.
»Ciao – ist was passiert?«
»Ich komme dich abholen. Da war ein Anruf.«

»Aus dem Revier?«

»Nein, von der Familie. Dein Vater. Er will, dass du ihn sofort zurückrufst.«

Simon verstaute Block und Bleistifte wieder in der Segeltuchtasche und folgte Ernesto rasch zum Landungssteg.

Ma, dachte er, ihr ist etwas passiert. Seine Mutter hatte vor zwei Monaten einen leichten Schlaganfall gehabt, die Folge von zu hohem Blutdruck und zu viel Stress, aber sie hatte sich gut erholt, und es waren anscheinend keine Nachwirkungen zurückgeblieben. Cat hatte ihm gesagt, es gebe keinen Grund, seine Reise abzublasen. »Ihr geht's gut, es war kein schwerer Anfall, Si. Es gibt keinen Grund, warum sie noch einen haben sollte. Außerdem, wenn was wäre, könntest du schnell genug zurück sein.« Und genau das musste er tun, dachte er, als er neben Ernesto über das inzwischen sonnengesprenkelte Wasser zurückfuhr.

Überraschend war nur, dass nicht Cat, sondern sein Vater angerufen hatte. Richard Serrailler missbilligte Simons Berufsentscheidung, sein künstlerisches Schaffen, sein Junggesellenleben – kurz, alles an ihm.

»Klang er besorgt?«

Ernesto zuckte die Schultern.

»Hat er meine Mutter erwähnt?«

»Nein. Nur, dass du anrufen sollst.«

Das Motorboot schoss auf die Fondamenta zu, wendete geschickt und hielt an.

Simon legte Ernesto die Hand auf den Arm. »Du bist ein guter Freund. Danke, dass du mich abgeholt hast.«

Ernesto nickte nur.

Simon rannte die Treppe vom leeren Lagerhaus in seine Räume hinauf und warf Tasche und Jacke auf den Boden. Die Telefonverbindung hatte sich seit Einführung des digitalen Telefonnetzes verbessert, und er hörte das Tuten in Hallam House.
»Serrailler.«
»Ich bin's, Simon.«
»Ja.«
»Geht es Mutter gut?«
»Ja. Ich habe wegen deiner Schwester angerufen.«
»Cat? Was ist passiert?«
»Martha. Sie hat eine Lungenentzündung. Man hat sie ins Kreiskrankenhaus von Bevham gebracht. Wenn du sie noch lebend sehen möchtest, solltest du nach Hause kommen.«
»Selbstverständlich, ich …«
Aber das Telefon war tot. Richard Serrailler verschwendete keine Worte, schon gar nicht an seinen Polizistensohn.

Es gab einen Abendflug nach London, aber Simon musste erst eine halbe Stunde telefonieren und dann noch einen Bekannten bei der italienischen Polizei um Hilfe bitten, damit er einen Platz bekam. Der Rest des Tages verging mit Packen und dem Aufräumen der Wohnung. Ernesto brachte ihn zum Flughafen, daher kam Simon erst in dem vollbesetzten Flugzeug zum Nachdenken. Und er hatte vorher tatsächlich nicht nachgedacht. Der Anruf seines Vaters war ein Befehl gewesen, und Simon hatte ohne Fragen gehorcht. Sein Verhältnis zu Richard Serrailler war so schlecht, dass Simons Verhalten vergleichbar war mit dem gegenüber seinen Vorgesetzten bei der Polizei und genauso emotionslos.
Er saß über der Tragfläche, hatte daher wenig Möglichkeit, beim Start auf die Lagune hinunterzuschauen, was ihm ganz recht

war, da er Venedig, seinen Zufluchtsort, seine Arbeit und seine ruhigen, abgeschiedenen Räume diesmal noch weniger gern als sonst verlassen hatte. Durch die Stadt zu gehen, über die Brücken und die Plätze, unter den schmalen kleinen Durchgängen zwischen den hohen alten Häusern zu sitzen, zu schauen und zu zeichnen, sich mit Ernesto und seinen Freunden abends bei einem Glas Wein zu unterhalten – das war ein ganz anderer Simon Serrailler als der DCI in Lafferton, mit einem anderen Lebensstil, anderen Interessen und vollkommen veränderten Prioritäten. Während der Reise bewegte er sich von dem einen zum anderen, aber heute wurde er ohne den üblichen entspannten Übergang in sein Alltagsleben zurückgeschleudert.
Die Anschnallzeichen waren erloschen, und der Getränkewagen wurde durch den Gang geschoben. Simon bat um einen Gin Tonic und eine Flasche Mineralwasser.
Simon Serrailler war ein Drilling. Seine Schwester Cat, eine praktische Ärztin, war die Zweite, ihr Bruder Ivo, Arzt in Australien, der Dritte. Martha war zehn Jahre später zur Welt gekommen, als Richard und Meriel Serrailler Mitte vierzig waren; sie war geistig und körperlich schwerstbehindert und hatte den größten Teil ihres Lebens in einem Pflegeheim verbracht. Martha würde Simon erkennen oder auch nicht. Das wusste keiner.
Der Anblick seiner Schwester bewegte ihn immer zutiefst. Mal lag sie im Bett, mal saß sie im Rollstuhl, ihr Körper aufgerichtet und angeschnallt, ihr Kopf abgestützt. Bei gutem Wetter schob er sie in den Garten und auf den Wegen zwischen den Büschen und Blumenbeeten hindurch. Sonst saßen sie in ihrem Zimmer oder in einem der Aufenthaltsräume. Es gab nichts, was er ihr mitbringen konnte. Er redete mit ihr, hielt ihre Hand und küsste sie, wenn er kam und wieder ging.

Über die Jahre hatte er sich weniger Gedanken darüber gemacht, ob sie ihn erkannte oder etwas von seiner Gesellschaft hatte, und auch falls seine Besuche für sie keine Bedeutung hatten, wurden sie für ihn wichtig, in ähnlicher Weise wie seine Besuche in Italien. Bei Martha war er jemand anderer. Die Zeit, die er neben ihr verbrachte, ihre Hand hielt, nachdachte, leise redete, ihr half, durch den Strohhalm zu trinken oder vom Löffel zu essen, erfüllte und beruhigte ihn und führte ihn von allem anderen in seinem Leben fort.

Sie war mitleiderregend, hässlich, sabbernd, kommunikationsunfähig, kaum ansprechbar, und als Junge hatte er sie peinlich gefunden und sich unbehaglich gefühlt. Martha hatte sich nicht verändert. Er hatte sich verändert.

Seine Eltern erwähnten sie gelegentlich, aber über ihre Situation wurde weder ausführlich noch im Detail gesprochen, und die Gespräche blieben stets gefühllos. Was empfand seine Mutter für sie und wie dachte sie über Martha? Sein Vater besuchte Martha regelmäßig, sprach jedoch nie darüber.

Wenn es ihr schlecht ging, wurde ihr Zustand immer sehr rasch akut, und doch hatte sie fünfundzwanzig Jahre lang überlebt. Erkältungen führten zu Bronchitis und dann zu Lungenentzündung. »*Wenn du deine Schwester noch lebend sehen willst …*« Aber all das war schon öfter passiert. Würde sie diesmal sterben? War er deswegen traurig? Wie konnte er? Wie konnte das überhaupt jemand? Wünschte er sich ihren Tod? Simon war verwirrt. Aber er musste darüber reden. Sobald er in Heathrow gelandet war, würde er Cat anrufen.

Er trank noch einen Schluck Gin. Im Gepäckfach über seinem Kopf lagen zwei Skizzenblöcke voll neuer Zeichnungen, aus denen er die besten aussuchen würde, um sie für die Ausstellung fertigzustellen. Vielleicht hatte er doch genug zusammen und hätte in den zusätzlichen fünf Tagen in Venedig nur noch herumgelungert.

Als sein Drink leer war, zog er einen kleinen Skizzenblock heraus, den er immer bei sich trug, und zeichnete die kunstvoll geflochtenen, mit Perlen verzierten Zöpfe der jungen Afrikanerin im Sitz vor ihm.

Das Flugzeug flog dröhnend über die Alpen.

2

Ich bin's.«

»Hallo!« Erfreut wie immer, die Stimme ihres Bruders zu hören, machte sich Cat Deerborn für einen gemütlichen Plausch bereit. »Warte mal, Si, ich muss mich bloß noch richtig hinsetzen.«

»Geht's dir gut?«

»Alles prima, ich weiß nur nicht mehr, wie ich es mir bequem machen soll.«

Cats Baby, ihr drittes Kind, sollte in wenigen Wochen zur Welt kommen.

»Okay, besser krieg ich es nicht mehr hin … Aber hör zu, es kostet doch ein Vermögen, per Handy aus Italien anzurufen, soll ich dich zurückrufen?«

»Ich bin in Heathrow.«

»Was …?«

»Dad hat angerufen. Er hat gesagt, ich solle lieber nach Hause kommen, wenn ich meine Schwester noch lebend sehen will.«

»Oh, sehr taktvoll ausgedrückt.«

»Wie immer.«

»Ma und ich hatten beschlossen, es dir nicht zu sagen.«

»Warum?«

»Weil du den Urlaub dringend nötig hattest und es nichts gibt, was du tun kannst. Martha erkennt dich sowieso nicht …«

»Aber ich sie.«

Cat verstummte. Dann sagte sie: »Natürlich. Entschuldige.«

»Lass nur. Hör zu, ich werde erst spät ankommen und fahre dann direkt ins Krankenhaus.«

»Gut. Chris ist bei einem Hausbesuch, aber es kann gut sein, dass er auch noch vorbeischaut, wenn er in der Gegend ist. Kommst du morgen zu uns raus? Ich kriege meinen dicken Bauch nicht mehr hinters Steuer.«

»Was ist mit Ma?«

»Ich weiß einfach nicht, was sie empfindet, Si, du kennst das ja. Sie geht ins Krankenhaus. Sie geht nach Hause. Manchmal kommt sie zu uns, aber sie spricht nicht darüber.«

»Was ist denn genau passiert?«

»Das Übliche – Erkältung, dann Bronchitis, dann Lungenentzündung … Wie oft haben wir das jetzt schon durchgemacht? Ich glaube allerdings nicht, dass ihr Körper noch dagegen ankämpfen kann. Sie hat kaum auf die Behandlung reagiert, und Chris sagt, sie überlegen jetzt, wie aggressiv sie vorgehen sollen.«

»Arme kleine Martha.«

Die Stimme ihres Bruders, besorgt und zärtlich, hallte in Cats Ohr wider, als sie auflegte. Tränen traten ihr in die Augen, wie so häufig während der Schwangerschaft … Selbst der Anblick eines der Plüschtiere ihrer Tochter, das aufgeweicht im regennassen Gras lag, hatte Cat an diesem Nachmittag zum Weinen gebracht. Unbeholfen stemmte sie sich vom Sofa hoch. Sie hatte es vergessen. Hatte fast alles darüber vergessen, wie es einem in der Schwangerschaft ging. Sam war jetzt achteinhalb und Hannah sieben. Das dritte Kind war nicht geplant gewesen.

Chris und sie führten zu zweit eine Hausarztpraxis und waren bis an die Grenzen ihrer Zeit und Energie ausgelastet. Aber obwohl sie so rasch wie möglich wieder Sprechstunden abhalten wollte, wusste Cat, dass sie, realistisch betrachtet, für die nächsten sechs Monate größtenteils ausfallen und das Jahr danach nur halbtags würde arbeiten können. Außerdem gewann sie, je näher die Entbindung rückte, zunehmend Gefallen an der Vorstellung, Zeit mit dem Baby zu Hause verbringen, den anderen beiden mehr Zeit widmen zu können und nicht schon so schnell zu der anstrengenden Schinderei in einer Arztpraxis zurückkehren zu müssen. Ein viertes Kind würde es nicht geben. Dieses hier war kostbar. Sie würde die Zeit genießen.

Sie lag auf dem Sofa und versuchte zu schlafen, konnte aber ihre Gedanken nicht abstellen. Wie seltsam und doch typisch von ihrem Vater, in Venedig anzurufen, mit solchen Worten. *»Wenn du deine Schwester noch lebend sehen willst, solltest du besser nach Hause kommen.«*

Und wie oft besuchte er Martha? Cat hatte ihn nur selten den Namen ihrer Schwester aussprechen hören, und er hatte sie einst wütend gemacht, als er Martha in Gegenwart von Sam und Hannah »den Krüppel« genannt hatte. Schämte er sich dafür, ein gehirngeschädigtes Kind zu haben? Oder war er wütend? Warf er es sich selbst oder Meriel vor?

Und aus welchem Grund hatte er Simon angerufen, das andere Kind, für das er nichts übrig hatte?

Simon, Cats Drillingsbruder, der Mensch, den sie, neben ihrem Mann und ihren Kindern, am meisten liebte.

Der Kater Mephisto tauchte aus dem Nichts auf, sprang auf das Sofa neben sie und rollte sich zusammen.

Und dann schliefen sie alle drei ein.

3

Die Straßen waren dunkel und fast leer, obwohl es noch vor zehn war. Nur das Kreiskrankenhaus Bevham war hell erleuchtet, und als Simon Serrailler in die Einfahrt bog, wurde er von einem Krankenwagen mit heulenden Sirenen überholt, der auf die Notaufnahme zuraste.

Simon hatte immer gerne nachts gearbeitet, schon vom ersten Tag als uniformierter Constable an, und er mochte es auch jetzt noch, wenn er gelegentlich nächtliche Einsätze leitete. Ihn befeuerte das Gefühl der Dringlichkeit, die Art, wie sich alles verschärfte, jede Bewegung und jedes Wort bedeutsam zu sein schien, aber auch die merkwürdige Nähe, erzeugt durch das Wissen, dass sie eine wichtige und manchmal gefährliche Arbeit leisteten, während der Rest der Welt schlief.

Auf dem halbleeren Parkplatz stieg er aus und schaute zu dem großen Klotz des Krankenhauses, neun Stockwerke hoch und mit mehreren niedrigeren Gebäuden im rechten Winkel dazu. Venedig war Lichtjahre entfernt, doch für einen kurzen Augenblick schoss ihm ein Bild des Friedhofs auf San Michele im kühlen Licht des Sonntagmorgens durch den Kopf, die Bänder der Kieswege und die bleichen, stillen, trauernden Statuen. Wie hier im Krankenhaus hatten sich so viele Gefühle angestaut,

steckten in jeder Ritze, dass man sie einatmete und spürte und roch.
Er ging durch die Glastüren. Tagsüber glich die Eingangshalle des Krankenhauses der eines Flugplatzes, mit all den kleinen Läden und dem ständigen Menschengewimmel. Das Kreiskrankenhaus Bevham war ein Lehrkrankenhaus für mehrere Fachrichtungen mit einer riesigen Belegschaft und vielen Patienten. Jetzt, da die Ambulanzräume und Büros im Dunkeln lagen, machte sich wieder die echte Krankenhausatmosphäre auf den ruhigen Fluren breit. Lichter hinter Stationstüren, das Quietschen eines Medikamentenwagens, eine leise Stimme, klirrende Ringe auf einer Vorhangstange ... Simon ging langsam Richtung Intensivstation, und die Atmosphäre, das Gefühl von Leben und Tod so eng beieinander, legte sich auf ihn, erhöhte seinen Pulsschlag.
»Chief Inspector?«
Er lächelte. Einer der wenigen Menschen, die ihn hier beruflich kannten, war zufällig die diensthabende Schwester.
Die Station machte sich für die Nacht bereit. Vorhänge wurden um ein oder um zwei Betten gezogen, in einer Seitenstation ging Licht an. Im Hintergrund das schwache Piepsen und Summen der Monitore. Der Tod schien nahe zu sein, als lauerte er im Schatten oder hinter einem Vorhang, die Hand an der Tür.
»Sie liegt in einem Nebenzimmer.« Schwester Blake führte ihn durch die Station.
Ein Arzt mit aufgekrempelten Ärmeln, das Stethoskop um den Hals, kam aus einem der Zimmer und ging, nach einem Blick auf seinen Piepser, eilends davon.
»Die werden auch immer jünger.«
Schwester Blake sah über ihre Schulter. »Bald haben wir Sech-

zehnjährige.« Sie blieb stehen. »Ihre Schwester ist hier drin … Alles ist ruhig. Dr. Serrailler war fast den ganzen Tag bei ihr.«

»Wie sind die Aussichten?«

»Menschen in der Verfassung Ihrer Schwester sind anfällig für Thoraxinfektionen … Na ja, das wissen Sie bereits, sie hatte sie oft genug. Die gesamte Physiotherapie der Welt kann lebenswichtige Bewegung nicht ersetzen.«

Martha hatte nie laufen gelernt. Sie hatte das Gehirn eines Babys und verfügte über so gut wie keine motorischen Funktionen. Sie hatte nie gesprochen, nur stammelnde und gurrende Laute von sich gegeben, hatte nie Kontrolle über ihren Körper erlangt. Sie hatte im Bett gelegen, auf Stühlen und Rollstühlen gesessen, der Kopf ihr Leben lang von einem Gestell gehalten. Als sie noch klein war, hatte die Familie sie abwechselnd herumgetragen, aber sie war immer bleischwer gewesen, und keiner hatte sie mehr hochheben können, nachdem sie drei Jahre alt war.

»Hier ist das Stationstelefon, leider nicht besetzt … zu wenig Personal, wie gewöhnlich. Ich komme, wenn Sie mich brauchen.«

»Danke, Schwester.«

Simon öffnete die Tür von Zimmer C.

Als Erstes traf ihn der Geruch – der Geruch von Krankheit, den er immer verabscheut hatte; doch der Anblick seiner Schwester in dem hohen, schmalen und unbequem wirkenden Bett schnitt ihm ins Herz. Die Monitore, an die sie mit verschiedenen Kabeln angeschlossen war, blinkten, im durchsichtigen Infusionsbeutel am Ständer stiegen hin und wieder Blasen auf, während der Inhalt Tropfen für Tropfen in ihre Armvene lief.

Aber als er näher ans Bett trat und auf Martha hinunterblickte, wurden die Apparate unsichtbar, bedeutungslos. Simon sah die

Schwester, die er immer gesehen hatte. Martha. Hirngeschädigt, reglos, bleich, schwer, ein wenig Speichel im leicht geöffneten Mundwinkel. Martha. Wer wusste, was sie je von ihrem Leben, der Welt, ihrer Umgebung, den Menschen, die sie pflegten, der Familie, die sie liebte, wahrgenommen hatte? Niemand hatte je richtig mit ihr kommunizieren können. Ihr Bewusstsein und Verständnis waren geringer als das eines Haustiers.

Und doch … war da ein Lebensfunke in ihr gewesen, auf den Simon von Anfang an reagiert hatte und der ihn tiefer und stärker berührte als Mitgefühl oder auch nur ein Gefühl einfacher Verwandtschaft mit jemandem von seinem eigenen Fleisch und Blut. Bevor sie nach Ivy Lodge gekommen war, hatte er sie oft in den Garten getragen oder sie im Auto festgeschnallt und sie meilenweit herumgefahren, in der Gewissheit, dass sie es genoss, aus dem Fenster zu schauen, hatte sie im Rollstuhl durch die Straßen geschoben, um ihr Abwechslung zu bieten. Und er hatte immer mit ihr gesprochen. Sicherlich hatte sie seine Stimme gekannt, wenn sie auch nicht ahnen konnte, was die Laute bedeuteten, die diese Stimme hervorbrachte. Später, wenn er sie im Pflegeheim besuchte, war ihm die gespannte Stille aufgefallen, die über sie kam, sobald sie ihn sprechen hörte.

Er liebte sie, mit einer seltsamen reinen Liebe, die keine Anerkennung oder Reaktion erhalten kann und sie auch nicht fordert.

Ihr Haar war gebürstet worden und lag auf dem hohen Kissen locker um ihren Kopf. Ihr Gesicht zeigte weder Charakter noch Ausprägung; die Zeit schien ohne Auswirkung darüber hinweggeglitten zu sein. Aber Marthas Haar, das man aus Rücksicht auf das Pflegepersonal immer kurz geschnitten hatte, war in letzter Zeit länger geworden und schimmerte im Licht der Deckenlampe, dasselbe Weißblond wie sein eigenes.

Simon zog sich einen Stuhl heran, setzte sich und griff nach ihrer Hand.
»Hallo, Liebling, hier bin ich.«
Er sah in ihr Gesicht, wartete auf diese leichte Veränderung ihres Atems, das Zittern ihrer Lider, was darauf hindeutete, dass sie Bescheid wusste, ihn hörte, ihn spürte, und er sich getröstet, beruhigt fühlen konnte.
Die grünen und weißen fluoreszierenden Linien auf dem Monitor liefen in kleinen, regelmäßigen Wellen weiter über den Bildschirm.
Ihr Atem war flach, strömte rasselnd in ihre Lunge und wieder hinaus.
»Ich war in Italien, habe gezeichnet … viele Gesichter. Menschen in Cafés, Menschen auf dem Vaporetto. Venezianische Gesichter. Dieselben Gesichter, wie man sie auf den berühmten Gemälden von vor fünfhundert Jahren sehen kann, ein Gesicht, das sich nicht verändert, nur die Kleidung ist modern. Ich sitze in den Cafés, trinke Kaffee oder Campari und schaue mir einfach die Gesichter an. Niemand stört sich daran.«
Er sprach weiter, aber ihr Gesichtsausdruck blieb unverändert, ihre Augen öffneten sich nicht. Sie war weiter weg, tiefer unten und unerreichbarer denn je.
Er blieb eine Stunde lang, seine Hände über ihren, redete leise mit ihr, als besänftige er ein verängstigtes Kind.
Draußen wurde ein Medikamentenwagen durch den Flur geschoben. Jemand rief etwas. Simon überkam eine gewaltige Müdigkeit, und für einen Moment hätte er am liebsten seinen Kopf neben Martha auf das Bett gelegt, um zu schlafen.
Das Zuschwingen der Tür ließ ihn hochschrecken.
»Si.«
Sein Schwager, Cats Ehemann Chris Deerborn, kam ins Zim-

mer. »Ich dachte mir, du könntest das brauchen.« Er hielt ihm einen Styroporbecher mit Tee hin. »Cat hat mir erzählt, dass du hergekommen bist.«
»Martha sieht nicht gut aus.«
»Nein.«
Simon stand auf und streckte seinen Rücken, der immer schmerzte, wenn er zu lange saß. Er war einen Meter zweiundneunzig groß.
Chris legte die Hand auf Marthas Stirn und sah auf die Monitore.
»Was meinst du?«
Chris zuckte die Schultern. »Schwer zu sagen. Sie hat all das schon früher gehabt, aber jetzt spricht eine Menge gegen sie.«
»Alles.«
»Viel hat sie sowieso nicht vom Leben.«
»Können wir uns da sicher sein?«
»Ich glaube schon«, erwiderte Chris sanft.
Sie blickten auf Martha hinunter, bis Simon seinen Tee ausgetrunken hatte und den Becher in den Abfalleimer warf.
»Jetzt schaffe ich es nach Hause. Danke, Chris. Ich bin fix und fertig.«
Sie gingen zusammen. An der Tür blickte Simon sich um. Seit seiner Ankunft hatte sich nichts geändert, kein Zucken, kein Anzeichen dafür – abgesehen vom rasselnden Atmen und dem stetigen Klicken des Monitors –, dass der Körper im Bett einer lebendigen jungen Frau gehörte. Er ging zurück, beugte sich über Martha und küsste ihr Gesicht. Die Haut war feucht und leicht flaumig, wie die Haut eines neugeborenen Babys.
Simon glaubte, sie nicht lebend wiederzusehen.

4

Gunton?«

Natürlich musste es was zu meckern geben, sogar heute, bloß um ihn wissen zu lassen, dass sich nichts geändert hatte, nicht bis um acht am nächsten Morgen.

Er drehte sich um.

Hickley hielt eine Harke hoch. »Nennst du das sauber?«

Andy Gunton ging zurück in den langen Schuppen, wo alle Gartengeräte untergebracht waren. Er hatte den Schlamm so sorgfältig wie immer von der Harke gekratzt. Falls Hickley, der einzige Schließer, mit dem er nie zurechtgekommen war, einen Dreckfleck zwischen den Zinken gefunden hatte, dann hatte er den selbst dahin gemacht.

»Keine dreckigen Geräte, du weißt, wie das läuft.« Hickley schob Andy die Harke vors Gesicht.

Nur zu, bedeutete die Geste, mach nur, wehr dich, werd frech, geh mit der Harke auf mich los … Tu es, und ich lass dich für einen weiteren Monat einbuchten, worauf du dich verlassen kannst.

Andy nahm die Harke und trug sie zu der Werkbank unter dem Fenster. Sorgfältig wischte er jede Zinke ab, fuhr mit dem Tuch durch die Zwischenräume und rieb dann immer wieder über den Stiel. Hickley beobachtete ihn mit verschränkten Armen.

Hinter dem Fenster lag der verlassene Gemüsegarten, die Arbeit für diesen Tag war beendet. Einen einzigen, seltsamen Moment lang dachte Andy Gunton, ich werde ihn vermissen. Ich habe Samen ausgesät, deren Früchte ich nicht ernten werde, ich habe Pflanzen eingesetzt, um deren Wachstum ich mich nicht mehr kümmern kann.

Er erwischte sich bei diesen Gedanken und hätte beinahe gelacht.

Andy drehte sich um und reichte dem Wärter die erneut gesäuberte Harke zur Prüfung. Er nahm es Hickley nicht übel. Es gab immer so einen. Hickley war nicht wie die anderen Schließer, die sie mehr wie Lehrer ihre Schüler behandelten und damit das Beste aus ihnen herausholten. Für Hickley waren sie nach wie vor Knastbrüder, der Feind. Abschaum. War Andy Abschaum? In den ersten paar Wochen hinter Gittern hatte er sich so gefühlt. Er war von dem Ganzen völlig niedergeschmettert, vor allem aber von der Realität, die er nicht in seinen Kopf bekam, nämlich dass er hier saß, weil er während eines verpfuschten Raubüberfalls aus Panik einen unschuldigen Mann geschubst hatte und der Mann auf dem Beton aufgeschlagen war, sich den Schädel gebrochen hatte und gestorben war. Das Wort *Mörder* war in seinem Kopf herumgerollt wie eine Murmel in einer Schüssel, *Mörder, Mörder, Mörder*. Was war ein Mörder anderes als Abschaum?

Er wartete, während der Wärter die Harke überprüfte. Mach schon, leg sie unters Mikroskop, na los, du wirst nicht den kleinsten Fleck finden.

Aber Hickley würde ihm nicht alles Gute wünschen, würde eher ersticken, als ihm zu seiner endgültigen Entlassung zu gratulieren. »Lass dich von dem Drecksack nicht fertigmachen«, hatte ihm jemand vor achtzehn Monaten, an seinem ersten Tag hier draußen, geraten. Daran dachte Andy wieder, als er ohne ein Wort oder einen Blick zurück auf Hickley aus dem Schuppen trat und durch den Gemüsegarten zum Ostflügel der offenen Strafvollzugsanstalt Birley ging.

Durch einen Ventilator im Küchentrakt wurde der Geruch nach gekochten Eiern zu ihnen geblasen; aus einem offenen Fenster war das Geräusch eines Pingpongballs auf der Tischtennisplatte zu hören, pock-pock, pock-pock.

Einmal, während seiner ersten Woche im Stackton-Gefängnis, hatte ein Schließer ihn sagen hören: »Es gibt immer ein erstes Mal«, und hatte zurückgefaucht: »Nein, Gunton, es gibt nicht immer ein erstes Mal, aber so sicher wie das Höllenfeuer immer ein letztes.«

In seinem damaligen verstörten und niedergeschlagenen Zustand, vor über vier Jahren, hatten sich die Worte in sein Gedächtnis gebohrt wie ein Pfeil in die Zielscheibe und waren dort hängengeblieben.

Es gibt immer ein letztes Mal. Er blieb an der Tür zu seinem Wohntrakt stehen und schaute sich um. Der letzte Arbeitstag. Zum letzten Mal eine Harke gereinigt. Die letzte Konfrontation mit Hickley. Die letzten gekochten Eier mit Rote-Beete-Salat und Kartoffeln. Das letzte Billardspiel. Die letzte Nacht in dem Bett. Letzte. Letzte. Letzte.

Sein Magen rumpelte kurz, als die schwindelerregenden Gedanken an die Außenwelt wieder einsetzten. Er war schon draußen gewesen, zuerst bei Einkäufen mit einem Schließer, dann beim Ausliefern des Gemüses, aber es war nicht dasselbe, das wusste er. Der offene Strafvollzug lockerte die Fesseln Stück für Stück, aber man trug sie nach wie vor, man gehörte immer

noch nach drinnen und nicht nach draußen, war immer noch dadurch bestimmt, wo man aß und schlief, welche Gesellschaft man hatte, welche Vergangenheit, warum man hier war.
Dem Körper wurde erlaubt, nach draußen zu gehen, aber der Geist blieb hinter Gittern, konnte nicht, wagte nicht, das in sich aufzunehmen.
Er schloss die Tür auf. Die Spätnachmittagssonne berührte die pilzfarbene Wand und ließ sie noch schmuddeliger aussehen. Hier musste dringend gestrichen werden. Am Anfang hatten sie sich wohl sehr angestrengt, waren sicherlich stolz darauf gewesen, dass es möglichst wenig nach Gefängniszelle aussah und die Gemeinschaftsräume mehr wie ein Jugendclub und die Anstalt wie ein Bürogebäude. Doch jetzt musste alles erneuert, frisch gestrichen, möbliert, ersetzt werden, wozu sie nie zu kommen schienen.
Das letzte Mal, das letzte Mal, das letzte Mal. Raus hier. Raus …
Andy öffnete das Fenster. Ihm fielen die ersten Tage ein, als er sich nicht an diese kleinen Dinge hatte gewöhnen können, wie das Fenster öffnen zu dürfen, wenn er es wollte. Er hatte es immer wieder gemacht, das Fenster geöffnet und geschlossen, geöffnet und geschlossen.
Er lehnte sich hinaus. Morgen würde dieser Raum jemand anderem gehören. Ein anderer Mann würde vom geschlossenen in den offenen Strafvollzug kommen und alles erneut machen. Das Fenster öffnen. Es schließen. Öffnen. Schließen, immer wieder. Morgen.
Es klopfte an der Tür, und Spike Jones trat ein, bevor Andy »Herein« sagen konnte. Spike war in Ordnung.
»Die Jungs wollen Fußball spielen.«
»Nee.«

»Warum nicht?«
»Hab meine Stollenschuhe schon abgegeben.«
»Ach so. Nimmst du Kylie Minogue mit?«
»Kannst du haben.«
Spike lachte, nahm das aufgerollte Poster, das am Schrank lehnte. Er hatte noch zehn Monate in Birley abzusitzen und schon seit langem ein Auge auf das Poster geworfen.
»Du hängst doch hier nicht rum und grübelst, oder?«
»Verpiss dich.«
Grübeln. Andy drehte sich wieder zum offenen Fenster um. Grübeln. Nein. Das war am Anfang gewesen, in den ersten Tagen und Wochen in Stackton, wo er Tag und Nacht nicht hatte unterscheiden können und gedacht hatte, er würde verrückt. Grübeln. Das hatte er nicht mehr getan, seit er hierher gekommen war und im Gemüsegarten zu arbeiten begonnen hatte. Und er dachte nicht dran, es wieder aufzunehmen.
Der Abend verging, wie alle zuvor, und darüber war er froh. Er hätte es nicht anders gewollt. Er aß in der Kantine, stand mit ein paar anderen draußen und sah beim von Flutlicht erleuchteten Fußballspiel zu, rauchte eine Selbstgedrehte, ging wieder hinein und spielte eine Stunde Billard. Um zehn war er in seinem Zimmer, schaute sich im Fernsehen *The West Wing* an.

Verwirrt und schwitzend wachte er aus einem Alptraum auf. Scheinwerfer entlang der äußeren Umzäunung sorgten dafür, dass es nie ganz dunkel wurde. Es war kurz nach drei.
Der Schock dessen, was passieren würde, traf ihn erneut und jagte ihm solche Angst ein, dass sich sein Magen verkrampfte und seine Kehle eng wurde. Viereinhalb Jahre Gefängnisleben: sich anpassen lernen, eine Fassade errichten, sein eigenes Selbst so weit verbergen, dass er kaum mehr wusste, was dieses Selbst

war, Routine, Regeln, Lernen und jedes nur mögliche Gefühl empfinden, viereinhalb Jahre Schwanken zwischen Wut und Verzweiflung, Akzeptanz und Hoffnung und wieder zurück. In fünf Stunden würden die viereinhalb Jahre zu Ende sein. In fünf Stunden würde er draußen sein. In fünf Stunden würde ihm dieses Zimmer, dieser Ort nichts mehr bedeuten und, mehr noch, er würde denen hier nichts mehr bedeuten. Geschichte. Sein Name aus dem Register gestrichen, sein Gesicht vergessen.

Fünf Stunden.

Andy Gunton legte sich auf den Rücken. Wenn es schon nach einer viereinhalbjährigen Strafe so war, wie musste es für diejenigen sein, die nach fünfzehn Jahren und mehr rauskamen? Empfanden sie auch diese plötzliche Panik bei dem Gedanken, ohne Wände zu sein, ohne Stützen, ohne die abstumpfende Routine, die nach kurzer Zeit das Einzige war, an das man sich zur Sicherheit klammerte?

Er dachte an die erste Woche in Stackton. Da war er zwanzig gewesen. Und hatte keine Ahnung gehabt. Der Gestank und der Krach, die toten Gesichter und misstrauischen Augen, das Bedürfnis, nicht unbedingt auszubrechen oder wegzulaufen, sondern einfach zu verschwinden, sich aufzulösen, das dröhnende Schnarchen von Joey Butler, seinem ersten Zellengenossen, an das er sich nie gewöhnt hatte, nie tief genug schlafen zu können, die roten, juckenden Stellen auf seiner Haut, die nach zwei Nächten auf der Gefängnismatratze zu Ekzemen geworden und erst hier richtig verheilt waren – all das fiel ihm wieder ein, er erlebte alles erneut, lag wach und schaute auf den trüben Schein der Lampen an der Wand. Sie behaupteten, es würde einem entweder das eine oder das andere antun. Es raubte einem die Seele, so dass man sich nie wieder selbst gehörte, sondern für immer dem Gefängnis und alles tat, um wieder hineinzukommen, oder es jagte einem schreckliche Angst ein, man wurde verändert, durchgekaut und ausgespuckt. Geheilt. Er war in dem Moment geheilt worden, als er seine eigene Kleidung abgab und die Gefängnisuniform anzog. Da hätten sie ihn gehen lassen können. Es hatte funktioniert. Er würde nicht zurückkehren.

Wie hätte er ahnen können, dass er sich so fühlen würde, viereinhalb Jahre später, voller Angst rauszukommen, sich an das Vertraute klammerte, sich halbwegs danach sehnte, einen Fehler begangen zu haben, eine weitere Strafe absitzen zu müssen, damit dieser Raum in der kommenden Nacht noch seiner war?

Er starrte weiter auf das Licht an der Wand, bis es sich zu verändern begann und in der Morgendämmerung zu einem weichen Grau wurde.

5

Simon Serrailler hatte tief geschlafen und wachte um acht Uhr vom Schlagen der Kathedralenuhr auf.

Die Wohnung, die er mit liebevoller Sorgfalt eingerichtet hatte, war kühl und still, erfüllt von dem milden Licht eines Märzmorgens. Er zog seinen Morgenmantel an und tappte in das langgestreckte Wohnzimmer, vorhanglos und friedvoll mit den glänzenden Ulmenböden, den Büchern, dem Klavier, den Bildern. Das Licht am Anrufbeantworter blinkte nicht. Niemand hatte ihn angerufen, um ihm mitzuteilen, dass seine Schwester gestorben war.

Er füllte Bohnen in die Kaffeemühle und Wasser in den Filter. In einer halben Stunde würden die ersten Autos auf ihre Parkplätze vor dem Haus biegen, und die Geräusche der früh zur Arbeit Gekommenen würden durch das Treppenhaus hallen. Der Rest des georgianischen Gebäudes war längst in Büros für diverse Diözesanorganisationen und zwei Anwaltskanzleien umgewandelt worden. Simon besaß die einzige Privatwohnung im Haus. Normalerweise war er um acht schon auf dem Revier und kam oft erst nach sieben heim, daher traf er selten jemand, der hier arbeitete – während des Tages hatte das Gebäude ein eigenes Leben, von dem er wenig wusste. Das passte ihm gut, so

zurückhaltend und reserviert, wie er war, zufrieden in seinen stets ordentlichen Räumen. Er übte seinen Beruf mit Begeisterung aus, hatte bislang fast jeden Tag seines Polizeidienstes genossen, aber sein Rückzugsort hier war ihm äußerst wichtig.
Mit dem Kaffeebecher in der Hand trat er zu den drei Zeichnungen, die gerahmt an der Wand neben den hohen Fenstern hingen. Sie stammten von seiner letzten Venedigreise, und er sah sofort, dass sie besser waren als alles, was er in den wenigen Tagen dort zu Papier gebracht hatte. Es klappte schon seit längerer Zeit nicht recht mit dem Zeichnen, so verstört, wie er seit den Ereignissen des vergangenen Jahres war. Der Mord an Freya Graffham hatte ihn schwer getroffen, und nicht nur, weil der Tod eines Polizeikollegen stets ein Schlag war, von dem man sich nur mühsam erholte.
Nein, sagte er, ging mit energischen Schritten zurück in die Küche, um sich mehr Kaffee zu holen. Fang nicht damit an, nicht schon wieder.
Er zog Jeans und ein Sweatshirt an und holte die Segeltuchtasche mit seinen Zeichensachen. In den Büros begann die Arbeit, Stimmen drangen durch halboffene Türen, Wasserkessel pfiffen in Kochnischen. Seltsam, dachte Simon. Das Gebäude wirkte anders, gehörte nicht mehr ihm. Seltsam. Seltsam, an einem Wochentag Jeans zu tragen statt eines Anzugs, seltsam, hier zu sein, statt über einen venezianischen Kanal zu blicken. Seltsam und verwirrend.
In raschem Tempo fuhr er aus Lafferton hinaus.

Auch das Krankenhaus wirkte wie ein anderer Ort. Er hatte Schwierigkeiten, einen Parkplatz zu finden, die Eingangshalle war voller Menschen auf dem Weg zu ihren Ambulanz-Sprechstunden, Pfleger schoben Rollstühle, Gruppen von Studenten

standen herum, Blumen wurden geliefert, zwei Frauen bauten einen Wohlfahrtsstand auf. Hier unten war der Geruch nach Antiseptika kaum wahrnehmbar.
Der Aufzug war voll, auf den Stationen war es laut. Irgendwer ließ einen Eimer fallen und fluchte. Aber in Marthas Zimmer hatte sich nichts verändert. Die Monitore piepsten, die fluoreszierenden grünen Wellenlinien schlängelten sich über die Bildschirme, die Flüssigkeit in dem Plastikbeutel über ihrem Kopf tropfte langsam. Zuerst meinte Simon, auch seine Schwester sehe unverändert aus, aber als er näher trat, erschien ihm ihre Haut etwas dunkler. Ihre Haare waren feucht, ihre Augenlider zart, wie die weiche Haut von Pilzen.
Er fragte sich, wie er es bei jedem Wiedersehen tat, wie viel in ihrem Kopf vorging, was sie erkannte und begriff, ob sie denken konnte, und wenn ja, wie tief ihre Gedanken waren. Dass sie etwas *fühlte*, bezweifelte er nicht. Ihre Gefühle hatten ihn stets bewegt, denn sie äußerte sie wie ein Baby, weinte und lachte oft unvermittelt und aus vollem Herzen, hörte genauso schnell wieder damit auf, wobei es ihm immer schwergefallen war, zu erkennen, was diese Gefühle hervorrief, ob sie damit auf etwas Äußerliches oder Innerliches reagierte.
Ihre Behinderung wirkte sich derart auf ihre Gesichtszüge aus, dass es schwer war, Familienähnlichkeiten zu entdecken, aber für Simon hatte das ihre Einzigartigkeit nur noch verstärkt.
Er zog einen Stuhl nahe an ihr Bett.

Er war so ins Zeichnen vertieft, dass er das Öffnen der Tür nicht bemerkte. Er wollte den Geist seiner Schwester einfangen, indem er sie auf Papier von den medizinischen Apparaten befreite, die sie umgaben, und als er ihr Haar betrachtete, die Biegung ihrer Nasenlöcher unter der breiten Nase und die

Wimpern, wie feine Pinselstriche auf ihrer Wange, erkannte er, dass sie schön war, so wie ein Kind schön ist, weil weder Zeit noch Erfahrung auf ihrem Gesicht in irgendeiner Weise Spuren hinterlassen hatten. Während er mit den feinsten Bleistiftstrichen ihre Lider zeichnete, hielt er fast den Atem an.
»Oh, Liebling …« Auf ihrem Kopf glitzerten Regentropfen. »Cat hat mir erzählt, dass du zurück bist.«
Sie betrachteten die stille, eigentümlich flache Gestalt auf dem Bett.
»Es tut mir so leid.«
»Das muss es nicht.«
»Jedes Mal, wenn ich durch diese Tür trete, fühle ich mich zerrissen«, sagte Meriel Serrailler. »Befürchte, dass sie tot ist. Hoffe, dass sie tot ist. Bete, aber ich weiß nicht, zu wem oder für was.« Sie beugte sich vor und hauchte einen Kuss auf Marthas Stirn.
Simon zog den Stuhl für sie zurück.
»Du warst dabei, sie zu zeichnen.«
»Das wollte ich schon lange.«
»Armes kleines Mädchen. War die Visite schon da?«
»Bisher nicht. Ich habe gestern Abend mit Schwester Blake gesprochen. Und Chris ist gekommen.«
»Es ist hoffnungslos, so oder so. Aber niemand will das aussprechen.«
Er legte seiner Mutter die Hand auf den Arm, doch sie wandte sich ihm nicht zu. Sie klang – wie immer, wenn sie über Martha sprach – kühl, distanziert, professionell. Die Wärme in ihrer Stimme, den anderen der Familie so vertraut, schien zu fehlen. Simon ließ sich nicht täuschen. Er wusste, dass sie Martha genauso sehr liebte wie ihre anderen Kinder, allerdings mit einer vollkommen anderen Liebe.

Seine Zeichnung lag auf der Bettdecke. Meriel griff danach.
»Merkwürdig«, sagte sie. »Schönheit, aber kein Charakter.« Dann wandte sie sich ihm zu. »Und du?« Sie sah ihn mit irritierender Direktheit an. Ihre Augen glichen denen von Cat und Ivo, sehr rund, sehr dunkel, nicht wie seine eigenen blauen. Sie wartete, ruhig und gefasst. Simon nahm ihr die Zeichnung ab und bedeckte sie mit einer Schutzfolie.
»Ich wünschte, dein Vater hätte dich nicht angerufen. Du hast den Urlaub nötig.«
»Urlaub kann ich auch später noch nehmen. Ich wollte eine Tasse Tee trinken gehen. Soll ich dir welchen mitbringen?«
Aber seine Mutter schüttelte den Kopf. Von der Tür schaute Simon zurück und sah, dass sie ihrer Tochter sanft das Haar aus dem Gesicht strich.

6

Komm zu uns raus … Iss mit mir zu Mittag.«
»Vielleicht morgen.«
»Warum erst dann?«
»Ich fahre zum Hylam Peak … Ist ein guter Tag zum Wandern. Ich besorg mir da was zu essen.«
»Grübelst du?«
»Nicht so richtig.«
»Ich ruf dich später an.«
Simon legte auf. Seine Schwester kannte ihn zu gut. Grübeln? Ja. Wenn er sich so fühlte, war er keine gute Gesellschaft, musste Abstand zwischen sich und Zuhause bringen und, wie Cat es mal ausgedrückt hatte, das Grübeln aus sich herausmarschieren. Es war alles, der abrupte Aufbruch aus Venedig, Martha und immer noch die Nachwirkungen des vergangenen Jahres. Am kommenden Mittwoch musste er wieder arbeiten. Wenn, dann musste er jetzt grübeln.

Hylam Peak lag inmitten einer Hügelkette, die sich westlich von Lafferton über dreißig Meilen erstreckte, zu erreichen über eine gewundene Straße durch offenes Moorland. Ein paar feuchte Dörfer schmiegten sich in den Schatten der tiefen Einschnitte zwischen den Gipfeln. Im Sommer waren die Wege voll langsam vorankommender Wandergruppen, Bergsteiger hingen mit ihren Seilen wie Spinnen an den felsigen Vorsprüngen. Die Berge waren die Spielwiese von Bevham. Die Leute kamen aus der Stadt, um ihre Drachen und Modellflugzeuge fliegen zu lassen, zum Gleitschirmfliegen und Mountainbikefahren.

Während des restlichen Jahres, besonders bei schlechtem Wetter, kam niemand. An solchen Tagen gefiel es Simon am besten, wenn er oben auf dem Hylam Peak saß, umgeben vom Blöken der Schafe und den Schreien der Bussarde mit Blick über drei Grafschaften, und zeichnen, nachdenken, ja sogar auf den trockenen Grasbüscheln schlafen konnte und mit niemandem sprechen musste.

Er fragte sich, wie Menschen tagein, tagaus in Familien und an überfüllten Arbeitsplätzen, in Bussen, Zügen, geschäftigen Straßen überleben konnten, ohne solche einsamen Rückzugsorte in wildem, leerem Land.

Er war der Einzige auf dem umzäunten Gelände, das als Parkplatz diente. Bevor er nach seiner Segeltuchtasche griff, aktivierte er das Lenkradschloss und verriegelte die Türen. Nur eine alte Decke blieb im Auto, und es waren weder ein Radio noch ein CD-Spieler eingebaut. Der Park mochte jetzt zwar leer sein, aber Orte wie dieser waren zu allen Jahreszeiten leichte Ziele für Diebe.

Anderthalb Stunden später saß er allein auf einem Felsen oben am Gipfel. Die Märzsonne jagte Schatten wie Hasen über die Landschaft unter ihm. Die Luft war klar und mit dem melancholischen Blöken Hunderter einheimischer, langfelliger Schafe erfüllt, die über die Hügel verstreut grasten.

Er fühlte sich träge. Unzählige Male war er hier oben gewesen

und hatte die Gipfel und die darüberziehenden Wolken gezeichnet, genauso wie Schafe, zu jeder Jahreszeit, bei jedem Wetter, bis es, zumindest im Moment, für ihn keine lohnenden Motive mehr gab.
Grübeln, hatte Cat gesagt. Aber jetzt, wo er hier oben war, fühlte er sich in der kühlen Frühlingsluft leicht benommen und grübelte nicht. Die Sonne schien ihm ins Gesicht. Er legte sich auf den Rücken und verschränkte die Hände unter dem Kopf. Eine einzelne Lerche schraubte sich in den blauen Himmel und höher hinauf in die Helligkeit darüber.
Ihr Gesang wurde abgeschnitten und übertönt vom Rattern eines Hubschraubers, dessen Schatten auf Simons Gesicht fiel und die Sonne auslöschte. Erschrocken setzte er sich auf. Das Ding flog mit wirbelnden Rotorblättern dicht über die Gipfel. Simon meinte, mit ausgestreckter Hand die Kufen berühren zu können, und als der Hubschrauber nach Osten über das Tal flog, waren innen die Umrisse von zwei Personen zu erkennen. Es war weder ein Krankentransporter noch ein Polizeihubschrauber, sondern ein privater, soweit er das beurteilen konnte.
Verschreckte Schafe flohen in ihrer Panik die Hänge nach allen Richtungen hinauf und hinunter, um von dem Krach und dem gleitenden Schatten fortzukommen. Der Hubschrauber selbst war längst außer Sichtweite, bis sich die Stille wieder einstellte. Die Lerche nahm ihren Gesang nicht wieder auf.
Simon erhob sich und hängte sich die Segeltuchtasche über den Rücken. Der hässliche Lärm und der Anblick des Hubschraubers hatten seinen Frieden und das wohlige Gefühl zerstört, genauso wie es die Schafe aufgeschreckt und den Vogel zum Schweigen gebracht hatte.
Er schlug den Pfad ein, der steil vom Gipfel hinunterführte, und folgte den Wegweisern nach Gardale.

7

Das Bett war abgezogen, die Matratze unbedeckt, Laken und Decken neben der Tür gestapelt. An der Wand waren helle Stellen, wo Andys Poster, der Kalender und die Fotos gehangen hatten. Seine Tasche stand zu seinen Füßen, gepackt, der Reißverschluss zugezogen. Bereit.

Er war bereit.

War schon seit sechs Uhr bereit.

Nur war er nicht bereit, merkte Andy. Er war voller Panik. Sein Magen war ihm schon zweimal in die Hose gerutscht, und er hatte zum Klo rennen müssen.

Er dachte an die Tage und Nächte, die mit der Vorstellung dieses Morgens vergangen waren, der Planung, dem Träumen davon, dem Zählen der Stunden bis dahin. Und jetzt war der Augenblick da, und er schiss sich vor Angst fast in die Hose.

Er verstand, warum so viele, kaum dass sie draußen waren, einen dicken Stein durch ein Schaufenster warfen oder einer Frau die Handtasche klauten. Alles nur, um in die Sicherheit zurückzukommen, wie das Rennen zum Abschlagmal auf dem Spielplatz in der Kinderzeit.

Es war anders, wenn jemand auf einen wartete, Kinder auf einen zugerannt kamen, eine Frau sich nach einem verzehrte,

dann konnte man dieser Bruchbude hier nicht schnell genug den Rücken kehren.
Er schüttelte sich, stand auf und machte dreißig Liegestützen. Er war fit, dafür hatte die Arbeit im Gemüsegarten, das viele Fußball- und Basketballspielen gesorgt. Schwitzend ließ er sich auf die Matratze zurücksinken. Also gut, sagte er, okay, du bist fit und du hast da draußen eine Zukunft.
Hoffst du.
Er drehte sich auf die Seite und schlief wieder ein.

Die Straßen waren überflutet, und der Sturm blies so stark, dass sich Andy auf dem Bahnsteig kaum halten konnte. Er ging wieder in die Bahnhofsgaststätte. Der Zug war mit fünfundvierzig Minuten Verspätung angekündigt worden, wegen Unterspülung der Gleise.
Die Leute redeten darüber. Er holte sich noch einen Becher Tee und einen Doughnut.
Vor einer Stunde war er mit seiner Tasche in der Hand aus dem Gefängnistor gekommen, zusammen mit zwei anderen, von denen er sich jedoch rasch getrennt hatte; außerdem waren diese von Angehörigen abgeholt worden. Familie. Er hatte keine Feierlichkeit erwartet, war aber doch schockiert gewesen, wie schnell alles vorbei war. Die Sachen, die sie für ihn aufbewahrt hatten, waren auf dem Tresen vor ihm ausgebreitet, überprüft und abgezeichnet worden; er hatte sein Geld und seine Zugfahrkarte bekommen, hatte mit den anderen im Durchgang gestanden, dann vor dem Ausgang und dann waren sie zum Tor hinaus. Das Klirren der Schlüssel, zum letzten Mal.
Regen, der einem ins Gesicht schlug, und ein Sturm, der einen fast umwarf.
»In der Simpson Street hat es ein Auto komplett umgeworfen.«

»Acht Bäume, hat jemand gesagt.«
»Kann nicht sein, in der ganzen Stadt gibt's keine acht Bäume.«
»Die Kinder waren nicht in der Schule, zu gefährlich.«
»Das halbe Dach von der St.-Nicholas-Kirche ist weggeflogen.«
Andy saß da, den Becher zwischen den Händen. Er kam sich unwirklich vor. Leute redeten, standen auf und setzten sich, kamen in die Gaststätte und gingen hinaus, und keiner beachtete ihn. Keiner wusste, woher er gerade gekommen war.
Was würde passieren, wenn sie es täten?
Es lag nicht daran, dass er allein hier draußen war, sich einen Becher Tee und einen Doughnut kaufte, auf einen Zug wartete, das machte ihm alles nichts aus. Es lag daran, dass ihn niemand beobachtete, niemand Notiz von ihm nahm. Viereinhalb Jahre lang war er nicht unsichtbar gewesen, doch nun war er es.
Der Sturm drückte plötzlich gegen die Türen, schwang sie weit auf, ließ einen leeren Stuhl zu Boden krachen. Ein Kind in einem roten Anorak schrie.
Andy dachte an seine Mutter. Sie hatte ihn nur ein halbes Dutzend Mal besucht, war mit gebeugtem Kopf und vor Scham zu Boden gerichtetem Blick in den Besucherraum geschlurft, danach war sie mehrfach im Krankenhaus gewesen und dann zu krank. Er hatte sie nicht als die verschrumpelt aussehende Person vor Augen, sondern als die Mutter, zu der er gerannt war, als die Freunde von Mo Thompson seine Finger mutwillig in der Tür eingequetscht hatten, die Mutter, die ihn schließlich gefunden hatte, als sie ihn in einen Schuppen gezerrt und im Dunkeln eingesperrt hatten, nachdem sie ihm erzählt hatten, die kratzenden Geräusche auf dem Dach kämen von Ratten. Das damals war seine Mutter gewesen, mit dicken Armen und roten Händen, bereit, seine Peiniger bis aufs Blut zu verprü-

geln, mit einer Nebelhornstimme, die man noch drei Straßen weiter hören konnte. Sie war geschrumpft. Ihr Mantel hatte graue Flecken gehabt, und in ihren Halsfalten war Dreck gewesen. Wenn sie sich über den Tisch im Besucherraum beugte, hatte sie streng gerochen.

Die Frau hinter der Theke versuchte, eine der Türen mit Zeitungspapier festzuklemmen, aber sie wurde ihr aus der Hand gerissen, und jetzt schwappte das Regenwasser herein und lief über den braunen Linoleumboden.

Drei Männer kamen ihr zu Hilfe. Sie holte einen Mopp und einen Plastikeimer und begann die Flutwelle des Regenwassers zurückzuschieben.

Das Kind aß einen Schokoriegel und brüllte gleichzeitig, während die Fensterscheiben im Sturm ratterten.

Andy wollte wieder zurück. Hier war es nicht sicher, der Boden schien unter seinen Füßen zu schwanken, und die Tatsache, dass niemand seinen Namen kannte, ängstigte ihn.

Draußen wurde ein Teil eines Blechdachs abgerissen und krachte auf den Zement.

Mam, murmelte Andy Gunton leise, und es war die Frau mit den dicken Armen und den roten Händen, an die er sich wandte, Mam.

Aus den Lautsprechern kam unverständliches Gekrächze, vielleicht die Ansage für seinen Zug, vielleicht wurde aber auch das Ende der Welt angekündigt.

Das Licht ging aus, und eine Sekunde lang erstarrten alle, schwiegen alle, selbst das Kind.

Das Wetter hatte sie überrascht. Schwerer Regen und starke Winde waren vorhergesagt worden, aber doch kein solcher Hurrikan, der mitten an einem Montagvormittag derartige Schäden und ein solches Chaos anrichten würde. Der Strom in

der Bahnhofsgaststätte ging nicht wieder an, und auch die Züge fuhren erst wieder am späteren Nachmittag.
»Wie, zum Teufel, soll ich das denn schaffen?«
Die Mutter des Kindes hatte noch ein Baby in einem Buggy und dazu zwei Koffer. Wegen der Bahnsteigänderung, verursacht durch das Unwetter, musste sie die Eisenbrücke überqueren. Sie war in Tränen aufgelöst, die Kinder waren todmüde, und der Regen prasselte immer noch herab.
»Kommen Sie«, hörte Andy sich sagen. Er nahm die Koffer, trug sie über die Brücke und holte dann noch den Buggy. Der andere Bahnsteig war gefährlich überfüllt. Der Regen floss im breiten Strom in den Rinnen entlang.
»Behalten Sie das kleine Mädchen auf dem Arm, ich mach die Tür auf und besetze einen Sitzplatz, nur keine Bange.«
»Was hätte ich bloß sonst gemacht?«, sagte die Frau immer wieder. »Ich weiß nicht, was ich ohne Sie gemacht hätte.«
»Jemand anders hätte sich um Sie gekümmert.«
»Man kann nicht jedem trauen, wissen Sie, die Menschen sind seltsam. Ihnen kann ich vertrauen.«
Andy sah sie an. Sie meinte es ernst. Später, dachte er, würde er das Komische daran begreifen.
»Wohin fahren Sie denn?«
»Nach Lafferton. In der Nähe von Bevham.«
»Das ist ja ganz auf der anderen Seite des Landes.«
»Ja.«
»Fahren Sie nach Hause?«
Er antwortete nicht. Er wusste es nicht.
»Was machen Sie beruflich?«
Er öffnete den Mund. Der Regen lief ihm am Hals entlang in sein Hemd. »Gemüsegärtnerei.« Aber der Zug fuhr ein. Sie war mit ihren Kindern beschäftigt und hatte ihn nicht gehört.

Andy warf sich gegen eine Tür, als sie an ihm vorbeiglitt, und als die Klinken freigegeben wurden, stürzte er in den Zug, drängelte sich zu einem Sitz durch, warf die Koffer der Frau darauf, ging zurück und hob die Kinder herein.
»Sie sind ein Heiliger, wissen Sie das, wie hätte ich es sonst schaffen sollen? Ich hätte es nie geschafft. Sie verdienen einen Orden.«

Sein eigener Zug kam erst eine Stunde später. Inzwischen waren auch die Lichter wieder an, und der Wind hatte sich etwas gelegt, doch es regnete nach wie vor in Strömen.
Es gab keinen Sitzplatz und keinen Speisewagen. Andy setzte sich im Gang auf seine Tasche, eingeklemmt neben einem Jungen mit einem Walkman, aus dem blecherne Geräusche drangen.
Michelle wissen zu lassen, wann er ankam, war unmöglich gewesen, und inzwischen kam es auch kaum mehr darauf an. Der Zug hielt ständig an, für ein paar Minuten oder eine halbe Stunde. Nach einer Weile schlief Andy im Sitzen ein. Als er aufwachte, war es draußen dunkel.
Er überlegte, wo die Frau mit den Kindern wohl war.
Der Junge stupste ihn mit dem Ellbogen an und reichte ihm eine Bierdose.
»Prost. Wo kommt das denn her?«
»Hatte welche in meiner Tasche.«
Andy nahm einen großen Schluck von dem lauwarmen, schäumenden Bier.

Vier Stunden später ging er den Zementweg zum Haus seiner Schwester hinauf. Es regnete immer noch. Die ganze Straße war mit Lärm erfüllt, Fernsehlärm, Musiklärm, Lärm von schrei-

enden Kindern und brüllenden Erwachsenen. Die orangefarbenen Straßenlaternen beleuchteten einen Plastiktraktor vor seinen Füßen.
»Verdammt, du hast dir aber Zeit gelassen.« Seine Schwester Michelle sah eher wie vierzig aus als wie dreißig, und im Flur hinter ihr roch es nach Frittieröl. Sie hatte ihn zweimal im Gefängnis besucht, ganz am Anfang, bevor sie nach der Scheidung von dem ersten Nichtsnutz Pete Tait geheiratet und eine neue Kinderproduktion begonnen hatte.
»Wo warst du denn bloß?«
Andy folgte ihr durch das Haus in die hinten gelegene Küche, wo der Frittiergeruch am stärksten war. Fett spritzte aus einer Pfanne mit Pommes frites an die Fliesentapete. Er ließ seine Tasche fallen.
»Es hat gestürmt. Sturmböen und Überflutungen, aber vielleicht hast du ja nicht aus dem Fenster geschaut.«
»Ha, ha, ha, ich musste da verdammt noch mal durchwaten, um die Gören wegzubringen, ja? Sind deswegen keine Züge gefahren?«
»So was in der Art.«
»Hattest du schon deinen Tee?«
»Nein.«
Seine Schwester seufzte und hielt die Kesseltülle unter den Wasserhahn. Aus dem Fernseher im Nebenzimmer drang das ohrenbetäubende Geräusch quietschender Autoreifen.
Andy setzte sich an den Tisch. Sein Kopf schmerzte, er war hungrig und durstig, vollkommen erledigt. Er wollte nicht hier sein. Er wollte zu Hause sein. Wo war zu Hause? Es gab kein Zuhause. Michelle kam dem noch am nächsten.
»Du musst entweder auf der Couch schlafen oder zusammen mit Matt in seinem Zimmer.«

»Mach dir keine Mühe. Ich nehm die Couch.«

»Na ja, Pete will rund um die Uhr fernsehen, wir haben Sky, er schaut Sport.«

»Gut, dann Matts Zimmer. Hab doch gesagt, mach dir keine Mühe.«

Er sah auf. Seine Schwester starrte ihn an, während sie sich eine Zigarette anzündete. Ihm bot sie keine an.

»He, ich bin's, dein Bruder.«

»Du siehst gar nicht anders aus«, sagte sie schließlich durch eine Rauchwolke. »Älter vielleicht.«

»Ich *bin* älter. Fast fünfundzwanzig.«

»Du meine Güte.«

Sie stellte ihm einen Becher Tee hin. »Pete sagt, du kannst bleiben, bis du was findest. Werden die von der Bewährungshilfe dir was besorgen?«

»Hör zu, wenn du willst, dass ich austrinke und gehe, dann sag das, Michelle.«

»Ist mir egal. Was wirst du denn den ganzen Tag machen?«

»Arbeiten.«

»Hast du doch noch nie.«

»Werd ich aber.«

»Was denn? Was kannst du denn?«

»Hab eine Ausbildung bekommen.«

Das Pommesfett spritzte gefährlich. Sie zog die Pfanne vom Gas. »Was, im Postsäckenähen?«

»Du hast keine Ahnung. Bist ja nicht gekommen, um es rauszufinden.«

»Ich hab dir geschrieben, oder? Hab dir Zeug geschickt, hab dir Fotos von den Kindern geschickt. Um da hinzukommen, musste man ja quer durchs halbe Land fahren, und Pete war nicht gerade scharf drauf.«

Pete Tait. Soldat, als Michelle ihn geheiratet hatte, war aber entlassen worden, nachdem er beim Geländetraining von einer Mauer gefallen war und sich den Rücken verletzt hatte. Jetzt saß er in einem Kabuff, starrte von zwei Uhr nachmittags bis Mitternacht auf den Überwachungsmonitor eines Einkaufszentrums. Das wusste Andy aus den kurzen, hingekritzelten Briefchen, die Michelle ihm ein halbes Dutzend Mal pro Jahr geschickt hatte.

»Die besorgen mir eine Unterkunft. Wohnung oder so.«

»Willst du Bohnen oder Tomaten?« Michelle öffnete eine Dose Corned Beef.

»Was du hast.«

Gebackene Bohnen. Corned Beef. Pommes frites. Tomaten. Gefängnisfraß. Er stand auf und goss sich noch einen Becher Tee ein. Die Frau mit dem Gepäck und den Kindern fiel ihm ein. Komisch. Man begegnete Menschen. Redete mit ihnen. Sie verschwanden. Man sah sie nie wieder. All diese Männer in all den Gefängnissen. Die sah man nie wieder.

»Schauen die Kinder fern?«

»Die sind im Bett. Es ist halb zehn. Ich gehör nicht zu denen, die sie die ganze Nacht aufbleiben lassen.«

Sie stellte ihm den Teller mit seinem Essen hin.

Also rasten die Autos ganz allein im Fernseher herum.

»Ich hab seit halb sieben nichts gegessen.«

»Willst du dann auch Brot und Butter?«

Andy nickte, den Mund voller Bohnen und Pommes frites.

Michelle setzte sich ihm gegenüber.

»Ich will nicht, dass meine Kinder wie die anderen hier werden, und ich will auch nicht, dass sie von dir irgendwelches Zeug hören.«

Zeug. Das Zeug lag Jahre zurück, in einem anderen Leben. Er

dachte kaum mehr daran. Seit über fünf Jahren war er in keiner Hinsicht mehr dieser Neunzehnjährige gewesen.

»Werden sie nicht.«

»Bei den Sicherheitsdiensten werden immer irgendwelche Jobs frei. Pete könnt ein gutes Wort für dich einlegen, aber ich weiß nicht, was die für Fragen stellen.«

»Die stellen Fragen.«

»Irgendwas musst du machen.«

»Ich hab's dir doch gesagt.«

»Was denn? Du bist immer noch nicht damit rausgerückt.«

Im Fernseher heulten Polizeisirenen.

»Stellst du den nie ab?«

»Wen?«

»Du weißt nicht mal, dass er an ist, oder?«

»Ich hab mich grad erst hingesetzt, verdammt, war den ganzen Tag auf den Füßen. Außerdem will Pete, dass er läuft, wenn er heimkommt.«

»Das ist doch erst in drei Stunden.«

»Halt die Klappe, wer zum Teufel glaubst du, dass du bist, mir vorzuschreiben, wie ich mein Haus zu führen hab, mein Leben zu leben hab, du kommst hier nach fünf Jahren Knast an und hast verdammtes Glück, dass Pete nicht gesagt hat, nein, tut mir leid, keine Chance, der kommt mir nicht ins Haus, aber das hat er nicht. Er hat gesagt, du könntest kommen.«

»Sehr nett von ihm.«

»Hör zu …«

»Gemüsegärtnerei.«

»Was?«

»Das hab ich gelernt. Die haben da eine große Gemüsegärtnerei, wir haben Läden beliefert, Hotels, Schulen. Ein riesiges Unternehmen.«

»Was, umgraben und so, Kartoffeln ausbuddeln? Klingt nach harter Arbeit. Das hast du doch noch nie gekonnt.«
»Aber jetzt kann ich es.«
»Die besorgen dir einen Job zum Umgraben?«
»Da hängt viel mehr dran als Umgraben.«
»Kannst du Hecken schneiden? Vorn ist eine, die geschnitten werden müsste, und wenn dir danach ist, hinten den Zement aufzuhacken, könnte ich ein paar Blumen pflanzen.«
»Ist mir nicht.«
»Haben sie dir Geld gegeben, als du rausgekommen bist?«
»Ich hab welches verdient. Die bewahren das für einen auf.«
»Also, wenn du so weiterisst wie jetzt …«
Andy griff hinter sich in seine Jacke. Er zog den Plastikgeldbeutel heraus, den man ihm an diesem Morgen mit dem verdienten Geld gegeben hatte, und warf ihn auf den Tisch.
»Nimm dir raus, was du willst«, sagte er und sah Michelle an. »Ich kann ja nicht erwarten, dass meine Schwester mir was umsonst gibt.«
Über die lauten, sich heftig streitenden Männerstimmen im Fernseher hinweg begann ein Kind im darüberliegenden Zimmer zu rufen. Andy versuchte, sich an den Namen zu erinnern, oder auch nur, ob es sein Neffe oder seine Nichte war, aber es fiel ihm nicht ein.

8

Simon hatte die Hälfte des steilen Pfades in die Schlucht hinab geschafft, als sich die dunklen Wolken, die sich über seinem Kopf gesammelt hatten, schlagartig zu öffnen schienen und sintflutartigen Regen freigaben. Er verfluchte sich dafür, trotz des schlechter werdenden Wetters weitergegangen zu sein statt zurück zu seinem Auto, und musste sich jetzt an den verkrüppelten Büschen neben dem Pfad festhalten, während das Wasser um ihn hinunterschoss und alles in seinem Weg hinab mitreißen wollte. Simon war bereits total durchnässt, und seine Stiefel waren voller Wasser. Die Luft dampfte, der Wind wirbelte über ihm einen Minitornado auf. Der würde rasch vorüberziehen, aber bis dahin war es gefährlich, weiter in die Schlucht hinunterzusteigen, und fast unmöglich, sich wieder zum höher gelegenen Moor hinaufzukämpfen.

Schließlich hockte er sich hin, hielt sich am Wurzelwerk der zähen, kleinen Büsche fest und wartete, während die Welt um ihn in Chaos versank.

Einmal, vor etwa zwei Jahren, hatte er hier zusammen mit zwei Kollegen einen Mann verfolgt, nicht bei Regen, sondern in einem Schneesturm. Simon erinnerte sich noch an die Furcht, die er empfunden hatte, als sich der Verbrecher über den Rand warf und den steilen Abhang in die Schlucht hinunterrutschte. Der Mann war high von Crack und mit einem Küchenmesser bewaffnet, und das Auto, das er gestohlen hatte, lag auf dem Dach und brannte. Simon hatte die Verfolgung geleitet; es hatte in seiner Verantwortung gelegen, ob sie dem Mann in die Schlucht folgten.

Bei der Erinnerung überlief ihn ein Schauder. Und doch erregte ihn die Polizeiarbeit nach wie vor; immer noch war ihm die Jagd das Liebste, und an seiner Beförderung zum DCI hatte er nur bedauert, dass er bei solchen Einsätzen möglicherweise seltener mittendrin sein würde.

Und er hatte recht behalten. Jetzt verbrachte er mehr Zeit hinter dem Schreibtisch, als ihm lieb war. Aber hätte er die Beförderung ablehnen sollen? Welche Art von Karriere hätte er dann gemacht? Sich als DI bis zur Pensionierung durchgeschleppt, verspottet ob seines mangelnden Ehrgeizes?

Der Regen hatte seine Segeltuchtasche durchweicht. Simon verlagerte das Gewicht, wobei er fast das Gleichgewicht verloren hätte und hinabgerutscht wäre. Hinauf musste einfach besser sein als hinab.

Er hatte es etwa fünfzig Meter über das offene Moor geschafft, den Kopf gegen den peitschenden Regen gesenkt, als ein Motorrad neben ihm schlitternd aus dem Sturm auftauchte.

Simon konnte nicht verstehen, was der Fahrer ihm aus seinem Helmvisier zubrüllte, aber er verstand die Gesten des Mannes, stieg hinter ihm auf und zog die Beine gegen den aufspritzenden Schlamm hoch.

Zehn Minuten später waren sie auf dem vergleichsweise geschützten Parkplatz neben Simons schwarzem Audi angelangt. Der Motorradfahrer schob sein Visier erneut hoch und brüllte

etwas über das Dröhnen des Motors hinweg, als Antwort auf Simons Dank. »Hauptsache, Ihnen ist nichts passiert.«
Er wendete unter dem Aufspritzen von Kies und Schlamm und raste den Weg hinunter. Simon folgte ihm durch den Sturm in Richtung des Bauernhauses der Deerborns in Misthorp. Bei äußerst seltenen Gelegenheiten scheute er die Stille und Leere seines eigenen Heims.

Auf dem Weg zu Cat piepste sein Handy mit einer SMS.
Ma hier. Will wg Martha reden. Kommst du zum Essen?
Simon hielt am Straßenrand an.
»Ich bin's. Ich bin in Hassle. War sowieso auf dem Weg zu dir.«
»Du warst doch nicht etwa bei diesem Wetter im Moor?«
»War ich, und ich bin klatschnass. Muss mir was von Chris zum Anziehen borgen. Ich bin fast in die Schlucht gefallen.«
»Simon, willst du, dass bei mir die Wehen einsetzen?«
»Entschuldige, entschuldige ... Hör zu, kannst du reden? Was ist mit Mutter?«
»Sie ist oben und liest Hannah vor. Kam direkt aus dem Krankenhaus hierher. Will mit uns allen reden ... na ja, mit Chris und mir, und sie bat mich, dich anzurufen.«
»Dad?«
»Bin mir nicht sicher.«
»Was ist passiert?«
»Nichts. Ich glaube, das ist das Problem.«
»Alles in Ordnung?«
»Mit wem, Ma? Schmallippig.«
»Na gut ... sollte ich sonst noch was wissen?«
»Es gibt Brathähnchen.«
»Bin gleich da.«

Er liebte das Bauernhaus. Er liebte alles daran, draußen und drinnen, wie es lag, lang und niedrig und aus grauem Stein zwischen den Koppeln, liebte die beiden dicken Ponys, die ihre Köpfe über das Gatter streckten, als er vorbeifuhr, liebte den Hühnerauslauf und den Garten, der nie ordentlich und unkrautfrei war, aber stets viel einladender als das große, preisgekrönte Gartenareal seiner Mutter, liebte den Kuddelmuddel auf der Veranda mit all den Gummistiefeln und Milchflaschen, liebte die Wärme und das Toben seines Neffen und seiner Nichte mit der Katze auf dem alten Sofa neben dem Herd, liebte die Fröhlichkeit und die dringlichen medizinischen Gespräche zwischen seiner Schwester und seinem Schwager. Liebte das Glücksgefühl, das das Haus ausströmte, den Geruch und den Lärm und die Liebe zum Familienleben. Er parkte neben dem Auto seiner Mutter.

Der Regen hatte nachgelassen. Simon blieb einen Augenblick stehen und schaute auf das Licht, das aus dem Bauernhaus strömte. Irgendwo drinnen hörte er die Kinder laut lachen.

Ist es das, was mit mir los ist? Die Frage drängte sich ihm seit Freyas Tod zum tausendsten Mal auf. Sie hätte in einem Haus wie diesem auf ihn warten können, es hätten seine Kinder sein können …

Ein plötzlicher Schmerz. Und doch konnte er sich manchmal nicht daran erinnern, wie sie ausgesehen hatte. Sie hatten zusammen gegessen. Sie war auf einen Drink in seiner Wohnung gewesen. Es war …

Was, genau? Genau gar nichts.

Leicht, gar nichts zu bedauern.

Er ging über den Kies und öffnete die Verandatür. Der Geruch nach Brathähnchen wehte ihm entgegen.

»Hallo.«

Seine Schwester Cat, rundgesichtig durch die Schwangerschaft, mit weit vorgewölbtem Bauch, kam aus der Küche, um ihn zu begrüßen.
Simon dachte plötzlich, das ist der Grund, warum da nichts gewesen war. Freya war nicht Cat. Niemand ist Cat. Niemand sonst kann je Cat sein.
»Onkel Simon, Onkel Simon, ich hab eine Rennmaus, sie heißt Ron Weasley, komm und schau sie dir an.«

Er würde über Nacht bleiben. Inzwischen trug er einen Trainingsanzug seines Schwagers. Er saß am Küchentisch neben seiner Mutter, die Reste eines Apfel- und Brombeerstreuselkuchens und eine zweite Flasche Wein vor ihnen, Chris, der das Durchlaufen des Kaffees überwachte, am Herd.
»Ich wollte euch alle hier haben«, sagte Meriel Serrailler. Sie saß sehr still, sehr gerade. *Schmallippig*, hatte Cat gesagt. Aber seine Mutter hatte schon immer etwas Angespanntes gehabt, solange Simon zurückdenken konnte, eine lächelnde, alabasterartige, makellos frisierte Anspannung.
»Was ist mit Dad?«
»Wie ich schon sagte, er ist bei einem Freimaurertreffen.«
»Er sollte auch hier sein, er hat ein Recht darauf, zu sagen … was er sagen will.«
Chris Deerborn stellte den Kaffee auf den Tisch. »Reden wir jetzt darüber.« Kurz legte er Cat die Hand auf die Schulter. »Ich weiß mehr oder weniger, was Richard denkt. Ich hab im Krankenhaus mit ihm gesprochen.«
Cat drehte sich um, sah zu ihm auf. »Wie bitte? Davon hast du mir nichts erzählt.«
»Ich weiß.«
Allein seine Stimme besänftigte und beruhigte sie, wie Simon

sah. Seine Schwester hatte Glück gehabt. Es war eine glückliche Ehe.
»Er redet mit dir, aber nicht mit mir«, sagte Meriel leise.
»Na klar tut er das. Es ist einfacher, nicht wahr? Das weißt du. Ich bin beteiligt, aber ich bin nicht Richards Sohn, und ich bin ebenfalls Arzt. Mach dir darüber keine Gedanken.«
Meriel sah ihn mit stetigem Blick an. »Mach ich auch nicht«, erwiderte sie. »Darüber bin ich hinaus.«
Simon brachte kein Wort heraus. Er saß einem Ärztegremium gegenüber. Sie hatten andere Ansichten, egal, ob sie über ihre Tochter, Schwester oder Schwägerin sprachen. Sie hatten eine Distanz, die er nicht besaß.
»Sie wird vermutlich sterben«, fuhr Meriel fort, und jetzt hatte sich ihre Stimme verändert, war die einer leitenden Oberärztin, der klare, feste Ton eines mitfühlenden, aber unbeteiligten Profis. »Diese Attacke hat sie sehr geschwächt, und es ist nicht nur ihre Lunge, die die Lungenentzündung nicht mehr verkraften kann, sondern ihr gesamtes Abwehrsystem ist erschöpft, und das EKG ist nicht gut. Aber wir dachten, sie würde schon vor achtundvierzig Stunden sterben … früher noch …, und das ist nicht passiert. Es wird Zeit, ihre Behandlung neu zu überdenken.«
»Die im Krankenhaus scheinen zu wissen, was sie tun«, sagte Simon. Doch er wusste, dass das nicht relevant war, nicht für das Thema, dem sie sich jetzt widmen mussten.
»Natürlich. Die Sache ist … Wie lange wird sie zum Sterben brauchen? Einen Tag? Eine Woche? Je länger sie Antibiotika bekommt und Flüssigkeit und Salbutamol, desto länger wird es sich hinziehen.«
»Du willst, dass sie mit der Behandlung aufhören?« Cat schenkte sich ein Glas Wasser aus dem Krug vor ihr ein. Sie klang so

müde, wie sie aussah. »Ich habe sie diese Woche nicht gesehen, daher ist es schwierig, mir eine Meinung zu bilden. Du warst bei ihr, Chris.«
»Es *ist* schwierig.«
»Nein«, sagte Meriel Serrailler, »ist es nicht. Es ist eigentlich ganz einfach. Sie hat jetzt keinerlei Lebensqualität mehr und wird auch in Zukunft keine haben.«
»Das kannst du so nicht sagen. Wie kannst du das behaupten, woher willst du das wissen?« Simon ballte die Fäuste, bemüht, ruhiger zu sprechen.
»Du bist kein Arzt.«
»Was, zum Teufel, hat das damit zu tun?«
»Si …«
»Dir fehlt die professionelle Grundlage, ihren Zustand beurteilen zu können.«
»Schon, aber die menschliche fehlt mir nicht.«
»Und sagt die dir nicht, dass sie keine Lebensqualität hat? Das ist doch ganz offensichtlich.«
»Nein, ist es nicht. Wir wissen nicht, was in ihrem Kopf vorgeht, wir wissen nicht, was sie empfindet, was sie denkt.«
»Sie denkt nichts. Sie hat kein bewusstes Denkvermögen.«
»Das kann doch nicht stimmen.«
»Warum?«
Cat brach in Tränen aus. »Hört auf«, schluchzte sie, »ich kann das nicht ertragen, ich will diesen Streit in meinem Haus nicht …«
Chris stand auf und trat zu ihr.
»Offenbar ist im Moment keine vernünftige Diskussion darüber möglich«, sagte Meriel Serrailler. Sie erhob sich, trug ruhig ihre Kaffeetasse zur Spülmaschine und stellte sie hinein. »Ich hätte nicht damit rechnen sollen. Entschuldigt.«

»Was wirst du jetzt tun?«
Meriel sah ihren Sohn an. »Nach Hause fahren.«
»Du hast kein Recht, Entscheidungen über Martha zu treffen, das weißt du.«
»Ich weiß sehr genau, welche Rechte ich habe, Simon.«
»Himmel noch mal.« Cat klammerte sich an Chris' Hand. Tränen liefen ihr über die Wangen.
»Du solltest ins Bett gehen, Liebling«, sagte ihre Mutter.
»Red nicht so mit mir, ich bin kein kleines Kind.«
Meriel beugte sich vor und küsste Cats Kopf. »Nein, du bist schwanger. Ich ruf dich morgen an.«
Das Telefon klingelte, als sie nach ihrer Handtasche griff. Chris bedeutete Simon, der am nächsten saß, abzunehmen.
»Wer ist am Apparat?«
»Simon.«
»Ja. Ist deine Mutter da?« Richard Serrailler, kurz angebunden wie immer.
»Sie wollte gerade nach Hause fahren. Willst du mit ihr sprechen?«
»Sag ihr, dass Keats aus dem Krankenhaus angerufen hat.«
»Wegen Martha?« Simon spürte die plötzliche angespannte Stille im Raum hinter sich.
»Ja. Sie hat sich erholt. Sie ist bei Bewusstsein. Ich fahre jetzt hin.«
»Ich sag es ihnen.«
Simon legte auf und schaute sich um. Er wollte lachen. Tanzen. Triumphierend brüllen.
Er sah das Gesicht seiner Schwester, tränenüberströmt, geschwollen, hohläugig.
»Offenbar geht es Martha wieder besser«, sagte er sanft.

Als er vierzig Minuten später erneut die Station betrat, war er allein. Seine Mutter hatte gesagt, sie könne das Krankenhaus nicht noch einmal ertragen, und Cat war zu erschöpft.
»Du brauchst nicht hinzugehen«, hatte Meriel Serrailler gesagt. »Niemand von uns muss hingehen. Dein Vater ist da.«
»Ich möchte sie sehen.«
Er hatte angenommen, dass sein Vater gegangen sein würde. Ein Treffen mit ihm an Marthas Bett war nicht das, was er gewollt hatte, aber als er ins Zimmer kam, war Richard Serrailler noch da, saß auf dem Stuhl neben Marthas Bett und las in der Krankenakte.
»Deine Mutter ist nicht mitgekommen?«
Keine Begrüßung, dachte Simon. Genauso gut könnte ich unsichtbar sein.
»Sie kommt morgen früh.«
Er blickte auf seine Schwester hinunter. Ihre Gesichtsfarbe war besser, ein leichter rosiger Schimmer in ihren Wangen.
»Was ist passiert?«
Sein Vater reichte ihm die Krankenakte.
»Sie hat, wie Devereux es ausdrückt, die Konstitution eines Ochsen. Die neuen Antibiotika haben gewirkt, sie ist wieder zu Bewusstsein gekommen … Hat vor einer Stunde die Augen geöffnet. Die Werte sind ermutigend.«
»Ich nehme an, es könnte einen Rückschlag geben?«
»Möglich. Aber unwahrscheinlich. Sobald sie die Krise überwunden hat, rappelt sie sich für gewöhnlich wieder auf.«
Simon wollte die Hand seiner Schwester berühren, ihre Wange küssen, sie dazu bringen, die Augen erneut zu öffnen, doch solange sein Vater da war, konnte er das nicht tun. Er blieb nur stehen, sah auf das Bett hinunter.
»Ich bin froh«, sagte er.

»Warum?«
»Wie kannst du das fragen? Sie ist meine Schwester. Ich liebe sie. Ich will nicht, dass sie stirbt.«
»Deine Mutter glaubt, Marthas Lebensqualität sei gleich null.«
»Ich bin anderer Meinung.«
»Dann beugen wir uns deinen überlegenen medizinischen Kenntnissen.«
»Es ist ein Instinkt.«
»Die Polizei arbeitet also nach Instinkt statt nach Faktenlage?«
Simon Serrailler war ein Mann, der nicht zu Gewalttätigkeit neigte, obwohl er im Verlauf seiner Arbeit nie Skrupel gehabt hatte, die notwendigen Druckmittel einzusetzen, doch jetzt verspürte er eine Wut gegen seinen Vater in sich aufsteigen, die ihn dazu brachte, die Fäuste zu ballen.
In Augenblicken wie diesen bekam er einen deutlichen Einblick in den Hass und den Zorn, die manche Menschen zu Gewalt verleiteten. Der Unterschied zwischen ihm und diesen Menschen, das wusste er, war der dünne, aber unendlich starke Draht der Selbstkontrolle.
»Wann wird es ihr gut genug gehen, um nach Ivy Lodge zurückzukehren?«, fragte er ruhig.
Richard Serrailler erhob sich. »In ein paar Tagen. Das Bett hier wird gebraucht.«
Simon stand nicht weit von ihm entfernt. Sein Vater war ein schlanker, gutaussehender Mann, der sechzig hätte sein können statt einundsiebzig.
»Was empfindest du für sie?«, fragte Simon plötzlich und schaute zu Martha. Er spürte, wie er sich anspannte, als müsse er sich dafür verteidigen, diese Frage überhaupt gestellt zu haben. Doch sein Vater sah ihn an, ohne verärgert zu sein.
»Ich bin ihr Vater. Ich habe sie seit dem Tag ihrer Geburt ge-

liebt. Ich habe nicht aufgehört, sie zu lieben, auch wenn ich den Tag stets bedauert habe. Wer könnte das? Und du?«

»Mir geht es genauso«, erwiderte Simon, »aber vielleicht ohne das Bedauern.«

»Das kannst du leicht sagen.«

»Leichter.«

»Wenn du jemals Vater würdest, was du nicht werden wirst, wie ich annehme, dann würdest du es wissen. Gehst du zurück zum Auto?«

Sie gingen zusammen den stillen Flur entlang. Was sein Vater meinte, was hinter seiner außergewöhnlichen Bemerkung steckte, wie er seinen Sohn jetzt beurteilte, waren Fragen, die Simon im Moment nicht ansprechen konnte. Er verdrängte alle Gedanken und ging einfach weiter aus dem Krankenhaus hinaus und auf den Parkplatz. Dort hielt er seinem Vater die Autotür auf, wartete, bis sich Richard Serrailler hineingesetzt und angeschnallt hatte, sagte gute Nacht und schloss die Tür.

Zwei Minuten später war er auf der Straße nach Lafferton, die Rücklichter des silbernen BMW seines Vaters vor ihm schon fast außer Sichtweite.

Er wollte zurück ins Bauernhaus, musste mit Cat reden, aber sie lag sicher schon lange im Bett, versuchte sich in diesen letzten Tagen ihrer Schwangerschaft so gut wie möglich auszuruhen. Er fühlte sich abgetrennt von ihr – von ihnen allen, ein Gefühl, das vergehen würde, sobald das Kind geboren war, und das sowieso größtenteils eingebildet war und ausschließlich von ihm ausging. Das war schon früher passiert – als Cat Chris geheiratet und als sie Sam und Hannah geboren hatte.

Er bog in den Kathedralenhof. Der breite Weg mit den Grasstreifen zu beiden Seiten und der über ihm aufragenden Kathedrale, die ehrwürdigen Gebäude, blass im Lampenlicht, das weicher war, silbriger als die grellen Lichter um das Krankenhaus und entlang der Hauptstraße, die langen Schatten der Bäume … Er hatte oft gedacht, dass es nachts künstlich wirkte, eine Filmkulisse, zu leer, zu ordentlich, zu sorgfältig arrangiert. Aber es passte zu seiner Stimmung. Morgen würde er nicht hierbleiben. Er wusste, wann Einsamkeit zu gefährlich für ihn wurde. Er brauchte seine Arbeit. Und wenn er dadurch einen oder zwei Tage seines Urlaubs verschenkte, war ihm das auch egal.

9

Andy Gunton trat vom Bürgersteig, und das Auto tauchte aus dem Nichts auf, streifte seinen Körper. Er verlor das Gleichgewicht und fiel in den Rinnstein. Eine Frau begann zu schreien.

Verkehr, dachte Andy, als er sich hochrappelte, dämliche Autos und Busse, die von allen Seiten auf einen zurasen.

Die Frau schrie weiter, und aus den Geschäften kamen Leute gelaufen.

»Ich hab eine Erste-Hilfe-Ausbildung, setzen Sie sich.« Das Mädchen, das Andy ansprach, sah aus, als ginge es noch zur Schule.

»Mir ist nichts passiert«, sagte Andy. »Hab nur das Gleichgewicht verloren.«

»Sie könnten einen Schock haben.«

»Hab ich aber nicht.« Er deutete auf die Frau, die ihn anstarrte und immer noch schrie. »Kümmern Sie sich lieber um die. Sie könnte den Schock haben.«

Er klopfte seine Jacke ab, während er rasch davonging und um die Ecke bog. Der Schreck war ihm trotzdem in die Glieder gefahren. Er hatte diesen Teil von Lafferton als ruhig in Erinnerung. Wie konnte der Verkehr hier so zugenommen haben?

Da war ein Pub. Er ging hinein.

Es gab genug Pubs in Lafferton, und Andy hatte viele davon kennengelernt, aber diesen vielleicht nicht. Hier roch es nicht nach Bier und Zigaretten, sondern nach Kaffee. Hinter dem Tresen war ein Spiegel angebracht, und der Barmann, der in seiner schwarzen Jacke eher wie ein Kellner wirkte, rammte Kaffeebehälter aus Metall in eine Espressomaschine.

Andy Gunton bestellte ein Pint Bitter.

»Wir haben nur Flaschenbier.« Der Barmann rasselte eine Liste fremdländischer Namen herunter. Andy entschied sich für irgendeinen.

Er bekam eine Flasche. Kein Glas. Er schaute sich um, hob die Flasche an den Mund.

Niemand an der Bar beachtete ihn. Andy ging an einen leeren Tisch. Es war angenehm. Die Sonne schien ihm in den Nacken.

Er merkte, dass seine Hände zitterten, dass er zu schnell atmete und seine Ohren klingelten, als sei er gerade aus tiefem Wasser aufgetaucht. Die Kneipe versetzte ihn in Panik, genau wie der Verkehr. Lafferton, das sich auf den ersten Blick nicht verändert zu haben schien, war doch anders, kleine Dinge verunsicherten ihn, es kam ihm vor wie das Leben in einer Spiegelwelt, alles leicht verschoben.

Himmel. Was waren viereinhalb Jahre? Ein ganzes verdammtes Leben, die Hälfte seiner Jugend, aber andererseits nichts, nur ein Blinzeln; er wusste nicht, wo er war oder was er hier machte, ebenso gut hätte er auf dem Mars gelandet sein können.

Die Bewährungshelferin hatte tolle Beine in einem sehr kurzen Rock. Langes, glattes, zurückgebundenes Haar. Stark geschminkte Augen. Sie hatte in Rätseln gesprochen, aber das war er gewohnt. Die lernten eine andere Sprache, wenn sie da einstiegen, Sozialarbeiter, Bewährungshelfer, Anwälte, was auch immer. Nur die Schließer sprachen Englisch.

»Ihr Rehabilitationsprogramm wird erst richtig in Gang kommen, wenn Sie einen Job haben, Andy. Sind Sie an irgendwas besonders interessiert?«

Kampfpilot. Gehirnchirurg. Rennfahrer.

»Gärtnerei«, hatte er gesagt. »Ich hab achtzehn Monate lang Gartenbau gemacht.«

»An der Kingswood hat gerade ein neues Gartenzentrum aufgemacht.«

»Ein Gartenzentrum?«

»Ich nehme an, dass die meisten Leute ihre Gärten selbst in Ordnung halten. Ich glaube nicht, dass in Lafferton großer Bedarf an Ihren Fähigkeiten besteht.«

»Mir geht's um Gemüsegärtnerei. Das ist professionell.« Vor seinem inneren Auge war ein Bild höher gelegter Beete mit jungen Saubohnen und Früherbsen erschienen, die ordentlich angelegten, sandigen Reihen mit winzigen Karotten. Er hatte gelernt, was Hotels und Restaurants jetzt wollten; Frühgemüse, jung geerntet, nicht fasrig und ledrig und schlaff vor Alter. Blumenkohl so groß wie eine Babyfaust, nicht wie ein Brautstrauß.

Sie hatte die Papiere auf ihrem Schreibtisch durchgeblättert. War sie älter als er? Nicht wesentlich.

»Sie wohnen bei Ihrer Schwester. Wie finden Sie das, Andy?«

»Wie sie das findet, ist eher die Frage.«

»Haben Sie eine gute Beziehung zu ihr? Zu ihrer Familie?«

»Geht so.«

»Tja, das klingt doch ganz positiv.«

»Nur, bis ich was anderes finde. Was zum Wohnen. Die haben drei Kinder.«

»Sie können sich in die Warteliste für eine Sozialwohnung eintragen.«
»Wie lange kann das dauern?«
»Es gibt leider nur wenige für Alleinstehende.«
»Wo sollen wir denn dann wohnen? Wo wohnen Sie?«
»Wie gesagt, Sie können sich glücklich schätzen, Ihre Familie zu haben, Ihre Schwester scheint Ihnen eine große Stütze zu sein, das ist gut. Sie werden sich nicht ausgeschlossen fühlen.«
»Von was?«
»Ihre Eltern …« Wieder hatte sie in den Papieren geblättert.
»Sind tot. Dad, als ich zwölf war, an Lungenkrebs, Mum, nachdem ich zwei Jahre in Stackton war, und sagen Sie nicht, dass es Ihnen leidtut, denn es tut Ihnen nicht leid, stimmt's?« Er hatte Wut in sich aufsteigen spüren, wie Schaum in seinem Mund, der nur darauf wartete, über dieses ganze Büro mit den gelben Vorhängen zu schäumen, über Miss Langbein.
Er war aufgestanden.
»Versuchen Sie, eine positive Einstellung zu haben, Andy.«

Gartenzentrum, hatte sie gesagt. Er konnte sich nichts darunter vorstellen, und als sie Kingswood gesagt hatte, wusste er nicht, wo das war.
Aber es könnte ein Anfang sein. Zwei Jahre lang hatte er darauf gewartet – er mochte solche Worte wie »neu« und »frisch« nicht, aber sie waren in seinem Kopf. Er würde nicht dorthin zurückkehren, von wo er gekommen war, würde nicht die alte Richtung einschlagen, die ihn dahin gebracht hatte. Es hatte ihm nie viel bedeutet, obwohl er so getan hatte, vielleicht ein paar Höhepunkte, ein wenig Tempo, eine Flucht, wenn er auch nicht wusste, wovor. Vor der Langeweile, nahm er an. Und er hatte es genossen, einer von ihnen zu sein. Spindo. Mart. Lee

Carter. Lee Johnson. Flapper. Sie hatten ihn aufgenommen, und darauf war es angekommen. Auch gegen das Geld hatte er nichts gehabt. Alles war gut gelaufen. Sie hatten kleinere Dinger gedreht, dann größere.
Er war nicht drauf vorbereitet gewesen, dass alles so schnell schiefging. Der Mann war wie ein Wahnsinniger hinter ihm hergerannt, die Straße entlang; die anderen hatten im Van gesessen, mit laufendem Motor, hatten ihm zugebrüllt. Der Mann hatte überhaupt nichts damit zu tun gehabt. Andy hätte sich nicht um ihn kümmern, hätte rennen und in den Van springen sollen. Er sah es immer noch vor sich, die Straße, der Van, der Mann aufgeregt und schwitzend, wie er hinter ihm herkeuchte, um ihn zu erwischen, und die Panik war nach wie vor da. Er geriet zu schnell in Panik. Er hätte einen kühlen Kopf bewahren sollen; selbst wenn man ihn erwischt und der Mann ihn identifiziert hätte, wären dabei nur neun Monate oder ein Jahr rausgekommen. Und was hatte er getan, statt in den Van zu springen? Er hatte sich umgedreht, hatte gewartet, bis der Mann ihn erreichte, und ihm dann den Kopf in den Bauch gerammt wie ein Stier, und der Mann war rückwärts auf den Beton geknallt und hatte sich den Schädel gebrochen.

Andy holte sich noch eine Flasche von dem teuren ausländischen Bier, ging zurück zum Tisch und zwang sich, nicht mehr daran zu denken. Sein Rücken tat weh. Auf dem Feldbett in Matts Zimmer zu schlafen, war unbequem, und Matt wollte ihn nicht dahaben. Andy konnte es ihm nicht verdenken. Keiner von ihnen wollte ihn haben, und er wusste es, aber bis er einen Job hatte, konnte er sich keine eigene Wohnung leisten, nicht einmal ein Zimmer in einer Pension; dafür würde sein Geld nicht reichen, und solange er Familie hatte, die ihn bei sich aufnahm, würde er beim Sozialamt nichts erreichen. Er lag nicht auf der Straße, das war alles, was die sahen.

Ich sollte glücklich sein, dachte er plötzlich, trank einen großen Schluck Bier. Ich sitze in einem Pub, kann bleiben oder gehen, kann trinken, was ich will, kann abhauen oder rumlaufen oder mir eine Zeitung kaufen. All das konnte ich jahrelang nicht … Ich sollte glücklich sein.

Drei Frauen kamen in die Bar und stellten Einkaufstüten am Tisch neben ihm ab. Sie sahen schick aus. Eine warf ihm einen Blick zu. Sonst nichts.

Ihr habt keine Ahnung, dachte Andy. Wer ich bin. Wo ich gewesen bin. Was ich getan habe. Woher solltet ihr auch?

Der letzte Schluck aus der Flasche bestand nur noch aus Schaum.

Er ging hinaus auf die Straße.

Auf der anderen Straßenseite parkte ein silbernes BMW Kabrio in zweiter Reihe. Hinter dem Steuer saß ein großer Mann. Als Andy aus dem Pub kam, wendete das Auto und glitt fast geräuschlos neben ihn.

»Steig ein«, sagte Lee Carter.

Andy ging weiter.

Das Auto rollte neben ihm her, hielt Andys Tempo. Komisch, dachte er, im März das Verdeck offen zu haben. Es war zwar sonnig, aber nicht warm.

»Was hast du denn?« Das Motorengeräusch war so leise, dass Lee kaum die Stimme heben musste. Andy war von der Einkaufsstraße in eine Seitenstraße abgebogen. Er wusste nicht, wohin er ging.

»Lauf dir doch nicht die Schuhsohlen durch. Ist sehr gemütlich hier drin. Ledersitze.«

Geh einfach weiter. Beachte ihn nicht.

Er bedeutet dir nichts mehr. Geh weiter.
Es passierte so schnell, dass er nichts machen konnte. Das Auto hielt an, und Lee Carter war herausgesprungen, um die Haube herumgesprintet und drückte Andy gegen die Mauer.
»Ich hab gesagt, steig ein. Das hab ich ernst gemeint.«
»Ich steig nirgends ein.«
»Ich spendier dir einen Drink.«
»Hab gerade was getrunken. Zwei Flaschen affiges Bier. Die geben dir da nicht mal ein Glas, wusstest du das?«
Lee Carter ließ ihn genauso schnell los, wie er ihn gegen die Mauer gedrückt hatte. Er brüllte vor Lachen.
Andy starrte ihn an, musterte ihn kritisch. Lee war dicker geworden. Auf schicke Art dicker. Sein Haar hatte einen modischen Schnitt. Sein Hemd und seine Jacke waren elegant. Er sah gut aus. Gut betucht.
»Ich nehm dich mit zu mir, geb dir was Anständiges zu trinken.«
»Warum musste ich dir in die Arme laufen?«
»Bist du nicht. Ich hab auf dich gewartet. Ich wusste, dass du bei Michelle bist.«
»Wer hat dir das gesagt? Sie bestimmt nicht.«
»Natürlich nicht. Das war gar nicht nötig. Also, steigst du ein?«
»Nicht, bevor ich nicht weiß, warum.«
»Will dich nur was fragen.«
»Tja, ich bin nicht interessiert.«
Lee ging zum Auto zurück, zog aber, bevor er die Tür öffnete, ein Päckchen Zigarillos heraus und bot es Andy an.
»Ich rauch nicht.«
»Warst ja schon immer so ein Tugendbold.«
»Wenn ich das gewesen wäre, dann wär ich nicht da gelandet, wo ich war.«

Lee zündete das Zigarillo an und sah dem Rauch nach, den er ausblies. »Hör zu, ich will nichts Besonderes, bloß mal ein bisschen quatschen.«
»Ach ja, über alte Zeiten und so.«
»Nein. Die alten Zeiten sind vorbei. Neue Zeiten.«
»Was meinst du damit?«
»Ich könnt dir was besorgen.«
»Nein, danke.«
»Nichts Gesetzwidriges. Damit bin ich durch. Sieht man mir das nicht an?«
Andy betrachtete die Lederjacke, die gut geschnittene Hose. Das Zigarillo. Das Auto. »Eigentlich nicht«, sagte er.
»Komm mit in mein neues Haus. Lern meine Frau kennen.«
»Wer hat dich denn geheiratet?«
»Komm mit und find's raus.«
Andy hatte nie wieder etwas mit denen zu tun haben wollen und vor allem nicht mit Lee Carter, aber er war neugierig, er konnte nicht anders, er wollte das Haus sehen, die Ehefrau, auch wenn er den Vorschlag nicht hören wollte.
»Ach, mach doch, was du willst«, sagte Lee Carter und knallte die Fahrertür zu.
Ein Sekundenbruchteil. Du steigst nicht ein, befahl sich Andy. Er stieg ein.
Das Auto war ein Topmodell und mit allem ausgestattet. Aus dem CD-Spieler ertönte ausgerechnet Dusty Springfield in voller Lautstärke. Lee Carter bog schnell und großspurig auf die Flixton Road ein. Andy schwieg. Er wäre sowieso nicht zu hören gewesen. Der Wind brannte in seinen Augen. Er war verängstigt, weil er so lange in keinem schnelleren Fahrzeug als dem Gefängnislieferwagen gesessen hatte.
Sie rasten aus Lafferton hinaus und bogen fünf Meilen später

nach Lunn Mawby ab, das Andy als ein halbes Dutzend Häuser und eine Tankstelle in Erinnerung hatte.

»Ach, du meine Fresse.«

Es war kein Dorf mehr, sondern eine Ansammlung einzeln stehender Privathäuser im Tudorstil mit schmiedeeisernen Gittern und gepflegten Rasenflächen.

Sie fuhren um zwei Kurven und einen Hang hinauf. Oben standen nur drei Häuser. Wieder im Tudorstil. Verschnörkelte Schornsteine. Große Bäume dahinter.

Vor dem Tor drückte Lee auf einen Knopf am Steuer, dann auf einen weiteren Knopf, und der Springbrunnen inmitten des leuchtend grünen Rasens erwachte zum Leben.

»Mannomann.«

Lee grinste und ließ das Auto ausrollen.

»Hat was, oder?«, fragte er und bedeutete Andy, ihm zu folgen, während er zur Eingangstür stolzierte.

Eine Viertelstunde später war die Führung beendet. In jedem Raum hatte Lee ihn nach Anzeichen von Anerkennung, Bewunderung und Neid gemustert. Andy hatte das alles unterdrückt, hatte nur genickt, das Billardzimmer, den Fitnessraum, die Bar, die dicken Teppiche, den Plasmafernseher, die raumfüllenden, verspiegelten Kleiderschränke, den Wintergarten, die altenglische Einbauküche aus Eiche in sich aufgenommen.

Dort standen sie jetzt, Lee an der offenen Tür eines ein Meter achtzig hohen Kühlschranks.

»Bier?«

»Nein, danke.«

»Espresso. Wir haben eine Maschine. Lydia kann das besser als ich.«

Lydia war nicht aufgetaucht.

»Sie wird im Wellnesszentrum sein.«
»Warum bin ich hier?«
»Dann lieber Tee? Komm, ich mach uns welchen.« Lee knallte die Tür des riesigen Kühlschranks zu und griff nach dem elektrischen Kessel. »Setz dich.«
Es kam ihm kindisch vor, das nicht zu tun.
»Alles ganz legal.«
»Na klar.«
»Ich hab's dir doch gesagt. Ich bin nicht blöd. Ich war blöd, doch jetzt nicht mehr. Aber was willst du machen, And? Welche Pläne hast du, wo du jetzt ein freier Mann bist?«
»Arbeiten.«
»Als was?«
Sein Stolz regte sich. Er konnte sich nicht dazu durchringen, es auszusprechen.
»Siehst du.«
Der Kessel begann zu zischen. Lee nahm zwei Becher von einer Stange über seinem Kopf.
»Ich suche Leute. Such immer welche.«
»Keine Chance.«
»Hör doch erst mal zu, ja?«
»Nein. Wo hast du das alles her? Das Haus. Das Auto. Erzähl mir nicht, du hättest das durch ehrliche Schufterei erreicht. Niemand schafft das in einem oder zwei Jahren Knochenarbeit. Du warst pleite, hast zuletzt nur zwei Straßen von Michelle entfernt gewohnt. Dich haben sie für die Sache damals nicht mal eingelocht. Die Hälfte der Zeit hab ich für dich abgesessen, Carter.«
»Ich hab auch keinen Mann mit dem Kopf auf den Beton geknallt.«
»Du ...«

»Ach, halt die Klappe, Andy. Hier.« Er schob den Teebecher über den Tisch. »Das ist vorbei und vergessen. Du bist schließlich da raus, oder?« Lee zog sich einen Stuhl mit dem Fuß heran und setzte sich.

Andy trank den heißen, süßen Tee. Gefängnistee. Wider besseres Wissen wollte er es hören. Vielleicht stimmte es, und irgendetwas Legales hatte all das hier möglich gemacht. Er schaute aus dem Fenster hinter Lees Kopf. Der Garten bestand hauptsächlich aus Rasen und kunstvollen Spalieren, dazu ein Vogelbad, eine weiß gestrichene Eisenpumpe. Es gab ein einzelnes Rosenbeet, beschnitten bis auf die Stümpfe, die aus dem Rindenmulch herausragten wie faulige Zähne in einem ungepflegten Mund. Er dachte an den Gemüsegarten des Gefängnisses. Er wollte nicht wieder dorthin, aber er wollte draußen an der frischen Luft sein.

»Pferde«, sagte Lee, folgte seinem Blick. »Pferde haben dafür bezahlt.«

Jetzt fiel es Andy wieder ein. Lee war ständig bei den Buchmachern gewesen oder hatte mit einem Wettbüro telefoniert. Immer wieder hatte er Andy bedrängt, mit ihm zu den Rennen zu gehen, aber Andy hatte nie Interesse daran gehabt.

»Quatsch«, sagte er jetzt. Wenn er eines über das Wetten wusste, auf Pferde oder sonst was, dann, dass man am Ende immer verlor. »Schwachsinn.« Es mussten Drogen sein. Eindeutig. Mehr denn je wollte er an die frische Luft.

»Genau das.«

Lee griff nach der Teekanne und hielt sie hoch. Andy schüttelte den Kopf.

»Ich bin eines Morgens aufgewacht und sah es direkt vor mir. In großen roten Lettern. Das Idiotenspiel. Genau das war die Antwort. Es gibt immer Idioten.«

»Du hast dir also ein Wettbüro gekauft?«

Lee lachte.

»Hör zu. Nach den ganzen Jahren, die ich damit verbracht habe, zehn, zwölf Jahre – auf Gäule zu setzen, ein bisschen zu gewinnen, ein bisschen zu verlieren, aber hauptsächlich zu verlieren –, hab ich kapiert, wer wirklich das Geld einstreicht. Ja, schon die Buchmacher. Aber abgesehen von denen … die Tippgeber, die sind es. Nicht die traurigen kleinen Ein-Mann-Unternehmen, irgendein hoffnungsloser Exjockey. Auf höchster Ebene. Nobel. Wie ein exklusiver Club. Ich hab damals ein Vermögen für diese Tippgeberagenturen ausgegeben. Die versprechen, dir Riesengewinne einzubringen, mit Insiderinformationen, all diesem Scheiß. Man muss was anderes bieten und mehr tun, als nur die Rennseiten lesen und sich daraus irgendwas zusammenschustern. Diejenigen, die dir einen Tipp für die wirklich großen Gewinner geben können, Gewinner, auf die keiner gesetzt hat, die 10:1- und 25:1-Wetten, die können verlangen, was sie wollen … Zehn-, fünfzehntausend pro Jahr, vielleicht mehr. Das ist nichts. Ich hab mich so in den Fünfzigern, Hunderten bewegt. Meine Kunden jetzt, die lassen bei jeder Wette Tausende springen … und sie wetten nicht oft. Als Erstes muss man sie glauben lassen, dass es schwer ist reinzukommen, dass dein Service exklusiv und die Mitgliedschaft begrenzt ist. Du lehnst die Leute einfach ab. Ohne ihnen einen Grund zu nennen. Das spricht sich bald rum, und sie kriechen auf Händen und Knien zu dir. Clubs machen es, das passiert sogar mit Kleidung, ob du's glaubst oder nicht – Designerzubehör. Lydia hat sich schon vor sechs Monaten für eine dämliche Handtasche eingetragen, die zwei Riesen kostet, weil davon nur fünfzig hergestellt werden. Völliger Quatsch, aber man muss sie haben. Genau wie die Mitgliedschaft bei meinem Service.«

»Wie heißt er?«
»LER. Für Limited Edition Racing.«
»Und du findest die Außenseiter, die gewinnen.«
»Genau.«
»Wie?«
»Es gibt Möglichkeiten.«
»Doping.«
»Nein. Heutzutage nicht mehr. Die testen alles, was sich bewegt.«
»Absprachen.«
»Ich sag doch, es gibt Möglichkeiten.«
»Wie viele Mitglieder hat dein Club?«
»Etwas über sechshundert.«
»Limited Edition?«
Andy schaute sich erneut in der Küche um. Auf den Schränken standen Reihen orangefarbener Eisenpfannen und Töpfe. Sie sahen aus, als würden sie nie zum Kochen benutzt.
»Ist das alles?«
»Gibt noch anderes. Ich handle ein bisschen.«
Andy sah ihn an.
»Nein. Ich hab nie mit Drogen gehandelt und werd's auch nie tun.«
»Also ist alles sauber?«
»Na ja, es ist kein Bankraub.«
»Ja, ja.«
»Ich such immer Leute. Du brauchst einen Einstieg.«
Andy stand auf. »Ich muss zurück. Gibt es hier Busse?«
»Wo denkst du hin? Hör zu, du wirst nicht immer bei Michelle wohnen wollen, oder? Hättest lieber eine eigene Wohnung, was?« Lee deutete um sich.
»Um die zu kriegen, werd ich arbeiten.«

»Davon hab ich ja gesprochen.«
»Ich finde selbst einen Job.«
»Was, Rasenmähen? Kannst meinen mähen, ich geb dir einen Zehner pro Stunde. Mehr kriegst du für Gärtnerarbeit nicht. Komm schon, Andy.«
»Wer hat was von Gärtnerarbeit gesagt?«
»Ich weiß, was du drinnen gemacht hast. Ich weiß eine ganze Menge. Mehr, als du denkst.«
»Na gut, wenn's hier keinen Bus gibt, geh ich zur Hauptstraße und fahr per Anhalter.«
Lee schob die Autoschlüssel vom Tisch in seine Hand.
»Hier gibt's eine Menge komische Leute, Andy«, sagte er. »Schwierig für einen Exknacki, Arbeit zu finden.«
Andy wirbelte herum. Lee hob den Finger. Er grinste.
»Und ich dachte schon, du hättest dich geändert«, sagte er.
Lee Carter hatte ein Babygesicht. Lockiges Haar. Der Traum jeder Mutter. Traue nie einem Babygesicht. Das hatte ihm Stick Martin beigebracht.
Es wird sich nie ändern, dachte Andy, es würde Carter oder einer der anderen sein oder seine Haftstrafe, wie ein Mühlstein um seinen Hals oder ein Brandmal auf der Stirn. Man konnte sich nicht davon befreien. Niemals. Er dachte an die aalglatte kleine Bewährungshelferin mit ihrem Jargon. Was immer er für den Rest seines Lebens tat oder nicht tat, er würde sich nie befreien können.

10

Er hatte das Fußballfeld selbst gebastelt, aus dem Deckel eines Kartons. Er hatte es grün angemalt und die Linien mit schwarzem Filzstift eingezeichnet, und die Torpfosten waren aus Holz geschnitzt, das im Schuppen gelegen hatte. Die Netze waren problematisch gewesen, bis er zwei kleine weiße Säckchen für Waschmitteltabs fand und sie sorgfältig mit Garn befestigte. Es sah gut aus. Er war zufrieden damit. Jetzt musste er nur noch überlegen, wie er die Tribünen bauen konnte.

»David! Es ist zwanzig vor.«

David Angus schaute auf den Kartondeckel hinunter, solange er es wagte, versuchte sich die Tribünen vorzustellen, eine Lösung dafür zu finden. Dabei schloss er halb die Augen.

»Und es ist Giggs, Giggs hat ihn, Giggs schießt einen Pass zu …«

Die Menge brüllte.

»David!«

Er seufzte und griff nach seiner Schultasche. Heute Abend würde er weitermachen.

»Du hast Schinken und Gurke auf deinen Sandwiches, vergiss nicht, sie und die Banane zu essen, bevor du den Kuchen isst.«

»Hast du den Fettrand abgeschnitten?«

»Hab ich. Brauchst du heute Geld für irgendwas?«

Er dachte nach. Dienstag?

»Nein, aber ich muss den Zettel für den Geschichtsausflug wieder mitnehmen.«

»Liegt vor dir auf dem Tisch.«

Seine Mutter zog ihre Jacke an. Seine Schwester Lucy war bereits weg, hatte zusammen mit zwei Freundinnen an der Ecke der Dunferry Road auf den Schulbus gewartet. Sie ging jetzt auf die Abbey Grange. David war noch auf der St. Francis.

»Ich bin den ganzen Tag bei Gericht, werde aber rechtzeitig fertig, um dich abzuholen. Wir müssen dir Schuhe kaufen.«

»Können wir einen Milchshake bei Tilly's trinken?«

»Danach. Schauen wir mal.«

Warum sagten sie immer zuerst *Schauen wir mal,* selbst wenn sie wussten, dass es ja oder nein war? Schauen wir mal, schauen wir mal ... Sie konnten anscheinend nicht anders.

»Komm schon, Doodlebug.«

David nahm seine Schultasche.

Es regnete nicht, das war alles, was er bemerkte. Kein Regen und nicht eiskalt. Ansonsten war es wie jeden Morgen. Seine Mutter stieg ins Auto und hielt die Tür auf. David ging zu ihr und beugte sich hinein. Es machte ihm nichts aus, sie zu Hause zu küssen, erst recht nicht, wenn sie schon im Auto saß. Vor der Schule hätte er das nie getan.

»Ich wünsch dir einen schönen Tag. Mach's gut.«

»Du auch.«

Er wartete, bis sie aus der Einfahrt auf die Straße gebogen und weggefahren war, dann ging er zum Tor. Sein Vater war schon vor einer Stunde aufgebrochen. Er war immer um halb acht im Krankenhaus. David stellte seine Tasche ab und wartete, hielt nach dem Auto Ausschau. Diese Woche waren die Forbes' dran. Die Forbes' hatten einen dunkelblauen Citroën Xsara. Keine so tolle Mitfahrgelegenheit wie bei den di Roncos in deren Minivan mit den getönten Scheiben. Di Roncos Vater hatte in den Achtzigern in einer berühmten Band gespielt, trug dicke Ringe an jedem Finger und hatte tätowierte Koteletten. Di Roncos Vater brachte sie auf dem Weg zur Schule dauernd zum Lachen und fluchte unanständig.

Autos brausten an ihm vorbei. Arbeit. Schule. Arbeit. Schule. Arbeit. Schule. Silberner Mondeo. Weißer Audi. Schwarzer Ford. Silberner Ford. Silberner Rover 75. Roter Polo. Kotzgrüner Hyundai. Blauer Espace. Kastanienbrauner Ford Ka.

Es gab mehr silberfarbene Autos als jede andere Farbe, das hatte er nachgewiesen.

Schwarzer Toyota Celica. Silberner BMW.

Die Forbes' kamen für gewöhnlich nicht zu spät, wie die di Roncos. Die verspäteten sich ständig, einmal sogar eine halbe Stunde, und di Roncos Vater war einfach pfeifend in die Schule gesaust und hatte gebrüllt: »Fangt ja nicht ohne uns an!«

Er versuchte sich Mr. Forbes dabei vorzustellen und fiel fast um vor Lachen.

Er lachte immer noch, als ein Auto neben ihm hielt, lachte zu sehr, um zu merken, dass die Farbe nicht stimmte und jemand die Tür geöffnet hatte und ihn grob hineinzerrte, während das Auto mit quietschenden Reifen vom Randstein wegschoss.

11

In letzter Minute steuerte Simon Serrailler das Auto von Lafferton weg und bog für eine Meile auf die Umgehungsstraße und dann ins offene Land ab.

Bevor er seinen Dienst antrat, wollte er noch Martha besuchen, die ins Pflegeheim zurückgekehrt war. Sobald er wieder voll in der ganzen Betriebsamkeit steckte, konnte es Tage dauern, bis er eine weitere Möglichkeit bekam, und wenn Martha seine Anwesenheit auch nicht wahrnahm, so fiel es dem Pflegepersonal doch positiv auf. Zu viele der anderen Patienten waren von ihren Familien praktisch vergessen worden, wurden nie besucht, bekamen nicht einmal Postkarten an Weihnachten und zum Geburtstag. Oft genug hatte er das Personal darüber reden hören. Er wusste, welche Patienten alleingelassen worden waren. Der alte Dennis Troughton, dessen Leben mit Kinderlähmung begonnen hatte und mit Parkinson endete. Miss Falconer, dick und unbeweglich und leeräugig, mit dem Gehirn eines Babys und dem Körper einer unförmigen Frau mittleren Alters. Stephen, der die ganze Zeit ruckartige Bewegungen machte und zuckte und zwei bis drei lebensbedrohliche Anfälle pro Woche hatte, siebzehn Jahre alt war und dessen Eltern ihn nicht mehr besucht hatten, seit er ein Baby war.

Simon hatte seine Wut darüber gelegentlich bei Cat rausgelassen, die ihm mit ihrer ärztlichen Distanz zwar stets zugestimmt, ihm aber auch die andere Sichtweise vor Augen geführt hatte.
Der morgendliche Verkehr hatte nachgelassen, als Simon die Umgehungsstraße erreichte, und nachdem er sie verlassen hatte und auf Harnfield zufuhr, sah er kaum noch andere Autos. Die Felder waren leer, die Bäume nach wie vor kahl. Er kam durch zwei Dörfer, die verlassen dalagen, inzwischen reine Schlafstätten für Lafferton und Bevham. Beide hatten weder einen Laden noch eine Schule, nur in einem gab es ein Pub. Wenige Menschen arbeiteten tatsächlich noch auf dem Land oder in den Dörfern selbst. Harnfield war viel größer, und es gab sowohl eine Grundschule als auch eine weiterführende und einige Neubaugebiete. Dazu noch ein Gewerbegebiet. Menschen waren unterwegs. Harnfield war nicht besonders anziehend, aber es besaß ein Gemeinwesen und wirkte lebendig.
Simon bog in die schmale Straße, die zur Ivy Lodge führte.

»Ich wusste nicht, ob wir sie wiederbekommen.« Shirley, Marthas Tagespflegerin, ging vor ihm den hell gestrichenen Flur entlang. »Es ging ihr so schlecht.«
»Ja, ich weiß. Ich wurde aus Italien zurückgerufen.«
»Aber sie rappelt sich immer wieder auf, eigentlich sollten wir daran gewöhnt sein. Sie ist so stark.« Shirley blieb an der offenen Tür zu Marthas Zimmer stehen. »Was die anderen auch sagen, das Leben muss ihr wohl genug geben, um weitermachen zu wollen, wissen Sie.«
Simon lächelte. Er mochte Shirley, mit ihrem leichten Schielen und der Lücke zwischen den Schneidezähnen. Die eine oder andere Pflegerin vermittelte den Eindruck, dass sie das Ende

ihrer Schicht kaum erwarten konnte und nicht mehr als das Minimum tat, um seine Schwester sauber zu halten, es ihr bequem zu machen und sie zu füttern. Shirley redete mit ihr und sprach von ihr als einem Individuum, das sie kannte und mochte, obwohl sie Martha manchmal ermüdend fand. Er wusste, dass so etwas selten war, und er war dankbar dafür.

Marthas Zimmer war hell, mit butterblumengelben Wänden und weiß gestrichenen Möbeln, das Zimmer eines Kindes; es munterte Simon immer auf, wenn er es betrat.

Seine Schwester saß aufgestützt im Bett. Ihr Haar war frisch gebürstet und zurückgebunden, sie hatte Farbe in den Wangen und Glanz in den Augen. Sie schaute zum Licht, das durch die Fenster hereinfiel, und beobachtete die von einem Windhauch bewegten gelben und grünen Vorhänge.

»Hallo, Liebling. Du siehst so viel besser aus!« Er trat ein und griff nach ihrer Hand. Sie war weich, die Haut wie Satin, selbst die Knochen wirkten weich, als die Hand bewegungslos in seiner lag. »Ich bin gleich hergekommen, als ich erfahren habe, dass du aus dem Krankenhaus zurück bist, und ich wette, du bist froh darüber. Hinter all diesen Schläuchen und Apparaten konnte ich dich gar nicht richtig sehen.«

Shirley steckte die Decke an Marthas Bettende fest und schloss die Tür eines Schranks. »Ich komm später zu dir, Schätzchen«, sagte sie zu Martha, winkte und ging hinaus.

Das Zimmer war friedvoll. Martha war friedvoll. Sie würde hier sitzen, bis jemand kam, um sie zu drehen, sie zu säubern, sie umzuziehen, mit ihr Krankengymnastik zu machen, sie auf den Stuhl zu heben, sie zu füttern, ihren Trinkbecher zu halten; sie war abhängig wie ein Baby, unfähig, auch nur das Kleinste zu tun, für sich selbst oder für andere.

Sie roch nach Seife und sauberen Laken. Nie ging ein anderer

Geruch von ihr aus, nie lag etwas Saures oder Schmutziges in der Luft ihres Zimmers. Ihre Pflege war einwandfrei.
Aber er hatte sich oft gefragt, wie groß der Unterschied für sie gewesen wäre, wenn sie so zu Hause gesessen hätte, mitten im Familientrubel, die Anregung verschiedener Menschen, die um sie herum redeten und arbeiteten und beschäftigt waren, Kinder, die hereinkamen, Cats Kinder, deren Freunde, Tiere auf Marthas Schoß. Sie hatte nie ein normales Leben kennengelernt. Er wünschte, er hätte ihr das ermöglichen können.
Martha gab ein kleines Murmeln von sich, teils Stöhnen, teils Seufzen, teils Lachen … Es ließ sich unmöglich sagen. Ihre Hand bewegte sich.
»Was ist? Hast du etwas gesehen?«
Wieder das kleine Geräusch. Er blickte ihr ins Gesicht. Nichts war darin zu erkennen, und doch wusste er, dass sie mit ihm zu kommunizieren versuchte.
Er gab ihr etwas aus dem Schnabelbecher vom Tisch zu trinken, und sie trank, aber ob es das war, was sie gewollt hatte, konnte er nicht sagen.
»Kleine Martha«, sagte er. »Ich bin so froh, dass es dir besser geht.«
Er blieb zehn Minuten, hielt ihre Hand, erzählte ihr von dem Eichhörnchen, das er auf der Kiefer hinter dem Parkplatz gesehen hatte, wusste, dass es ihr nichts bedeutete, und war sich doch sicher, dass sie gern seine Stimme hörte.
Als er ging, schlossen sich ihre Augen. Sie war wie ein Baby, in den Schlaf gelullt von den leise wehenden, hellen Vorhängen.
In der Eingangshalle traf er Shirley. »Es scheint ihr gutzugehen«, sagte er. »Sie schläft jetzt.«
»Das ist recht so, weil wir nachher ihr Bett machen müssen und dann ihren Brustkorb bearbeiten, damit sie keine weitere

Lungenentzündung bekommt. Danke, dass Sie gekommen sind. Ich nehme an, dass Dr. Serrailler sie später besuchen wird.«

Das Eichhörnchen raste den langen Stamm der schottischen Kiefer hinauf, als Simon zu seinem Auto ging, aber plötzlich verharrte es und lugte aus seinen blinkenden kleinen Augen auf ihn hinab.

DCI Serrailler bog aus der Auffahrt und fuhr zum Revier von Lafferton und zu seiner Arbeit. Wenn Abwesenheit das Herz zärtlicher machte, dann tat der Tod das auch. Er hätte nicht durch die Seitenstraßen der Altstadt fahren müssen, um zum Revier zu gelangen, obwohl er damit einige Ampeln umging, aber als er näher kam, wusste er, dass er die Straße hatte entlangfahren wollen, in der Freya Graffham gewohnt hatte.

Er war nicht in sie verliebt gewesen – zumindest nicht, während sie noch lebte –, hatte sie aber attraktiv gefunden, faszinierend und hatte ihre Gesellschaft genossen. Vielleicht hätte er sie geliebt, wenn sich die Dinge weiterentwickelt hätten. Ihre Gefühle für ihn waren an dem Abend, als sie spontan bei Simons Lieblingsitaliener zum Essen gegangen waren, durchaus deutlich gewesen, nicht in dem, was sie gesagt hatte – dafür war sie viel zu vorsichtig gewesen –, sondern in der Art, wie sie ihn angeschaut hatte.

Aber die Dinge hatten sich nicht weiterentwickelt. Freya Graffham war ermordet worden. In ihrem eigenen Haus. Dem Haus, dem sich Simon jetzt näherte. Es war ein kleines viktorianisches Handwerkercottage in einer Reihe mit anderen, das in einem Karree zwölf gleichartiger, »die Apostel« genannter Straßen lag, weil sie nicht weit von der Kathedrale entfernt waren. Erst nach dem Mord an Freya war er zum ersten Mal in dem Haus gewesen. Er hatte keine Erinnerungen daran, die nicht furchtbar waren. Die Eingangstür war neu gestrichen worden. Früher war sie kastanienbraun gewesen, jetzt marineblau. An den Fenstern hingen halbgeschlossene, neue Jalousien. Das Tor war fort. Simon hielt auf der anderen Straßenseite. Niemand war zu sehen. Er verstand nicht, warum er hier war. Aber als er wegfuhr, senkte sich ein bleiernes Gefühl auf seinen Magen, und der vor ihm liegende Tag war getrübt.

»Guten Morgen, Sergeant.«
DS Nathan Coates schaute über seine Schulter und stutzte die Hand ab, in der er zwei aufeinandergestellte Pappbecher mit Kaffee trug, als der DCI an ihm vorbei und die Treppe hinaufging. »Chef? Ich dachte, Sie kämen erst morgen zurück.«
»Planänderung.«
Die Tür schwang hinter Serrailler zu.
Nathan verschob die Becher ein wenig. Er lächelte. Er lächelte fast immer, wenn der DCI oder sonst jemand ihn mit Sergeant ansprach. Seine offizielle Beförderung zum Detective Sergeant lag schon über sechs Monate zurück, aber er hatte sich immer noch nicht daran gewöhnt, musste sich nach wie vor vergewissern, dass man ihn nicht auf den Arm nahm. Er hatte die Beförderung gewollt und sie doch nicht gewollt, weil es bedeutete, in die Schuhe von Freya Graffham zu schlüpfen.
Und der DCI hatte genau gewusst, welche Knöpfe er drücken musste.
»Ihre Herkunft hat es Ihnen nicht leichtgemacht, Nathan. Sie hätten genauso gut denselben Weg einschlagen können wie die Hälfte Ihrer Schulkameraden, und wie viele Jahre säßen Sie dann schon auf Kosten Ihrer Majestät im Gefängnis? Sie haben den anderen Weg gewählt, und erzählen Sie mir nicht, dass es

leicht war. Werden Sie dort, wo Sie herkommen, überhaupt noch anerkannt? Ich bezweifle es. Bullen sind in Sozialbausiedlungen wie den Dulcie Estates nicht gerade beliebt, besonders wenn der Bulle einer der ihren ist. Sie stehen jetzt für alles, gegen das Sie sein sollten, und Sie sind genau die Art von Polizist, die wir wollen. Die Polizei sollte ein Spiegel der Gesellschaft sein, die sie kontrolliert, was fast nie der Fall ist, deswegen ist es so wichtig, dass Sie bleiben und die Leiter weiter hinaufsteigen. Sie sind jung, Sie sind klug, Sie arbeiten wie besessen, und DS Graffham hatte eine hohe Meinung von Ihnen. Was würde sie wohl sagen, wenn Sie jetzt kneifen?«

»Das ist unter der Gürtellinie, Chef.«

»Manchmal muss man solche Schläge austeilen. Kommen Sie, Nathan, machen Sie die Augen auf. Es hat Sie getroffen. Es hat uns alle getroffen. Das war eine schreckliche Sache. Ich hätte nie gedacht, dass wir es an einem Ort wie Lafferton mit einem Serienmörder zu tun bekämen … Drogen, Raubüberfälle, Vergewaltigungen, Einbrüche, all das nimmt zu, selbst in einer netten, kleinen, ehrbaren englischen Kathedralenstadt. Aber mehrfacher Mord? Wir könnten vielleicht noch einen Schusswechsel im Verlauf eines Einsatzes verkraften … eine Razzia … eine Panik … ein toter Polizist. Damit wären wir fertig geworden, aber nicht mit Freyas Mord. Und Sie waren als Erster da, mussten mit alldem zurechtkommen, und Sie geben sich die Schuld, glauben Sie nicht, dass mir das nicht bewusst ist. Sie bräuchten es nicht, aber Sie tun es und werden es wahrscheinlich immer tun. Doch nichts davon ist ein Grund, Ihren Beruf aufzugeben. Es ist ein guter Grund, zu bleiben. Haben Sie mich verstanden?«

Das hatte Nathan, aber er hatte weitere vierzehn Tage gebraucht, um es zuzugeben. Emma und er hatten in aller Stille in einer Seitenkapelle der Kathedrale geheiratet, mit dem DCI als Trauzeugen, bevor Nathan sich schließlich entschlossen hatte, bei der Polizei zu bleiben. Noch viel länger hatte es gedauert, bis er bereit gewesen war, die Beförderung zum Sergeant anzunehmen. Aber jetzt war er Detective Sergeant, und die damit verbundene Erregung, der Stolz, das Gefühl, etwas erreicht zu haben, erfüllten ihn jeden Morgen beim Aufwachen erneut. Serrailler hatte den Nagel auf den Kopf getroffen. Niemand aus Nathans Milieu hatte es vorher zur Kriminalpolizei von Lafferton geschafft, ganz zu schweigen davon, Sergeant zu werden. Und er hatte nicht vor, seinen Aufstieg auf der Karriereleiter damit zu beenden.

Er schob die Schwingtür mit der Schulter auf und ging auf das Dezernatsbüro zu, aber als er an der offenen Bürotür des DCI vorbeikam, rief der ihn herein.

»Ist der für mich?« Serrailler streckte die Hand aus.

»Klar doch.«

»Vielen Dank.«

Er nahm den Becher mit Cappuccino, den Nathan nicht aus dem Automaten am Ende des Flurs geholt hatte, sondern aus dem neuen Eckcafé eine Straße weiter, geführt von einem zyprischen Ehepaar und hauptsächlich von Polizisten frequentiert.

»DC Dell kann sich selbst einen holen.«

Der DCI lehnte sich zurück. Ist doch verrückt, dachte Nathan, er sieht jünger aus als ich, genau im richtigen Alter, rasch die Karriereleiter zu erklimmen und nicht schon fast ganz oben zu sein. Serraillers Haar, weißblond und verstrubbelt wie immer, glänzte im Licht, das durch das Fenster hinter ihm hereinfiel. »Der schicke DCI«, nannte Emma ihn. Freya Graffham hatte dasselbe gedacht, und sie hätten prima zusammengepasst. Und dann vielleicht …

Vielleicht nichts.
»Wie ist es hier denn gelaufen?«
»War ein bisschen zu ruhig.«
»Sagen Sie das nicht.«
»Das Einzige, was uns zu schaffen gemacht hat, war diese Gang … Kids, nur verhalten sie sich nicht wie Kinder. Ich war letzte Woche in der Eric Anderson, hab mit dem Rektor gesprochen, mit ein paar Lehrern. Sie wissen ziemlich genau, wer es ist. Alles Problemfälle, schwänzen die meiste Zeit, und zu Hause kümmert das keinen. Es hat mit kleinen Sachen angefangen, bloß sind sie jetzt nicht mehr so klein. Jetzt ist es ziemlich gut organisierter Ladendiebstahl, und abends lauern sie Leuten auf, die von der Arbeit nach Hause gehen, schnappen sich Handtaschen, Handys und so … Und dann sind da die Autos. Sie haben angefangen, hochwertige Autos zu klauen, aber nicht für eine Spritztour, dazu sind sie zu clever, die Karren verschwinden einfach. Schätze, die arbeiten mit viel größeren Gangstern zusammen.«
»Wie alt sind diese Kinder?«
»Vierzehn, fünfzehn … die letzten beiden Schuljahre. Machen das wohl als Abschlussprüfung. Ha.«
»Namen?«
»Ein paar hab ich, aber die sind glatt wie Aale. Haben eine Menge von Brüdern und Vätern gelernt, die im Knast waren.«
»Dann sollten wir uns diese Brüder und Väter vorknöpfen. Jeden überprüfen, der in den letzten drei Jahren gesessen hat, für was auch immer … Besser, wir beziehen auch die mit ein, die immer noch sitzen. Kinder können bei Besuchen eine Menge lernen. Wir stellen eine Liste der Gefangenen zusammen und schauen dann, ob sie Kinder in dieser Altersgruppe haben. Ich werde die Streifenpolizei bitten, ihre Patrouillen zu verstär-

ken … zu den uns bekannten Zeiten. Was natürlich nur dazu führen wird, dass sich die Burschen woandershin verziehen.«

»Wir nehmen an, dass die Autos nachts verschoben werden – zwei, drei Uhr morgens.«

»Gut, was die Namen betrifft, die der Rektor Ihnen gegeben hat … gehen Sie da hin, reden Sie mit den Müttern, schauen Sie, ob die gemerkt haben, dass ihre Kids um zwei Uhr nachts aufstehen und verschwinden … oder vom Abend vorher vielleicht gar nicht erst nach Hause gekommen sind.«

»Geht klar, Chef.«

»Sonst noch was?«

»In die Kathedrale ist eingebrochen worden, nachts. Leichte Schäden, nichts gestohlen … merkwürdige Graffiti auf ein paar Säulen. Schien was Religiöses zu sein.«

»Wer hat das bearbeitet?«

»Ich hab mit dem Dekan gesprochen … Er war sehr nett. Bisschen zu nett …«

»Ah, Vergebung, meinen Sie?«

Nathan zielte mit dem Pappbecher auf den Papierkorb und traf daneben.

»Wenn sonst nichts anliegt, werde ich mich um diese Jugendgang kümmern. Die müssen rasch eins auf die Pfoten kriegen. Es geht mir auf den Senkel. Denen wird alles auf dem Silbertablett serviert, und was machen sie?«

»Alles, bis auf eine vernünftige Erziehung zu Hause.«

»Stimmt. Danke, Chef. Hatten Sie übrigens einen schönen Urlaub?«

»Sehr friedlich. Ich musste ihn abbrechen … Jemand aus meiner Familie war im Krankenhaus.«

»Das tut mir leid … ist alles in Ordnung?«

»Ja. Es war meine Schwester, aber es geht ihr wieder besser.«

Nathan Coates verließ das Büro, schloss die Tür, und Simon dachte an das butterblumengelbe und weiße Zimmer mit den wehenden Vorhängen und Martha, die ihre seltsamen kleinen Laute von sich gab. Er hätte über den Abbruch seines Urlaubs verärgert sein können, aber der Gedanke kam ihm nicht.

Er schaute auf die Akten auf seinem Schreibtisch. Bagatelldelikte. Jugendgangs. Kleinkrimineller Drogenhandel. Raubüberfälle. Autodiebstahl. Ein wenig Betrug und Unterschlagung. Das war die Routinearbeit der Kriminalpolizei. Das Jahr, in dem Lafferton einen psychopathischen Serienmörder unter seiner Bevölkerung gehabt hatte, war eine Ausnahme gewesen – für jede Polizeitruppe im Land. Er starrte die Akten weiter an, ohne sie in die Hand zu nehmen. Er liebte seine Arbeit, aber was da vor ihm lag, die Routineangelegenheiten, mit denen er den größten Teil seiner Zeit verbrachte, beanspruchten ihn nicht übermäßig. Er wusste, dass er nicht ewig in diesem Provinzkaff bleiben konnte, das seine Heimatstadt war, außer er wollte Moos ansetzen, aber sein Leben in Lafferton jenseits der Arbeit war alles, was er wollte. Er lebte nicht nur für die Kriminalpolizei. Zur Hälfte war er Künstler, und der Rest von ihm war Bruder, Onkel, Sohn – in der Reihenfolge.

Wenn er sich zu einer Polizeitruppe in einer größeren Stadt versetzen ließe, was würde er verlieren? Und gab es in jedem großen Kriminaldezernat nicht ebenso viel Kleinkriminalität und Routinearbeit? Mehr, vermutlich. Der Gedanke, dass die Beförderung zum Superintendent in einer großen Stadt ständige Aufregung, schwierige Mordfälle, Detektivarbeit wie aus dem Krimi bedeuten würde, war Blödsinn, und das wusste er.

In Lafferton bekam er davon auch einiges mit. Ja, wenn er die beiden nächsten Stunden damit verbrachte, die Akten vor ihm durchzuarbeiten, könnte er mit Nathan zur Eric-Anderson-

Schule fahren und dann in die Sozialsiedlungen, aus denen die Problemkinder stammten. Abgesehen von allem anderen würde er eine Menge lernen. Dort kam Nathan her, aus diesem benachteiligten Milieu, von dem er sich so mühsam und zielgerichtet freigekämpft hatte. Wenn jemand wusste, wie diese Jugendgangs funktionierten, dann war das Nathan Coates. Simon öffnete die oberste Akte und begann zu lesen.

David

Was machen Sie? Wo ist Mr. Forbes? … Mr. Forbes sollte mich abholen. Ich kenne Sie nicht. Ich will nicht in diesem Auto sein.
Würden Sie bitte anhalten und mich jetzt rauslassen, bitte.
Niemand hat mir gesagt, dass jemand anders mich abholen würde.
Fahren wir zu meiner Schule?
Das ist nicht der Weg zu meiner Schule. Ich gehe auf die St. Francis.
Wo fahren wir hin?
Ich kenne Sie nicht. Ich will nicht in diesem Auto sein.
Bitte, können wir jetzt anhalten? Ich will nicht mit Ihnen fahren.
Warum reden Sie nicht? Warum sagen Sie überhaupt nichts?
Jemand wird Sie in meiner Straße gesehen haben, da schaut immer jemand aus dem Fenster oder geht vorbei, sie werden wissen, dass es nicht das Auto war, mit dem ich abgeholt werde. Sie werden es bald meinem Vater sagen.
Sie sollten nicht so fahren, das ist zu schnell. Ich mag nicht so schnell fahren. Bitte, könnten Sie jetzt anhalten? Ich geh zu Fuß zurück, das ist okay.
Warum haben Sie mich ins Auto gezerrt?
Wenn wir an einer Ampel halten, steige ich einfach aus.

Wir sind nicht mal in der Nähe von meiner Schule. Ich weiß nicht, wo wir sind. Wohin bringen Sie mich?
Bitte, können wir anhalten? Bitte bringen Sie mich nicht weiter weg.
Warum wollen Sie, dass ich mit Ihnen fahre?
Warum sagen Sie nichts zu mir?
Warum fahren wir hier lang? Ich darf hier nicht sein.
Bitte, könnten wir anhalten? Ich werde es niemandem erzählen, ich kann sagen, ich hätte vergessen, dass Mr. Forbes kommen würde, oder ich bin weggerannt … Ja, das ist es, wenn Sie wollen, ich kann sagen, dass ich weggelaufen bin. Dann bin ich es, der Ärger kriegt. Sie bekämen keinen Ärger. Ich werde nichts von Ihnen sagen. Kann ich ja sowieso nicht, weil ich Ihren Namen nicht weiß, und ich würde nichts über das Auto sagen. Dann würden sie nichts wissen. Warum tun Sie das nicht?
Bitte.
Bitte, tun Sie das. Ich will nicht mit Ihnen fahren.
Bitte. Ich mag nicht mit Ihnen in diesem Auto sein.
Bitte.
Bitte.

12

Wie hieß es noch genau? »Nie war der Frühling frühlingshafter, nie das Blühende blütenreicher.« Und wer hatte das gesagt?

Karin McCafferty stand auf dem Parkplatz des Kreiskrankenhauses Bevham, sah zum grauen Himmel hinauf – ein zauberhaftes, weiches Möwenschwingengrau – und empfand den Ostwind als kühl und angenehm auf dem Gesicht. Neben ihrem Auto stand ein kleiner kahler Baum an einer kurzen gedrungenen Weißdornhecke. Staunend betrachtete sie die Baumrinde und deren Farbe. So viele Schattierungen von Braun und Schwarz, Silber und Moosgrün. Der Weißdorn wirkte wie eine verschlungene Bleistiftkritzelei.

Vor zehn Minuten hatte sie wartend mit trockenem Mund vor ihrer freundlichen, rothaarigen irischen Onkologin gesessen, die in den Unterlagen und Berichten gelesen, aufgeblickt, die Papiere ordentlich zusammengelegt und die Krankenakte geschlossen hatte.

Und dann hatte sie gelächelt. »Alles in Ordnung, Karen«, hatte sie gesagt. »Blitzsauber. Keine neuen Krebszellen und nichts mehr übrig von den alten.«

Sie würde sich nicht daran gewöhnen, würde diese Worte nie

für endgültig halten und doch jedes Mal das Gefühl haben, als sei die ganze Welt von einem triumphierenden Glanz erfüllt, wenn sie aus dem Krankenhaus ins Tageslicht und die frische Luft hinaustrat. Aber sie würde auch nie vor ihrer Ärztin triumphieren, weil sie deren schulmedizinische Behandlung abgelehnt und sich für natürliche Therapien entschieden hatte. Sie hatten einen kurzen, scharfen Streit gehabt, Karin hatte nicht nachgegeben, die Onkologin hatte ihr sehr deutlich die Meinung gesagt und dann zugestimmt, sie als Patientin zu behalten und ihre Fortschritte zu überwachen. Im Gegenzug hatte Karin sich einverstanden erklärt, sich ernsthaft mit den konservativen medizinischen Möglichkeiten auseinanderzusetzen, sollte der Krebs zurückkehren. Aber bisher war er nicht zurückgekehrt.

Sich an ihre eigene Methode alternativer Behandlungen zu halten, war nicht leicht gewesen. Es war zeitaufwendig, teuer und einsam, und für Karin war es ein furchtbarer Schlag gewesen, als sich herausgestellt hatte, dass ihr Akupunkteur, bei dem sie in Behandlung gewesen war, ein psychopathischer Serienmörder war. Aber jetzt, während sie einen im Staub hüpfenden Sperling beobachtete, entzückt über den Glanz auf seinen Flügeln und das Leuchten in seinen Augen, gehörte der Horror des vergangenen Jahres zu einem anderen Leben. Sie war gesund, brauchte erst in einem halben Jahr wieder ins Krankenhaus zu kommen. Sie war gesund!

»Dennis Potter«, sagte sie laut. Sie hatte *The Singing Detective* sehr gemocht. Dennis Potter hatte kein solches Glück gehabt. Der Krebs hatte ihn getötet, doch zuvor hatte er noch die Schönheit seines letzten Frühlings beschrieben. »Nie war das Blühende blütenreicher.«

Karin rief Cat Deerborn von ihrem Handy an, aber es meldete sich der Anrufbeantworter. Sie hinterließ eine kurze und

jubelnde Nachricht und machte sich auf den Heimweg, von einer Eva-Cassidy-CD beim Fahren zu Tränen gerührt – Eva Cassidy, die durch den Krebs, den Karin besiegt hatte, in die Dunkelheit des Todes gefallen war.
Somewhere, over the rainbow …
Karin bremste an einer Kreuzung, um einen Lastwagen vorbeizulassen.

Mikes Auto stand in der Einfahrt. Aber Mike sollte geschäftlich in Irland sein und erst in zwei Tagen zurückkommen.
Karin segelte summend ins Haus. »Mike? Wo bist du?«
Seine Stimme kam von oben. »Hier.«
Sie lief hinauf. Sie liebte ihr Haus. Sie liebte das weiß gestrichene, gebogene Geländer und die türkisfarbene Schale auf dem Fensterbrett im ersten Stock. Sie liebte den Lichtstreifen, der durch die offene Schlafzimmertür auf den Kelimläufer fiel. Sie liebte den schwachen Zitronengeruch, der aus der halboffenen Badezimmertür drang.
»Hallo. Ich hab gute Neuigkeiten … die besten.« Sie trat ein, und ihr Summen wurde zu Singen, als sie zu Mike ging, um ihn zu umarmen. Er stand neben dem Kleiderschrank und zwei geöffneten Koffern, einer auf dem Bett, der andere auf dem Boden.
»He … was machst du da? Sieht aus, als würdest du packen und nicht dreckige Wäsche ausräumen.«
»Ja.«
»Du fährst doch nicht schon wieder weg? Nicht sofort?«
»Doch.«
Er kehrte ihr den Rücken zu und fuhr mit der Hand durch die Krawatten am Halter, zog eine heraus, machte weiter, zog eine weitere heraus.

»Wohin diesmal?«
Er antwortete nicht.
»Mike? Und hast du nicht gehört, was ich gesagt habe – gute Neuigkeiten …«
Schweigen. Er drehte sich immer noch nicht um. Irgendetwas an der Stille im Raum und der Art dieses Schweigens zog Karin den Magen zusammen.
»Was ist los?«
Schließlich schaute er sich langsam um, sah sie nicht sofort direkt an, sondern auf den Koffer, in den er ein Hemd gelegt hatte. Dann richtete er sich auf. Ein großer Mann. Graumeliertes, dickes Haar. Eine große Nase. Gutaussehend, dachte sie, immer noch gutaussehend.
»Ich dachte, du würdest erst später zurückkommen. Ich dachte, du würdest vielleicht zu Cat fahren.«
»Und? Ich meine, ja, hätte sein können, aber ihr Anrufbeantworter lief – vermutlich ruht sie sich aus. Die Geburt steht kurz bevor.«
»Das hatte ich vergessen.«
»Warum spielt es eine Rolle, wann ich nach Hause komme?«
Er klimperte mit ein paar Münzen in der Hosentasche, sah sie weiterhin nicht an.
Dann sagte er: »Könntest du Tee kochen?«
»In Ordnung.«
»Ich muss mit dir reden.«
Dann wieder Stille. Diese schreckliche, ohrenbetäubende Stille.
Sie rannte aus dem Schlafzimmer.

Es war nach sieben, als sie Cat erneut anrief, nachdem Mike gegangen war. Karin fühlte sich so zerschlagen und mitgenommen und entsetzt, wie sie gewesen wäre, wenn man ihr gesagt hätte, ihr Krebs sei zurückgekehrt, sei weiter fortgeschritten und inoperabel, so verletzt wie noch nie in ihrem Leben. Nicht viel war gesprochen worden, wenn man bedachte, dass es drei Stunden gedauert und Mike sie verlassen hatte, um auf der anderen Seite des Atlantiks eine Frau zu heiraten, die zehn Jahre älter war als Karin. Sie hatten dagesessen, sich angeschaut und sich dann nicht mehr angeschaut, hatten Tee und dann Whisky getrunken; Karin hatte wenig gesagt, geweint, aufgehört zu weinen und geschwiegen. Dann war er gegangen. Wie hatte das so lange dauern können?

»Cat Deerborn.«

»Cat …«

»Karin … was hast du erfahren?«

Karin öffnete den Mund, um Cat zu sagen, dass sie weder Krebs noch einen Ehemann hatte, aber aus ihrem Mund kamen keine Worte, nur ein seltsam klagendes, wütendes Geräusch, bei dem Karin dachte, es müsse von jemand anderem stammen, einer Frau, die überhaupt nichts mit ihr zu tun hatte, einer Frau, die sie nicht kannte.

»Komm einfach her«, sagte Cat, »egal, was es ist.«

»Ich kann nicht …«

»Doch, du kannst, du steigst in dein Auto und fährst her. In einer halben Stunde bist du hier.«

Sie wusste nicht, wie, doch sie erreichte das Bauernhaus ohne Zwischenfälle. Cat schaute sie einen Moment lang durchdringend an, ging dann zum Kühlschrank und holte eine Flasche Wein heraus.

»Ich darf keinen mehr, aber du hast es mit Sicherheit nötig.«

»Nein, davon fang ich nur an zu weinen.«

»Gut. Dann weine.« Sie reichte ihr ein großes Glas. »Die Kinder sind oben, Chris ist noch nicht zurück, es gibt Hühnerpastete, und du kannst gerne hierbleiben. Wer weiß, vielleicht setzen bei mir heute Nacht die Wehen ein, dann darfst du hier das Kommando übernehmen, und Gott helfe dir. Komm, gehen wir ins Wohnzimmer, ich zünde ein Feuer an.«

Cat sah müde und abgespannt aus, wirkte aber ansonsten unverändert – tüchtig, fröhlich, robust, die perfekte Freundin, wie es Karin immer vorkam, genauso wie die perfekte praktische Ärztin.

»Also … du warst bei deiner Onkologin. Geht es darum?«

»Nein. Alles in Ordnung. Keine weiteren Anzeichen.«

»Und …«

»Mike hat mich verlassen.«

»Dich verlassen? Für immer?«

»Ja.«

»Du hast nie irgendwas gesagt, ich wusste nicht, dass es Probleme zwischen euch gab.«

»Himmel, Cat, denkst du, ich wusste das? Ich war in solcher Hochstimmung … Du kannst dir nicht vorstellen, wie man sich fühlt … wenn die Mammographien sauber sind, die Blutproben in Ordnung, wenn dir das gesagt wird … Das ist … buchstäblich wie die Begnadigung in der Todeszelle. Die Welt ist so gut … Und dann stand er einfach da und packte seine Sachen.«

»Hast du ihm von den Ergebnissen erzählt?«

»Klar. Selbstverständlich.«

»Und?«

»Ich weiß nicht, ob er es überhaupt wahrgenommen hat. Er sagte – ›Gut‹.«

»Aber warum geht er dann, Himmel noch mal?«

»Aus einer Menge Gründen, wegen vieler Dinge, die ich gar

nicht mitbekommen hatte. Der Hauptgrund lebt in New York und heißt Lainey. Sie ist vierundfünfzig.«
»Das ist ja nicht zu fassen.«
»Nein.«
»Wie gemein, nach Hause zu kommen und das zu erfahren.«
»Ja.«
Karin drehte das Weinglas zwischen ihren Fingern, das hin und wieder den Feuerschein auffing und den Wein glühen ließ.
Sie fühlte sich warm. Eingehüllt. Getröstet. Umsorgt. Betäubt.
»An eines musst du denken ... Du hattest zwei große Schocks ... die Morde, und jetzt das. Diese Dinge können ihren Tribut fordern.«
»Den Krebs wieder aufflammen lassen, meinst du.«
»Sei dir dessen einfach bewusst. Verstärke deine Therapien und sei wachsam. Entschuldige, dass ich dir ärztliche Ratschläge gebe, das ist nicht der richtige Moment, aber es ist wichtig.«
»Ich weiß nicht, ob mir das jetzt nicht gleichgültig ist.«
»O nein. Es ist dir nicht gleichgültig. Du wirst dich davon nicht kleinkriegen lassen. Er wird zurückkommen.«
»Oder der Krebs.«
»Nein.«
»Das Schlimmste, was er gesagt hat, drehte sich sogar darum. Er sagte, er könne es nicht mehr ertragen, mit einem Krebsopfer zusammenzuleben ... dass er eine Krankheit hinnehmen könnte, die einen überfiele und sich dann besserte, aber eine, die einen für immer verändere, wäre etwas anderes. Er sagte, ich hätte während des letzten Jahres an nichts anderes als an den Krebs gedacht, hätte mich um nichts anderes mehr gekümmert ... Ich hätte ... zugelassen, dass der Krebs mich bestimmt, und jetzt würde ich die Krankheit brauchen, und damit könne er nicht umgehen.«

»Großer Gott.«
»Ich hatte das nicht so gesehen, Cat. Es ist mein ...«
»Wag es ja nicht, zu sagen, es sei dein Fehler.«
»Na ja, ist es das nicht?«
»Und die Frau in New York? Die ist dann wohl auch dein Fehler?«
»Sie gibt ihm das Gefühl, lebendig zu sein. New York gibt ihm das Gefühl, lebendig zu sein. Offenbar. Ich hatte einfach keine Ahnung, dass etwas zwischen uns nicht stimmte. Ich meine ... da war nichts, was nicht stimmte. Es ist mir nie in den Sinn gekommen.«
»Nichts von dem Üblichen? Telefonanrufe ... größere Geldausgaben ... vermehrte Abwesenheit?«
»Mike war immer viel unterwegs, er führt schließlich drei internationale Unternehmen. Wenn er nicht unterwegs ist, verbringt er derentwegen die Hälfte der Zeit am Telefon.«
Ein Licht huschte kurz über die zugezogenen Vorhänge, als Chris Deerborns Auto in die Auffahrt bog.
»Was soll ich machen, Cat? Was machen Menschen in solchen Situationen?«
»Sie kämpfen«, erwiderte Cat. »Dein Leben war es ja auch wert, darum zu kämpfen, nicht wahr?«
»Ich habe diese Vorstellungen nie gemocht ... Krebs und Krieg, Krebs und Gefechte, kämpfen und ringen.«
»Tja, es gibt eine Alternative.«
»Welche?«
»Aufgeben. Kapitulieren ... nenn es, wie du willst.«
»O Gott.«
Cat erhob sich schwerfällig. »Du hast das blaue Zimmer. Ich hab dir Sachen rausgelegt ... Geh und nimm ein Entspannungsbad, zünde eine Duftkerze an. Essen gibt's erst in einer

halben Stunde. Ich muss mit Chris langweiliges Verwaltungszeug wegen der Vertretung besprechen.«

Der Ausdruck auf Chris' Gesicht ließ Cat innehalten, als sie in die Küche kam.

»Was ist los?«

»Kennst du Alan Angus?«

»Aus der Neurochirurgie. Klar … was ist mit ihm?«

»Sein Sohn geht auf die St. Francis … ein Jahr älter als Sam.«

»Klein für sein Alter? Wirkt ein bisschen … na ja, altmodisch für ein Kind?«

»Er wird vermisst.«

»Was soll das heißen?«

»Sie wechseln sich mit zwei anderen Familien ab, die Kinder zur Schule zu bringen … Marilyn Angus hat David heute Morgen an der Einfahrt zurückgelassen, wo er wie gewöhnlich abgeholt werden sollte … ein paar Minuten später. Als der andere Vater mit dem Auto kam, war David nicht an der Einfahrt … Eines der Kinder stieg aus und klingelte, aber niemand war da, also fuhren sie weiter. Dachten, seine Eltern hätten ihn mitgenommen und vergessen, Bescheid zu sagen. Aber David war nicht in der Schule. Er wurde als abwesend eingetragen, und die haben sich natürlich nichts weiter dabei gedacht, bis seine Mutter ihn um vier Uhr abholen wollte und er nicht da war. Keiner hat seit zehn nach acht heute Morgen irgendwas von ihm gesehen oder gehört.«

»Ach, du lieber Gott.«

Cats Beine gaben nach, und sie setzte sich rasch auf das Sofa. Ihre Augen füllten sich mit Tränen. »Woher weißt du das?«

»Aus den Lokalnachrichten im Radio, gerade eben.« Er setzte sich neben sie. »Es ist nicht Sam«, sagte er. »Es ist furchtbar und nur zu gut vorstellbar, aber es ist nicht Sam. Übrigens, ich dachte, ich hätte Karins Auto draußen stehen sehen.«

»Hast du. Sie ist im Bad. Mike hat sie verlassen.«

Chris stöhnte.

»Er erträgt es nicht, mit einem Krebsopfer zu leben, also hat er bei jemandem namens Lainey in New York Trost gesucht. Ich vermute, dahinter steckt noch mehr, aber darüber hat sie noch nicht gesprochen. Oh, und ihre Mammographien sind sauber – sie hatte heute ihre vierteljährliche Untersuchung.«

Sie saßen schweigend da; Chris ließ seine Hand auf Cats Bauch ruhen. Oben lief das Badewasser ab. Cats Baby veränderte seine Lage, drückte dabei auf einen Nerv, aber sie bewegte sich nicht. Sie fühlte sich plötzlich erschlagen von den auf sie einstürzenden Ereignissen, eines nach dem anderen, ausgelaugt nach zu vielen unbequemen, schlaflosen Nächten. Sie war müde, lehnte sich gegen Chris in der warmen Küche, mit der schnurrenden Katze an ihrer Seite. Dann öffnete sie die Augen.

»Chris? Geh nach oben und schau nach Sam … und Hannah.«

Chris Deerborn stand auf und verließ die Küche ohne ein Wort.

13

Erinnert Sie das an was?« Nathan Coates stand am Bürofenster des DCI, blickte hinab auf die wegfahrenden Medienleute – Fernsehcrews und Radiojournalisten, die davonbrausten, um das Material in die nächsten Nachrichten einzuspeisen. Serrailler hatte die Medien von Anfang an auf seiner Seite haben wollen, hatte die Pressekonferenz abgehalten und die üblichen Fragen beantwortet. Jetzt schaute er auf die Karte von Lafferton und Umgebung, die auf der anderen Seite des Büros hing, und antwortete nicht.

»Vermisste Personen. Damit fing es damals an. Ich hasse es. Würde meine Zähne lieber in die Bande aus der Dulcie-Siedlung schlagen.«

Serrailler drehte sich um. »Sie sind nicht hier, um das zu tun, worauf Sie Lust haben, Sie sind hier, um Ihren Job zu tun.«

»Geht klar, Chef.«

»Die Dulcie-Kids gehen nicht weg. Aber wir.« Er griff nach seiner Jacke.

Nathan folgte ihm fast rennend und zwei Stufen auf einmal nehmend, um Schritt zu halten, die Treppe hinab.

»Wohin als Erstes, Chef?«
»Zum Sorrel Drive. Um mit den Eltern zu reden. Die Spurensicherung wird schon mit dem Haus angefangen haben, und Sie wissen, wie das auf die Leute wirkt.«
»Ja, man meldet sein neunjähriges Kind als vermisst, und im nächsten Moment hat man das Haus voll mit Männern in weißen Anzügen, die den Teppich abkratzen.«
»Allerdings wissen wir, dass der Vater schon vor acht Uhr mit seinen Stationsvisiten begonnen hat. Die Mutter war die Letzte, die David gesehen hat, als sie ihn an der Einfahrt zurückließ, und sie war gegen halb neun in ihrem Büro. Die beiden haben nichts zu befürchten.«
Sie stiegen ins Auto.
»Dieser Fall ist nicht so wie die vermissten Personen damals ... Gut, die Frauen verschwanden offenbar spurlos, und jetzt macht ein Schuljunge dasselbe, aber hier kann man von vornherein eine Menge Möglichkeiten ausschließen.«
»Erwachsene Frauen können aus eigenem Antrieb verschwinden. Neunjährige Jungen nicht.«
»Na ja, auch das ist schon passiert, besonders wenn sie schikaniert worden sind.«
»Meine Großmutter schiebt das auf die Erfindung des Verbrennungsmotors.«
»Da hat Ihre Großmutter nicht ganz Unrecht. Schnelle Autos, schnelle Straßen, leichter Zugang und überhaupt ... Leute aus Leeds rauben Häuser in Devon aus, Pädophile mit Lieferwagen schnappen sich ein Kind in Kent und fahren es dann nach Dumfries ... Wo soll man anfangen?«
»Schalten wir auch andere Polizeidienststellen ein?«
»Mit Sicherheit ... Vermisste Kinder haben oberste Priorität.«
»Dachte, Sie hätten vielleicht Sally mitnehmen wollen.«

Sally Cairns war eine der erfahrendsten Detective Constables in Lafferton, verheiratet mit einem Verkehrspolizisten von der Autobahnpolizei, Mutter von vier Teenagern und durchaus glücklich damit, im Rang eines DC zu bleiben. Sie war die Beste, die sie hatten, wenn es um den Umgang mit Familien und Kindern ging.

»Sally ist hervorragend und sehr einfühlsam ..., aber sie ist auch Mutter. Dieser Fall wird schwierig und quälend werden. Damit kann Sally natürlich umgehen, aber ich glaube, wir müssen so distanziert wie möglich bleiben, und weder Sie noch ich haben Kinder – na gut, ich habe einen Neffen, und Sie haben jüngere Brüder, und wir sind beide, Gott behüte, nicht hart und ohne Mitgefühl, aber es verschafft uns eine gewisse Distanz, keine Eltern zu sein. Und diese Distanz werden wir brauchen.«

Wenn Nathan nachgedacht hätte, bevor er die nächste Frage stellte, hätte er vielleicht geschwiegen, aber Behutsamkeit war nicht seine Stärke.

»Glauben Sie, dass Sie jemals Kinder haben werden?«

Später erzählte er Emma, er habe für den Bruchteil einer Sekunde gemeint, das Zischen einer Schwertschneide zu hören.

Aber Serrailler erwiderte nur: »Woher soll ich das wissen?« Kurz darauf erreichten sie das Haus der Familie Angus, abgesperrt mit leuchtendem, flatterndem Polizeiband. Die Männer in den weißen Anzügen wieselten überall herum.

Was für ein Gefühl ist das?, dachte Nathan, betrat die breite Eingangshalle des Hauses mit einer gebogenen Treppe und Landschaftsbildern, die Nathan als seicht empfand, an den hellgrünen Wänden. Was ist das für ein Gefühl, wenn man eines Morgens aus dem Haus geht und alles ist in bester Ordnung, und am Ende des Tages, rums, ist dein Kind weg, einfach ... weg? Lieber Gott.

Er brauchte Marilyn Angus nur ins Gesicht zu sehen, um zu wissen, was für ein Gefühl das war. Aller Schmerz der Welt war dort versammelt. Sie sah verzweifelt aus, nicht nur blass, sondern ein schreckliches Wachsbleich, mit braunen Flecken und Schwellungen unter den Augen und einem Ausdruck, den Nathan nie vergessen würde.
Der uniformierte Polizist, der bei ihr gesessen hatte, stand auf ein Zeichen von Serrailler auf, und der DCI trat sofort zu ihr. Er streckte ihr nicht die Hand hin, sondern legte sie für einen Augenblick auf ihre Schulter, bevor er sich setzte.
»Zu sagen, dass es mir leidtut, ist sinnlos, aber ich hoffe, Sie wissen, dass wir mit Ihnen empfinden. Aber Ihnen zu versichern, dass ich Himmel und Hölle in Bewegung setzen werde, um Ihren Sohn so rasch wie möglich zurückzuholen, ist nicht sinnlos. Es ist mein Ernst.«
Nathan sah zu seinem DCI. Das war es, was den Mann auszeichnete, eine stahlharte Entschlossenheit, diese Aufrichtigkeit, das Wissen, was wann zu sagen war, die Art, wie er die Wahrheit aussprach. Das war der Grund, warum er Serrailler überallhin folgen würde und hoffte, auch nur ein halb so guter Polizist zu sein wie der DCI.
»Ich sollte Ihnen wohl etwas anbieten …«
Serrailler hielt sie mit einer Handbewegung auf. »Mrs. Angus, Sie wissen, wie das alles läuft, ich brauche es Ihnen nicht zu erklären. Sie wissen, dass ich eine Menge Fragen stellen muss, die Sie bereits beantwortet haben, dass es schmerzlich sein wird und dass Sie verwirrt sind. Aber alles, was Sie uns sagen, könnte hilfreich sein. Ich habe einen Bericht der uniformierten Beamten bekommen, die zuerst mit Ihnen gesprochen haben, aber ich muss manches selbst hören. Machen Sie sich keine Sorgen, wenn Ihnen Dinge einfallen, die Sie vergessen hatten, oder Sie

sich bei etwas widersprechen, das passiert leicht, wenn man unter Stress steht.«

»Vielen Dank … Der heutige Vormittag ist wie ein Film, der in meinem Kopf abläuft, immer und immer wieder. Was er gesagt hat, was ich gesagt habe, wie er ausgesehen hat … was gestern Abend war. Sein Gesicht. Ich sehe ständig Davids Gesicht.«

»Ja. Und ich will dafür sorgen, dass Sie es wiedersehen, so wie es war, und dass ihm kein Leid geschieht.«

»Das ist es schon. Wie könnte ihm bisher kein Leid geschehen sein?«

Marilyn Angus stand auf und stellte sich neben den Kaminsims, fummelte an einer kleinen goldenen Uhr herum, drehte und drehte sie.

»Ich möchte Sie zu Davids Schule befragen.«

»Er liebt St. Francis.«

»Gut. Hat er dort irgendwelche besonderen Freunde?«

»Die Jungs, mit denen er zur Schule fährt … Sie scheinen eine kleine Gang zu sein … Damit meine ich keine ›schlimme Gang‹, nur … sie sind immer zusammen. Caspar di Ronco … Jonathan Forbes … Arthur MacLean … Ned Clark-Hall …«

»Streiten sie sich?«

»Sie streiten ständig … wie Jungs das machen … ein bisschen Gerangel und Geschubse, und alles ist wieder gut. Sie tragen sich nichts nach, das wäre ihnen viel zu lästig.«

»Irgendeiner, mit dem er nicht auskommt?«

»Wenn Sie meinen, ob er schikaniert wird, daran habe ich auch schon gedacht, und die Antwort ist nein. Die Schule greift bei den ersten Anzeichen dafür sofort ein … Damit gab es vor ein paar Jahren ein echtes Problem, und das soll nicht wieder vorkommen. Ich bin sicher, dass da absolut nichts läuft. David ist ein beliebter kleiner Junge, er ist sehr fröhlich. Ist. War …«

»Ist«, sagte Serrailler fest, sah sie eindringlich an.
»O Gott, ich hoffe, Sie haben recht.«
»Ist er klug?«
»Ja. Da spricht keine stolze Mutter aus mir. Ich bin nicht der Meinung, dass meine Entchen Schwäne sein müssen. Unsere Tochter Lucy macht sich auf der Schule nicht so toll. Aber David ist nicht auf offensichtliche Weise klug ... Er überlegt viel, ist kreativ, unternimmt Dinge, denkt sich Lösungen aus, nimmt sich Projekte vor ... Sein neuestes ist Pompeji. Er liest alles, was er darüber finden kann ... Er ist gerne für sich. Und dann natürlich Fußball.«
»Ist er Fan einer besonderen Mannschaft?« Nathan sprach zum ersten Mal. Sie schaute ihn an, als hätte sie vergessen, dass er da war.
»Manchester United. Sie tun alle so, als wären sie Fans einer der großen Mannschaften ... Chelsea, Spurs.«
»Tun so?«
»Sie sind doch nur kleine Jungs ... Das ist doch bloß Gehabe, nicht wahr? Was wissen sie denn schon?«
Die Befragung ging weiter, wobei Serrailler die Mutter behutsam durch das Verhalten ihres Sohnes zu Hause führte, taktvoll, aber mit nadelspitzer Genauigkeit die Familienbeziehungen auslotete, wachsam auf jedes mögliche Anzeichen für Spannungen oder Missliebigkeiten achtete. Sie antwortete ohne Zögern, bewegte sich durch das Zimmer, berührte Möbelstücke, hob Dinge auf und legte sie wieder hin, fuhr sich gelegentlich durch ihr kurzes, lockiges Haar. Sie horchten sie fast eine Stunde lang aus, bevor der DCI aufstand.
»Jemand wird hier bei Ihnen bleiben, eine Verbindungsbeamtin, wie man Ihnen sicher gesagt hat, und wir halten ständig mit Ihnen Kontakt.«

»Mein Mann musste zurück ins Krankenhaus … Bei einem Patienten, den er operiert hat, sind Komplikationen aufgetreten … Niemand anders konnte einspringen.«

»In Ordnung.«

»Sie dürfen nicht denken … dürfen dem keine Bedeutung zumessen …«

»Das hatte ich auch nicht vor.«

Als sie gingen, traf Chris Deerborn gerade ein.

»Ich bin ihr Hausarzt. Wollte mal nachsehen.«

»Es geht ihr ganz gut … sieht mitgenommen aus, scheint aber durchzuhalten. Er musste ins Krankenhaus.«

Chris zuckte die Schultern. »Man wird ihn gebraucht haben. Er ist der beste Neurochirurg der Grafschaft. Schon irgendwelche Vorstellungen, Si?«

»Nein, dazu ist es noch zu früh. Mit Cat alles in Ordnung?«

»Es hat sie ziemlich mitgenommen … Sie bricht dieser Tage recht leicht zusammen. Ruf sie an.«

»Wohin jetzt?«, fragte Nathan, als Simon ins Auto stieg.

»Keine Ahnung. Erst mal hier weg. Fahren Sie in Richtung Starly.«

»Gibt's da oben was?«

»Kann ich mir nicht vorstellen.«

Nathan hielt sich mit weiteren Fragen zurück, fuhr hinaus aus Lafferton und auf die Landstraßen. Es war ein trüber Tag, der Himmel von einem durchgehend tristen Grau, die Bäume gebeugt im kalten Wind. Serrailler saß schweigend, bis er plötzlich sagte: »Biegen Sie rechts ab und fahren Sie dann Richtung Blissington.«

Nathan tat, wie ihm befohlen. Es herrschte kein Verkehr, die Straße war schmal mit überhöhter Böschung, an ihrem Ende

kamen sie in ein Dorf, nicht mehr als ein paar zusammengedrängte Cottages und zwei große, zurückgesetzte Häuser hinter Eisentoren.
»Hier.« Sie hielten an einem Pub, das hinter einem erhöhten Rasendreieck mit einer riesigen Eiche stand. »Ich wusste nicht mal, dass es hier ein Dorf gibt.«

Im Schankraum war es still, und es roch gut. Sie bestellten selbstgebackene Schinkenbrötchen und Kaffee.
»Was wissen wir bisher?«, fragte Simon Serrailler, als sie an einem Fenstertisch Platz genommen hatten.
»Also – der Junge und seine Mutter kamen gegen zehn nach acht aus dem Haus.«
Schritt für Schritt gingen sie die paar Fakten durch, die ihnen vorlagen, dann alles, was Marilyn Angus ihnen erzählt hatte.
»Nichts«, sagte Simon schließlich. »Normaler kleiner Junge, normale Familie, keine Spannungen, keine Probleme. Nichts.«
»Und jetzt?«
»Der schlimmste Fall? Ein zufällig vorbeikommender Autofahrer, der nach einem Kind Ausschau gehalten hat? Wenn wir zurück sind, brauche ich all die üblichen Informationen – nochmalige Überprüfung aller landesweit vermissten Kinder, vor kurzem aus dem Gefängnis entlassene Pädophile, all das. Die Streifenpolizei wird alle Pendler auftreiben, die diesen Weg regelmäßig zur Arbeit fahren, die Nachbarn befragen, nachhorchen, ob ihnen in der Gegend irgendwas Merkwürdiges aufgefallen ist … Wenn Sie ein Pädophiler auf der Suche nach einem Kind wären, was würden Sie tun?«
»Dasselbe wie der … Mir eine Tageszeit aussuchen, vor Schulanfang oder nach Schulschluss, wo viele Kinder unterwegs sind.«

»Ja, aber die meisten sind zu mehreren, wenn sie zum Bus gehen, sie steigen in Autos oder steigen aus, wo viele Leute sind. Das sind Stoßzeiten.«

»Dann muss ich erst Hausaufgaben machen. Erkundigungen einziehen.«

»Gut, Sie kennen also die Straßen, wo Kinder eher alleine langgehen. Oder alleine warten.«

»Sie glauben, das ist sorgfältig geplant worden?«

»Vielleicht.« Simon Serrailler trank seinen Kaffee aus. »Die Mutter. Sie hat nicht das gesagt, womit man rechnen würde. Hat sich nicht die Schuld daran gegeben, dass sie ihn allein hat warten lassen.«

»Also hat sie das auch sonst so gemacht?«

»Zumindest oft genug. Sie sagte, sie hätte an diesem Morgen ins Gericht müssen, also hat sie David an Gerichtstagen und wenn sie nicht mit der Schulfahrt dran war vielleicht generell an der Einfahrt warten lassen.«

»Einen Neunjährigen?«

»Na ja, es war schon hell, die Straße ist befahren, der Abholer würde pünktlich und verlässlich sein … Ich bin mir nicht sicher, ob wir dem zu große Bedeutung beimessen sollten.«

»Jemand wusste einfach, wann, an welchem Tag, zu welcher Zeit.«

»Oder wir liegen weit daneben. Ich wollte das mit Ihnen durchkauen, denn wenn wir zurück aufs Revier kommen – außer, David ist gefunden worden –, wird die Hölle los sein. Fernsehen und Presse werden landesweit berichten, die Anrufe werden hereinströmen. Bestellen Sie mir noch eins von diesen Brötchen, ja? Wir sollten essen, solange wir können.«

Auf dem Weg zum Auto blieb Simon an der Bank unter der großen Eiche stehen. *»In Erinnerung an Archie und May Dormer. Sie haben hier gern gesessen.«*
»Friedlich. Auf unserer nächsten Fahrradtour bring ich Em hierher. Sie möchte in einem Ort wie diesem wohnen. Wenn Träume wahr würden.«
»Man weiß nie. Halten Sie Ausschau nach einem Cottage, so einem wie die da drüben.«
»Archie und May werden eins davon gehabt haben. Damals ging das. Wir haben keine Chance, die kosten jetzt mindestens zweihunderttausend.«
»Geben Sie nicht auf. Man weiß nie. Kommen Sie, Nathan, wo ist Ihre Fröhlichkeit?«
»Da, wo der Junge ist«, sagte Nathan und ließ den Motor an.

14

Die kleine englische Kathedralenstadt Lafferton befindet sich nach dem Verschwinden des neunjährigen Schuljungen David Angus im Schockzustand … Es ist ein Schlag für diesen Ort, der sich von den Morden des letzten Jahres noch immer nicht erholt hat. David Angus, Sohn eines Neurochirurgen und einer Anwältin, wurde zum letzten Mal gesehen …«

»Verdammt, jetzt sind Kinder noch nicht mal mehr an ihrem eigenen Gartentor sicher …«
»Hab's in den Ein-Uhr-Nachrichten gehört. Die haben ihn also noch nicht gefunden?«
Michelle Tait schnitt eine Packung mit Tiefkühlpizzen auf und schaltete den Gasherd an. »Wird irgendwo in einem Graben liegen, wie das kleine Mädchen unten in Kent.«
»Vielleicht ist er einfach abgehauen. Zu einem Freund.«
»Red doch keinen Stuss.«
»Ich hab das dauernd gemacht.«
»Ja, du. So einer ist der nicht. Nette Familie, Privatschule, schickes Haus … Die machen so was nicht.«
»Warum soll er deshalb anders als andere Neunjährige sein?«
»Benutz dein Hirn. Willst du eine Pizza?«

Das Angebot klang widerwillig.
»Nein, ich ess später was im Ox.«
»Hast wohl genug Geld zum Versaufen, ja?«
»Was, zwei Halbe?«
»Warst du noch mal bei der Jobvermittlung?«
»Ja. Und ich schau auch in der Zeitung.«
»Gibt jede Menge Jobs … Siehst du, jede Menge …«
»Ja, ja.«
»Kannst dir nicht leisten, wählerisch zu sein.«
»Ich hab eine Ausbildung. Ich räum keine Supermarktregale ein.«
»Ausbildung. So, so.«
»Ja, Ausbildung, was mehr ist, als die meisten Leute hier in der Gegend von sich sagen können.«
»Ooooooh. Dann kannst du ja froh sein, dass du mich und Pete ›hier in der Gegend‹ hast, was?«
»Du willst, dass ich verschwinde? Gut. Ich hau ab.«
»Wohin?«
»Zu jemand, den ich kenne.«
»Und die Erde ist eine Scheibe.«
»Erinnerst du dich an Lee Carter?«
Michelle setzte sich ihm gegenüber an den Küchentisch und zündete sich eine Zigarette an. »Ist das dein Ernst?«
»Bin ihm auf der Straße begegnet. Fährt ein BMW Kabrio.«
»Was denn sonst. Du bist wegen Leuten wie Lee Carter für viereinhalb Jahre in den Bau gegangen. Bist du völlig durchgeknallt?«
»Er macht nichts Illegales. Verdient ein Vermögen.«
»Klar doch.«
»Ich könnte für ihn arbeiten, kein Problem.«
»Kohl pflanzen?«

»Er hat ein Geschäft ... eine Art Exklusivclub.«
Michelle warf ihm einen Blick zu, bei dem Milch sauer geworden wäre.
»Nicht, was du denkst.« Andy hörte seine Stimme, wie er da über Lee Carter sprach, rechtfertigend, abwehrend. Seine Schwester hatte natürlich recht. Was zum Teufel dachte er sich dabei?
Nur war da wirklich etwas dran. Er hatte viel darüber nachgedacht, seit ihn Lee mit in sein Haus genommen hatte – damit angegeben, ihm erzählt hatte, wo das alles herkam –, hatte nachgedacht und sich umgehört.
Allmählich nahm er einige seiner alten Verbindungen wieder auf – die richtigen. Er war vorsichtig. Er wusste, was er wollte. Wenn er Geld hätte oder jemand mit Geld fand, könnte er eine richtige Gemüsegärtnerei eröffnen, die besten Läden und Hotels beliefern, gute Ware, das, was jetzt gefragt war, organisch, und nicht nur Kohl und Kartoffeln. Er hatte die Ausbildung, er hatte das Gefühl dafür, er konnte es schaffen. »Startkapital« nannte man das.
Er blickte auf die Zeitungsanzeigen. »Leitender Angestellter im Medienverkaufsbereich«, »Marketingberater«, »Gruppenanalyst«. Alle vernünftigen Jobs schienen verschwunden zu sein. »Koordinator für Jugendarbeit«. Er blätterte die Seite um.
»Ein falscher Schritt, und Pete wirft dich raus.«
»Er will mich sowieso raushaben.«
»Tja, wenn ich sage, du bleibst, dann bleibst du, aber pass bloß auf.«

Der vermisste Junge aus Lafferton wurde auch in den *Sky News* gebracht. Mit Foto. Ein unscheinbarer kleiner Kerl mit einer Stupsnase und ernstem Gesichtsausdruck. Schulblazer. Krawatte. Alles sehr ordentlich.

Andy schaute in das weiche, neunjährige Gesicht. Er dachte an seine Knastgenossen, was sie einem Kind wie dem antun würden. Was sie vielen angetan hatten, und wenn man sie auch weggesperrt hatte, liefen doch viele andere noch frei herum.
Er setzte sich.
Lee Carter. Er sah das Haus vor sich. Das Auto. Den lossprudelnden Springbrunnen. Die dicken Teppiche. Die vergoldete Bar in einer Ecke des Wohnzimmers.
Nur hatte er das schon als Junge hinter sich gebracht, dieses Wollen, Wollen, alles dafür tun, es zu bekommen, egal wie. Er könnte für Lee Carter arbeiten, aber was dann? Außerdem war er nicht an Pferderennen interessiert und auch nicht an den entsprechenden Leuten.
Es musste einen anderen Weg geben.
Eine Gruppe Männer mit Stetsons galoppierte über den Bildschirm, wirbelte eine Staubwolke auf. Andy erhob sich. Western konnte er nicht leiden.
Es ging immer noch zu wie im Tollhaus. In der Küche wurde ein Teller krachend in die Spüle geknallt.
»Bis nachher«, rief er. Niemand antwortete.
Er nahm seine Jacke vom Haken und ging die kalte, hässliche Straße entlang, auf die Lichter des Ox zu.
Drinnen war es voll, alle redeten über den Jungen. Andy holte sich ein Bier und bestellte einen Teller mit Fleischpastete, Erbsen und Pommes frites.
»Armer kleiner Kerl.«
»Die werden ihn finden.«
»Glaubst du?«
»Ich hab nicht gesagt, dass sie ihn lebend finden.«
»Genau.«
»Die armen Eltern. Und was hat Lafferton bloß angestellt? Nach

all dem scheußlichen Zeug vom letzten Jahr hat es das nicht verdient.«
»War bestimmt niemand von hier.«
»Warum nicht? Wer sagt das?«
Und so ging es weiter und weiter. Das Gesicht des Jungen war jetzt in Andys Kopf, er konnte es nicht loswerden. Er wollte etwas tun, und es gab nichts, was er tun konnte, außer sie forderten Leute an, um Starly oder Hylam Park oder den Hügel abzusuchen. Dabei würde er sofort mitmachen. Plötzlich erkannte er, was es war – er war rastlos, unruhig. Bei Michelle saß er fast so sehr im Knast wie zuvor, und in gewisser Weise war es noch schlimmer, weil er nichts zu tun hatte. Dort war er draußen in der Gärtnerei gewesen, von acht bis fünf. Hatte seine Tage sinnvoll verbracht. Er musste etwas tun. Von morgen an.
Sein Essen kam, dampfend heiß, der Teller gehäuft voll, mit dicker brauner Soße über der Fleischpastete.
Vom Dartbrett war ein Schrei zu hören. Wenn Andy aufgegessen hatte, würde er sein Bier mit hinübernehmen und Dart spielen. Michelle würde ihn nicht vor elf Uhr sehen wollen.
Er schnitt in die Pastete und sah zu, wie der Teig sanft in sich zusammensank.

15

Liebling?«

»Hallo, Ma. Ja, ich bin immer noch hier.«

»Oh, ist es nicht schrecklich, wenn die Leute einen das die ganze Zeit fragen? Wie fühlst du dich?«

»Du weißt, wie ich mich fühle.« Cat verlagerte ihr Gewicht vom einen Bein auf das andere, aber der messerscharfe Schmerz in ihrer Leistengegend ließ nicht nach. »Das Baby liegt auf einem Nerv und rührt sich nicht. Entschuldige, ich wollte dich nicht anfauchen.«

»Liebling, ich nehme nicht an, dass du dich in der Lage fühlst, mir am Samstagmorgen zu helfen, oder? Audrey Murdo hat mich nämlich im Stich gelassen, und ich glaube, wir haben wirklich nicht genug Leute ...«

»Sag mir noch mal, was am Samstagmorgen los ist.«

»Die Hospizausstellung in der Blackfriar's Hall ... von zehn bis vier, und ich würde dich natürlich nicht fragen und brauch dir ja auch nicht zu sagen, dass du nur auf einem Stuhl sitzen und mit Leuten reden und Handzettel verteilen müsstest und so, ich würde nicht von dir verlangen, dass du Kaffee und Tee und sonstige Getränke ausschenkst.«

»Wie nett von dir. Das Problem ist nur, dass das Baby am Sonntag kommen soll, und der Gedanke, mehr als fünf Minuten auf einem Stuhl zu sitzen oder zu stehen, ist ziemlich unerträglich, um ehrlich zu sein.«

»Aber was würdest du sonst tun? Das würde dich ablenken.«

»Mutter, nichts wird mich davon ablenken, schwanger zu sein, außer der Geburt selbst.«

»Tust du denn sonst etwas?«

Cat schloss die Augen. Seit Meriel Serrailler von ihrem Posten als Beraterin des National Health Service zurückgetreten war, füllte sie ihr Leben mit ehrenamtlichen Tätigkeiten aus, gehörte verschiedenen Komitees an, verwaltete die Mitgliederliste und war Ansprechpartnerin der St.-Michael-Sänger der Kathedrale von Lafferton und Vorstandsvorsitzende des örtlichen Hospizes. Cat erinnerte sich, dass sie ihr von der Ausstellung am Samstag erzählt hatte. Das Hospiz brauchte einen Erweiterungsbau für die Tagesbetreuung; Pläne waren entworfen und ein Modell war angefertigt worden, aber bisher waren so wenig Spenden eingegangen, dass die Blackfriar's Hall im Zentrum der Stadt sich für eine Ausstellung der Pläne zur Verfügung gestellt hatte. Die »Freunde des Hospizes« würden Erfrischungen reichen, die übliche Tombola organisieren und hofften, am Ende des Tages potenzielle Spender gefunden zu haben.

»Früher oder später wirst du als Bienenkönigin abdanken müssen«, sagte Cat müde.

»Warum? Ich kann das gut, ich bin fit und habe genug freie Zeit.«

»Aber du bist auch einundsiebzig.«

»Pah. Also, Liebling, könntest du dir trotzdem vorstellen …«

»Nein«, erwiderte Cat fest, »doch ich hätte jemanden, der es vielleicht tun würde. Karin McCaffertys Mann hat sie gerade verlassen.«

»Dann braucht sie sicherlich etwas, das sie ablenkt. Ich habe Mike eigentlich nie gemocht.«
»Leider sieht Karin das anders.«
»Ich frag mich, warum mir nicht aufgefallen ist, dass sie unglücklich sind.«
Karin hatte als Gartenbauarchitektin im vergangenen Jahr Meriels Garten neu gestaltet. Cat lachte leise.
»Du kriegst nicht mehr alles mit, Ma.«
»Sie haben immer noch keine Spur von dem kleinen David Angus gefunden, ich habe gerade Simon angerufen. Keine Spur. Was, glaubst du, ist mit ihm passiert?«
»Ich habe versucht, nicht darüber nachzudenken.«
»Heute Morgen haben sie seine Eltern gefilmt, mit einem Aufruf an die Öffentlichkeit. Kommt in den Sechs-Uhr-Nachrichten. Pass auf dich auf, Liebling. Ich rufe Karin an.«
»Kannst du nicht Dad für Samstag einspannen? Wird Zeit, dass er seinen Beitrag leistet.«
»Ich würde nicht im Traum daran denken.« Meriel legte auf.
Cat zog einen Korb mit Spargel und Möhren zu sich heran und begann sie zu schälen. Sie würde sich die Sechs-Uhr-Nachrichten nicht ansehen. Sam und Hannah waren mit Chris zur Geburtstagsfeier ihres Cousins Max gefahren und würden erst später zurückkommen. Sie würden klebrig und müde in ihre Betten fallen, und dann würden Chris und sie ein spätes Abendessen einnehmen.
Sie würde sich die Sechs-Uhr-Nachrichten nicht ansehen.
Würde es Karin etwas ausmachen, um Hilfe für den Samstag gebeten zu werden? Vermutlich nicht. Karin konnte ihre Fassade wahren, war außerdem charmant und schön und konnte wahrscheinlich Eis an Eskimos verkaufen. Sie war genau die Richtige, um einen vermögenden Spender heranzuziehen. Die

beiden Tage und Nächte im Bauernhaus, in denen sie Cat ihr Herz ausgeschüttet hatte, schienen sie von dem gesamten Schock, der Wut und dem Groll darüber, von Mike verlassen worden zu sein, befreit zu haben. Sie war nach wie vor verletzt und traurig, und sie würde ihn zweifellos morgen wieder bei sich aufnehmen, aber die Entwarnung aus dem Krankenhaus hatte sie gestärkt und ihre Stimmung enorm gehoben. Sie hatte geweint, sie hatte geredet, sie hatte sich selbst und Mike die Schuld gegeben. Sie hatte ihre Ehe auseinandergenommen und war jeden Vorfall, jede Unterhaltung der letzten paar Monate durchgegangen, um verstehen zu können, was falsch gelaufen war und warum, wessen Verschulden es gewesen war, ob sie sich anders verhalten, dieses nicht hätte sagen oder jenes nicht hätte tun sollen. Cat, in ihrem momentanen trägen Zustand, war froh gewesen, ihr das Ohr zu leihen und gelegentlich ein tröstendes Wort oder einen Rat einzuwerfen. Doch am Ende der zwei Tage war Karin aufgestanden, hatte sich die Haare gewaschen und frisiert, sich sorgfältig geschminkt, ihre Tasche gepackt und war mit hoch erhobenem Kopf nach Hause gefahren. »Ich sehe nach oben«, waren ihre letzten Worte zu Cat gewesen, als Karin sie an der Tür umarmt hatte, »nach oben und nach vorn.«

Cat zuckte zusammen, als sie sich mit dem Schälmesser in den Zeigefinger schnitt. Sie war voller Bewunderung gewesen. Rasch drückte sie ein Stück sauberes Küchenpapier gegen den kleinen Schnitt. Er blutete kaum.

Sie würde sich die Sechs-Uhr-Nachrichten nicht ansehen.

Hinter Mephisto, dem roten Kater, knallte die Katzenklappe zu und ließ Cat zusammenschrecken.

Langsam und schwerfällig erhob sie sich und ging ins Fernsehzimmer.

Kaum zehn Minuten später kehrte sie in die Küche und ans Telefon zurück.
»Alles in Ordnung?«
»Ich hab gerade die Nachrichten gesehen … Die Angus' haben einen Aufruf …«
»Oh, Liebling, das hättest du dir nicht anschauen sollen.«
»Ich weiß.« Cat zog die Küchenrolle zu sich heran und riss einen langen Streifen ab.
»Wie schien es ihnen zu gehen? Nein, vergiss es, dumme Frage.«
Im Hintergrund hörte Cat die Geräusche des Geburtstagsfestes bei ihrer Schwägerin. »Wo bist du?«
»Im Flur. Es ist ein Tollhaus.«
»Sie sahen so furchtbar aus. Ich habe Alan kaum erkannt. Er wirkte wie eine wandelnde Leiche … wie siebzig, nicht fünfundvierzig. In seinen Augen war so ein schrecklicher Ausdruck – und in ihren … irgendwie wild und doch … ich weiß nicht … als wären sie bis zur Unerträglichkeit geschlagen und gefoltert worden … aber gleichzeitig irgendwie überdreht, weißt du? Er zuckte ständig … sein Mund, seine Hände … Gott, sie taten mir so leid. Ich wünschte, ich könnte mit Si sprechen, aber der wird unerreichbar sein. Ich wollte deine Stimme hören.«
»Ich bin hier, und es geht den beiden gut. Und wir werden nicht länger bleiben, als wir müssen.«
»Dreh nicht durch, fahr vorsichtig, Chris, ich …«
»Das tu ich immer.«
»Ich weiß. Ich bin auch durcheinander.«
»Kann nicht jemand zu dir kommen? Vielleicht Karin.«
»Nein, das ist es nicht. Das würde nichts ändern. Ich hätte mir die Nachrichten nicht anschauen sollen. Ich krieg sie nicht aus dem Kopf … Chris, wo ist er, was passiert mit ihm?«

»Ich weiß es nicht. Aber die halbe Polizei der Grafschaft sucht nach ihm. Des ganzen Landes, im Übrigen.«
»Das kannst du nicht wissen. Das heißt noch nicht, dass sie ihn finden.«
»Cat …«
»Entschuldige.«
»Trink etwas. Kann in dem Stadium auch nichts mehr schaden.«
»Dann wird mir schlecht.«
»Eine Tasse Tee …«
»Was macht Sam?«
»Warte, ich schau mal. Er sitzt auf dem Boden mit einer braunen Papiertüte auf dem Kopf. Frag mich nicht.«
»In Ordnung.«
»Schau dir einen blöden Film an. Die DVD von *Das Büro.*«
»Ich hatte eher an *Carry on Doctor* gedacht.«
»Ich liebe dich.«
Cat legte auf und ging zurück ins Fernsehzimmer. Es war erstaunlich aufgeräumt. Die Kinder waren seit dem gestrigen Abend nicht mehr hier drinnen gewesen, und Cats Haushaltshilfe hatte das Zimmer gründlich geputzt. Cat ging wieder hinaus, die Treppe hinauf, zog die Vorhänge in den Kinderzimmern zu, öffnete eine Schranktür und betrachtete die Stapel neuer Babykleidung. Wartete.
Wartete.
Sie kehrte in die Küche zurück.
Die Gesichter von Alan und Marilyn Angus waren vor ihren Augen und in ihrem Hinterkopf, schauten von der Decke auf sie hinunter und vom Boden zu ihr auf. Cat stützte die Arme auf ihren Bauch. »Lieber Gott, hilf ihnen, ihn zu finden. Mach, dass er in Sicherheit ist. Gib ihnen Kraft.«

Wenn sie nicht hochschwanger gewesen wäre und daher beim Autofahren gefährdet, wäre sie in die Kathedrale gefahren, wo ein Gottesdienst mit Abendmahl stattfand. Ihr Glaube war ihr Garant für geistige Gesundheit, gab ihr die Hingabe und Kraft, ihren Beruf auszuüben. Sie wusste nicht, wie Chris ohne Glauben auskam, oder ihr Bruder, der das Team bei der Suche nach dem vermissten Kind leitete. Sie hätte keinen Tag durchgestanden, ohne nicht wenigstens flüchtig in Verbindung mit ihrem Glauben zu sein.

Nach dem Aufruf des Ehepaars Angus für ihren Sohn hatte sich der Bildschirm mit seinem Gesicht gefüllt, einem kleinen, ernsten, bleichen, neunjährigen Gesicht, ein Gesicht, das jedem im Land so vertraut werden würde wie das ihres nächsten Verwandten, ihres eigenen Kindes, ihres Nachbarn, der Königin, jedes Gesicht, das sie vor sich hatten, wenn sie die Augen schlossen. David Angus. Das Gesicht würde auf Plakaten in jedem Schaufenster und auf jedem Anschlagbrett in Lafferton hängen, in jedem Bahnhof, an jeder Bushaltestelle, jeder Tankstelle.

Cat senkte den Kopf und weinte.

Im Dezernatsbüro rieb sich Nathan die Augen, überanstrengt vom Durchsuchen der Computerdateien. Es war halb acht, und das Büro war voll. Von anderen Dienststellen waren Beamte angefordert, ein weiterer Raum war mit Computern ausgestattet worden, um die Strafregister bekannter Pädophiler, Autolisten, Aussagen, Beschreibungen, Details forensischer Beweise aus anderen Fällen entführter oder belästigter Kinder zu durchforsten. Das Kantinenpersonal hatte Überstunden gemacht, andere hatten ihre Freizeit abgebrochen, die Streifenpolizei war ebenfalls durch Beamte von außen verstärkt worden … Nathan sah sich im Raum um. In einer Minute würde er sich ein Sandwich und einen Becher Tee holen und dann schauen, ob er nicht nach draußen konnte, sogar für Haus-zu-Haus-Befragungen … Alles, nur kein weiteres stundenlanges Starren auf den Bildschirm.

Die Atmosphäre im Dezernatsbüro hat sich verändert, dachte er. So war es seit letztem Jahr nicht mehr gewesen, seit der Jagd nach Freyas Mörder. Die Spannung zog sich wie ein unsichtbares Stromkabel durch den Raum. Nichts von dem üblichen Geplänkel, keine Witze, kein Smalltalk. Alle Aufmerksamkeit war auf das vermisste Kind gerichtet.

Sie *wollten* David Angus finden. Keiner sprach davon, dass er tot sein könnte, obwohl mit jeder verstreichenden Stunde die Möglichkeit wie ein hässlicher Pilz anschwoll, sich in ihren Köpfen festsetzte, seine Sporen ausstreute. Den Jungen zu finden und denjenigen, der ihn entführt hatte – das war alles, worauf es ankam. Alles andere, kleine Einbrüche, Diebstähle von Autoradios, Trunkenheit und Ruhestörung, wurde zur Nebensache.

Nathan war bei der Fernsehaufzeichnung dabei gewesen und hatte geschworen, so lange ohne Pause im Dienst zu bleiben, bis der Junge gefunden wurde. Die Gesichter der Eltern, das Versagen ihrer Stimmen, ihre seltsam ruckhaften Bewegungen, ihre Augen … Er sah sie jetzt vor sich, hörte sie, während er in die Kantine hinunterging. An der Wand, im Flur und an der Tür hingen die Plakate von David Angus. Nathan blickte in das junge Gesicht. Das Gesicht blickte zurück, ernst, immer noch ein Kindergesicht, weich und rund.

Nathan wollte seinen Tee mit nach oben nehmen. Die Kantine war voll, und er wollte keine Zeit mit Geplauder verschwenden. Aber keiner plauderte, alle schaufelten das Essen in sich hinein, weil sie sich vor dem Weitermachen stärken mussten, keiner dehnte die Pause aus, hänselte die anderen, rauchte eine rasche Zigarette.

»Nathan, ich hab Sie gesucht. In mein Büro.«

Der DCI beugte sich über das Geländer, Nathan rannte los und zog eine dünne Spur verschütteten Tees hinter sich her.

»Wir haben einen Bericht über einen Jaguar XKV bekommen, der zweimal langsam den Sorrel Drive entlanggefahren ist. Einmal letzte Woche, und dann noch einmal vorgestern. Eine Frau in Nummer 10 – ein Stück weiter oben vom Haus der Angus' – hat uns angerufen, nachdem sie die Nachrichten gesehen hat.«

»Was meint sie mit ›langsam entlanggefahren‹?«

»Ihre Worte. Als hätte der Fahrer nach einem Haus gesucht, zuerst auf der einen Seite, dann auf der anderen. Dann noch mal. Dasselbe Auto, dieselbe Vorgehensweise.«

»Farbe?«

»Silber.«

»Hat sie die Nummer?«

»Ja.«

»Himmel. Die Art Zeugin, die man immer braucht, aber nie kriegt.«

»Genau. Das Auto gehört jemandem namens Cornhill. Leon Cornhill. Wohnt in Bindley. Ich will, dass Sie hinfahren.«

»Was halten Sie davon, Chef?«

»Nichts, bis Sie dort gewesen sind.«

»Sonst noch was?«

»Hunderte von Anrufen seit dem Aufruf. Wird alles überprüft, aber bisher hat ihn keiner gesehen. Der Junge hat sich einfach in Luft aufgelöst.«

»Jemand muss ihn haben.«

»Wir waren in jedem Haus in der gesamten Nachbarschaft. Die Leute wollen helfen. Aber bisher nicht das geringste Ergebnis. In den Schulen herrscht völliges Chaos, verängstigte Eltern, Kinder, die eine halbe Geschichte hören und den Rest dazuerfinden.«

»Was machen Davids Eltern?«

»Sind zu Hause, haben ja noch ein weiteres Kind. Die Verbindungsbeamtin ist bei ihnen.«

»Tee kochen. Tee trinken. Nachrichten schauen. Nichts essen. Nicht schlafen. Immer wieder durchleben, was an dem Morgen passiert ist. Mit schmerzendem Kopf. Die armen Leute.«

»Wir bekommen jede Menge Hilfe, Infos treffen aus dem ganzen Land ein ...« Serrailler verstummte, dachte nach. Nathan wartete.

»Ich glaube nicht, dass er Hunderte Meilen entfernt ist. Weiß nicht, warum. Ich glaube, er ist hier in der Gegend.«

»Das sind sie meistens.«

»Ich weiß.«

Das Telefon auf seinem Schreibtisch klingelte. Simon nahm ab. »Serrailler. Ja?« Er hielt die Hand hoch, um Nathan aufzuhalten, der bereits an der Tür war. »Ach ja? Wann? Okay, ist niemandes Schuld. Schicken Sie jemanden hin. Lassen Sie eine Aussage aufnehmen.«

»Chef?«

»Dieser Cornhill hat seinen Jaguar XKV vor zehn Tagen als gestohlen gemeldet. Er war geschäftlich unterwegs, hat sich mit einem Firmenwagen zum Flugplatz fahren lassen, sein Auto stand in der Garage. Nach seiner Rückkehr war es verschwunden. Anscheinend saubere Arbeit, geschickter Einbruch, nicht viel zerstört, nur mit dem Brecheisen seitlich die Garagentür aufgestemmt. Niemand hat was gesehen oder gehört.«

»Also war es nicht Cornhill?«
»Offensichtlich.«

Einer der Beamten, der die Dateien durchforschte, stieß auf einen Mann aus der Dulcie-Siedlung, der innerhalb der letzten sechs Monate in das Pädophilenregister eingetragen worden war. Serrailler schaute sich gerade den Ausdruck an, als Nathan hereinkam.
»Brent Parker, siebenundvierzig, Verurteilungen wegen Belästigung junger Mädchen, zwei Gefängnisstrafen, keine anderen Vergehen aktenkundig ... Letzte Entlassung aus Baldney vor achtzehn Monaten ... Maud Morrison Walk 15, Dulcie ... Geschieden, eine erwachsene Tochter, die nicht mehr bei ihm wohnt. Arbeitslos, bis auf Gelegenheitsarbeiten, hauptsächlich für die Gemeinde ... Hat zwölf Monate lang eine Therapie in Baldney gemacht und erneut als ambulanter Patient der psychiatrischen Abteilung des Kreiskrankenhauses Bevham ...« Er reichte Nathan das Blatt.
Wie konnte man behaupten, dass er einen bösartigen Gesichtsausdruck hatte? Wie konnte man behaupten, dass der Mann wie ein Pädophiler aussah? Wenn er Brent Parkers Vorgeschichte nicht gekannt hätte, wie hätte Nathan ihn dann eingeschätzt – als Pädophilen? Als brutalen Schläger? Betrüger? Müllmann? Richter des Obersten Gerichtshofs? Er starrte das Gesicht an, versuchte, den Kopf freizubekommen und seine Vorurteile auszuschalten.
Brent sah älter aus als siebenundvierzig – mindestens zehn Jahre. Er hatte ein weiches, schwammiges Gesicht, Fleischfalten unter den Augen und Hängebacken. Kleine, verschwiemelte Augen, die den Ausdruck verbargen. Buschige Brauen. Wenig Kinn. Selbstzufrieden, fand Nathan – ja, Brent Parker sah aus,

als wäre er mit sich im Reinen. Das Gesicht eines Mannes, der seinen Neigungen frönte, vermutlich beim Alkohol ebenso wie beim Sex.
Ein abstoßendes Gesicht.
Wie kann man das behaupten? Woher will man das wissen? Wenn es das Gesicht des Mannes war, der zum nächsten Papst gewählt werden würde, was würde man dann sagen? Was würde man dann in die fleischigen Falten und den hochmütigen Mund hineindeuten?
»Mir gefällt sein Ausdruck nicht.«
»Passen Sie auf, was Sie sagen. Kein Kriminologe nimmt das Studium der Physiognomie heutzutage noch ernst. Ich würde aber gern eine Handschriftenprobe von ihm sehen.«
Nathan blinzelte.
»Ich hab mich über Graphologie immer lustig gemacht, also hat man mich auf eine Fortbildung geschickt. Gut, fahren Sie hin. Wenn er da ist, nehmen Sie ihn in die Mangel, und falls Sie nicht hundertprozentig zufrieden sind mit jedem Wort, das er von sich gibt, dann will ich, dass er aufs Revier gebracht wird. Wenn er nicht da ist, finden Sie ihn. Nehmen Sie jemand mit, der frei ist.«
»Chef?«
»Was ist?«
»Ich weiß nicht … Er ist in letzter Zeit nicht in Schwierigkeiten gekommen, ist das nicht ein bisschen dünn?«
»Natürlich ist es dünn, aber es ist wenigstens etwas. Bis wir was Handfesteres haben, nehmen wir das. Wir können uns nicht leisten, auch nur das Geringste zu ignorieren. Wir stehen im Scheinwerferlicht, und das wird nicht wieder ausgeschaltet, bis David Angus gefunden worden ist. Also los.«

16

Chris Deerborn war gegen neun nach Hause gekommen und hatte eine Viertelstunde später wegen eines Notrufs wieder losfahren müssen. Ihre Praxisvertretung hatte beim ärztlichen Bereitschaftsdienst eine Nachricht hinterlassen, dass sie krank sei.

»Ärzte sind nie krank. Das geht einfach nicht«, sagte Cat, reichte ihm eine Banane und ein Trinkpäckchen vom Regal. Der Gemüseauflauf würde unten im Herd warm gehalten, solange es sein musste.

»Wir, meine Liebe, sind die letzte Generation praktischer Ärzte, denen beigebracht wurde, daran zu glauben.«

Chris küsste sie und ging. »Leg dich ins Bett«, rief er zurück, »du siehst völlig fertig aus.«

»Ich weiß nicht, warum, ich hab den ganzen Tag nichts getan.«

Sam und Hannah hatten sich beim Gesichtwaschen und Zähneputzen kaum aufrecht halten können, bevor sie ins Bett gefallen waren. Cat nahm ihr Buch, knipste alle Lichter bis auf das über dem Herd aus, schob den protestierend maunzenden Mephisto aus dem Fenster und ging nach oben.

Die Kinder hatten sich in ihren üblichen Schlafstellungen zusammengerollt, Hannah mit dem Kopf ordentlich auf dem

Arm, Sam ein kleiner, fester Ball, Knie angezogen, die Decke bis fast über dem Kopf. Cat zog sie ein wenig zurück und küsste ihn auf das weiche, braune Haar. Es war unmöglich, dabei nicht an David Angus zu denken. Hannahs Haut fühlte sich kühl an. Sie würde sich die ganze Nacht im Schlaf kaum bewegen. Die beiden waren eine glückliche kleine Einheit. Wie sie wohl auf das Baby reagieren würden, wenn es zur Realität wurde, nicht das seit langem bestehende Versprechen, an dem sie fast das Interesse verloren hatten?

Eine halbe Stunde später rief Chris an. »Ich hab hier eine Anaphylaxie, ein Junge mit einer Erdnussallergie. Ich versuche ihn zu stabilisieren, und jetzt hat auch noch die Tochter der alten Violet Chaundry angerufen. Sie glaubt, ihre Mutter hat einen weiteren Schlaganfall. Es wird also noch länger dauern. Bist du im Bett?«

»Und schon fast eingeschlafen. Der Auflauf steht unten im Herd.«

»Ich werd vermutlich keinen Hunger mehr haben. Muss los. Ich liebe dich.«

Cat las ein weiteres Kapitel des Romans von Anita Brookner, bevor sie das Licht ausmachte. Draußen schlug ein Kletterrosenzweig im aufgekommenen Wind gegen das Fenster. Cat fand das Geräusch seltsam beruhigend.

Eine Bewegung an ihrer Seite weckte sie auf.

»Mummy …«

»Sam? Was ist?«

»Ich will zu dir.«

»Oh, Herzchen … komm.« Aber Sam hatte sich bereits an sie geschmiegt, die Füße um ihr Beine geschlungen, die Arme hinter ihrem Nacken.

»Drück nicht auf meinen Bauch.«
»Ich will nicht wieder einschlafen.«
»Warum? Schlechte Träume?«
Er klammerte sich fester an sie. Cat bewegte sich, um bequemer liegen zu können, ohne ihn wegzuschieben.
»Nat hat gesagt, David Angus ist ermordet worden und liegt in einem tiefen Loch.«
Cat gelang es, sich über den heißen kleinen Körper ihres Sohnes zu beugen und die Nachttischlampe anzuknipsen. Sein Gesicht war ihrem zugewandt, gerötet und verängstigt.
»Sam, Nat weiß gar nichts … ganz und gar nichts über David Angus. Hörst du mich? Was er gesagt hat, stimmt nicht …«
»Er hat's aber gesagt.«
»Er weiß es nicht. Niemand weiß es.«
»Warum?«
»Weil … er noch nicht nach Hause gekommen ist. Die Polizei hat ihn nicht gefunden.«
»Warum nicht?«
»Willst du was trinken?«
»Wenn die ihn nicht gefunden haben, wissen sie doch nicht, ob er ermordet und in ein Loch geworfen wurde, oder? Haben sie schon in allen Löchern auf der Welt nachgeschaut?«
»Heiße Schokolade?«
»Ich will nicht, dass du weggehst.«
»Dir passiert hier nichts … Das dauert doch nicht lange.«
»Wenn du nach unten gehst, will ich mit.«
»Na gut, dann komm.«
Wie viele kleine Kinder in Lafferton waren zu ihren Eltern ins Bett gekrochen? Wie viele hatten Alpträume wegen David Angus? Wie viele vorlaute kleine Rüpel wie Nat versetzten die anderen mit dämlichen Geschichten in Angst und Schrecken?

Sam saß auf dem Sofa, mit müden Augen, während sie die Milch warm machte. »Warum ist er mit dem Mann mitgegangen?«
»Welchem Mann?«
»Dem Mann, der ihn ermordet hat. Jeder weiß doch, dass man nicht mit einem Mann mitgeht, der einen ermorden will, jeder weiß das.«
Großer Gott, wie soll ich diesem Kind antworten? Wie soll ich ihn beruhigen und davon überzeugen, dass er in Sicherheit ist, wenn ich selbst panische Angst um ihn habe und es keine Beruhigung gibt und nicht geben wird, bis David irgendwo lebend gefunden wird?
Sie goss die Milch über den Kakao und rührte um.
»Kann ich einen Keks haben?«
»Wenn du dir hinterher noch mal die Zähne putzt.«
»Dazu bin ich zu müde.«
»Dann nicht. Komm, mein Großer.«
Das Krachen von draußen kam so plötzlich, dass Sam vom Sofa hochschoss und sich gegen Cat warf, wobei die Schokolade sich auf den Boden ergoss. Der Wind hatte etwas hochgewirbelt und wieder zu Boden geschleudert.
»Mummy, ich mag das nicht.«
»Da ist nichts, Schatz, alles in Ordnung, nur der Wind, der einen Deckel oder irgendwas hochgeschleudert hat … Bleib ganz ruhig.«
»Der Mann, der David Angus ermordet hat, könnte da draußen sein, Nat hat gesagt, das ist ein Mann, der gerne Jungs klaut und sie ermordet und dann in tiefe Löcher wirft, es gibt viele Männer, die das tun, vielleicht sogar zweihundert, und …«
»Sam … komm, setz dich zu mir aufs Sofa.« Sie zog ihn eng an sich. »Ich möchte, dass du mir gut zuhörst. Ich versichere dir,

dass da draußen kein solcher Mann ist. Das war der Wind. Da ist kein Mann, der kleine Jungs mitnehmen will. Du bist vollkommen in Sicherheit, und dir wird nichts passieren. Und jetzt sag mir, dass du mir zugehört hast und mir glaubst.«
»Aber du weißt es nicht, woher weißt du das?«
»Ich weiß es, weil ich viele Dinge weiß ... Viel mehr, als Nat je wissen wird. Glaubst du ihm mehr als mir?«
»Ich weiß nicht.«
»Wenn ja, dann solltest du das nicht tun. Er ist ein dummer kleiner Junge, und ich bin deine Mami.«
»Und Ärztin.«
»Ja.«
»Na gut ...«
»Oh, Sammo, ich liebe dich. Soll ich noch mehr heiße Schokolade machen? Aber erst mal sollte ich das aufwischen, bevor jemand darauf ausrutscht.«
Sam glitt vom Sofa. »Ist nichts mehr zum Aufwischen da«, sagte er fröhlich. Cat schaute hinunter auf Mephisto, der den Rest der verschütteten Schokolade genüsslich aufschleckte.
»Wirst du fluchen?«
»Wahrscheinlich.«
»Was sagst du dann?«
»Einen geheimen Fluch, den ich nicht verraten darf. Aber ich höre Daddys Auto. Wenn der uns hier findet, dann wird *er* fluchen ... Los, beeil dich.«
Was sollen wir tun?, sagte Cat grimmig zu Gott, während sie darauf wartete, dass Chris hereinkam. Was um alles in der Welt können wir jetzt sagen oder tun?

17

Nathan nahm Geoff Price mit, weil Geoff schweigsam war, so schweigsam, dass man meinen konnte, er hätte nicht viel Interesse an seiner Arbeit. Aber die hatte er, war hartnäckig und gut in Details. Er redete nur nicht viel und stellte nie dumme Behauptungen auf.

Die Dulcie-Siedlung war nachts etwas anziehender als am Tag, da es den hellen Straßenlaternen sogar gelang, den Beton und die Hässlichkeit des Ganzen in weicherem Licht erscheinen zu lassen. Doch in jeder anderen Hinsicht war es ein Ort, an dem man nach Einbruch der Dunkelheit nicht herumlief, was daher auch kaum jemand tat. Die jugendlichen Rowdys und Junkies hatten ihn für sich. Die beiden Polizisten rochen es, als sie aus dem Auto stiegen.

Jede Nacht hatte sich Nathan aus seinem Zimmerfenster gebeugt und diesen Geruch in der Nase gehabt – Pommes frites, Fett, menschlicher Abfall; nirgends roch es so wie in Dulcie. Er erinnerte sich an die Sehnsucht – wie an eine Krankheit – da rauszukommen, irgendetwas zu tun, um an einen besseren Ort fliehen zu können, in eine Welt, die frischer und sauberer und wohlhabender roch – wobei es nie Geld gewesen war, das ihn motiviert hatte. Nathan Coates hatte schon mit dreizehn er-

kannt, dass man in Dulcie blieb, wenn man auf leicht verdientes Geld aus war. Das hatte ihn nie interessiert.
Der Maud Morrison Drive lag auf der anderen Seite der Long Avenue, wo Nathans Familie wohnte – die etwas angesehenere Seite. Hier hatten die Häuser Vorgärten und Gartentore, und es standen weniger Schrottautos und alte Windhundkäfige herum.
»Da ist es.«
Geoff schwieg.
Die Vorhänge waren kirschrot und fest zugezogen. An den Rändern schimmerten ein dünner Lichtstreifen und das flackernde Neonblau eines Fernsehers durch.
»Was, zum Teufel, ist das denn?«
Geoff knipste seine Taschenlampe an. Der Vorgarten war nicht mit Blumen geschmückt, nicht mit alten Fahrrädern oder Kinderwagen vollgepackt, sondern mit Radkappen … mehreren Dutzend Radkappen, die sorgfältig am Zaun und an der Mauer lehnten, als wäre es eine Ausstellung.
»Scheint sie zu züchten«, sagte Geoff.
Die Türklingel spielte »Auld Lang Syne«.

»Brent Parker? Ich bin DS Nathan Coates, das ist DC Geoff Price.«
»Habt euch ja Zeit gelassen.«
Wieder war es der Geruch, aber einer, den er noch nie zuvor gerochen hatte und der ihn erstickte. Nathan stand an der Tür des kleinen, heißen, muffigen Wohnzimmers und versuchte den Geruch zu lokalisieren, ihn einzuordnen. Ein elektrischer Ofen mit drei Heizschlangen lief auf vollen Touren, der Fernseher dröhnte, und an der Wand stand ein gewaltiges, neonfarbenes Terrarium.

Und der Geruch.
»Würde es Ihnen was ausmachen, den auszustellen, Sir?«
Parker schlenderte zum Fernseher.
Er war ein großer Mann, beleibt, mit dickem Kopf, einem schwarzen Pferdeschwanz, Händen so groß wie Teller, Fingern wie ein Bananenbüschel. Nathan schaute ihm ins Gesicht. Die Augen waren klein, hinter tiefen Lidern und Fleischfalten verborgen, und die Haut darunter war weich und schwabbelig.
»Ich wär schon fast selber gekommen. Um es hinter mich zu bringen.«
»Aufs Revier?«
Parker setzte sich, machte aber keine Anstalten, sie auch dazu aufzufordern.
»Na ja, ihr wärt doch sowieso hier aufgetaucht.«
»Wären wir?«
»Klar. Ein Kind wird vermisst. Ich nehm an, ihr habt ihn noch nicht gefunden?«
»Warum haben Sie erwartet, dass wir zu Ihnen kommen?«
»Verarsch mich nicht, Junge, ich bin genug verarscht worden. Ein Kind wird vermisst, ich bin aktenkundig wegen Kindern. Ist doch klar.«
»Wo waren Sie am Dienstagmorgen, Mr. Parker, so gegen acht?«
»Im Bett.«
»Allein?«
»Wer will mich denn schon?«
»Sonst noch jemand im Haus?«
»Nur Tyson.«
»Ihr Hund.«
»Nee.«
»Verarschen *Sie* mich nicht, Mr. Parker. Das kann ich nicht leiden.«

»Ich weiß, wer du bist. Dinky Coates, Junge … Warst ein richtiger Rotzbengel.«
»War sonst noch jemand hier, der bezeugen kann, dass Sie um die fragliche Zeit am Dienstag im Bett waren?«
»Frag Tyson.«
Nathans Blick folgte dem Wurstfinger des Mannes. Auf der anderen Seite des Zimmers, auf einer glänzenden Anrichte, stand ein weiteres Terrarium, aus dem ein seltsamer Lichtschimmer kam.
Der Geruch.
Geoff Price ging hin und blickte hinein.
»Haben Sie eine Genehmigung für diesen Python?«
»Brauch keine Genehmigung.«
»Glauben Sie, Sie tun ihm einen Gefallen, wenn Sie ihn in diesen Glaskasten sperren?«
»Soll ich ihn rausholen und rumkriechen lassen?«
»Haben Sie ein Auto?«
»Ab und zu.«
»Ich nehme nicht an, dass Sie einen Jaguar XKV fahren?«
Parker schnaubte vor Lachen, wobei Spucke aus seinem Mund in Nathans Richtung sprühte. »Klar doch, was sonst.«
»Haben Sie diesen Jungen je gesehen?«
»Lass stecken, ich kenn das Plakat, ich weiß, wie er aussieht.«
»Haben Sie ihn gesehen?«
»Vielleicht. Vielleicht auch nicht. Kann ihm täglich auf der Straße begegnet sein. Genau wie ihr.«
»Hören Sie …«
»Nein, *du* hörst gefälligst zu, Coates. Du hörst zu. Ich weiß, was ich getan habe, und ich hab dafür gesessen und eine Therapie gemacht, und ich bin wieder draußen, es ist vorbei, ich bin sauber, nur euer blöder Verein kann's einfach nicht vergessen …

Ich weiß, wo ich bin, ich steh auf eurer verdammten Liste, und da werd ich bleiben, bis ich im Verbrennungsofen vom Parkside-Krematorium brutzle, aber ich hab den Jungen nicht gesehen, ich hab ihn nicht mitgenommen, das hatte ich schon und hab's nicht noch mal vor, hab nicht vor, auch nur in die Nähe von so einem dämlichen Kind zu kommen, nie wieder. Wenn's dich interessiert, ich bin bei einer Ehevermittlung, such mir eine Frau, die für Tyson und mich sorgt, euch das Maul stopft. Los, verschwindet. Haut ab, bevor ich den Deckel von seinem Terrarium nehme.«

Parker stand im Flur mit dem Rücken zur offenen Küchentür. Durch einen Spalt erblickte Nathan ein weiteres Terrarium auf dem Kühlschrank, das rot glühte. Parker selbst roch auch, ein ekliger Geruch stieg ihnen in die Nase, als sie auf dem Weg hinaus dicht an ihm vorbeimussten. Er packte Nathan kurz am Ärmel.

»Hast wohl nicht sorgfältig genug in den Unterlagen nachgeschaut, was, du hochnäsiger kleiner Dreckskerl?«

Nathan zog seinen Arm weg. »Wenn Sie uns irgendwas zu sagen haben, Parker, spucken Sie's besser aus.«

Geoff Price war schon fast beim Auto.

»Dann hättest du deine Zeit nicht verschwendet.«

»Ich sagte …«

»Ich hab's gehört. Siehst du, es ist alles vorbei, ich wurde behandelt, ich bin geheilt, war bei einem Haufen von diesen Seelenklempnern, und sie haben's hingekriegt. Nur tät's du wissen, wenn du genau geschaut hättest, dass es Quatsch war, mit mir zu reden. Es waren *Mädchen*. Immer. Jungs hab ich nicht mal angeschaut. Es waren Mädchen. Immer. Überzeug dich selbst. Ich könnt dich wegen Belästigung drankriegen.«

Geoff schwieg, während sie zum Revier zurückfuhren.
»Ich hab das Gefühl, ich brauch eine Dusche und muss meine Klamotten in die Reinigung bringen«, sagte Nathan nach einer Weile. »Können die Leute einfach so Pythons halten?«
»Weiß nicht. Soll ich's überprüfen?«
»Nee, wir haben genug zu tun. Hoffen wir nur, dass er nicht eines Tages vergisst, den Deckel wieder aufs Terrarium zu legen.«
»Er war es nicht. Ganz bestimmt nicht.«
Nathan war derselben Meinung, sagte aber nichts. Der Geruch und eine Aura von Niederträchtigkeit hatten an Brent Parker und seinen heißen, stinkenden Räumen gehangen, aber nicht, weil er etwas mit dem Verschwinden von David Angus zu tun hatte. Der DCI hatte angeordnet, Parker festzunehmen, falls auch nur der geringste Zweifel bestand, doch den hatte es nicht gegeben, zumindest nicht wegen des Jungen. »Bis wir zurück sind, werden sie die Sache mit dem gestohlenen Jaguar XKV überprüft haben.«
»Du glaubst, der hat was damit zu tun?«
»Könnte sein.«
»Bisschen zu auffällig … die Straße am helllichten Tag rauf- und runterzukriechen, um die Örtlichkeiten auszuspähen.«
»Ja, schon.«
»Ich schätze, das war jemand, der nach einem Haus gesucht hat. Diese blöden Häuser hinter ihren Hecken und Einfahrten und schicken Toren haben nirgends eine Nummer oder auch nur irgendwo ein Namensschild angebracht, wo man es sehen kann. Ich weiß das, ich hab da eine Haus-zu-Haus-Befragung gemacht. Kein Schild, nichts.«
»Ja.«
»An Tonis Imbisswagen gibt's leckere belegte Brötchen mit Schweinebraten.«

»Fahren wir hin.«

Brent Parkers Haus ging Nathan nicht aus dem Sinn. Im Geist wanderte er durch die Zimmer, schaute sich alles an, versuchte sich zu erinnern, was dieses leichte Nagen in ihm ausgelöst hatte. Irgendetwas. Er hatte etwas gesehen, nicht genug, um dem Aufmerksamkeit zu schenken, vielleicht nicht mal richtig gesehen, aber da war irgendetwas.

Er nahm das warme, in Pergamentpapier gewickelte Brötchen aus Geoffs Hand, und als ihm der Geruch in die Nase stieg, merkte er plötzlich, wie hungrig er war. Seit Stunden hatte er nur zwei Schokoladenkekse gegessen. Tief biss er in die schmackhafte, krümelnde Masse aus Fleisch und Brot und heißer Salbeifüllung und schloss die Augen. Aber selbst während er mit so heißhungrigem Behagen aß, hörte das Nagen nicht auf. Irgendetwas. Irgendetwas.

David

Mir gefällt es hier nicht.
Ich hab keine Angst.
Mir gefällt es nur nicht.
Warum müssen wir hier sein? Es ist kalt und es stinkt.
Ich hab schrecklichen Durst. Es wäre besser, wenn Sie mir was zu trinken geben. In der Schule dürfen wir immer was trinken, wenn wir wollen, wenigstens Wasser, zwar nichts essen, aber wir können was trinken, wenn wir wollen. Trinken ist wichtig für Menschen, sie werden krank, wenn sie nichts trinken.
Sind Sie nicht durstig?
Wenn Sie mir was zu trinken geben, werde ich's denen sagen, wenn sie kommen, ich werd sagen, dass Sie mir was zu trinken gegeben haben, und das wäre gut für Sie.
Sie werden kommen.
Ja, das werden sie.
Sie sind klug und haben Geräte, mit denen sie Spuren verfolgen können, und die werden sie benutzen, um mich zu finden, und dann werden sie kommen. QED.
Wissen Sie, was QED heißt?
Wann fahren wir zurück?
Mir gefällt es hier nicht.

Ich will zu meiner Mami. Es ist dunkel, stimmt's, also wird Daddy zu Hause sein, und sie werden zusammen herkommen und mich holen. Sie könnten meine Schwester mitbringen. Sie bringen wahrscheinlich meine Schwester mit.

Meine Schwester ist zwölf, also werden sie sie mitbringen. Ja, sie bringen sie bestimmt mit.

Mir gefällt es hier nicht so sehr.

Warum sagen Sie nichts? Wenn Sie mir Ihren Namen sagen, würde es mir besser gefallen, bei Ihnen zu sein. Ich mag es eigentlich nicht, aber dann würde ich es ein bisschen mögen.

Wenn Sie mir Ihren Namen sagen.

Di Roncos Vater war ein berühmter Popstar. Er war in einer weltberühmten Rockband.

Er ist ein Ass.

Di Roncos Vater.

Er bringt uns zum Lachen.

Einmal haben wir uns vor Lachen in die Hose gemacht.

Mir gefällt es hier wirklich nicht.

Aber sie werden kommen. Ich glaube, ich kann sie sogar schon hören. Ich höre, dass ein Auto kommt.

Haben Sie das Auto gehört?

18

Ich glaube«, sagte Marilyn Angus und nahm ihre Brille ab, »dass ich verrückt werde. Ich glaube, wenn das noch fünf Minuten weitergeht, werde ich verrückt.«

Sie hatten versucht, ganz normale Dinge zu tun. Alles sollte so normal wie möglich laufen, und wenn auch nur um Lucys willen, wobei an Lucy absolut nichts Normales war; sie wollte so dicht wie möglich neben ihrem Vater oder ihrer Mutter sitzen, während sie das gleichzeitig zu verbergen suchte, und sie kaute ihre Fingernägel, die sie mit so viel Mühe hatte wachsen lassen, bis auf die Nagelhaut ab.

Sie hatten versucht, Abendessen zu kochen und es zu essen, und das meiste davon lag, kalt geworden, im Mülleimer. Sie hatten versucht, E-Mails zu beantworten, Fernsehen zu schauen und Uno und Scrabble zu spielen.

»Wozu machen wir das? Das machen wir sonst nie. Nur an Weihnachten.« Lucy war aufgestanden und weggegangen, hatte die Worte erstarrt mitten im Spiel auf dem Brett liegenlassen.

Sie hatten den Fernseher angeschaltet und das schreckliche, aufgezeichnete Lachen wie dämonisches Gackern in den Ohren gehabt und den Apparat wieder ausgeschaltet.

Sie hatten Gin und Wein und Tee eingeschenkt, die Gläser

standen noch voll herum. Nur die Teetassen waren geleert worden, immer und immer wieder.

»Ich nehme ein Bad«, verkündete Marilyn Angus. »Ruft mich, wenn …«

Lucy rutschte von ihrem Stuhl, als ihre Mutter das Zimmer verließ, und schlich hinter ihr die Treppe hinauf. Marilyn Angus ging ins Badezimmer, schloss und verriegelte aus Gewohnheit die Tür hinter sich. Lucy setzte sich draußen auf den Boden, legte den Arm an die Türfüllung.

Der Dampf stieg auf, roch nach Freesien. Marilyn wünschte, sie hätte keinen Badezusatz ins Wasser getan. Es schien ihr nicht richtig. Ihr Badewasser sollte pur sein, nach nichts duften, sollte bußfertig sein. Sie ließ kaltes Wasser nachlaufen, damit es nicht so heiß war, nicht so luxuriös und genussvoll wirkte. Sie durfte nichts genießen, bis …

Was mit David passierte, wo David sein konnte, wer bei ihm war, was zu ihm gesagt und ihm angetan wurde, war da, kam aus den Startgattern und raste auf der Rennbahn in ihrem Kopf herum, immer und immer wieder. Sein Gesicht war vor ihr, und manchmal sah sie Teile seines Körpers, seine dünnen, zerbrechlich wirkenden Handgelenke, seine Zehen, sein Ohr mit der kleinen Blumenkohlkrause obendrauf. Beim Gedanken, dass Teile seines Körpers verletzt oder geschändet, ja auch nur berührt, auch nur betrachtet wurden von jemandem, der ihm etwas antun wollte, wurde ihr übel, und sie musste sich rasch über das Waschbecken beugen, aber es kam nichts heraus, obwohl sie hineinstarrte und schwarze Galle zu sehen erwartete, wirbelnd im laufenden Wasser, die Galle, mit der ihr Magen angefüllt war.

Nichts zu wissen. War es wahr, dass Nichtwissen das Schlimmste dabei war? Sie musste jemanden fragen, der so etwas durchgemacht hatte. Die Namen dieser Menschen, bekannt aus den Zeitungen, dem Fernsehen und dem Radio, hallten in ihrem Kopf wider. Sie musste mit einem von ihnen sprechen, irgendeinem, um zu fragen, ob das Nichtwissen das Schlimmste war, oder ob, wenn Dinge bekannt wurden, diese Dinge der größte Horror von allem waren und das Nichtwissen gar nichts gewesen war, ein im Vergleich besänftigender, gelassener, paradiesischer Zustand.

Sie würde Kate fragen, die Polizistin, die ihnen zugeteilt worden war und jetzt tatsächlich mit ihnen lebte, obwohl Marilyn es vorgezogen hätte, sie nicht um sich zu haben. Kate war ihr weder sympathisch noch unsympathisch, sie wollte oder brauchte sie einfach nicht und sah die Notwendigkeit für ihre permanente, aufdringliche Anwesenheit nicht ein. Sie würde Kate fragen. Kate konnte ihr Adressen, Telefonnummern besorgen, nicht wahr, auf dem Revier würde es Computer geben, die mit anderen Computern kommunizierten und die Telefonnummern jener Leute, mit denen sie sprechen musste, durch den Äther schicken konnten. Es spielte keine große Rolle, welches Elternteil oder welches Kind, was mit dem Jungen oder Mädchen passiert war, wie lange sie vermisst worden waren, in welchem Zustand man sie gefunden hatte. Jeder, einfach jeder war ihr recht. Solange sie mit den Leuten reden und ihnen die Fragen stellen konnte, die sich niemand anderem stellen ließen. Und sie könnten Antworten haben. Niemand sonst hatte Antworten, aber diese Leute vielleicht.

Sie sah David als Neugeborenes neben sich zappeln, noch durch die Nabelschnur verbunden, noch bedeckt mit weißen Schleimfäden und einer Glückshaube, der Mund zu einem wütenden Schrei geformt, nackt unter diesem blauweißen Licht liegen zu müssen.

Sie sah David über das Spielfeld rennen, den Ball vor dem Fuß und Ryan Giggs im Kopf, und die schreienden Schuljungen und jubelnden Eltern am Spielfeldrand.
Sie stieß das Brüllen einer Kuh aus, der man das Kalb weggenommen hat, ein Brüllen voller Schmerz und Wut und Verwirrung und Pein, das Lucy auf Händen und Knien von der Tür zurückhasten ließ.
Alan, gefolgt von Kate, stürzte die Treppe herauf.
Lucys Zimmertür knallte hinter ihr zu.
Marilyn saß in dem kühl werdenden Badewasser, das zu stark und übelkeiterregend nach Freesien roch, hörte das beängstigende Geräusch und war verwirrt, wusste nicht, woher es kam oder warum.

Das Telefon klingelte, als sie in die Küche zurückkehrte, wieder angezogen und ruhiger, Kate hinter ihr, die sie am Arm berührte.
»O Gott.«
Es konnte keine Neuigkeit sein; Kate hätte sie als Erste empfangen, über ihr Funkgerät, und sie darauf vorbereitet, auf die gute oder schlechte Nachricht, aber das Geräusch des Telefonklingelns war jetzt erschreckend, jedes Eindringen von außen könnte etwas mit David zu tun haben.
»Alan Angus …«
Gehen Sie nicht ans Telefon, hatte man ihnen gesagt, überlassen Sie das uns. Überlassen Sie es uns, mit den Neugierigen und Wohlmeinenden und den Verrückten und der Presse fertigzuwerden.
Alan wollte nichts davon wissen. Er war permanent in Dienstbereitschaft, selbst jetzt, selbst bei alldem … Die Patienten standen an erster Stelle.

Marilyn setzte sich auf einen Sessel am Feuer und beobachtete, wie er zuhörte und sich eine Notiz machte.
»Wann ist sie eingeliefert worden? Wie lange ist sie schon bewusstlos? Wie stark sind die Blutungen? Okay, wir brauchen einen Operationssaal, ich bin unterwegs.«
Sie konnte sich nicht dazu durchringen, etwas zu sagen. Er musste gehen. Er konnte es nicht ignorieren. Nicht einmal jetzt.
»Fahrradfahrerin, wurde von einem Auto angefahren.« Er sah zu der Polizistin, die mit einer weiteren Kanne Tee hereinkam. »Ich muss ins Krankenhaus. Ich werde im OP sein, aber Sie können mich über meinen Piepser erreichen.«
»Könnte das nicht jemand anderes übernehmen? Der diensthabende Arzt …«
»Zu schwierig. Ich werde gebraucht. Kann das nicht Michael überlassen.«
Er ging zur Haustür hinaus, kam dann zurück. »Solltest du nicht besser nach Lucy sehen?«
Marilyn blickte auf die Teetassen. Sie hatte geglaubt, Alan zu kennen, aber sie kannte ihn nicht. Sie hatte geglaubt, sie seien ein eng miteinander verbundenes Paar, aber das waren sie nicht. Was geschehen war, hatte sie voneinander getrennt, als hätte ein Messer ihre Ehe zerschnitten. Alan hatte sich in seine Arbeit zurückgezogen, hatte darauf bestanden, ständig für jedes neurologische Trauma in Bereitschaft zu sein, alle anstehenden Operationen, jede Sprechstunde durchzuführen. Alan redete nicht über David. Alan redete nicht mit ihr. *»Solltest du nicht besser nach Lucy sehen?«* Alan konnte sich nicht selbst mit Lucy befassen.
»Soll ich raufgehen und mit ihr reden?«, fragte Kate.
Sie war eine nette Frau, diese Kate. Freundliches Gesicht. Or-

dentlich frisierte Haare. Mitfühlend. Angenehm. Wenn man schon jemanden in seinem Haus haben musste, an seinem Ellbogen, hinter sich, neben sich, Tag und Nacht, konnte man niemand Besseres bekommen als diese nette, verständnisvolle, kluge Kate. Marilyn hätte sie am liebsten ermordet. Was nicht die Schuld der Polizistin war.

»Nein. Ich sollte das tun.«

»Jeder muss auf seine Art damit fertig werden. Ihr Mann braucht dazu das Krankenhaus.«

»Und ich? Ich werde damit fertig, indem ich nicht damit fertig werde. Ich bewältige es durch hysterische Anfälle im Bad und Verängstigung meiner Tochter, die sowieso schon völlig verängstigt ist. Ich werde damit fertig. Ich werde nicht damit fertig. Wie können Sie das von uns erwarten?«

»Ich weiß.«

»Nein, Sie wissen nicht. Sie haben nicht die geringste Ahnung.«

»Ich habe …«

»Wie sollten Sie? Wie können Sie sich vorstellen, wie das ist?«

»Indem … ich an ihn denke, als wäre es mein Sohn. Peter. Oder – Peter, als er neun war.«

Das Feuer, das sie sowohl zum Trost als auch wegen der Wärme angezündet hatten, verschob sich, und ein kleiner Kohlehaufen, der durchgebrannt war, sank zu glühender Asche zusammen.

»Es tut mir leid.«

»Nein. Sagen Sie das nie. Sie können alles zu mir sagen, das wissen Sie, aber Sie müssen sich für absolut nichts bei mir entschuldigen. In Ordnung?«

»Sie sind sehr gut.«

»Nein, ich mache nur meine Arbeit. Ich wünschte, ich müsste es nicht. Marilyn, ich wünschte mir genauso sehr, nicht hier zu sein, wie Sie mich wegwünschen. Ich wünschte, es gäbe keinen Grund für mich, hier zu sein.«

»Wenn sie seine Leiche finden, wird es keinen Grund mehr geben. Er ist tot, wissen Sie. Ich bin mir dessen ziemlich sicher.«

»Ich nicht.«

»Warum?«

Kate zuckte die Schultern.

»Ich sollte jetzt besser zu Lucy gehen.«

»Ja.«

»Wenn er tot ist, bete ich zu Gott, dass er sehr rasch gestorben ist.«

Dann wartete sie. Wartete darauf, dass die Polizistin sagte, natürlich sei das nicht der Fall, sie wisse, sie habe Beweise, dass David am Leben sei und gesund und jetzt heimgebracht werden würde, es sei einfach nicht möglich, dass er tot sei. Niemand habe ihm auch nur ein Haar gekrümmt, niemand habe ihn verängstigt, niemand habe ein barsches Wort zu ihm gesagt. David sei, wie er beim letzten Mal gewesen war, als sie ihn gesehen hatte, als er sich ins Auto gebeugt und sie zum Abschied geküsst hatte. Körper und Geist ihres Sohnes seien ganz und gar unbeschädigt. Die Zeit habe sich zurückgedreht und nichts sei passiert. Nichts.

Sie wartete. Kate stand auf und schob das Feuer zusammen.

Sie wartete.

Kate schwieg.

Schließlich ging sie, wusste, dass Kate nichts sagen konnte, weil es nichts zu sagen gab, ging so langsam die Treppe hinauf wie eine alte Frau, die eine unmöglich schwere Last trägt.

Sie wartete einen Augenblick vor Lucys Zimmer. Von drinnen kam kein Laut. Sie sammelte Worte im Kopf und versuchte daraus sinnvolle Sätze zu bilden, Worte zu formulieren, die

dann aus ihrem Mund kommen, durch die Luft fliegen und von ihrer Tochter empfangen würden, aber die Worte waren so verstreut wie durcheinandergeworfene Spielsachen.
Sie drehte sich um und ging die zweite Treppe in das kleine Dachgeschosszimmer hinauf. Auch aus ihm drang kein Laut. Marilyn Angus lehnte ihren Kopf gegen die Tür und betete, die kleinen murmelnden Laute zu hören, die er von sich gab, wenn er seine Hausaufgaben machte, oder das leise Surren eines Motors von einem Spiel.
Wenn sie etwas gehört hätte, hätte sich die Zeit zurückgedreht und er wäre dort drinnen und sie auf dem Flur vor seinem Zimmer erwacht, nachdem sie schlafwandelnd hierhergekommen war.
Stille.
Sie öffnete die Tür. »Doodlebug«, sagte sie laut.
Das Zimmer roch nach ihm. Sie knipste das Licht an. Sein Morgenmantel hinter der Tür bewegte sich leicht, als sie hineinging. Das selbst gebaute Fußballstadion stand auf dem Tisch neben dem Fenster. Sie beugte sich hinunter und blätterte Bücher durch. *Harry Potter und der Stein der Weisen. Dr. Doolittles Geheimnis. Die Kammer Tutenchamuns. Die Geschichte Pompejis. Der Sternenführer. Sterne und Galaxien. Patrick Moores Buch des Nachthimmels. Ich war dort: Ein Junge aus Pompeji.*
Er war hier. Sie roch ihn. Sie spürte ihn. Wenn sie die Hand ausstreckte, würde sie ihn berühren. Wenn er hier war, war er tot.
Sie legte sich auf das Bett ihres Sohnes und zog seinen Pyjama unter dem Kissen hervor. Er roch nach seinem Haar, dieser merkwürdige, besondere Jungengeruch. Sie schloss den Pyjama in die Arme. David war jetzt da.
Nach einer Weile schlief sie ein, und David schlief neben ihr,

sein kleiner, dünner Körper in ihren gedrückt, so sehr Teil von ihr, wie er es vor seiner Geburt gewesen war.

Im Zimmer darunter saß Lucy am Fenster, schaute im Dunkeln in die Nacht hinaus, dachte an nichts, zwang ihren Geist, eine leere Trommel zu sein, und ihre Gefühle dazu, nichts zu empfinden.

Kate saß am Küchentisch, sich der Stille im restlichen Haus bewusst, einen Stapel polizeiliche Routineakten vor sich. Zur vollen Stunde hatte sie auf dem Revier angerufen, wo unermüdlich an dem Fall gearbeitet und mehr und mehr Beamte hinzugezogen wurden, aber von wo es keine Neuigkeiten über den vermissten Jungen gab. Auch von dem silbernen Jaguar fehlte bisher jede Spur.

19

DCI Simon Serrailler saß im Bauernhaus und zeichnete seine Schwester. Cat schlief auf dem Sofa. Ein Arm lag auf ihrem geschwollenen Bauch, der andere war ausgestreckt, um den Kater Mephisto zu streicheln. Es war nach Mitternacht. Nach siebzehn Stunden ununterbrochener Arbeit hatte er es auf dem Revier nicht mehr ausgehalten. Er hatte den Trost des Deerbornschen Hauses gebraucht, mit den Kindern, die oben schliefen, seiner schwangeren Schwester und dem gemütlichen, einladenden Durcheinander des Familienlebens.

Er hatte etwas gegessen. Ein Glas Wein stand neben seinem Ellbogen. Er nahm einen anderen Bleistift, einen weichen 4B, um das dicke, rote Fell auf Mephistos Rücken zu schattieren. Cat bewegte sich leicht, wachte aber nicht auf.

Den Nachmittag hatte er am Telefon im Gespräch mit anderen Polizeidienststellen verbracht; kurz nach neun hatte die Polizei aus Cumbria mitgeteilt, dass ein dreizehnjähriger Junge nach einem Rugbyspiel seiner Schule nicht nach Hause gekommen war. Er hatte seinen üblichen Bus verpasst und war nicht mehr gesehen worden, seit er zur Hauptstraße gegangen war, um auf seinen Vater zu warten, der ihn abholen wollte. Als der Vater ankam, war der Junge, Tim Fenton, nicht da gewesen, daher hatte der Vater noch über eine halbe Stunde auf ihn gewartet. Sein Sohn war nicht aufgetaucht, war auch nicht in der Schule, auf dem Spielfeld, zu Hause oder bei einem seiner Freunde gewesen. Er war weder in der Stadt noch am Bahnhof oder an Bushaltestellen gesehen worden. Kein Taxifahrer hatte ihn mitgenommen.

Auf dem Revier hatten sich Aktivitäten und Besorgnis verstärkt. Das Dezernatsbüro war abwechselnd voller Beamter und dann wieder leer, wenn eingetroffenen Meldungen und Berichten nachgegangen wurde. Die uniformierte Polizei zerriss sich schier, setzte so viele ihrer Kräfte wie möglich auf den Angus-Fall an, während sie gleichzeitig alles andere unter Kontrolle zu halten versuchte. Zum Glück schien durch eine große Ermittlung auf den meisten anderen Gebieten Ruhe einzukehren … Anzeigen wegen Bagatelldiebstählen und Vandalismus, gestohlenen Fahrzeugen und eingeschlagenen Schaufensterscheiben waren zurückgegangen, in den Pubs und Clubs blieb es friedlich. Es war, als wisse Lafferton, dass die Polizei alle ihre Kräfte brauchte, um den vermissten Jungen zu finden, und hätte geschworen, keinen weiteren Ärger zu machen.

Aber mit jeder verstreichenden Stunde des langen Tages war sich Serrailler sicherer geworden, dass der Junge nicht lebend gefunden werden würde. Den ganzen Tag über hatten uniformierte Beamte und Einwohner den Hügel abgesucht, die Kanalufer, jedes Ödland, jeden Garagenblock, alle leerstehenden Fabrikgebäude, alle Gärten und Felder und Koppeln und Waldstücke. Die Erinnerung an die Morde vom vergangenen Jahr war allen gegenwärtig.

Manchmal, wenn er sich schnell vom Fenster abwandte, von einem Telefonat aufschaute, den Flur zum Dezernatsbüro entlangging, sah Simon Freya Graffhams Gesicht oder erhaschte

einen Blick auf sie, wie sie durch die Schwingtüren kam, einen Pappbecher am Wasserkühler herauszog, lächelte.
Sein Bleistift zerbrach. Cat rührte sich nicht. Mephisto hatte den Kopf tief in sein Fell vergraben.
Simons Handy klingelte, weckte Cat auf.
»Serrailler.«
»Chef … ist mir gerade eingefallen. Ich wusste, da war was, hat mich die ganze Zeit verrückt gemacht.«
»Was?«
»Als wir bei Parker waren … Ich bin bloß nicht draufgekommen. Erst als ich Ems Zeitung sah, die auf dem Tisch lag … Gestern Abend hat das *Echo* David Angus' Foto auf einer ganzen Seite abgedruckt.«
»Ja. Eine Reproduktion von unserem Plakat.«
»Er hatte es.«
»Genau wie viele andere.«
»Ja, schon, bloß als wir gingen und er vor der offenen Küchentür stand, er wollte uns loswerden … Ich hab reingeschaut … Er hat da noch so ein Terrarium, oben auf dem Kühlschrank, beleuchtet … Ich hab mich gefragt, was der denn sonst noch da drinnen in Terrarien hält. War so damit beschäftigt, dass ich die Zeitung gesehen haben muss, aber nicht richtig drauf geachtet hab … Das Bild hing an der Wand. Ich meine, was soll das denn?«
»Hm.«
»Sie haben doch gesagt, wenn irgendwas wär, sollten wir ihn festnehmen. Wir hatten nichts, um ehrlich zu sein, Chef.«
»Das haben Sie gesagt.«
»Dann ist es mir wieder eingefallen.«
»Das reicht nicht, um ihn festzunehmen, aber es reicht für einen weiteren Besuch bei ihm.«

»Was, jetzt?«
»Nein, nein, machen Sie es morgen als Erstes. Es reicht nicht, um mitten in der Nacht an Türen zu hämmern.«
»Na gut.« Nathan klang enttäuscht.
Cat stand am Herd, wartete darauf, dass der Kessel kochte.
»Entschuldige.«
»Nein, ich sollte da nicht schlafen, davon krieg ich Krämpfe. Tee?«
»Nein, danke. Ich übernehm das Sofa. Geh du nach oben.«
»Das Gästebett ist gemacht. Hier unten kannst du nicht richtig schlafen. Halt dich an deinen eigenen Rat.«
Simon stand auf und streckte sich.
»Was hast du gemacht?«
»Dich und Mephisto gezeichnet.«
Cat lächelte.
»Wie fühlst du dich?«
»Erschöpft. Ich will, dass dieses Baby kommt.«
»Chris bleibt aber lange weg.«
»Wir brauchen diese Vertretung. Er kann das nicht alles alleine schaffen, die meisten Nächte Bereitschaft, und tagsüber ist auch so viel los.«
»Habt ihr noch niemanden gefunden?«
»Der eine, der sich beworben hat, will jetzt doch nicht. Heute hat Chris von einer Frau gehört, die vielleicht interessiert ist … War zwei Jahre in Neuseeland und meint, es könnte ihr hier gefallen, aber sie möchte es erst ausprobieren. Mehr weiß ich noch nicht. Wir können nur beten.«
»Ich dachte, alle wollten Hausarzt werden.«
»Ach, das war mal so. Die Zeiten haben sich geändert.«
»Ich geh hoch … Wenn sie mich aufs Revier rufen, werde ich versuchen, keinen Lärm zu machen.«

»Das machst du doch nie. Außerdem bin ich daran gewöhnt, dass Chris aufsteht und Sam mit seinen Alpträumen in unser Bett kommt. Er hat den Kopf voll mit David Angus. Ich werde nicht gut damit fertig, Si ... Ich belüge ihn, und er weiß, dass ich lüge. Sie reden in der Schule darüber, Chris sagt, Sam wirft sich ins Auto und verriegelt die Tür. Er wollte gestern nicht mit den Simpkins fahren, Chris musste ihn selbst hinbringen.«
Simon trat zu ihr und nahm sie in die Arme.
»Ich kann nicht aufhören, an den kleinen Jungen zu denken.«
»Ich weiß.«
»Wie wirst du damit fertig?«
»Cat, du behandelst Kinder, die an Krebs sterben, hast junge Patienten, die bei dämlichen Unfällen umkommen, und Babys mit Meningitis. Geh genauso damit um.«
»Das hier ist schlimmer.«
»Vielleicht.« Simon ging zur Tür, fuhr sich über sein blondes Haar mit einer Geste, die Cat so gut kannte. Er tat das, wenn er erschöpft war oder überbesorgt, aufgewühlt durch seine Arbeit oder durch etwas in ihm selbst, über das er nicht sprechen wollte.
Sie schaltete das Küchenlicht aus. Auf dem Sofa streckte der Kater Mephisto eine Pfote aus, knetete die Luft mit seinen Krallen und rollte sich wieder zum Schlafen zusammen.

20

Der Papagei, den Shirley Sapcotes Großtante ihr vererbt hatte, war Churchill genannt worden, aber Shirley hatte ihn gleich am Tag seiner Ankunft in Elvis umgetauft. Sie hatte ihm beizubringen versucht, »Blue Suede Shoes« statt »Never Surrender« zu sagen, hatte ihn damit aber so sehr verwirrt, dass er jetzt fast immer stumm blieb, nur gelegentlich einen Zug nachahmte, der durch einen Tunnel fuhr. Er saß in seinem Käfig auf dem kleinen Tisch unter dem Fenster, starrte sie unheilverkündend an, sein schmollendes Schweigen schlimmer als seine Stimme.

Der Bungalow war einer von sechs in einer einzelnen Reihe roter Backsteinhäuschen hinter der Ivy Lodge. Shirley hatte ihr Glück kaum fassen können, als die Arbeit, die ihr so gut gefiel, ihr auch noch eine neue, saubere, behagliche Unterkunft bot, nach all den Jahren in muffigen möblierten Zimmern und billigen Miniapartments in schlecht umgebauten Häusern am Kanal. Die Bungalows waren auf einem Stück Land hinter dem Pflegeheim errichtet worden, wo einst unbewohnbar gewordene Fertighäuser für Ausgebombte gestanden hatten, und hatten sich als Segen für die Heimbetreiber erwiesen, Angestellte zu finden und zu halten. Doch nicht viele blieben so lange wie

Shirley. Sie hatte nicht vor auszuziehen, bis sie in Rente ging, und vielleicht selbst dann noch nicht …

Hinter den Bungalows standen Bäume. Shirley konnte vom Bett aus die Eichhörnchen beobachten, die die Stämme hinauf- und herunterrannten und von einem zum anderen sprangen wie Zirkusartisten, und nachts konnte sie den Eulen lauschen.

Sie hatte den Papagei nicht gewollt, aber da ihre Großtante ihr auch zweitausend Pfund und ein Crown-Derby-Teeservice hinterlassen hatte, hätte ihr Gewissen es ihr nicht erlaubt, den Vogel abzulehnen oder wegzugeben. Heute Morgen schien er zu schielen und sich in sein graues Gefieder zu ducken.

»*You ain't nothing but a hound dog*«, sang Shirley ihm vor, »*cryin' all the time*. Okay, Kumpel, das ist dein Schicksal. Bis später.«

Sie schob ein Apfelstück zwischen die Gitterstäbe, zog die Vorhänge halb zu, weil ihre Mutter das immer getan hatte, und verließ das Haus. Manche wohnten nicht gerne so nahe bei der Arbeit, aber sie fand es bequem, nur über ein Rasenstück zu den gegenüberliegenden Gebäuden zu gehen, ohne sich die Mühe machen zu müssen, einen Bus zu erwischen oder ein Auto anzulassen, ja, selbst die Hälfte des Jahres den Mantel daheimlassen zu können.

Shirley war einundvierzig. Sie mochte ihre Arbeit, mochte ihre Wohnung, ging zweimal die Woche zum Linedancing, samstags zum Gesellschaftstanz und sang sonntags im Gospelchor der Redeemer-Kirche, als einzige Weiße dort. Sie war eine glückliche Frau.

Die Frühschicht war ihr am liebsten. Sie mochte die Atmosphäre eines neuen Tages. Es gefiel ihr, Menschen mit einem fröhlichen Gesicht zu wecken. Sie mochte den Geruch der Frühstückszubereitung und das Geräusch der Bohnermaschine in der Eingangshalle und des Staubsaugers auf den Treppen.

Immer noch singend betrat sie den Aufenthaltsraum des Personals.

»Sie haben ihn nicht gefunden.« Der Hausmeister Nev Pacey saß am Tisch, die Morgenzeitung vor sich.

»Oh, Gott schütze ihn, den armen kleinen Kerl. Es ist nicht zu fassen, wozu gottlose Menschen fähig sind.«

»Die Polizei sagt, sie mache sich zunehmend Sorgen um Davids Sicherheit, je mehr Zeit vergeht.«

»Tja, das wundert einen nicht. Ich meine, er ist ja nicht einfach losgetrabt und hat sich verlaufen, oder? Er ist nicht in einen Bus gestiegen und hat seine Oma besucht. Die armen Eltern.«

»Mr. Alan Angus, Oberarzt in der Neurochirurgie am Kreiskrankenhaus Bevham, und seine Frau Marilyn, Anwältin, baten in einem hochemotionalen Fernsehaufruf um Nachrichten über ihren Sohn … ›Wir flehen Sie an, wenn Sie David festhalten, lassen Sie ihn gehen. Melden Sie sich bei der Polizei. Sie wird ihn abholen, wo immer Sie ihn festhalten. Wir möchten, dass er nach Hause kommt. Wir möchten ihn nur wieder bei uns haben.‹«

»Und dann wird behauptet, der Teufel weile nicht mehr auf Erden. Er ist überall!«

Nev blätterte zum Sportteil weiter.

»Na gut, machen wir weiter … Zeit, die kleine Miss Sunshine und Mrs. Muffet zu wecken.«

Shirley hatte Namen für alle Patienten, was die anderen Angestellten irritierend fanden, aber unwillkürlich übernahmen, daher war Mrs. Eileen Day, die sehr langsam an Polyneuritis starb, aus irgendeinem Grund Mrs. Muffet, und Mr. Atkinson, gehirngeschädigt seit einer Bombenexplosion, war der Giantkiller. Martha Serrailler war die kleine Miss Sunshine.

Seit sie ihre Mutter, die an multipler Sklerose gelitten hatte, danach zwei Jahre lang ihre durch einen Schlaganfall gelähmte

Tante und dann ihre einzige Schwester Hazel während deren Brustkrebs gepflegt hatte, war Shirley klargeworden, dass die Pflege unheilbar Kranker ein Teil ihres Lebens war, ohne den zu sein sie sich nicht mehr vorstellen konnte. Das Wissen, erwünscht zu sein und gebraucht zu werden, gut darin zu sein und ihrer Tätigkeit mehr als desinteressierte Professionalität entgegenzubringen, tat ihr gut. Shirley brachte Hingabe und Fröhlichkeit mit, alle Vorteile eines Mangels an persönlichem Ehrgeiz und, im Fall von Martha Serrailler, Liebe. Sie hatte das Mädchen geliebt, seit sie hier angefangen hatte, liebte sie, weil es für Shirley ebenso wenig Grund gab, sie nicht zu lieben, wie ein neugeborenes Baby nicht zu lieben. Martha war ein neugeborenes Baby. Sie hatte nicht mehr Verstand, mehr Fähigkeiten oder Persönlichkeit als so ein kleiner Wurm; sie konnte niemandem Leid zufügen, konnte niemals lügen oder stehlen oder betrügen, nie verletzen oder beleidigen. Sie war absolut unschuldig, wie ein unbeschriebenes Blatt. Alles, was sie tat, war unschuldig, jedes Geräusch, das sie machte, jede zufällige Geste ihres Körpers. Ihre Körperfunktionen waren ebenso unschuldig wie die eines Babys. Shirley konnte nicht begreifen, wieso jemand das schwierig oder unappetitlich finden konnte.

Sie ging die Treppe hinauf. Am Ende von Marthas Flur befand sich eine kleine Küche. Shirley würde das Frühstück für sie vorbereiten, den Babybrei und den Schnabelbecher mit lauwarmem Tee, die zerdrückte Banane, den Plastikteller, das Lätzchen.

Nach dem Frühstück würde sie Martha das Nachthemd ausziehen, sie waschen, abtrocknen, frisch windeln und ankleiden. Dann würde Shirley ihr das helle Haar bürsten und zurückbinden, Martha das kleine Kästchen mit den Bändern und Klammern und Gummis zeigen, sie hineingreifen und eines »aussuchen« lassen. Danach würde sie Martha aus ihrem Zimmer schieben, den Flur entlang zum Aufzug. Es war ein strahlender Morgen. Martha würde im Wintergarten sitzen, wo ihr die Sonne das bleiche Gesicht und die Hände wärmen und das blonde Haar zum Schimmern bringen würde, und die Vögel würden zum Futterhäuschen vor dem Fenster kommen, was Martha zu freuen schien.

Für Shirley gehörte es auch zu Marthas Babydasein, dass sie kein Gefühl für Zeit hatte, was bedeutete, sie langweilte sich nicht, wurde nie unruhig oder unzufrieden. Sie schaltete einfach ab und versank in einer Zwielichtzone in ihrem Inneren oder schlief ein. Nur ganz selten murrte sie oder stieß einen Schrei aus, und auch darin war sie wie ein Baby, wenn das Essen zu spät kam oder sie sich in die Windel gemacht hatte. Einmal hatte sie geschrien und herumgefuchtelt, und Shirley und Rosa hatten eine halbe Stunde gebraucht, bis sie gemerkt hatten, dass Marthas Sandale zu fest zugeschnallt worden war und eine Hautfalte einquetschte.

Rosa war in der Küche, wartete darauf, dass das Teewasser kochte.

»Morgen, Shirley.«

»Guten Morgen, Liebes, wie läuft's?«

Rosa seufzte. Rosa seufzte so oft als Einleitung zu einer Antwort oder Bemerkung, dass Shirley es gar nicht mehr beachtete, wobei sie schon einmal gesagt hatte, Rosa sei wie der Hütejunge aus der Fabel, der aus Spaß »Hilfe, der Wolf kommt« ruft, und wenn sie wirklich etwas zu seufzen hätte, würde niemand sie mehr fragen, was los sei.

»Ich werd einfach nicht wach heute Morgen, und Arthur hat schon wieder das Bett nass gemacht.«

»Ist ja nichts Neues.« Shirley beugte sich zum Kühlschrank, um die Milch herauszunehmen.

»Hat man schon irgendwas wegen des kleinen Jungen erfahren?«
»Nicht, als ich um halb sechs die Nachrichten gehört habe.«
»Wenn sie den erwischen …«
»Oder sie.«
»Keine Frau würde Eltern ihren kleinen Jungen wegnehmen, niemals.«
»Myra Hindley?«
»Das ist Jahrzehnte her.«
»Die menschliche Natur ändert sich nicht.«
»Ich wünschte, man würde diese Monster öffentlich erhängen, wie in alten Zeiten. Dafür würde ich glatt Eintritt zahlen.« Shirley löffelte Breipulver in eine umfallsichere Plastikschüssel. »Es heißt, ihr Bruder leitet die Ermittlung.«
»Na ja, er ist der Höchstrangige in Lafferton, da liegt das doch auf der Hand.«
»Findest du, dass er gut aussieht?«
»Mr. Serrailler? Da hab ich noch nie drüber nachgedacht.«
»Natürlich hast du das.«
»Gut, ich geb's zu … Ja, nur seine Haare sind ein bisschen zu hell für einen Mann. Bei Martha sieht das gut aus.«
»Traurig, die ganze Sache.«
»Warum?«
»Wenn sie normal wäre, dann würde das richtig attraktiv aussehen.«
»Rosa, so was darfst du nicht sagen, nicht hier drin und auch sonst nicht.«
»Stimmt aber doch.«
»Mach Platz, ich muss an den Kühlschrank. Für zwei ist die Küche echt zu klein.«
»Versteh mich nicht falsch, sie tut mir nur leid, die arme Kleine.«

»Braucht sie nicht. Ich glaube, sie ist glücklich.«
»Woher willst du das wissen? Red doch keinen Quatsch.«
»Ich weiß es einfach. Wie ein Baby glücklich ist. Na ja, sie kennt es nicht anders … wie ein Baby. Wenn sie … wie wir gewesen wäre …«
»Normal.«
»Wenn sie einen Unfall gehabt hätte wie Arthur, dann könnte sie sich vielleicht erinnern … Aber was man nicht hat …«
»… vermisst man auch nicht. Wirklich, am besten wär es für sie gewesen, wenn sie bei dieser letzten Lungenentzündung gestorben wäre.«
»Wie schrecklich, so etwas zu sagen.«
»Das finde ich nicht, es ist die Wahrheit, und du weißt das. Sie wäre einfach hinübergedämmert, hätte nichts davon gemerkt, und das wär's dann gewesen. Für sie gibt es keine Besserung, sie wird in diesem Zustand alt werden.«
»Na und?«
»Was soll es dann? Du glaubst an Gott und den Himmel und all das, würdest du nicht sagen, es wäre besser für sie? Auf jeden Fall besser für ihre arme Familie.«
»Die sind in Ordnung … Sie können es sich leisten, sie hier gut pflegen zu lassen. Sie kommen und besuchen sie. Dr. Serrailler war erst gestern Abend wieder hier, ich hab's im Buch gesehen, und Simon war auch regelmäßig hier, bis die Sache mit dem kleinen Jungen passiert ist. Auch Dr. Deerborn wird wieder kommen, sie ist nur hochschwanger, hat das Baby vielleicht schon … Sie ignorieren sie nicht, haben sie nicht bloß irgendwo abgestellt und vergessen.«
»Das stimmt. Wie Arthurs Frau.«
»Und sein Sohn und seine Tochter.«
»Genau. Wenn es nach mir ginge …«

»Würden sie öffentlich gehängt. Okay, los jetzt. Du bist ein blutrünstiges kleines Monster, Rosa Murphy.«
Rosa kicherte.

»Guten Morgen, mein Liebling. Wie geht es denn meiner kleinen Miss Sunshine heute Morgen?«
Shirley fragte sich oft, ob sich Martha nachts überhaupt bewegte.
Jeden Morgen lag sie auf der rechten Seite, den Blick auf die Tür gerichtet, die Augen offen. Genauso lag sie jetzt da und gab ihr kleines Murmeln von sich, ein Murmeln des Erkennens und, wie Shirley immer dachte, der Freude. Shirley beugte sich hinunter, küsste Martha auf die Stirn und strich ihr das Haar zurück, das über ihr Gesicht gefallen war.
Martha roch nach Wärme und nassen Windeln.
Shirley schaute ihr in die Augen. Die Augen blickten zurück, aber was war dort, überlegte sie, dachte an das, was Rosa gesagt hatte, was war wirklich hinter ihnen? Es beunruhigte sie, dass täglich etwas mit Martha passieren könnte und sie dabei keinerlei Mitspracherecht haben würde. Sie konnten sie von hier fortbringen, sie nach Hause holen, irgendwo anders hinschicken, sie Fremden überlassen, und Martha würde genauso daliegen wie jetzt, würde beim Essen und Trinken kleckern, ihre Windeln vollmachen, ihre Geräusche von sich geben, mit den Armen fuchteln. In jedes Gesicht mit diesem unergründlichen, blauäugigen Starren hinaufschauen.
»Arme kleine Miss Sunshine«, sagte Shirley leise. Vielleicht hatte Rosa recht. Wenn sie im Krankenhaus einfach ruhig eingeschlafen wäre, überwältigt von der Infektion, wenn ihre Lunge aufgegeben hätte, wäre das nicht das Beste für sie gewesen? Eines Tages würde das passieren. Sie hatte schon zwei-

oder dreimal an der Schwelle des Todes gestanden. Was hatte sie von der Besserung?
Rasch richtete Shirley sich auf, entsetzt über sich, erschüttert von ihren eigenen Gedanken.
»Jesus, Heiland und Erlöser, vergib mir meine Sünde und segne dieses Mädchen. Jesus, Heiland und Erlöser, berühre mich mit deiner Liebe.«
Martha hob den Arm und drehte ihre Hand hin und her, ihr Blick folgte der Bewegung, und sie lächelte.
»Also gut, mein Liebling, jetzt auf zu den Vögeln.«
Shirley löste die Bremse an Marthas Rollstuhl, fuhr sie aus dem Zimmer und den Flur entlang und sang dabei »Jesus, mein Erretter«.

21

Wenn du dich nützlich machen willst, kannst du abwaschen.«

»Du brauchst bloß zu fragen.«

»Ich frag ja.«

Michelle wischte Brot- und Zuckerkrümel vom Tisch in ihre Hand und warf sie in Richtung Mülleimer. Andy ging zur Spüle. Sie stand randvoll mit Tellern vom gestrigen Abendessen, Fisch, Pommes frites und Ketchup.

»Ich kauf dir ein Geschenk, wenn ich das nächste Mal in der Stadt bin, eine neue Abwaschbürste. Sieh dir das an.« Die Borsten waren vollkommen flach, zwischen ihnen steckten Teeblätter. Er drehte die Wasserhähne auf.

»Rat mal, wen ich eben gesehen hab.«

»Keine Ahnung.«

»Diesen Nathan Coates.«

»Ach den.«

»War der nicht in deiner Klasse?«

»Nein. In der von Dean.«

»Stimmt, Dean. Dieser Nathan ist vielleicht eingebildet, ich hab gewinkt, aber keine Reaktion.«

»Der ist jetzt Bulle.«

»Sieht gar nicht wie einer aus.«
»Kripo.«
»Meine Güte. Was will er dann hier?«
»Verbringt vermutlich seine halbe Zeit hier.«
»Er ist die Maud Morrison entlanggegangen. Was kann er da wollen?«
»Woher soll ich denn das wissen … Könnte alles Mögliche sein … Du weißt eher, was hier los ist, als ich. Ich war ’ne Weile weg, erinnerst du dich? Ha, ha.«
»Ja, aber so geht’s hier nicht mehr zu.«
»Ach nein.«
»Ach ja, hier kaufen sich die Leute jetzt ihr eigenes Haus, es ist viel anständiger geworden.«
»Was du nicht sagst.«
»Ich werd’s schon rausfinden.«
»Da wett ich drauf.«
»Verbrauch nicht die halbe Flasche davon, das Zeug ist teuer.«
»Man braucht aber die halbe Flasche, um das Fett abzukriegen, wär besser, wenn du immer gleich abwäscht.«
»Pass bloß auf, du bist hier nur …«
»Ist ja gut, ist ja gut … Ich muss nachher zur Bewährungshelferin, vielleicht hat sie was … Wohnung oder so.«
»Von der Bewährungshilfe kriegst du keine Wohnung.«
»Wer weiß.«
»Oder einen Job. Den musst du dir selbst besorgen.«
»Hab ich vielleicht schon.«
»Was?«
»Mir einen Job besorgt.«
»Was denn, als Straßenkehrer?«
Michelle zündete sich eine Zigarette an, zog ihre Lederjacke an und verließ das Haus, ohne auf eine Antwort zu warten.

Sie brauchte gerade mal fünfzehn Minuten, um herauszufinden, was die Kripo in diesem Teil von Dulcie wollte, und zwei weitere, um sich den anderen Frauen am Ende der Sackgasse anzuschließen. Es war ein halbes Dutzend, aber weitere waren auf dem Weg hierher, manche mit Kinderwagen und Kleinkindern an der Hand, andere auf dem Rückweg von der Schule, wohin sie die älteren Kinder gebracht hatten.

»Die wollten mal wieder nichts rauslassen«, sagte Michelle zu der Frau neben ihr.

»Machen sie das nicht immer? Versuchen uns hinters Licht zu führen.«

Ein paar lachten. Dann, nach dem Lachen, kam der erste Ruf.

»Pädophile raus.«

Andere nahmen ihn auf. »Pädos raus. Pädos raus. Pädophile, Pädophile raus, raus, RAUS.«

Nach einem Augenblick bewegte sich ein Vorhang an einem oberen Fenster.

»Komm raus, Brent Parker, wir wissen, wer du bist.«

»Ja, und was.«

»Kinderschänder.«

»Vergewaltiger.«

»Pädos raus. Pädos raus. Pädophile, Pädophile raus, raus, RAUS.«

Plakate tauchten auf, selbst gemalt auf alter Tapete, an ein Brett genagelt. »Keine Pädophilen.« – »Pädophile RAUS, RAUS, RAUS.« – »Schützt unsere Kinder.«

Der Vorhang bewegte sich nicht mehr.

Andy Gunton stellte sich ans Fenster des Vorderzimmers im Obergeschoss, von wo er die Menge besser sehen konnte. Um sie zu hören, brauchte er das Fenster nicht zu öffnen.

Kinderficker. Im Bau waren sie verhasst, nie sicher, durften in ihrer Wachsamkeit nie nachlassen, mussten sich immer vor den Schließern in Acht nehmen. Schlug man einen Kinderficker zusammen, stellte ihm in der Dusche ein Bein, dass er sich den Kopf aufschlug, rammte ihm beim Ballspiel das Knie in die Eier, war das der schnellste Weg, zum Helden zu werden. Es waren nicht viele gewesen, aber man erkannte sie aus einer Meile Entfernung, selbst wenn es ihnen nicht auf die Stirn geschrieben stand. Sie hatten alle diesen Geruch, diese unsteten Augen, irgendetwas war an ihnen. Diese Perversen wurden nie geheilt, hatte einer der Schließer gesagt. Therapieprogramme, Seelenklempner, Reha … konnte bei Junkies funktionieren, tat es oft, tatsächlich erstaunlich oft. Aber nicht bei denen. Einmal Kinderficker, immer Kinderficker … Sie waren clever genug, sie kannten das Spiel und alle Tricks, konnten dich täuschen. Aber sie änderten sich nicht.

Gegen Michelle mal fünfzig räumte Andy ihm wenig Chancen ein … noch nicht mal gegen Michelle allein, ehrlich gesagt. Was sollte das, diesem Perversen zu erlauben, in eine Sozialbausiedlung zu ziehen, mit lauter Familien? Kinderficker wurden isoliert, in Wohnblocks für Singles untergebracht, damit die Polizei wusste, wo sie waren und was sie machten.

Andy hatte sonst keine Vorurteile. Er hielt sich etwas darauf zugute, dass ihm Schwarze und Braune und Gelbe egal waren. Leben und leben lassen. Selbst Schwule. Aber die Kinderficker nicht. Absolut nicht.

Schließlich mussten Uniformierte durch die Hintertür in Brent Parkers Haus einbrechen, während die Verstärkung die Menge vor dem Haus zu zerstreuen versuchte. Als Nathan Coates eintraf, stand Parker zitternd in der Küche neben seinem Terrarium.

»Ich verlange Schutz.«
»Wir schicken sie weg. Ich wollte sowieso noch mal mit Ihnen reden.«
»Ihr könnt mich nicht in Ruhe lassen, was? Ich hab meine Strafe abgesessen, hab das alles hinter mir, aber ihr lasst mich nie in Ruhe. Ich hab's dir gestern gesagt, wir brauchen nicht noch mal von vorne anfangen. Und ohne Schutz bleib ich nicht hier. Ihr fahrt weg, und was meint ihr, was die dann machen? Ihr meint wohl, dass ich hier sicher bin?«
»Sie könnten ja eine Ihrer Schlangen rauslassen. Ich glaube nicht, dass die dann noch näher kommen.«
»Schlangen brauchen Hitze.«
»Davon gibt's da draußen genug. Na gut, die werden gleich weg sein. Denken Sie nicht mehr dran. Setzen Sie sich.«
»Ich steh lieber.«
»Wie Sie wollen. Sie haben gestern Abend gesagt, Sie wüssten nichts von dem vermissten Jungen.«
»Weiß ich auch nicht.«
»Sie hätten nichts damit zu tun, Sie seien nicht mal interessiert.«
»Bin ich auch nicht … nicht mehr als die meisten.«
»Was meinen Sie damit?«
»Ist doch klar.«
»Sagen Sie es mir.«
»Ein Kind wird vermisst, was furchtbar ist. Man will nicht, dass das passiert. Kinder sind nie sicher.«
»Nein.« Nathan schaute den Mann an. Er war unrasiert, er stank, seine Haare waren schmierig und seine Hände lagen auf dem Terrarium, als wäre es ein schützender Talisman. Seine Augen waren unstet. Nur war Nathan beigebracht worden, genau das nicht zu denken … Augen waren Augen, und wenn man sie

anders beschrieb als blau oder braun, bekam man zu hören, das sei unzulässig. Doch Nathan wusste, wann er unstete Augen vor sich hatte – sie waren eben unstet.
»Sie interessieren sich also nicht für David Angus?«
»Nicht besonders. Hab ich doch gesagt.«
»Warum haben Sie dann …« Nathan verstummte abrupt.
»Was? Warum hab ich was?«
Das Zeitungsfoto des vermissten Jungen war weg. Am Abend zuvor hatte Nathan es durch die halboffene Tür gesehen, ganz deutlich, an die Wand über das Terrarium geklebt. Er stand auf.
»Gehen Sie aus dem Weg.«
»Was soll das? Lass mich in Ruhe.«
»Aus dem Weg.«
Parker zögerte, schob sich dann zur Seite, die Hände immer noch auf dem Terrarium. Hitze stieg davon auf, und es stank ekelhaft. Nathan zog es vor, lieber nicht so genau hineinzuschauen.
»Was hat hier gehangen?«
Er berührte die leicht klebrigen Stellen an der Wand.
»Nichts.«
»Nichts? Keine Notiz … oder vielleicht ein Plakat? Eine Zeitungsseite?«
»Ja … nein. Da hing eine Notiz.«
»Was für eine?«
»Wegen der Schlangen. Fütterungszeiten.«
»Sie brauchen dazu einen Merkzettel?«
»Nein. Der war für … jemand anderen. Jemand hat sie gefüttert, als ich nicht da war.«
»Wer?«
»Ein Kumpel.«

»Sie haben einen Kumpel? Wie heißt er?«
»Das brauch ich nicht zu sagen.«
»Doch. Wenn Sie mir den Namen nicht nennen, damit ich bei ihm nachfragen kann, könnte ich glauben, Sie hätten sich das ausgedacht. Ich könnte glauben, Sie hätten hier eine Zeitungsseite hingeklebt … mit dem Bild von David Angus.«
»Tja, das wär ein Irrtum.«
Nathan drehte sich rasch um und war mit zwei Schritten bei einem Tretmülleimer, dessen Deckel halb aufstand. Das Pedal funktionierte nicht. Er wollte den Deckel nicht mit der Hand anfassen, aber beim Antippen mit dem Schuh klappte er ganz auf.
»Leeren Sie den aus, ja? Kommt mir da drin nicht allzu sauber vor.«
»Mach's doch selber. Was willst du? Dafür brauchst du einen Durchsuchungsbefehl.«
»Um bis zum Boden Ihres dreckigen Mülleimers zu kommen? Ich glaube kaum.«
»Wenn du meinen Müll durchwühlen willst, nur zu. Ich rühr keinen Finger.«
»Ich nehme an, es wäre Zeitverschwendung, nach Gummihandschuhen zu fragen?«
»Genau.«
»Zeitungspapier?«
»Unter der Spüle.«
Nathan Coates brauchte drei Minuten, um das einzige Zeitungspapier, das er finden konnte, eine uralte Ausgabe des Windhundteils der *Racing Post*, auf dem Boden auszubreiten und den Inhalt des Mülleimers draufzukippen. Die zusammengepappte Masse aus Eierschalen, Haaren, Teebeuteln und dreckigem Rindenmulch, der vermutlich aus den Terrarien stammte, bildete

einen durchweichten Klumpen. Aber keine Zeitung, nicht einmal eine zerrissene. Kein Plakat von David Angus.
»Na gut«, sagte Nathan. »Für den Augenblick.«
»Wo willst du hin?«
»An die frische Luft.«
»Du gehst erst, wenn die da draußen weg sind.«
Nathan grinste, drehte sich um und verließ rasch das Haus. Nie hatte die Luft der Dulcie-Siedlung besser gerochen.
Nur zwei Frauen waren noch da, ein paar Meter vom Haus entfernt, und tuschelten. Der Streifenwagen parkte nach wie vor am Randstein. Nathan beugte sich zum Fenster hinab.
»Die kommen zurück, sobald ihr wegfahrt.«
Der Uniformierte zuckte die Schultern.
»Dann ruft er wieder an.«
»Wir nehmen es, wie's kommt. Haben Sie was gefunden?«
Jetzt war es an Nathan, die Schultern zu zucken. Als er zu seinem Auto ging, drehte sich eine der Frauen um. »Das ist ja dieser hochnäsige kleine Wichser Nathan Coates. Wundert mich, dass du dich hier noch blicken lässt, dachte, wir wären alle unter deinem Niveau.«
Bleib ruhig, befahl sich Nathan. Achte nicht darauf. »Morgen, Michelle«, sagte er, knallte die Autotür zu und verschwand so schnell wie möglich aus der Dulcie-Siedlung.

David

Ich habe Hunger. Haben Sie irgendwas zu essen für mich? Sie sollten mir was zu essen geben.
Ich bin auch ein bisschen durstig.
Mir gefällt es hier nicht. Es ist sehr kalt.
Sind Sie noch da?
Ich will zu meiner Mami.
Können wir jetzt nach Hause fahren, bitte? Ich werd auch nichts erzählen, wenn Sie mich freilassen, ich kann zu Fuß heimgehen. Ich kann sehr gut laufen.
Ich bin ein ziemlich guter Läufer. Das sagen alle. Ich bin gut bei Spielen.
Wo sind Sie?
Können Sie mich hören?
Ich will nicht hier bleiben. Es ist kalt. Es ist furchtbar hier.
Ich bin jetzt durstig. Und hungrig. Ich hab nichts zu essen gehabt.
Warum haben Sie mir nichts gegeben?
Werden Sie mich töten?
Ich hab nichts Falsches gesagt. Wenn doch, tut es mir leid.
Ich hab nichts getan. Ich hab überhaupt nichts getan.
Ich weiß wirklich nicht, warum Sie mich hierher gebracht haben.
Ich versteh das alles nicht.

Ich will jetzt zu meiner Mami.
Ich wünschte, jemand wäre hier.
Es würde mir nicht mal was ausmachen, wenn Sie hier wären. Ich mag Sie zwar nicht, aber ich mag auch nicht allein hier sein.
Es würde mir nicht mal was ausmachen, wenn ein Hund hier wäre.
Oder eine Ratte.
Es ist sehr kalt.
Die Dunkelheit macht mir nichts aus. Es ist dunkel, aber das macht mir nichts aus. Ich fürchte mich nicht vor der Dunkelheit.
Nicht sehr.
Ich will jetzt nach Hause, bitte.
Ich weine oder schreie nicht, stimmt's?
Ich werde nicht weinen oder schreien. Wenn Sie mich nach Hause bringen. Oder mich einfach nur rauslassen. Die Tür öffnen. Oder dieses Klappending. Ich kann zu Fuß nach Hause gehen. Ich weiß nicht, wie weit es ist, aber ich kann gut laufen.
Ich will nicht hier sein.
Bitte.
Ich will nicht hier sein.

22

Da müssen Uniformierte hin, im Turnus, immer zu zweit, rund um die Uhr. Parker wird nach Schutz brüllen, sobald wir ihm den Rücken zukehren, also tun wir das nicht.«
Der DCI legte seine Füße auf den Schreibtisch und verschränkte die Hände hinter dem Kopf.
»Ich wollte mit Ihnen über die Dulcie-Siedlung sprechen, Chef.«
»Kreischende Vetteln.«
»Das ist mein Terrain, meine Gegend. Ich kannte die Hälfte der Frauen, die heute Morgen vor Parkers Haus rumgekreischt haben. Bin mit ihnen zur Schule gegangen.«
»Worauf wollen Sie hinaus?«
»Vielleicht sollte ich da wegbleiben.«
»Die Tatsache, dass es Ihre Gegend ist, macht Sie dort wertvoller als jeden anderen. Sie haben eine Nase dafür, kennen die Leute, wissen, was in ihren Häusern vorgeht, wer wer ist …«
»Das gefällt denen nicht.«
»Haben die Ihnen zugesetzt? Das können Sie verkraften. Ich kann die Dulcie für Sie nicht zur Tabuzone machen, Nathan.«
»Bei mir machen die den Mund nicht auf. Ich bin ein Verräter, verstehen Sie.«

»Pech.«
»Mir ist da aber noch was anderes aufgefallen.«
»Das hat Zeit. Inzwischen stehen wir mit dem Rücken an der Wand, und die Presse bedrängt mich. Die werden natürlich die Parker-Geschichte ausgraben und Blut lecken. Unternehmen wir genug? Warum haben wir keine Fortschritte gemacht? Tja, warum nicht? Die Spur ist kalt geworden. Nein, stimmt nicht, sie war von Anfang an kalt.«
»Von den anderen Dienststellen ist nichts reingekommen?«
»Nicht ein Piep. Der Junge aus Cumbria ist gefunden worden. Tim Fenton.«
Simon lehnte sich gefährlich mit seinem Stuhl zurück, kippte gegen die Fensterbank. Nathan wartete. Wenn der DCI auf diese Weise schwieg, kam immer etwas nach.
»Gut, das hätten wir schon längst machen sollen. Eine Rekonstruktion.« Er stand auf. »Übermorgen. Ich brauche einen Jungen in Davids Alter, mit seiner Figur, seiner Größe … genauso gekleidet. Ich will, dass alle Eltern, die Kinder auf dieser Route zur Schule bringen, genau das tun, was sie an dem Morgen getan haben, an dem David verschwunden ist. Reden Sie mit der Schule … Bereiten Sie die Nachbarn vor … die ganze Straße. Alle müssen genau das tun, was sie an jenem Morgen getan haben.«
»Geht klar, Chef.«
»Ich fahre zu den Angus' und rede mit ihnen darüber.«

23

Die Garage war kalt und von einer Neonröhre erleuchtet. An der gesamten Rückwand reichten graue Metallregale vom Boden bis zur Decke. Neben der Tür, die ins Haus führte, war eine Gefriertruhe untergebracht, deren Deckel geöffnet war. Marilyn Angus stand daneben. Sie trug eine alte Schaffelljacke ihres Mannes und schwarze, nach Öl riechende Handschuhe, die sie auf dem Regal gefunden hatte.
Sie hatte die Gefriertruhe abgestellt und vollkommen ausgeleert. Vieles hatte sie zum Wegwerfen in schwarze Säcke gepackt; den Rest hatte sie in Klappkisten gestapelt, um ihn wieder einzuräumen, wenn die Truhe enteist war.
Jetzt wollte sie mit den Regalen anfangen. Der Himmel mochte wissen, was in all den Kartons war. Alte Spielsachen. Altes Werkzeug. Alte Akten. Alte Kleider. Alt. Alt. Alt. Warum hatten sie das alles aufgehoben? Weil sie den Platz dafür hatten. Sie würde jeden einzelnen Karton herunterheben und öffnen, den Inhalt durchschauen, aussortieren und rücksichtslos wegwerfen. Es war das Einzige, was sie tun konnte, eine Arbeit, die sie beschäftigte, ermüdete, getan werden musste und erledigt werden konnte, während der größte Teil ihrer selbst woanders war.
Bei David.

Wo?
Ein kleiner Zug fuhr durch ihren Kopf wie eine Spielzeugeisenbahn, bepackt mit Kartons und Bündeln und Taschen, und immer mal wieder fiel ein Gegenstand herunter und durch einen Schacht, landete vor ihren Füßen, verlangte ihre Aufmerksamkeit. Sie musste ihn aufheben. Sie konnte nicht anders. Sie musste ihn öffnen, musste den Inhalt untersuchen.
Diesmal enthielt der Karton ein Bild von David, gerade geboren, glitschig, rot angelaufen, die Augen gegen das Licht fest zusammengekniffen, die Ärmchen fuchtelnd. Haare. Ein dunkler Struwwelpeterschopf. Für einen Sekundenbruchteil sah sie David kopfüber. Seine Genitalien hatten riesig gewirkt, wie ein seltsamer Auswuchs vor den winzigen, feuchten Gliedern.
Sie stand in der kalten Garage, betrachtete den Inhalt des Kartons unter dem forensischen Licht. Sie war sich des Ölgeruchs der alten Handschuhe bewusst, spürte die Kälte aber überhaupt nicht.
Einen Augenblick lang überlegte sie, was sie hier tat und warum. Einen weiteren Augenblick lang konnte sie sich nicht an ihren eigenen Namen erinnern.
»Marilyn?«
Die Tür zum Haus hatte sich geöffnet. Da stand eine Frau. Wer war das? Sie kam ihr vage bekannt vor. Sah freundlich aus. Marilyn hatte das Gefühl, höflich sein zu müssen, wusste aber nicht genau, auf welche Weise.
»Der Chief Inspector ist da.«
Die Frau kam rasch auf sie zu. Die Frau legte ihr die Hand auf den Arm.
»Es gibt nichts Neues. Er möchte nur mit Ihnen sprechen.«
Die Frau, die neben ihr stand, war die Verbindungsbeamtin. Kate? Ja, Kate irgendwas.

»Vielen Dank.«
»Sie sind ja eiskalt. Sie waren zu lange hier draußen.«
»Ja?«
Sie konnte sich nicht erinnern, wie lange sie schon in der Garage war oder was sie gemacht hatte. Zu ihren Füßen schienen eine Menge Säcke und Kartons zu liegen, und der Deckel der Tiefkühltruhe war geöffnet.
»Kommen Sie, ich räum das auf, nachdem ich Tee gekocht habe … Kommen Sie ins Warme.«
Sie ließ sich von der jungen Frau in die Küche führen und dabei helfen, etwas auszuziehen, was anscheinend Alans alte Schaffelljacke war. Ihre Hände rochen nach Öl.
»Brauchen Sie noch ein wenig Zeit für sich? Er wird warten …«
Er?
In der Küche war es warm. Das Auftauen war wie das Aufwachen aus einem Traum.
»Der DCI.«
Ein plötzlicher Schmerz schnitt ihr ins Herz, als es ihr wieder einfiel.
»Ja«, sagte sie, »natürlich.«
Simon Serrailler. Sie konnte ihn sich immer noch nicht als Polizisten vorstellen. Serraillers waren Ärzte.
Sie ging ins Wohnzimmer.
»Nehmen Sie doch bitte Platz … Der Tee kommt gleich.« Sie lächelte. »Ich mag mir gar nicht vorstellen, wie hoch unsere Teerechnung sein wird.«
Dann hob sie den Arm, stützte ihn auf dem Kaminsims ab und brach in so heftiges und verzweifeltes Schluchzen aus, dass Simon zusammenschreckte.
Er stand auf und reichte ihr die Schachtel Papiertaschentücher

vom Couchtisch. Es passierte oft genug, und er verstand es, dieses schreckliche, herzzerreißende Weinen. Er wartete hilflos. Schließlich schüttelte sie den Kopf, wischte sich über das Gesicht und setzte sich.

Sie sieht aus, als wäre sie hundert Jahre alt, dachte Simon, oder alterslos, jenseits jedes menschlichen Alters.

»Ich möchte tot sein.«

»Mrs. Angus, wir …«

»Nein, bitte sagen Sie nicht, dass Sie alles in Ihrer Macht Stehende tun, um ihn zu finden. Das denken Sie, aber es ist nicht genug … Nichts ist genug, außer jeder einzelne Mensch in diesem Land lässt auf der Stelle alles stehen und liegen und sucht nach ihm.«

»Ja«, erwiderte Simon ruhig.

Die Polizeibeamtin reichte ihm eine Tasse Tee.

»Aber ich bin hier, um mit Ihnen darüber zu sprechen, was wir planen … Mit Ihrer Einwilligung möchte ich eine Rekonstruktion von Davids letzten bekannten Schritten in Szene setzen.«

Marilyn starrte ihn an. Sie hob ihre Teetasse, stellte sie mit zitternder Hand wieder ab.

»Wie wollen Sie das machen? David ist nicht hier.«

»Wir würden einen Jungen im selben Alter nehmen, von derselben Größe und Hautfarbe, mit derselben Schuluniform … Jemand, der David so ähnlich wie möglich ist … Er würde …«

»Vorgeben, David zu sein.«

»So wird es gemacht, ja.«

»Und ich wäre … ich selbst?«

»Ja. Wir werden versuchen, Nachbarn und Leute, die an dem Morgen hier entlanggefahren sind … Spaziergänger … wen auch immer … dazu zu bringen, alles so genau wie möglich zu wiederholen. Das ist schwierig zu bewerkstelligen, aber es könnte uns den entscheidenden Hinweis geben. Jemand, der dasselbe auf dieselbe Weise macht wie an jenem Tag, könnte einen Erinnerungsblitz haben … etwas, das er gesehen hat, ein Auto, einen Fußgänger … etwas, das er gehört hat. Ich weiß, Sie möchten, dass wir alles nur Erdenkliche tun.«

»Wird Alan auch mitmachen müssen?«

»Er wird dasselbe tun müssen wie an jenem Morgen. Er ist vierzig Minuten, bevor David und Sie aus dem Haus gingen, ins Krankenhaus gefahren?«

»Ja. Die einzige Art, wie Alan damit fertig wird, ist Arbeit.«

Simon erhob sich. »Jeder versucht auf seine Weise, mit den Dingen umzugehen. Wir werden Kate noch die näheren Einzelheiten für übermorgen mitteilen. Ich weiß, wie quälend es für Sie sein wird, doch es könnte von größter Wichtigkeit sein.«

»Aber welchen Jungen wollen Sie denn nehmen? Sie kennen die Jungs nicht.«

»Überlassen Sie das uns.«

»Ich habe Regale ausgeräumt. Es war so kalt da draußen. Glauben Sie, dass David friert? Wer auch immer … wenn die sich um ihn kümmern … Er hatte nur seinen Blazer an, verstehen Sie.«

Beim Verlassen des Hauses war Serrailler wütend auf Alan Angus, so besorgt verteidigt von seiner Frau, so in seine Arbeit vertieft, dass er Marilyn den ganzen Tag mit einer Polizistin allein ließ. Das mochte seine Art sein, damit fertig zu werden, aber Simon stellte die Menschlichkeit dabei in Frage, ganz zu schweigen davon, ob ein Neurochirurg, der komplizierte, lebensrettende Gehirnoperationen durchführen musste und dessen neunjähriger Sohn seit mehreren Tagen vermisst wurde, dazu fähig war, diese Arbeit richtig zu leisten.

Bevor er aufs Revier zurückkehrte, fuhr Simon nach Lafferton hinein und hielt beim ersten Blumenladen. Ihr würde etwas Leuchtendes gefallen … ein großer Strauß in Rot und Orange und Gelb. Er fügte noch einen roten Ballon hinzu. In Simons Kofferraum wirkte das Ganze grell und festlich und etwas lächerlich. Es gefiel ihm.

24

Lee?«

»Wer ist da?«

»Andy Gunton.«

Mehrere Sekunden lang war nichts als lautes und spöttisches Lachen zu hören.

Andy hätte fast aufgelegt.

»Großer Gott, ich muss mir erst mal die Augen wischen ... Ich sag dir was, ich wusste, dass du mich früher oder später anrufen würdest. Aber ich muss trotzdem lachen. Willst du meinen Rasen mähen oder was?«

Andy grub die Fingernägel in seine Handfläche, um nicht zu fluchen. Ruhig und vernünftig, hatte er sich vorgenommen.

»Du hast gesagt, du hättest vielleicht einen Job – in deinem Club.«

»Und du hast gesagt, du willst in Gottes freier Natur arbeiten, kannst es nicht aushalten, in ein Büro gesperrt zu werden, hast du gesagt.«

»Na gut, hast du nun einen Job oder nicht?«

»Kommt drauf an. Nicht im Club, da hab ich ein paar schick angezogene junge Typen ... Außerdem interessierst du dich ja nicht für Pferderennen.«

Andy wartete.
»Vielleicht hätte ich da ja noch was anderes.«
»Legal. Es muss legal sein.«
»Für wen?«
»Legal.«
»Ich mach nichts Kriminelles mehr. Ich bin erwachsen, And.«
»Klar doch.«
»Kennst du das Crown auf der Starly Road?«
»Ich werd's finden.«
»Halb sechs.«
Er legte auf.
Andy Gunton trat aus dem Kiosk. Ohne diesen Anruf hätte er über Nacht Regale im Supermarkt auffüllen müssen – entweder das oder Obdachlosigkeit.
»Wenn du dir bis nächste Woche keinen Job besorgt hast, hat Pete gesagt, bist du draußen; es gibt Jobs, And, du kannst nicht ewig in Matts Zimmer pennen.«
Er hatte alles aufgegeben, wofür er ausgebildet war, zumindest bis später im Frühjahr. Erst musste er irgendwie zu Geld kommen, dann zu einer eigenen Wohnung, dann eine Möglichkeit finden, seine Gemüsegärtnerei zu eröffnen. Er brauchte einen Geldgeber oder zumindest einen Partner, und die Arbeit für Lee Carter könnte ihm dabei helfen.

Das Pub lag eine Meile von der Innenstadt entfernt, an einer unauffälligen Ecke, nicht die Art Pub, in das man zufällig geriet. Andy fragte sich, wie der Laden am Laufen gehalten wurde. Es roch muffig.
Die Spiegel hinter der Bar hätten eine Reinigung vertragen können. An der Wand hing ein Plakat für einen Zirkus, der die Stadt vor drei Wochen verlassen hatte. Daneben das Plakat des

vermissten Jungen. Andy schaute ihm ins Gesicht und wieder weg. Er sah ihn überall.

Lee Carter bog genau um halb sechs in die Einfahrt des Pubs. Er betrat die Bar, ging direkt zum Tresen, bestellte einen doppelten Tomatensaft, kam zu Andy herüber und zog mit Schwung die Lederjacke aus.

»Gefällt sie dir?«

Die Jacke war wie das Auto.

»Sehr schön.«

»Wenn du für mich arbeitest, könnte das alles deins sein, mein Sohn. Hast du genug zu trinken?« Andy nickte.

»Prost. Also dann. Und … Autos.«

»Was ist mit Autos?«

»Kennst du dich damit aus?«

Andy zuckte die Schultern. »Ich bin kein Mechaniker.«

»Ist auch nicht nötig. Verstehst du, ich mach ein bisschen in Import-Export, und manchmal sind es Autos. Hauptsächlich Export. Ich kauf dies, verkauf jenes, verfrachte sonst was … Gutes Geld.«

»Was müsste ich tun?«

»Fahren, etwas von hier abholen, es dort abliefern, bisschen aufpolieren … was auch immer.«

»Was für Autos?«

Lee Carter lächelte, ein breites, selbstgefälliges Lächeln. »Topmodelle. Mit rostigen Schrotthaufen ist keine Kohle zu machen. Mercedes, BMW, Jaguar, Ranger.«

»Teufel noch mal. Wo kriegst du die her?«

Lees Lächeln wurde frostig. »Wenn du für mich arbeitest, lernst du als Erstes, die Klappe zu halten.« Er machte eine entsprechende Geste.

»Wann arbeite ich, die üblichen Bürozeiten oder so?«
Lee lachte, griff nach Andys Glas, ohne zu fragen oder zu antworten, und ging an den Tresen.
Andy wischte sich mit dem Handrücken über den Mund, um ein saubereres Gefühl zu bekommen. In seinen Ohren summte es. In seinen Adern summte es. Es summte in seinem Kopf. Ein warnendes Summen. Steh auf, befahl er sich, steh jetzt auf und verschwinde. Erinnerst du dich, wo du gerade hergekommen bist? Erinnerst du dich, wie es da war?
Lee stellte das Bierglas vor ihn hin. Der Schaum lief über den Rand.
»Trinken wir darauf.«
Andy trank, ohne etwas zu sagen.
»Du arbeitest«, sagte Lee, setzte sich rittlings auf den Stuhl, »wenn man es dir sagt. Ich ruf dich an, oder jemand anders tut das. Dir wird gesagt, wohin du musst, was du zu tun hast. Und wann.«
Andy schüttelte den Kopf. »Nein. Das klingt nicht koscher, das klingt nicht wie normaler Autohandel.«
»Glaubst du? Wie gesagt, es geht um Export. Nicht der übliche Autohändler mit einem geschniegelten Bubi, der dir einen Blechsarg anzudrehen versucht. Ich hab dir gesagt, es ist anders.«
»Ja, ja, illegal anders.«
»Nichts Illegales daran, Autos zu exportieren, And. Passiert jeden Tag. Warum nicht? Wenn du in mein Büro kämst, würdest du die meterhohen Formularberge sehen, die ich ausfüllen muss, Zölle hier, Ausfuhrsteuern dort … Ich würde das wohl kaum machen, wenn der Export nicht legal wäre, oder?«
Andy schaute ihn an. Lee hatte diesen geradlinigen, blauäugigen Blick, der einen festhielt. Es gab Verrückte und Mörder und

Pädos, die einem nicht in die Augen schauen konnten, und dann gab es Ganoven, Betrüger, die das immer taten.
Nur brauchte er einen Job.
»Wann soll ich anfangen?«
»Hast du ein Handy?«
Andy lachte.
»Gut, ich besorg dir eins. Komm am Donnerstag zu Dino's in die Queen Street. Um elf.«
»Lieber Himmel, Dino's …«
»Den gibt es immer noch … Nur hat Alfredo jetzt übernommen, und er hat eine Frau. Sein Dad hat ihn nach Italien geschickt, war alles schon in die Wege geleitet, bevor er fuhr, und er kam mit Lina zurück. Tolles Weib.«
Eine Sekunde lang vergaß Andy Gunton, mit wem er redete – vergaß, dass Lee Carter einer der Gründe gewesen war, die ihm viereinhalb Jahre Knast eingebracht hatten, vergaß, dass man ihm nicht trauen konnte, niemals, und dass er, Andy, bescheuert wäre, für ihn zu arbeiten. Vergaß, dass er jetzt nicht mit ihm in diesem Pub trinken sollte. Er dachte nur daran, dass sie zusammen zur Schule gegangen waren und Fredo Jaconelli zu ihnen gehört hatte, dass sie sich alle nach der Schule und an Samstagnachmittagen zu Dino's hineingedrängt, Cola getrunken, mit langen Löffeln aus hohen Gläsern Knickerbocker Glories gegessen hatten. Wenn Fredos Dad seinen großzügigen Tag gehabt hatte, dann einen für jeden; wenn nicht, einen für sie alle und entsprechend viele Löffel. Dino's.
»Die Maschine macht immer noch denselben Krach. Sie haben immer noch Kirschen auf der Tapete und Plastikananas als Zuckerstreuer.«
»Lieber Himmel.«
»Das waren sie aber nicht.« Lee Carter stand auf.

»Was?«

»Die Zeiten. Falls du das hättest sagen wollen. Die Zeiten waren scheiße. Jetzt sind die guten Zeiten, Andy, und vergiss das gefälligst nicht.«

Lee Carter schlüpfte in seine Lederjacke und verließ das Pub, ohne sich noch einmal umzuschauen.

Als Andy ihm schließlich folgte, regnete es in Strömen, so heftig, dass er von einem Türeingang zum nächsten huschte und unter Ladenmarkisen stehen blieb, von denen ihm dann Wasser in den Jackenkragen rann. Er besaß keinen Regenmantel überhaupt keinen Mantel. Er stand da, blickte in das Schaufenster eines Elektroladens auf Konvektoren und Dampfbügeleisen. Er wusste, was er wollte. Er wollte sein eigenes Haus, sein eigenes Vorderzimmer, Sofa, Fernseher, Heizung, Teppiche. Seine eigene Tür, seinen eigenen Schlüssel. Freiheit als solche reichte nicht mehr. Das erregende Gefühl, hinauszugehen und herumzulaufen, wann er wollte, ein Pub, einen Laden oder ein Café zu betreten, wann er dazu Lust hatte, all das hatte sich abgenutzt. Er war eine Stufe weiter. Er hatte begonnen unzufrieden, sogar gereizt zu sein. Mehr zu wollen. Viel mehr.

Wieder duckte er sich in Hauseingänge und wartete auf einen Bus zur Dulcie-Siedlung.

Michelle war nicht da. Pete war in der Küche.

»Wollte mit dir reden«, sagte Pete, stand in der Tür, die Hände in die Seiten gestemmt; sein Bauch hing ihm über den Gürtel hinunter. Er hatte einen dünnen Schnauzer und eine dünne Bartlinie um das Kinn herum und Stoppeln dazwischen. Darunter war seine Haut rosa wie die eines Schweinchens. Andy konnte ihn sich im Gefängnis als einen der Schließer vorstellen,

die schikanierten und ihre Lieblinge hatten und hässliche kleine Spielchen spielten. Er hatte nie verstanden, was seine Schwester an diesem Pete fand.
»Ich hoffe, Michelle steht bei dem Sauwetter nicht vor dem Haus von diesem Pädo«, sagte Andy und zog seine Jacke aus.
»Ihre Sache. Wir wollen keine Perversen hier. Das ist eine anständige Gegend.«
»Seit wann?«
»Bis sie dich rausgelassen haben.«
»Kann ich mal durch und das am Herd zum Trocknen aufhängen?«
Unbeweglich wie ein Hackklotz blieb Pete in der Tür stehen.
»Okay, dann eben nicht.«
»Wie lange willst du eigentlich noch hier rumhängen? Ist jetzt schon eine Weile. Kommt mir wie Jahre vor. Ich wollte dir eigentlich sagen, dass es Zeit wär, dir einen Job zu suchen, nur hab ich komischerweise einen für dich gekriegt. Im Lagerhaus an der Culvert Street. Die brauchen einen Verlader. Hab ein Wort für dich eingelegt. Der Vorarbeiter ist ein Kumpel von mir.«
»Ich hab einen Job.«
Andy wandte sich von seinem Schwager ab und ging ins Wohnzimmer, wo der Fernseher vor sich hin schwafelte. Andy blieb stehen und schaute zu. Ein Mann stand in einem Garten und fuchtelte mit den Armen.
»Ich glaub dir nicht. Das hast du grad erfunden.«
»Nein.«
»Als was denn? Was für eine Art Job?«
»Autos.«
»Was soll das heißen, Autos? Du bist kein Mechaniker.«
»Export.«
»Red so, dass man dich verstehen kann.«

»Topmodelle, vorbereiten für den Export.«
Der Mann winkte und ging langsam einen grasbewachsenen Gartenweg zwischen breiten Blumenbeeten entlang. Kletterrosen und Klematis rankten sich an einer alten Ziegelmauer hinauf.
Pete suchte nach Worten. Andy beachtete ihn nicht.
»Wo hast du den Job her? So was kriegt man nicht bei der Jobvermittlung, und wer würde dir einen geben, mit deiner Vorstrafe?«
»Dachte, du sagtest, du hättest einen für mich gekriegt – mit meiner Vorstrafe.«
»Hab's nicht erwähnt.«
»Ah ja.«
»Was bezahlen die dir?«
»Genug. Kann ich eine Tasse Tee haben?«
Der Mann lehnte sich an die Statue einer nackten Frau. Eine Biene summte um seinen Kopf.
»Wenn du jetzt einen Job hast, suchst du dir auch eine Wohnung?«
Andy drehte sich um und sah Pete an.
»Worauf du wetten kannst.«
Die Hintertür öffnete sich und schlug hinter Michelle zu.
»Bin klatschnass. Pete, hast du den Kessel nicht angestellt?«
Pete wandte sich von der Tür ab. »Er hat einen verdammten Job«, sagte er. »Soll Autos exportieren. Was weiß der schon von Autos? Wer gibt ihm so einen Job?«
Michelle kam aus der Küche.
Er konnte es ihr nicht sagen, das wusste Andy. Wenn er Lee Carters Namen in diesem Haus erwähnte, würde er rücklings draußen auf dem Weg landen, die Tür hinter ihm zugesperrt.
Michelle starrte ihn an.

»Stimmt das?«
Andy ging zur Treppe. »Das stimmt.«
Er zog sein nasses Hemd und die Hose aus und schlüpfte in trockene Sachen. In dem Zimmer, das er mit seinem Neffen teilen musste, konnte man sich kaum umdrehen.
Er hätte Carter nicht anrufen, ihm nicht zuhören dürfen. Carter bedeutete Ärger. Hatte ihm schon einmal das Leben ruiniert. Warum ihm eine zweite Chance geben?
Das hier war der Grund. Andy sah sich in dem muffigen, vollgestopften Zimmer um – die Wände beklebt mit Matts Postern von Fußballern und Heavy-Metal-Stars, die Kommode, aus der Klamotten quollen, obendrauf Berge alter Spielsachen. Unter Matts Bett stand ein halbes Dutzend ausgelatschter Turnschuhe, und die Turnschuhe stanken. Das war der Grund, das und sein Schwager mit dem schweinchenrosa Gesicht.
Außerdem, wer konnte sagen, dass die Autogeschichte nicht absolut koscher war? War sie vermutlich. Er würde ein Jahr lang mitmachen, vielleicht achtzehn Monate, bis er das Geld gespart hatte, das er brauchte. Das würde schon hinhauen.
Mit seinen nassen Sachen über dem Arm ging er wieder nach unten. An der Tür zum Wohnzimmer schaute er hinein, wollte sehen, ob der Mann immer noch durch den Garten ging, aber auf dem Bildschirm flimmerte jetzt ein Zeichentrickfilm.
In der Küche goss Michelle in zwei Becher Wasser über Teebeutel.
»Wir haben dem Dreckskerl Beine gemacht«, sagte sie, als Andy hereinkam. »Die Bullen haben ihn vor einer halben Stunde mitgenommen.«
»Wohin?«
Sie zuckte die Schultern. »Ist mir egal, solange es weit weg von hier ist. Wir wollen ihn nicht.«

»Aber irgendwo muss der ja leben.« Andy hängte seine nassen Sachen über die Herdstange.
»Seh ich gar nicht ein. Wenn's nach mir ginge, würden sie die aufhängen.«
»Nee, damit gehst du zu weit, Liebling, Kastration würde schon reichen.«
Michelle lachte.
Andy setzte sich an den Küchentisch und legte seine Hände um den Teebecher.
»Hast du Nathan Coates noch mal gesehen?«
»Ja, der war zweimal da. Ist jetzt ein hochnäsiger kleiner Wichser, nur weil er Bulle ist. Keine Ahnung, wie der dazu kommt, sein Bruder hat überhaupt nichts auf die Reihe gekriegt.«
»Hat er was davon gesagt, ob sie diesen Jungen gefunden haben?«
»Hab nicht gefragt. Haben sie aber bestimmt nicht. Der arme kleine Kerl liegt garantiert tot in irgendeinem Graben, und es war wieder so ein Pädo. Wie dieser Brent Parker. Was sonst?« Mit dem Gasanzünder machte sie sich eine Zigarette an. »Solche Sachen passieren trotzdem«, sagte sie.
»Was meinst du damit?«
»Leute wie die, verstehst du … piekfeine Familie, wohnen am Sorrel Drive … All das spielt keine Rolle. Es rettet dich vor nichts. Wenn's drauf ankommt, nützt all die Kohle nichts und du bist besser dran, so zu sein wie wir. Jetzt schiebt eure Hintern hier raus, ich hab zu tun.«
Die beiden Männer gingen ins Wohnzimmer, wo der Fernseher schwarzweiß und ruhig geworden war und eine alte, romantische Komödie lief.
Andy trat ans Fenster. Die Dulcie-Siedlung sah im Regen heruntergekommen und verlassen aus. Gras spross zwischen den

Pflastersteinen und an den Rändern der Gullys. Wasserrinnsale flossen aus den Abflussrohren am Wohnblock gegenüber und hinterließen dunkle Flecken. Es war nicht so, dass er im Gefängnis besser dran sein würde. Das stimmte nicht und war nie so gewesen. Aber wenn er nach seiner Entlassung für den Rest des Lebens nichts Besseres als das hier finden würde, dann würde er Selbstmord begehen. Trotzdem, es war etwas dran an dem, was Michelle gesagt hatte. Das wusste er. Diese Leute hatten das, was er wollte – ein großes Haus in einer netten Gegend, schicke Autos, gute Jobs, alles, um das man sie beneidete, wenn man hier in der Dulcie-Siedlung wohnte, alles, was man sich wünschte. Was er sich wünschte.
Aber wenn man sein Kind an einem Dienstagmorgen verlor, an Gott weiß wen oder was, spielte das nicht die geringste Rolle mehr.

25

»Oh, schau mal, Liebling, schau … so schön!«
Shirley lehnte Martha geschickt über ihren Arm, während sie mit dem anderen die Rückenstütze und das Kissen aufklopfte und Martha dann bequem wieder hinsetzte. Als hantiere sie mit einer Riesenpuppe, dachte Simon.
Seine roten, orangefarbenen und gelben Blumen waren wie ein Farbblitz in dem pastellfarbenen Zimmer.
»Dein Bruder ist so lieb zu dir. Ich wünschte, mir würde auch ein gutaussehender Mann Blumensträuße bringen. Ich stell sie in eine Vase, in Ordnung, Mr. Serrailler?«
»Danke, Shirley. War sonst schon jemand da?«
»Oh, wir hatten hier heute Nachmittag ein richtiges kleines Fest. Wir wollten Martha eigentlich in den Aufenthaltsraum schieben, aber ihr lief heute Morgen ein wenig die Nase, und Sie wissen ja, was passiert, wenn sie eine Erkältung bekommt …, die zurzeit ziemlich grassieren. Also blieb sie hier, und wir haben in ihrem Zimmer gefeiert, Tee und ein Kuchen und Kerzen und Eis, und wir haben gesungen. Schauen Sie, Rosa hat ihr diesen glitzernden Ballon geschenkt … Sie liebt ihn. Sie hätten ihr Gesicht sehen sollen, als sie ihn sah, sie hat mit den Händen gefuchtelt, und ihre Augen haben gestrahlt … Und ihr hat auch

das Eis geschmeckt, und wir haben ihre Geburtstagskarten geöffnet.«

Das Zimmer seiner Schwester war festlich geschmückt mit Ballons und Blumen und roten Bändern an ihrem Bett und dem Frisiertisch. Sie lieben sie wirklich, dachte er, sie pflegen sie und sorgen für sie, wofür sie bezahlt werden, aber sie lieben sie auch. Martha trug einen gelben Strickschal über ihrem Nachthemd, und ihr Haar war frisch gewaschen und mit einer orangefarbenen Schleife zurückgebunden. Sie reagierte auf Farben genau wie auf Musik. Simon hatte ihr eine neue CD mit Blasmusik mitgebracht. Er hatte oft ihr Gesicht beobachtet, wenn Musik ertönte, und das Flackern von Leben und Erkennen wahrgenommen, das sicherlich Freude bedeutete.

»Es scheint ihr gutzugehen, Shirley.«

Die Pflegerin war mit den Blumen in einer großen, fächerförmigen Vase zurückgekommen, deren Oberfläche perlmutterfarben schimmerte.

»Ja, vielleicht war auch nichts, nur müssen wir immer vorsichtig sein mit unserer kleinen Martha, nicht wahr?«

»Sie ist heute sechsundzwanzig geworden.«

»Mir kommt sie immer noch klein vor … uns allen. Sie wissen, wie das ist.«

»Ich weiß.«

Simon nahm Marthas Hand in seine. Sie bewegte leicht den Kopf.

»Herzlichen Glückwunsch zum Geburtstag, Schätzchen.«

»Dr. Chris war heute Morgen da und hat ihr das gebracht … Schauen Sie.« Shirley griff nach einem leuchtend pinkfarbenen Stofftier, einem Tintenfisch mit riesigen Augen, die herumrollten. »Wir haben es ihr den ganzen Nachmittag über in den Schoß gelegt. Sie hat immer wieder danach gegriffen.«

Stofftiere. Luftballons. Gegenstände mit leuchtenden Farben. Babysachen.
Er erinnerte sich, wie er kurz nach ihrer Geburt in ihr Kinderbettchen geschaut hatte. Sie war ihm wie ein Klumpen Kitt vorgekommen, teigfarben und schlaff. Nur ihr Haar war wunderschön. »Many Happy Returns« war auf eine der Karten gedruckt, in Glitzerschrift, ein großes Herz in Rosa und Lila. Ist es das, was wir ihr wünschen sollten? Viele weitere Geburtstage? Jahr um Jahr so gut wie gar nichts. Er streichelte die weiche, seidige Haut ihrer Hand, die schlaff und reglos in der seinen lag.
»Ich hoffe, Sie finden den kleinen Jungen, Mr. Serrailler, ich kann kaum schlafen, weil ich immer an ihn denken muss, wissen Sie? Ich hab mich schon gefragt, ob Sie bei alldem heute überhaupt herkommen würden.«
»Ich muss auch gleich wieder los. Ich wollte keinesfalls ihren Geburtstag versäumen, aber viel Zeit hab ich nicht.«
»Gibt es was Neues?«
»Eigentlich nicht.«
»Ich nehme an, Sie können nichts sagen …«
»Ich versichere den Leuten immer wieder, Shirley, dass ich was sagen würde, wenn es etwas gäbe. Im Moment ist die Spur kalt.«
»Ich hab mitgekriegt, dass Sie eine von diesen Rekonstruktionen machen wollen … Vielleicht wird sich dann jemand daran erinnern, ihn gesehen zu haben.«
»Vielleicht. Das funktioniert gelegentlich.«
»Armer kleiner Junge. Möge der Heiland ihn segnen und bewahren. Gepriesen sei Gott.« Shirley hatte die Augen geschlossen, die Hände gefaltet, und ihre Stimme war inbrünstig. »Und mögen jene, die ihn entführt haben, wissen, dass der Herr Ra-

che üben wird. Seine kleinen Helfer und die Flammen der Hölle erwarten die Bösen und Gottlosen. Amen.«

Simon ging rasch aus dem Zimmer, erschrocken über die Leidenschaft in der Stimme der sonst so sanften Pflegerin. Er sah zurück zu seiner Schwester zwischen all den bunten Farben und den Ballons, und der Anblick munterte ihn für den Rest des Tages auf.

Als er zehn Minuten später aufs Revier kam, blieb ihm das Herz für einen Sekundenbruchteil stehen. Auf der Bank am Empfang saß ein Junge, etwa neun Jahre alt und in der Schuluniform von St. Francis. Er hatte David Angus' Haar, das blasse, leicht sommersprossige Gesicht, abstehende Ohren, einen ernsten Gesichtsausdruck. Zu seinen Füßen stand genau so eine Schultasche, wie David sie getragen hatte, als seine Mutter abfuhr.

Der Junge war nicht David Angus.

»Hugo Pears, Chef … Konnten unser Glück kaum fassen. Der Junge gleicht ihm aufs Haar.«

»Ist er einverstanden mit dem, was wir machen wollen?«

»Total – möchte Schauspieler werden. In einem Film über die römische Armee.«

»Großer Gott, vermutlich wird er es für eine gute Vorbereitung halten?«

»Die Mutter ist ein bisschen besorgt. Sagt aber, Ihr Schwager sei so gut zu ihr gewesen, dass sie Ihrer Familie nichts abschlagen könne.«

»Ach, sie sind Chris' Patienten? Ja, die tun eine Menge für ihn. Sogar das.«

»Alles ist für Viertel vor acht morgen früh vorbereitet.«

»Gute Arbeit, Nathan. Was ist mit Brent Parker?«

»Er ist in einer Pension in Bevham. Wir haben nichts gegen ihn in der Hand, Chef. Er war es nicht. Besitzt nicht mal ein Auto.«

»Wer sagt, dass er ein Auto besitzen muss?«

»Sie meinen, der Junge ist einfach mit jemandem, den er nicht kannte, mitgegangen?«

»Stellen Sie keine Vermutungen an. Niemand hat gemeldet, ihn in ein Auto steigen gesehen zu haben, und wir haben keine Ahnung, ob er allein weggegangen ist, mit jemandem zusammen, mit jemandem, den er kannte oder nicht kannte. Bleiben Sie für alles offen – weit offen.«

»Geht klar, Chef.«

»Irgendwelche Berichte von anderen Dienststellen?«

»Nicht das Geringste.«

»Mist.«

»Aber keine weiteren Berichte sollten doch eher etwas Gutes bedeuten, oder?«

»Damit meine ich nicht, dass ich einen Bericht über ein weiteres Kind hören möchte, das auf dem Schulweg verschwunden ist. Doch diese Stille geht mir auf die Nerven.«

»Der Kerl ist offenbar klug.«

»Nein, er hat nur Glück.« Simon schlug mit der Hand fest auf den Schreibtisch. »Was ist mit unseren Computergenies? Haben die was?«

»Bisher nichts.«

»Holen Sie mir bitte einen Kaffee von dem Zyprer, ja? Doppelten Espresso und eins der getoasteten Sandwiches … Ich hab seit sieben Uhr nichts mehr gegessen. War gerade kurz bei meiner Schwester.«

»Dr. Deerborn hat also ihr Baby gekriegt, Chef?«

»Nicht *die* Schwester. Martha. Sie hat heute Geburtstag.«

Nathan wurde verlegen. Er wusste nie, wie er bei den wenigen Gelegenheiten reagieren sollte, wenn der DCI seine behinderte Schwester erwähnte, daher wechselte er das Thema. Wie sie es immer tun, dachte Simon.

»Letzte Nacht sind zwei Autos gestohlen worden ... dieselbe Geschichte, Topmodelle, ein Jaguar, ein Range-Rover ... der eine aus einer Werkstatt, der andere vor einem Haus in der Einfahrt. Niemand hat irgendwas gesehen oder gehört ... saubere Arbeit.«

»Autos stehen momentan nicht auf meiner Agenda. Soll sich die Streifenpolizei drum kümmern. Ich will, dass tiefer gegraben wird; jeder Fall aus den letzten drei Jahren, in dem Kinder berichtet haben, dass sich jemand in ihrer Nähe herumgetrieben hat, Fremde sie auf der Straße angesprochen haben ... alles. Und wir nehmen auch noch mal den Rest des Landes unter die Lupe. Ich suche nach ungelösten Fällen ... Kindesentführung oder vielleicht Kinder, die für kurze Zeit vermisst und unverletzt wiedergefunden wurden, wo es aber keine Verurteilung gegeben hat. Erinnern Sie sich an den Fall Black? Er ist mit einem Kleinbus durchs Land gefahren, die Kinder, die er ermordet hat, wurden in weiter Entfernung gefunden, er hat sie nach dem Zufallsprinzip aufgegriffen, wo immer er gerade war. Macht jemand anderer dasselbe?«

»All diese Dinge werden bereits überprüft, Chef.«

»Dann will ich, dass sie noch viel intensiver überprüft werden, ja? Was ist übrigens mit dem Zeitungsfoto an Parkers Wand?«

»Ist das zu glauben? Ihm ist plötzlich wieder eingefallen, dass er es da hingeklebt hatte – als Erinnerungsstütze, sagte er. Was passieren kann. Sagte, er bräuchte ein bisschen Erinnerungsstütze.«

»Glauben Sie ihm?«

Nathan hielt inne. Dann sagte er, wie um Serrailler herauszufordern: »Ja, Chef. So merkwürdig das ist. Aber ich glaube ihm.«

»Na gut. Dann glaube ich es auch. Jetzt aber raus hier.«

Nathan ging. Der DCI hob fast nie die Stimme. Wenn er es tat, war das mehr ein Zeichen der Enttäuschung über sich selbst als Wut auf jemand anderen, aber es war trotzdem besser, ihm dann aus dem Weg zu gehen. Serrailler war dem Detective Sergeant immer als ein Mann erschienen, der meist entspannt und umgänglich war, tief in seinem Inneren aber einem brodelnden Kessel glich, der eines Tages auf spektakuläre Weise überkochen könnte.

»Sex«, hatte Emma gesagt, als er es ihr gegenüber erwähnt hatte.

»Ich glaub nicht, dass er welchen will.«

»Blödsinn.«

»Du willst mir also weismachen, er bräuchte die Liebe einer guten Frau?«

»So was in der Art.«

26

»Ich hab ihr die Fingernägel lackiert, hast du gesehen? Dieser rosa Lack mit all dem Glitzer drin … sieht so hübsch aus.« Shirley reichte Rosa den Schirm, während sie den Schlüssel ins Schloss steckte. Der Wind trieb Regen gegen ihre Rücken.

»Ich weiß nicht, warum du dir die Mühe machst, sie kriegt es ja doch nicht mit. Sie kriegt überhaupt nichts mit.«

»Deinen Ballon hat sie schon mitgekriegt.«

Sie traten ein, wobei ihnen der Sturm die Tür aus der Hand riss und sie hinter ihnen zuknallte.

»Zieh deine Sachen aus und bring sie in die Küche. Ich bin von dem kurzen Stück völlig durchnässt, das Wasser ist mir bis in die Schuhe gelaufen.«

Zehn Minuten später waren die Vorhänge zugezogen, Licht und Heizung angeschaltet, und sie saßen gemütlich in der Küche. Manchmal kam Rosa nach dem Ende der langen Tagschicht mit zum Abendessen und schlief auf Shirleys Bettcouch, um sich die lange Busfahrt quer durch die Stadt zu ersparen. Sie hätte in einem der Personalräume im Heim übernachten können, aber es war nicht so gemütlich und außerdem wollte man nach dem Ende der Arbeit aus dem Gebäude. Es war seltsam, der Bungalow stand nur auf der anderen Seite des Rasens – man konnte das Heim vom Fenster aus sehen –, und doch fühlte man sich wie in einer anderen Welt.

Es war eine Welt, die Rosa gefiel, nach der Enge im Haus ihrer Familie, voll mit dem Computerzeug und den Musikanlagen ihres Bruders, den Basarstrickwaren ihrer Großmutter, den schwarzen Säcken ihrer Mutter mit den Sachen von ihrem Marktstand.

Shirley war ein- oder zweimal zum Tee bei ihnen gewesen und hatte gesagt, sie würde gern wieder Teil einer Familie sein, aber man konnte sich nirgends in Ruhe unterhalten, nirgendwo ohne den Lärm eines Fernsehers oder einer Stereoanlage sein. Hier war es besser.

»Seltsamer Tag.«

Sie hatten eine feste Gewohnheit. Jedes Mal, wenn sie nach der langen Tagschicht hierher kamen, frühstückten sie, um halb neun abends. Shirley nahm Eier und Speck und Tomaten aus dem Kühlschrank, Rosa stellte den Wasserkessel an und schnitt das Brot. Hin und wieder rüttelte der Wind an den schlecht eingepassten Metallfensterrahmen, und der Regen prasselte gegen die Scheiben.

»Wie kannst du es hier bloß allein aushalten mit diesen knarrenden Bäumen? Ich hätte Todesangst.«

»Der Herr und Seine Engel wachen über mich. Gelobt sei Gott. Ich weiß nicht, warum man sich vor ein bisschen Wind fürchten soll.«

»Glaubst du, mein Ballon hat ihr wirklich gefallen?«

»Hast du ihr Gesicht nicht gesehen? Sie hat ihn angelacht.«

»Armes kleines Ding.«

»Ich glaube, sie hatte einen richtig schönen Tag … All diese Sachen, diese hübschen bunten Blumen, die der Chief Inspector gebracht hat, und fast ihre ganze Familie war da.«

»Arme Mrs. Fox. Seit vier Jahren hat sie niemand mehr besucht, und jetzt ist sie tot.«

»Es war das Beste, Rosa, sie ist beim Herrn, und sie hatte kein Leben. Da war nichts mehr, nur noch eine leere Hülle. Ich finde, Martha hat mehr.«

»Was glaubst du, warum hat Gott sie so gemacht? Du sagst doch immer, es gebe für alles einen Grund, aber wenn du dir Martha Serrailler anschaust, wenn du dir Arthur anschaust … Welchen Grund hat Gott dafür gehabt?« Rosa fand Shirleys handfeste Religion abwechselnd faszinierend und abstoßend. Sie war einmal mit ihr in der Gospelkapelle gewesen, und das Singen und Tanzen und Händeklatschen war toll gewesen, wirklich erhebend. Dafür kamen die Menschen von weit her. Nur folgte dann dieses merkwürdige Zeug.

»Es ist nicht an uns, solche Fragen zu stellen. Der Herr weiß es.«

»Man kann ja nicht behaupten, dass es eine Strafe wäre, nicht wahr? Bei Martha jedenfalls nicht. Sie hat nichts getan. War nie dazu fähig.«

»O nein. Martha ist eine von Gottes Unschuldigen. Einer Seiner auserwählten Engel.«

»Ich versteh das nicht.«

»Eines Tages wirst du es verstehen. Ich bete jeden Abend für dich, Rosa.«

»Ich brauch keine Gebete, vielen Dank.«

»Natürlich brauchst du die. Wir brauchen sie alle. Lobet den Herrn.«

Shirley ließ Eier und Speck geschickt auf die beiden Teller gleiten, während Rosa den Toast mit Butter bestrich. Der Sturm drückte mit einem heftigen Windstoß beinahe eine Scheibe ein. Das Licht flackerte.

»Ein Stromausfall würde uns gerade noch fehlen.«

»Ich bin das Licht der Welt«, sagte Shirley und goss Tee ein. Auf der anderen Seite des nassen Rasens, hinter den sich wie wild biegenden Bäumen, schien Licht aus der Rückseite der Ivy Lodge. Es gab doch keinen Stromausfall.

Hester Beesley machte ihre Runde mit dem Getränkewagen und füllte die Plastikschnabelbecher mit lauwarmer Ovomaltine. Patienten, die Medikamente bekamen, wurden vom Pflegepersonal als Letzte versorgt.
Zerstreut schob Hester die Tür zu Zimmer 6 auf und war einen Augenblick lang verwirrt, weil es drinnen dunkel und kalt war. Sie knipste das Licht an. Das Bett war abgezogen. Die Heizung war ausgeschaltet. Die Schranktür stand offen. Das hat ja nicht lange gedauert, dachte sie und ging wieder hinaus. Mrs. Fox war erst seit einem halben Tag tot, und in ihrem Zimmer gab es keine Spur mehr von ihr. Als hätte sie nie existiert.
Mr. Pilgrim existierte jedoch, saß regungslos und schweigend da, abgesehen vom Zittern seiner Hände und dem Speichelfaden, der ihm vom Kinn auf das Lätzchen lief. Nachdem sie ihn versorgt hatte, ging sie zu Martha, deren Zimmer voll mit bunten Blumen und Karten, einem neuen Stofftier und dem immer noch an den Bettpfosten gebundenen Ballon war.
»Bereite sie noch nicht zum Schlafen vor.« Schwester Aileen steckte den Kopf zur Tür herein. »Sie bekommt noch Besuch – der Arzt hat eine Nachricht hinterlassen.«
»Dann mach ich sie nur frisch. Oh, schau mal, jemand hat deine Fingernägel lackiert, Schatz, ich wette, das war Shirley. Gefällt es dir? Du bist ein hübsches Mädchen.«
Aileen Whetton verzog das Gesicht über die Babysprache, aber das war Hesters Art, und wie sollte Martha den Unterschied bemerken?

Tiere setzten die Kümmerlinge ihres Wurfs zum Sterben aus. Menschen hatten einst dasselbe getan. Jetzt wurde alles unternommen, um sie jedes Mal zurückzubringen, wenn sie bereit waren, die Tür zu durchschreiten. Niemand ließ sie einfach entschlüpfen.

Aber zumindest tat Marthas Familie mehr, als nur Schecks auszustellen.

Aileen schloss den Medikamentenwagen auf und zählte Lady Fisons Schlaftabletten in einen Plastikbecher ab. Sie dazu zu bringen, die Tabletten einzunehmen, konnte eine Viertelstunde dauern. Aileen öffnete die Tür. Die alte, kahlköpfige Frau saß im Bett, starrte in die Luft, während in ihrem Radio irische Tanzmusik lief. Aus Lady Fisons Radio dröhnte von morgens bis abends Musik. Wenn es ausgeschaltet wurde, weinte sie; wenn es aus blieb, schrie sie.

»So, hier sind die Tabletten«, sagte Aileen, rasselte damit in dem kleinen, durchsichtigen Becher.

Ein Stück den Flur entlang wusch Hester Martha Serraillers Gesicht mit dem Schwamm ab und band ihre Schleife neu.

»Eure königliche Hoheit sollen doch schön aussehen für den Ball.«

Spontan nahm sie eine der leuchtend roten Blumen aus dem Strauß auf dem Tisch und steckte sie dem Mädchen in das weiche, blonde Haar.

»Du bist eine Schönheit«, sagte sie. »Wer ist meine Schönheit?«

Martha rührte sich nicht.

Im Bungalow stieß der Papagei Elvis ganz plötzlich sein Zuggeräusch aus und ließ Rosa auf ihrem Stuhl zusammenzucken. Sie spielten Uno.

»Verpiss dich.«
»Elvis, ich deck dich gleich zu. Lass das Fluchen.«
»Gott schütze die Königin.«
»Ja, das ist besser. Wir lieben die Königin, nicht wahr?«
»Hast du das Foto von Prinz William in der *Mail* gesehen? Das genaue Abbild seiner Mutter, wie er so scheu nach unten schaut, weißt du.«
»Ich mag William.«
»Tja, ich mag Charles. Er tut so viel Gutes, wovon die Öffentlichkeit nichts erfährt … All diese Sachen für die jungen Leute, und dann seine Bemühungen darum, dass nicht zu viele von diesen Hochhäusern gebaut werden.«
»Verflucht, verflucht, verflucht.«
»So, das war's, ich hab dich gewarnt.«
Shirley griff nach dem roten Samttuch und deckte es über den Papageienkäfig.
»Never Surrender«, sagte Elvis noch, bevor er in Schweigen und Dunkelheit versank.
Sie blieben bis elf auf, sahen fern, unterhielten sich über die königliche Familie, spielten Karten. Um zehn hatte Shirley die Flasche Harvey's Bristol Cream für ihr übliches Gläschen herausgeholt.
»Ich dachte immer, ihr Kirchenleute trinkt keinen Alkohol.«
»Das gilt für die Methodisten … die englischen … Hat nichts mit uns zu tun.«
»Ach so.«
»Und dass der Wein erfreue des Menschen Herz.« Shirley hob ihr Glas.
»Prost.«
»Oh, gut, es ist Huw Edwards«, sagte Rosa, als die Nachrichten begannen.

Der Wind frischte noch mehr auf, peitschte die Bäume. Ein oder zwei Autos fuhren die Einfahrt hinauf, der Regen schräg in ihrem Scheinwerferlicht. Ein oder zwei Heimbewohner bekamen noch Besuch. Es gab keine Besuchszeiten, die Leute konnten kommen und gehen, wann sie wollten. Das machte es mehr zu einem Zuhause, behauptete Hausmutter Scudder.

Die Flure waren ruhig. Manche der Heimbewohner schliefen. Die Getränke und Medikamente waren verteilt. Hier und da brannten noch Nachttischlampen, aber die Halle und der Wintergarten waren leer, die Stühle an die Wände geschoben für die morgendlichen Reinigungskräfte.

In der Halle schwammen die glitzernden Fische beruhigend zwischen dem sich wiegenden Tang in ihrem von Neonlicht erleuchteten Aquarium.

Shirley und Rosa lagen zehn nach elf im Bett und waren nicht viel später eingeschlafen. Sie hatten Frühschicht, so wollte es der Schichtplan. Beide hatten um zwei Uhr am nächsten Nachmittag Dienstschluss und danach sechsunddreißig Stunden frei.

Das Auto des letzten Besuchers fuhr weg. Die Lichter verloschten allmählich.

Der Sturm verschlimmerte sich.

27

Dienstagmorgen, bedeckter Himmel. Mit der Androhung von Regen. Am Sorrel Drive trafen um sieben Uhr ein Polizeibus und zwei Autos ein, hielten ein paar Meter von Alan und Marilyn Angus' Haus entfernt. Dahinter, in einem blauen Ford Focus, saß Hugo Pears, bleich und ängstlich, zwischen seinen Eltern.

»Ich kann diese Rekonstruktionen nicht ausstehen«, murmelte Nathan Coates durch einen Mund voll Chips. »Sie erschrecken alle. Armer kleiner Kerl.« Er nickte zum Auto der Pears'.

»Ja, schon, aber wenn's was bringt …«

»Wird es nicht.«

»Wie kannst du das wissen? Was ist los mit dir?«

Nathan knüllte die Chipspackung zusammen. »Geht mir an die Nieren, diese Sache … Er ist in meinem Kopf, weißt du, was ich meine? Den ganzen Tag ist er da … Und ich hab ein mieses Gefühl.«

Darüber hatte er gestern schon mit Emma gesprochen. »Er ist tot.«

»Das kannst du nicht wissen.«

»Doch. Und du auch. Stimmt's?«

Emma hatte nicht geantwortet.

»In meinem Kopf«, wiederholte er und stieg aus, als der DCI vor ihnen anhielt.
»Chef.«
»Morgen, Nathan.«
Sie blieben einen Moment zusammen stehen und schauten zum Haus der Angus', hinter der Hecke. Im ersten Stock brannte Licht.
»Die Armen.«
Serrailler schüttelte den Kopf. »Es muss etwas geben«, sagte er, halb zu sich selbst, »es muss. Irgendwas … oder irgendwen … Es dauert schon zu lange.«
»Ist über Nacht was reingekommen?«
Kaum merklich schüttelte Serrailler erneut den Kopf, stellte seinen Kragen gegen den einsetzenden Nieselregen auf und ging zum Haus.
Ihm geht's auch an die Nieren, dachte Nathan. Er wird es nicht los.
Ein Auto fuhr langsamer, als der Fahrer sie sah, und glitt gemächlich vorbei, der Mann starrte herüber, wurde aber von Nathan weitergewinkt, nahm Tempo auf und verschwand.
Nathan setzte sich wieder zu DC Martin in den Wagen. »Hast du das Kennzeichen?«
David Martin deutete auf seinen Notizblock.
»Verdammte Voyeure.«
Der Nieselregen verschmierte die Autofenster. Es war immer noch dunkel.

Im Bungalow verbrannte sich Shirley Sapcote den Mund am Tee. Rosa steckte sich das Haar erneut hoch, das widerspenstig war und nicht halten wollte. Der Papagei Elvis schwieg, das Tuch noch über seinem Käfig.

»Kommt mir vor wie mitten in der Nacht.« Shirley ließ etwas kaltes Wasser in ihren Teebecher laufen.
»Mach voran, Sommer.«
»Willst du Toast?«
»Nein danke.« Rosa kam in die Küche, trat ans Fenster und hob eine Ecke des Vorhangs.
»Pechschwarz. Es regnet. An solchen Tagen würde man sich am liebsten die Decke über den Kopf ziehen.«
Shirley nahm das Tuch von Elvis' Käfig.
»Leck mich«, sagte der Papagei und hüpfte auf seinen Stangen. »Leck mich, leck mich.«

Arm in Arm überquerten sie den Rasen durch den dunklen Nieselregen auf die Ivy Lodge zu.
»Es kann nur besser werden«, meinte Rosa.
Shirley trat vor der Hintertür mitten in eine schlammige Pfütze, was sie beide erst zum Kichern brachte und dann derart zum Lachen, dass sie nach dem Eintreten um Atem ringen mussten.
Draußen ging das Nieseln in heftigen Regen über.

Es war noch nicht hell, als Shirley das Tablett in Martha Serraillers Zimmer trug, daher zog sie die Vorhänge nicht auf, sondern knipste nur die Nachttischlampe an und stellte das Tablett ab.
»Du bist hier bestens aufgehoben, mein Liebling, draußen ist es schrecklich, und ich bin gerade voll in eine Pfütze getreten, und du hättest hören sollen, wie der Papagei geflucht hat, dass man rot wird … Du hast so was noch nie in deinem Leben gehört … nicht wahr, Liebling? Wach auf.«

»Ich wusste es sofort«, sagte sie hinterher. »Nicht, weil sie anders aussah, sie sah noch genauso aus, bloß war da diese … diese Stille im Zimmer, diese Stille, weißt du? Alles war anders. Ich hab sie angeschaut, und ihr Gesicht war dasselbe … nur doch nicht. Es war nicht dasselbe. Gott segne sie. Gott sei ihrer reinen Seele gnädig.«
Aber dann hatte sie geweint, in der Personalküche, während Rosa ihre Hand hielt, die Tränen waren ihr über die Arme bis zum Ellbogen gelaufen. In einem Haus, wo der Tod ein so häufiger Gast war und der Umgang damit zum Alltag gehörte, nahm der von Martha Serrailler sie alle sehr mit.

»Es hat nicht geregnet«, sagte Marilyn Angus immer wieder. »Es hat nicht geregnet. Wie können sie das durchziehen, wenn alles so anders ist? Ich hätte David niemals draußen im Regen stehenlassen.« Sie hatte recht, dachte Serrailler. Sie wollte nicht, dass sie mit der Rekonstruktion weitermachten, weil sie es nicht ertragen konnte, und das war eine völlig normale Reaktion … Aber der Regen ließ tatsächlich alles anders aussehen, brachte die Leute, die an jenem Morgen zu Fuß gegangen waren, dazu, ihr Auto zu nehmen oder sich zumindest zu beeilen und nicht aufzuschauen. Und David Angus hätte nie allein im Regen an der Einfahrt gestanden.
»Sie müssen abbrechen, nicht wahr?«
Er konnte es kaum ertragen, in ihr verhärmtes Gesicht zu sehen. Ihre Haare waren ungewaschen und nachlässig zurückgekämmt, und sie trug kein Make-up. Marilyn Angus war um zwanzig Jahre gealtert.
»Nein«, sagte er sanft. »Wir machen weiter. Alles ist an seinem Platz, und der Regen lässt nach … Ich weiß nicht, ob Hugo es ein zweites Mal durchstehen würde.«

Der Junge Hugo Pears stand mit seinen Eltern bei dem Polizeibus. Wenn er davon geträumt hatte, in Filmen über die römische Armee mitzuspielen, so hatte ihn seine echte Rolle in einer polizeilichen Rekonstruktion so verängstigt, dass sie unsicher gewesen waren, ob er überhaupt mitmachen würde. Schließlich hatten sie ihn mit Ermutigungen und aufmunternden Worten, wie viel Gutes er tun würde, dazu gebracht, bis zur Einfahrt des Hauses der Angus' zu gehen, wo er sich jetzt mit angsterfülltem Gesicht an seine Mutter schmiegte.
Marilyn trug die Jacke und den Paschminaschal, den sie am Morgen von Davids Verschwinden getragen hatte, dieselbe Handtasche, denselben Aktenkoffer. Aber sie würde gepflegt ausgesehen haben, wie der DCI wusste, geschminkt, mit frisch gewaschenem Haar.
Es gab keine Möglichkeit, ihr das zu sagen. Er öffnete die Haustür. Es ging los.

Irgendwie zogen sie es durch. Irgendwie brachte Marilyn den Mut auf, den kleinen Jungen, der so sehr ihrem Sohn glich, aus dem Haus zu führen und zu ihrem Auto, das in der Einfahrt parkte. Mittlerweile goss es in Strömen. Simon Serrailler fluchte, sah von der gegenüberliegenden Straßenseite aus zu, wie Autos vorbeizischten und zwei Nachbarn tapfer demselben Ablauf folgten wie an jenem Tag.
Irgendwie.
Sein Handy klingelte, als Marilyns Auto auf den Sorrel Drive bog. Hugo Pears ging langsam zum Gartentor.
Simon meldete sich. »Serrailler.«
Eine Sekunde oder zwei begriff er nicht, was sein Schwager sagte. Simons Blick war auf den kleinen, bleichen Jungen mit der Schultasche und der Kappe gerichtet, der jetzt am Tor-

pfosten des Hauses gegenüber stand. Ein Mann fuhr auf einem Fahrrad vorbei, den Kopf gegen den Regen gesenkt. War er hier gewesen? War er auf diese Weise in genau diesem Moment vorbeigefahren? Simon drehte sich um und schaute dem Radfahrer nach.

Chris' Stimme klang seltsam in Simons Handy.

»Si?«

»Ja.«

»Hörst du mich?«

»Ich bin am Sorrel Drive – wir sind mitten in der Rekonstruktion von David Angus' letzten bekannten Schritten.«

»Ach du lieber Gott.«

»Geht es um Cat?«

»Nein«, erwiderte Chris sanft. »Nicht um Cat …«

Simon Serrailler hörte zu, und als sein Schwager geendet hatte, sagte er nur »Gut. Danke«, und trennte die Verbindung.

Er starrte das Handy in seiner Hand an. Hugo Pears wartete immer noch. Wartete. Durchnässt bis auf die Haut.

Nathan Coates winkte von dem ein paar Meter entfernt stehenden Streifenwagen.

Der DCI schaute erneut auf sein Handy. Dann drückte er die Nummer des Sergeants.

»Okay, brechen wir ab«, sagte er ruhig zu Nathan. »Geben Sie den Eltern Bescheid, dass sie den Jungen mitnehmen können. Und holt Mrs. Angus zurück ins Haus.« Der Regen lief ihm von den Haaren in die Augen, und seine Jacke war durchweicht.

Nathan Coates kam über die Straße auf ihn zugerannt, rutschte auf ein paar nassen Blättern aus und wäre fast gefallen. Er rief etwas darüber, wie es gelaufen war, was sie beobachtet hatten, aber als er Serrailler näher kam, verklangen seine Worte.

»Chef?«
Simon starrte ihn an.
»Alles in Ordnung?«
»Ja.« Er blickte wieder auf sein Handy, als würde es gleich klingeln und er würde hören, wie Chris Deerborn ihm mitteilte, dass es ein Irrtum gewesen sei. »Meine Schwester ist tot.«

28

Dr. Derek Wix, Hausarzt der Ivy Lodge, saß im Personalraum, trank Tee und aß das Schinkensandwich, das man ihm gebracht hatte. Er hatte die Dosierung von Mr. Parmiters Tabletten geändert, hatte Antibiotika für Miss Lemmers Ohrentzündung verschrieben und den Totenschein für Martha Serrailler ausgestellt.

»Überprüfen Sie mich?«, murmelte er kauend, als Chris Deerborn hereinkam.

»Machen Sie sich nicht lächerlich.«

Derek Wix war ein guter Arzt, jedoch ein mürrischer und kurz angebundener Mann. Seine Patienten schienen ihn trotzdem zu mögen. Chris und Cat hatten sich oft gefragt, warum.

»Ihre Schwägerin … Es lag nicht an der Thoraxinfektion als solcher.«

»Das Herz?«

Wix nickte, schlürfte Tee. »Wollen Sie sie sehen?«

»Ich werde natürlich zu ihr gehen. Aber Sie sind hier der zuständige Arzt – was immer Sie sagen, Derek.«

Derek Wix stand auf. »Das Personal scheint bekümmert zu sein.«

»Sie haben sie geliebt. Sie haben so gut für sie gesorgt.«

»Aber es ist das Beste so.«
»Natürlich ... nur erwähnen Sie das nicht vor jemand anderem.«
»Richard wird mir zustimmen. Hat mir immer gesagt, sie sollte nicht hier sein.«
Chris hatte keinen Zweifel daran, dass sein Schwiegervater das oft geäußert hatte. »Trotzdem ... Es geht darum, wenn jemand sie liebt, sind sie ...«
»Es geht darum, sie zu erwischen, bevor sie losbrüllen. Ihnen nichts zu geben, keine Zuneigung, keine Aufmerksamkeit ... Was hat man denn davon? Sarah arbeitet in einem Waisenhaus in Thailand, hab ich Ihnen das schon erzählt? Niemand liebt diese armen kleinen Wesen. Hat sie nie geliebt. Sie werden zu Tieren.« Er marschierte hinaus.
Chris musste sich daran erinnern, dass Derek Wix eine charmante Frau und drei Töchter hatte, darunter Sarah, die im vergangenen Sommer ihre Approbation bekommen und sofort eine Arbeit im Fernen Osten angenommen hatte.

Shirley Sapcote kam Chris im Flur entgegen, als er zu Marthas Zimmer ging. Ihre Augen waren rot.
»Gott hab sie selig, sie ist ein Engel, der jetzt bei den Engeln ist. Sie hat nie etwas Falsches getan oder ein böses Wort gesagt, in ihrem ganzen Leben, Dr. Deerborn, und von wie vielen Menschen kann man das behaupten? Nur von neugeborenen Babys, und das war sie. Unschuldig wie ein Säugling.«
»Sie haben recht. Ich weiß, wie gern Sie Martha hatten. Und wie gut Sie sie versorgt haben. Das wissen wir alle.«
Shirley folgte ihm zu dem Zimmer. »Ich wusste es gleich, als ich sie angeschaut habe. Brauchte sie nicht zu berühren. Sie wissen, wie das ist, Doktor.«

»Ich weiß.«
»Gestern schien es ihr so gut zu gehen, sie war glücklich, wissen Sie ... Ich wusste, wann sie glücklich war. Alle haben sie besucht, bis auf Dr. Cat, natürlich ... Wie geht es ihr, Dr. Deerborn?«
»Sie ist müde und hat das Warten satt ... Und jetzt ist sie natürlich traurig über das hier.«
»Ja ... Aber ich sage Ihnen was, den Inspector wird es am härtesten treffen. Es war immer rührend, ihn mit ihr zusammen zu sehen, ihn mit ihr reden zu hören. Er wird am meisten leiden.«
Chris blieb an Marthas Bett stehen. Der Tod verleitete, wie stets, zur Täuschung. Abgesehen von der tiefen Reglosigkeit hätte sie auch schlafen können. Aber der Tod hatte hier nicht daran arbeiten müssen, Alters- und Sorgenfalten zu glätten, denn Martha hatte keine gehabt. Ihre Haut war die eines Babys, ihr Haar fein gesponnen, ihr Ausdruck sanft und glatt und, wie Shirley gesagt hatte, völlig unschuldig – frei von Erfahrung, von Wissen, von Missetat, von Gefühl – vom Leben.

Cat Deerborn hatte Sam und Hannah zu Philippa Granger ans Auto gebracht – die Grangers waren ihre nächsten Nachbarn, und Philippa hatte sich freundlicherweise bereit erklärt, die Kinder in den letzten paar Wochen zur Schule zu bringen. Cat hatte den Frühstückstisch abgeräumt, ihn abgewischt, die Spülmaschine eingeräumt und eine Dose Katzenfutter für Mephisto geöffnet. Als sie sich bückte, um seine Schüssel auf den Boden zu stellen, floss Wasser an ihren Beinen entlang und bildete eine Pfütze auf den Fliesen. Cat stieß einen Erleichterungsseufzer aus und zog das Telefon über die Arbeitsfläche zu sich heran.
»Hallo, Schatz.«

»Chris, du musst Carol Standish anrufen.«
Carol war Cats Vertretung während des Mutterschaftsurlaubs. Sie war neu in Lafferton, wirkte tüchtig und freundlich, aber etwas kühl. Sie konnten von Glück sagen, sie bekommen zu haben, Vertretungen waren inzwischen schwer zu finden.
»Sie arbeitet heute Vormittag nicht.«
»Muss sie jetzt aber. Es geht los.«

David

Wo fahren wir hin?

Ich will nicht wieder in das Auto. Ich will jetzt nach Hause, bitte.

Ist das ein Spiel? Oder eine Mutprobe?

Das ist okay, aber kann es jetzt aufhören und Sie haben gewonnen?

Zerren Sie nicht an meinem Arm, es hat schon vorher wehgetan, als Sie dran gezerrt haben, das tut wirklich, wirklich weh … Zerren Sie nicht so.

Ich will nicht in das Auto, aber ich steig ein, ich steig ein, bitte zerren Sie nicht an meinem Arm.

Es ist dunkel.

Es ist immer dunkel.

Ich hab schon lange kein Tageslicht mehr gesehen. Nicht seit …

Warum müssen wir immer im Dunkeln fahren?

Ich mag nicht mehr woanders hin.

Warum müssen wir immer woanders hinfahren?

Ich glaube, wir sind jetzt weit weg von zu Hause.

Ich mag das nicht.

Ich wünschte, Sie würden anhalten.

Bitte halten Sie an.

29

Der DCI schaute sich im Raum um. Er sah es ihren Gesichtern an. Erschöpfung. Enttäuschung. Flackern trotziger Entschiedenheit. Aber keine Hoffnung. Sie rechneten jetzt mit dem Schlimmsten. Es war nur die Frage, wann.

»Gut, die Rekonstruktion des heutigen Vormittags hat nicht viel gebracht … Der Regen hat das Szenario natürlich verändert, aber es lag nicht nur daran … Niemand hat sich gemeldet und gesagt, er hätte etwas gesehen, weil niemand etwas gesehen hat … ganz einfach. Wir haben den Jungen und Mrs. Angus umsonst da durchgejagt.«

»Chef, vor einer Minute hat ein Radfahrer angerufen … Sagte, er wäre heute Morgen da vorbeigefahren, ohne etwas von der Rekonstruktion zu wissen, hätte erst auf der Arbeit davon gehört.«

Serrailler erinnerte sich an ihn, wie er auf dem Mountainbike vorbeigeflitzt war, den Kopf gegen den Regen gesenkt. »Kommt er?«

»In etwa einer Stunde, kann nicht früher von der Arbeit weg. Er erinnert sich daran, dass er den Jungen an dem Morgen an der Einfahrt hat stehen sehen.«

Zwei Leute im Raum boxten mit der Faust in die Luft.

»Sonst noch was?«
»Bisher nicht.«
»Danke allerseits. Ich weiß, wie frustrierend das ist, aber wir dürfen nicht nachlassen.«
»Chef? Was halten wir wirklich von dem Ganzen?«
»Es kümmert mich nicht, was wir davon halten, sondern was wir tun. Wir verdoppeln unsere Bemühungen, ihn zu finden, Jenny. Eine andere Wahl bleibt uns nicht.«
Serrailler verließ den Raum, und das übliche gedämpfte Gemurmel nach dem Schichtwechsel setzte ein.
»Er weiß, dass der Junge tot ist«, sagte Jenny Humble, »warum zum Teufel hält er damit hinterm Berg?«
Nathan Coates drehte sich zu ihr um. »Wenn das so ist, müssen wir ihn dann nicht trotzdem finden? Denk an die Eltern. Das Schlimmste ist, nicht Bescheid zu wissen und ihn nie zu finden, da kannst du jeden fragen, der mal so was durchgemacht hat, sie werden's dir bestätigen.«
»Mein Dad hat eine Woche lang nichts anderes gemacht, als nach unserem Hund zu suchen. Er hat noch nicht aufgegeben, glaubt nach wie vor, dass er zurückkommen wird.«
»Siehst du? Das Schlimmste ist, es nicht zu wissen.«
Der Raum leerte sich, und die Tür schlug zu.

Simon Serrailler stand am Fenster seines Büros und blickte hinunter auf den Parkplatz. Es war früher Nachmittag und immer noch halbdunkel. Er hatte das Gefühl, ein ganzes Jahrhundert durchlebt zu haben, seit er an diesem Morgen aufgestanden war.
Sein Telefon klingelte.
»Der Chief Constable für Sie, Sir.«
Es geht los, dachte er müde … Warum keine Fortschritte? … Was genau haben Sie …

»Simon?«

»Guten Tag, Ma'am.«

Paula Devenish war einer der wenigen weiblichen Chief Constables, Ende vierzig und Polizeibeamtin, seit sie zwanzig war, hatte die königliche Polizeimedaille und eine Tapferkeitsmedaille verliehen bekommen. Sie war vor achtzehn Monaten hierher versetzt worden und hatte seitdem die Grafschaftspolizei, die Kriminalstatistik, die Moral umgekrempelt. Sie war tüchtig, energisch, erschreckend kenntnisreich über alle Aspekte der Polizeiarbeit und praktisch veranlagt. Außerdem war sie stets ansprechbar und mitfühlend. Simon hielt große Stucke auf sie.

»Wie kommen Sie alle damit zurecht? Ich weiß, wie diese Fälle sind, wenn die Tage vergehen und sich nichts tut … Alle sind frustriert.«

»Genauso ist es … Sie sind gleichzeitig entschlossen und frustriert. Wir tappen immer noch im Dunkeln.«

»Ich plane, am Freitag aufs Revier zu kommen, sorgen Sie bitte dafür, dass sich das rumspricht? Ich will nicht, dass sich die Leute angegriffen fühlen, wenn sie bereits unter so viel Druck stehen.«

»Vielen Dank, Ma'am, das werde ich tun. Das Team kann ein wenig Auftrieb gebrauchen.«

»Den bekommen sie erst, wenn sie den Jungen finden, aber ich werde mein Bestes tun. Und was ist mit Ihnen? Nehmen Sie sich den Tag frei?«

»Ma'am?«

»Ich habe gerade von Ihrer Schwester erfahren.«

Das war eines der Dinge, die dem CC einen so beachtlichen Vorteil verliehen – alles zu wissen, fast bevor es passierte, einschließlich persönlicher Angelegenheiten wie dieser.

»Nehmen Sie ein paar Tage Urlaub ... Sie sind ja telefonisch zu erreichen, wenn Sie gebraucht werden.«

Der Regen hatte für den Moment aufgehört, aber der Himmel war schwer von düster-grauen, jagenden Wolken. Die Autos fuhren mit Licht. Eine Frau, die ein Kind hinter sich herzog, ergriff die Chance und schoss direkt vor Simon über die Straße. Er fluchte und schlug mit der flachen Hand auf die Hupe, erschreckte die Frau und brachte das Kind zum Weinen.

Er nahm den Fuß vom Gas.

Seine Gedanken waren bei Martha. Er wusste, dass das, was passiert war, der stille Tod während des Schlafens, das richtige Ende für ihr hoffnungsloses Leben war ... denn es war hoffnungslos gewesen, er würde sich nicht länger belügen. Es tat ihm nicht um sie leid, sondern um sich selbst. Die Nähe, die er zu ihr gespürt hatte, war abrupt durchtrennt worden, ließ seine Gefühle in der Luft hängen. Jetzt gab es niemanden mehr, auf den er diese Gefühle richten konnte. Ihr Tod hinterließ eine beunruhigende, unglückliche Leere in ihm.

Seine Mutter war in der Küche, stand am Herd, wartete darauf, dass das Wasser kochte, und trug zu seiner Überraschung ihren kastanienbraunen Morgenmantel, die Haare offen, wie sie es sonst niemanden sehen ließ.

Sie drehte sich um, als Simon hereinkam und sie in die Arme nahm. Ohne Make-up und elegante Kleidung sah sie älter aus – auch sanfter. Die glatte Fassade, die sie der Welt stets zeigte, war ihm oft so hart wie Firnis erschienen, aber das hier war die wirkliche Frau, die sich für einen Moment fest an ihn drückte und dann zurücktrat, als der Kessel zu pfeifen begann.

»Ich war bei ihr. Dann bin ich nach Hause gekommen und

wieder ins Bett gegangen, muss ich gestehen. Ich musste alles für eine Weile ausblenden.«
Er hatte nie zuvor erlebt, dass sie so etwas getan hatte. Wie wohl sein Vater mit Marthas Tod umging, den er so lange und lautstark erhofft hatte?
»Ich weine nicht«, sagte Meriel Serrailler, »ich habe alle Tränen, die ich für sie hatte, schon vor Jahren vergossen. Verstehst du das?«
»Ja. Trotzdem ist es ein Schock. Gestern ging es ihr noch gut – oder es schien ihr gutzugehen.«
»Na ja, so war es immer. Sie konnte einem nicht sagen, wie es ihr ging.«
Seine Mutter füllte die Cafetière und stellte sie vor ihn hin.
»Ich fahre zur Ivy Lodge.« Simon griff nach der Milchkanne. »Ich hab mir den Rest des Tages freigenommen.«
»Es wundert mich, dass sie dich entbehren können.«
»Wegen des Angus-Falls? Wir haben nichts.«
»Oh, Liebling, was für schwarze Wolken sich über uns zusammengebraut haben. Ich kann kein Licht dahinter erkennen.«
»Das sieht dir nicht ähnlich.«
»Ich fühle mich auch nicht wie ich. Ich fühle mich, als hätte ich etwas verloren, das ich für eine Bürde hielt, nur um herauszufinden, dass es doch keine war … Nun ja, wann immer man sein eigenes Kind trägt, egal in welchem Sinne, dann ist es eine Bürde, nicht wahr? Doch das habe ich bis heute Morgen nicht begriffen … was sie angeht. Bei euch anderen, ja, aber es war … so kompliziert mit Martha.«
Sie starrte in ihre Tasse. Ihre Haut war von feinen Falten durchzogen. Doch sie ist nach wie vor schön, dachte Simon, ihre hohen, markanten Wangenknochen, die elegante, gerade Nase – schön, herb, ein wenig bedrohlich. Und jetzt, wo sie nicht

nur mit dem Tod ihres jüngsten Kindes fertig werden musste, sondern auch mit dem Aufwallen seltsamer und unerwarteter Gefühle, zum ersten Mal verletzlich.

»Wo ist Vater?«

»Beim Bestattungsunternehmen … all das.«

»Gibt's eine gerichtliche Untersuchung?«

»Nein … warum sollte es?«

»Wird wohl nicht nötig sein.«

»Richard möchte kein großes Theater … nur die kurze Andacht beim Krematorium. Die Asche wird später im Klosterhof beigesetzt, und es wird nur einen kleinen Grabstein geben.«

»Und was möchtest du?«

»Oh, Liebling, ich überlasse es ihm, er braucht das, um damit fertig zu werden – so was kann er am besten.«

»Warum kann sie keinen richtigen Trauergottesdienst bekommen? Würdet ihr das nicht für den Rest von uns tun? Warum ist Martha etwas anderes? Wir könnten eine kleine Familientrauerfeier abhalten – in einer der Seitenkapellen.«

»Simon, ich kann keine Auseinandersetzung darum ertragen. Lass es sein.«

»Ich organisiere das, streite mich mit Vater.«

»Bitte. Tu es nicht. Außerdem, was würde das für einen Unterschied machen?«

Simon leerte die Kaffeekanne in seinen Becher. »Für mich einen sehr großen.«

Seine Mutter saß kerzengerade auf ihrem Stuhl, ohne ihn anzuschauen. So war es immer mit ihr gewesen, dachte er, sie ließ die Dinge laufen, wühlte nichts auf, beschwichtigte seinen Vater, ließ ihm seinen Willen, hielt alles ruhig. Auf diese Weise hatte sie eine lange und unglückliche Ehe mit einem Tyrannen überlebt – und indem sie sich durch ihre Arbeit und, nach ihrer

Pensionierung, durch all ihre Komitees und Kuratorien von ihm distanzierte.

Er wollte nicht, dass Martha nur eine trostlose Kremation bekam, eine Angelegenheit von zehn Minuten, die ganze Sache aus dem Weg geräumt, als schämten sie sich, und er wusste, dass Cat, die einzige aufrechte Gläubige und regelmäßige Kirchgängerin der Familie, sich auf seine Seite stellen würde. Aber Cat war im Moment nicht in der Verfassung, sich ihm in einem Kampf gegen ihren Vater anzuschließen, und Simon fragte sich, ob er das Herz und die Kraft hatte, es allein durchzuziehen, wenn es seine Mutter so sehr quälen würde.

»Ihr Zimmer sah so fröhlich aus«, sagte Meriel jetzt, »mit dem roten Ballon und deinen Blumen.«

»Shirley hatte ihr die Fingernägel lackiert und ihr Schleifen ins Haar gebunden. Sie liebte das.«

Seine Mutter schaute ihn an, ihr Blick verschwommen. »Wie seltsam«, sagte sie langsam. »Wie seltsam das war.«

Ihr Blick wurde scharf, als Richard Serraillers Auto vorfuhr.

»Ist schon gut.« Simon streckte seine Hand aus und bedeckte ihre über den Tisch hinweg.

Sein Vater kam mit forschem Schritt in die Küche. »Das wäre erledigt.«

Meriel stand auf, um frischen Kaffee zu kochen.

Die Morgenpost lag in einem Stapel auf dem Tisch, und Richard Serrailler griff nach dem obersten Brief, las kurz darin, schaute dann zu Simon.

»Warum bist du nicht draußen auf Verbrecherjagd?«, fragte er mit einem kleinen Lächeln.

30

Wenn das Telefon nicht in dem Moment geklingelt hätte und wenn es nicht Chris mit der guten Nachricht gewesen wäre, dann hätte ich ihm ins Gesicht geschlagen.«

»Wie äußerst passend für einen DCI«, sagte Cat zu Simon, schaute dabei aber auf ihren neugeborenen Sohn.

Das Licht der Nachttischlampe hüllte die beiden in einen sanften Kreis ein, wie sie da zusammen in dem hohen Krankenhausbett lagen. »Verdammt, ich wünschte, ich hätte meinen Skizzenblock mitgebracht. Ihr seht hinreißend aus.«

Cat lächelte. »Dazu ist noch genug Zeit ... Wir laufen dir nicht weg.«

»Waren Sam und Hannah schon da?«

»Natürlich. Sam hat die ganze Zeit seine Flugzeugstartgeräusche gemacht, und Hannah strahlte über beide Backen.«

»Genau wie ich.«

Als Chris angerufen hatte, Sekunden nach Richard Serraillers zynischer Bemerkung über die Verbrecherjagd, hatte Simon einen Stimmungsaufschwung verspürt, bei dem ihm erst klar geworden war, wie niedergeschlagen er sich gefühlt hatte.

»Was hat Mutter gesagt?«

»Das Obligatorische ... den Spruch über das Weinen, das den

Abend lang währt ... ›aber des Morgens ist Freude‹ ... Na ja, irgendjemand musste das sagen. Seltsam, wie oft das zutrifft ... ein Tod und dann ein neues Leben.«
»Täglich wieder.« Sanft rieb Cat den Rücken ihres Sohnes und legte ihn an die andere Brust. »An jedem einzelnen Tag.«
»Hat er schon einen Namen?«
»Er hat zwei. Felix Daniel.«
Simon beobachtete, wie sich sein neuer Neffe an Cats Brust schmiegte, mit eifrig arbeitendem Mund und fest geschlossenen Augen, und eine Welle der Gefühle brandete in ihm hoch. Es gab sonst niemanden auf der Welt, vor dem er so offen hätte weinen können, wie er es jetzt tat.
Cat streckte ihre Hand nach ihm aus. Sie glaubte, dass ihr auch die Tränen kommen würden, wenn er gegangen war, aber Simon hatte noch mehr Gefühle in sich angestaut, die seit dem Mord an Freya in ihm brodelten. Marthas Tod und jetzt diese neue Geburt setzten sie in ihm frei, worüber Cat froh war. Aber sie schwieg, ließ nur ihre Hand in seiner ruhen. Jetzt war nicht der Zeitpunkt für die mitfühlenden Worte einer Ärztin.
Einen Augenblick später stand er auf und ging ins Bad. Sie hörte das Wasser laufen. Felix schmiegte sich noch fester an ihre Brust, seine Finger schlossen sich vor Glückseligkeit.
Chris kam zur Tür herein, als Simon aus dem Bad trat, sein blondes Haar feucht und das Gesicht leicht gerötet.
»Okay, ich geh jetzt ... Ich glaube, ich schlafe erst mal eine Runde.«
Simon beugte sich hinunter, küsste seine Schwester und legte die Hand um Felix' feuchten, warmen Kopf. »Gut«, sagte er, berührte Chris kurz am Arm und verließ das Zimmer.
Auf dem Flur blieb er stehen, putzte sich die Nase und wischte sich erneut mit dem Arm über die Augen. Seine Hand zitterte.

31

»Vergessen Sie nicht, Sie sind Polizistin, keine Freundin. Sie stehen auf unserer Seite, nicht auf deren. Verbünden Sie sich nicht mit ihnen.«

Die Warnung war für Situationen wie die augenblickliche nötig gewesen, in der Kate sich zurückhalten, taktvoll und unaufdringlich sein musste und doch alles sehen und hören und weitergeben sollte, was sie von dem Streit zwischen den Eheleuten mitbekam. Eine Verbindungsbeamtin war genau das – die Verbindung zwischen der Familie und der Polizei, keine Beraterin oder eine Schulter, an der man sich ausweinen konnte, keine Freundin der Familie. Das war ein dünnes Seil, auf dem sie da balancierte, und Kate hatte sich bereits dabei ertappt, Marilyns Partei zu ergreifen.

Sie waren in der Küche gewesen und hatten einen Auflauf zubereitet, Kate hatte die Kartoffeln geschält, Marilyn das Hackfleisch gebraten, als die Haustür zuschlug. Es war erst kurz nach sechs gewesen, und Alan Angus war nie vor acht nach Hause gekommen, seit Kate hier war.

Marilyn hatte ihr einen beunruhigten Blick zugeworfen und war rasch in den Flur hinausgegangen, hatte es Kate überlassen, das Fleisch von der Herdplatte zu nehmen.

»Was ist passiert?«, hörte sie Marilyn aufgeregt fragen. »Was ist los?«
»Wieso? Nichts ist los.«
»Haben sie dich angerufen? Hast du irgendwas gehört?«
»Nein. Du bist diejenige mit der Polizei hier, du würdest es als Erste erfahren.«
»Warum kommst du dann so früh? Du kommst sonst nie so früh.«
»Nur eine abgesagte Operation … So was kommt vor.«
»Das gab es noch nie.«
»Todesfälle kommen vor, und dieser Patient ist gestorben. In Ordnung?«
»Alan, ich muss mit dir reden, aber das ist sehr schwer.«
»Warum das denn?«
»Weil du nie hier bist.«
»Jetzt bin ich hier.«
»Du hast dich von mir abgekapselt … und von Lucy auch. Sie merkt das.«
»Was würde es euch denn nützen, wenn ich den ganzen Tag im Haus bliebe? Würde es dabei helfen, ihn zu finden? Würde es dir oder Lucy helfen? Ganz zu schweigen von meinen Patienten.«
»O ja, deine Patienten.«
»Wenn du mich davon überzeugen kannst, dass es besser ist, den ganzen Tag mit dir hier herumzusitzen statt meine Arbeit zu tun, dann bleibe ich gerne.«
Die Stimmen wurden leiser, als Alan Angus die Treppe hinaufging und seine Frau ihm folgte.
Kate schälte die Kartoffeln fertig, schnitt sie auf und gab sie in einen Topf mit Wasser, suchte dann nach einer Möhre. In dem Moment klingelte ihr Handy.

»DC Marshall.«
»Hi, Kate, ich bin's, Nathan.«
»Ist was passiert?«
»Nicht viel … nur, dass sich was aus der Rekonstruktion ergeben hat. Ein Mann hat heute Morgen angerufen. War gerade hier. Ein Fahrradfahrer. Sagte, zuerst hätte nichts geklickt, erst als er zur Arbeit kam, wär's ihm wieder eingefallen.«
»Was denn?«
»Dass er David Angus an der Einfahrt hat stehen sehen, die Schultasche auf dem Boden. Hat die Straße hinaufgeschaut, so um zehn nach acht.«
»Und?«
»Und das war's.«
»Oh.«
»Also ein Augenzeuge … David war eindeutig da.«
»Tja, das wussten wir doch schon.«
»Hätte sein können … Wäre aber auch möglich gewesen, dass wir damit hinters Licht geführt werden sollten.«
»Wieso?«
»Dad hätte zurückkommen können. Sagen können, er würde ihn doch mitnehmen.«
»Na, hör mal. Außerdem hat die Spurensicherung Dads Auto von oben bis unten durchsucht – machen sie doch immer. Das weißt du so gut wie ich – als Erstes die Eltern verdächtigen, versuchen, es ihnen anzuhängen. Da war aber nichts. Hat der Radfahrer sonst noch was gesehen?«
»Nein. Tut mir leid.«
»Na gut. Danke, Nathan.«
Kate fand ein scharfes Messer und eine Zwiebel und begann sie zu schneiden, unter kaltem Wasser, wie ihre Mutter das immer getan hatte, was aber überhaupt nichts nützte, denn die Augen

tränten trotzdem. Also musste sie jetzt den Angus' sagen, dass es etwas Neues gab, aber doch nichts Neues … Nichts, was sie nicht bereits wussten. Wenn der Mann auf dem Fahrrad doch nur eine oder zwei Minuten später gekommen wäre, dann hätte er vielleicht … Aber so durfte man nicht denken. Halt dich an die Fakten, hatte man ihr immer und immer wieder eingebleut, spekuliere nie. Zerstöre nie die Hoffnung, aber bau sie auch nicht auf. Halte dich an das, was du weißt, gib dich keinen Phantasien hin und lass dich nicht in ihre hineinziehen …

Von oben hörte sie die Stimmen der beiden, laut und wütend. Das Zuknallen einer Schranktür. Ein einzelner, gepeinigter Schrei.

Sie trat aus der Küche, als Marilyn herunterkam, die Hände am Kopf, das Gesicht verzerrt von Tränen und Wut.

»Sagen Sie nicht, dass alles in Ordnung ist, denn das ist es nicht … Es wird nie wieder in Ordnung sein. Was ist passiert? Sie haben etwas erfahren …«

Kate führte sie in die Küche.

In ganz Lafferton blickte David Angus' Gesicht von den Plakaten, an Schaufensterscheiben und Fenstern, von Anschlagbrettern in Pubs und Clubs, in der Bücherei, dem Sportzentrum, dem Schwimmbad. Aber nicht nur in Lafferton; inzwischen hing das Plakat im ganzen Land. David Angus, der neunjährige Schuljunge mit dem ernsten Gesicht und den abstehenden Ohren, sah, wenn er hätte sehen können, wie Mütter ihre Kinder enger an sich zogen und Lehrer an Schultoren und Spielplätzen besorgt aufpassten; hörte, wenn er hätte hören können, was alle über »das arme Kind«, »diese armen Eltern« sagten; und schlimmer noch, hörte die Worte »tot« und »ermordet« und am häufigsten das Wort »hoffnungslos«.

Als Simon Serrailler über den blauen Teppich zur Ausgangstür der Entbindungsstation ging, folgten ihm David Angus' Augen vom Anschlagbrett. Simon erkannte, dass seine enorme Müdigkeit teilweise durch Hunger ausgelöst worden war. Er hatte kaum noch etwas in der Speisekammer, und ihm war überhaupt nicht danach, auswärts zu essen, aber der Anblick des Fischladens an der Ecke der March Street munterte ihn auf.
Er kaufte frisch gebratenen Schellfisch und eine Extraportion Pommes frites, ließ es sich doppelt einpacken und fuhr in raschem Tempo nach Hause.
Das Geräusch der Stille beim Öffnen der Haustür war ihm nie einladender erschienen. Er schloss die Fensterläden gegen die feuchte Nacht, schaltete die Lampen an und legte sein Abendessen in den Ofen, bevor er sich ein großes Glas Laphroaig eingoss. Er war kein starker Trinker, besonders nicht allein zu Hause, daher würde ihm das, was er sich eingeschenkt hatte, durchaus genügen, um sich zu entspannen und seiner Müdigkeit und Durchfrorenheit, die mehr emotionaler als physischer Natur waren, die Schärfe zu nehmen.
Er würde essen und trinken, sich Kaffee kochen und lesen – nicht die neue Biographie von Stalin, die er sich gestern gekauft hatte; mit dem Glas in der Hand schaute er sein Bücherregal durch. *Diary of a Nobody, Three Men in a Boat* … aber er wusste, dass er nichts Komisches wollte, und am Ende zog er einen Hornblower-Roman heraus, den er seit ein paar Jahren nicht mehr gelesen hatte.
Bevor er aß, rief er auf dem Revier an. »Ist Nathan noch da?«
»Gerade gegangen, Sir.«
»Hat sich was getan?«
»Leider nicht … Die meisten sind nach Hause gegangen … sind ein bisschen entmutigt.«

»Ich weiß. Wir brauchen alle erst mal richtig Schlaf.«
Außer den Menschen, die ihn am meisten brauchen, dachte er, als er auflegte – die Angus'. Die Verbindungsbeamtin hatte ihm erzählt, dass Marilyn Angus nur schlafen konnte, wenn sie eine der Tabletten nahm, die Chris ihr verschrieben hatte, aber das tat sie nur ungern, falls es etwas Neues gab und sie dafür wach sein musste.
Und David? Schlief er? Oder war er tot?
Ein paar Zeilen schossen Simon durch den Kopf.
Aus der Küche kam der Geruch nach erwärmtem Papier. Er öffnete die Ofentür und wollte den Teller mit dem Fisch und den Pommes frites gerade herausnehmen, als es an der Tür klingelte. Ihm fiel ein, dass Chris gesagt hatte, er käme vielleicht auf dem Nachhauseweg vorbei, daher drückte Simon auf die Sprechanlage.
»Hallo, Chris, komm rauf.«
Er öffnete die Wohnungstür, um seinen Schwager zu begrüßen.
»Hallo ...«
Doch es war nicht Chris Deerborn, der die letzten Stufen zu ihm heraufkam.
»Hallo, Simon. Ich hab die Gelegenheit ergriffen ... Mir ist klar, dass du nicht mich erwartet hast.«

Der letzte Mensch, dachte Simon, der letzte Mensch auf Erden.
»Diana.«
Er stand in der Tür, sah sie an, und sie war eine völlig Fremde, diese hochgewachsene, rothaarige, schlanke Frau, schick, duftend, gut geschminkt. Er kannte sie nicht. Hatte er sie je gekannt? Ja, in einem anderen Leben, als er ein anderer Mensch gewesen war.

»Was machst du hier?«
Er wollte sie nicht hereinlassen. Die Wohnung, sein geheiligter Ort, war für sie tabu. Sie hatte sie noch nie betreten. Sie hatten sich nie in Lafferton getroffen.
»Du bist schwer zu erreichen.«
Er antwortete nicht.
»Wäre es dir lieber, wenn ich sofort wieder verschwinde?«
»Tut mir leid … Natürlich nicht.« Er hielt ihr die Tür auf.
»Wenn ich ungelegen komme …«
Verdammt, ja, du kommst ungelegen – dein Besuch wird mir immer ungelegen kommen.
»Kann ich dir etwas zu trinken anbieten?«
»Das kommt darauf an.«
»Wie bitte?«
»Ich bin mit dem Auto da. Also kommt es darauf an, wie lange ich bleibe, ob ich etwas trinke – oder nicht.«
»Ich wollte gerade Kaffee kochen. Setz dich. Bin gleich wieder da.«
Simon ging in seine makellose Pantryküche, schloss die Tür und lehnte sich dagegen. Verdammt. Verdammt, verdammt.
Er füllte die Kaffeemaschine mit Wasser und öffnete die Tür des Hängeschranks zu heftig. Auf einem Teller vor ihm stand das Paket mit Fisch und Pommes frites und kühlte ab. Er riss es auf, stopfte sich eine Handvoll Pommes und ein Stück Fisch mit Panade in den Mund. Er war völlig ausgehungert. Wut auf Diana, weil sie es gewagt hatte, hier aufzutauchen, formte einen Knoten in seiner Brust. Er hatte sie im Ausland kennengelernt und ein paar Jahre lang eine lockere Beziehung mit ihr gehabt, unbelastet, zumindest seinerseits, von zu vielen Gefühlen. Sie waren ins Theater oder ins Kino gegangen und oft zum Essen. Danach gingen sie für gewöhnlich zusammen ins Bett, in

Simons Hotel oder in Dianas Londoner Haus. Sie hatte ihn immer gebeten, dort bei ihr zu bleiben. Darauf hatte er sich nie eingelassen. Er hatte ihre Gesellschaft genossen … sie war attraktiv, intelligent, gut informiert, zehn Jahre älter als er und Witwe, praktisch veranlagte Besitzerin einer äußerst erfolgreichen Brasseriekette.

Und das war alles. Oder, eher, das war alles für ihn.

Diana hatte ihn im vergangenen Jahr zweimal angerufen, einmal kurz nach dem Mord an Freya Graffham, einmal ein paar Wochen später, hatte aber stets nur seinen Anrufbeantworter erreicht. Er hatte nicht zurückgerufen. Er war davon ausgegangen, dass sie verstand, was sein Schweigen bedeutete, und hatte bisher kaum mehr an sie gedacht.

Es gab keine Ungewissheit, was er tun würde, wenn sie ihren Kaffee ausgetrunken hatte. Er nahm das Tablett und öffnete die Tür.

Sie trug ein cremefarbenes Strickkostüm und Smaragdohrringe, teure Schuhe, und sie kehrte ihm den Rücken zu, während sie eine seiner Zeichnungen an der Wand betrachtete.

»Tut mir leid, ich habe keine Kekse … Leere Speisekammer.«

Sie drehte sich um und sah ihn kühl an. »Das macht nichts, Simon. Wenn ich den Kaffee getrunken habe, gehe ich sowieso.«

Er antwortete nicht, beugte sich nur über die Tassen.

»Hast du mit dem Fall des vermissten Jungen zu tun?«

»Ich leite die Ermittlungen.«

»O Gott. Gibt es irgendwas Neues?«

»Nein. Nimmst du Zucker?«

»Weißt du das nicht mehr?«

Nein, um ehrlich zu sein, und wenn ich es täte, würde ich es nicht zugeben, das sind diese persönlichen Einzelheiten, die ich nicht im Kopf haben will.

»Entschuldige.«
»Ist schon gut. Mir gefällt die Zeichnung.«
Sie nickte zu einem Porträt seiner Mutter, das er vor einiger Zeit gemacht und aufgehängt hatte, um zu prüfen, ob es gut genug für seine nächste Ausstellung war.
»Vielen Dank.«
»Deine Mutter?«
Das hat nichts mit dir zu tun. Meine Familie geht dich nichts an, sie ist ein Teil meines Lebens, zu dem du nie gehören wirst.
Er erinnerte sich, wie rasch Freya sowohl mit seiner Mutter als auch mit Cat Freundschaft geschlossen hatte. Diana hielt ihre Kaffeetasse in der Hand und sah ihn an. Simon hatte sich auf einen Sessel in einiger Entfernung von ihr gesetzt.
»Also gut, Simon, dürfte ich erfahren, was zwischen uns geschehen ist? Ich hab dich zweimal angerufen – du warst nicht zu Hause, aber du hast auch nicht zurückgerufen. Beide Male nicht.«
Er konnte nicht antworten.
»Ich glaube nicht, dass wir im Bösen auseinandergegangen sind, oder? Ich habe mich zu erinnern versucht …«
»Nein, natürlich nicht.«
»Also …«
Er zögerte, wollte Ausflüchte machen, es auf die Arbeit schieben … besann sich dann aber. Das war unfair. Diana verdiente die Wahrheit, oder zumindest eine Version davon. Und sobald er das herausgebracht hatte und die Dinge geklärt waren, würde sie gehen, und es würde keine Möglichkeit für Missverständnisse mehr geben.
»Ich hatte ein ziemlich traumatisches Jahr … Jemand, die mir etwas zu bedeuten begonnen hatte, ist gestorben. Ich weiß nicht, was zwischen uns passiert wäre. Und danach war natürlich nichts mehr möglich. Aber es wäre dir gegenüber nicht fair ge-

wesen, nach London zu kommen und … Mit dir zusammen zu sein, ist etwas, dem ich mich jetzt nicht gewachsen fühle.«

»Meinst du mit ›jetzt‹ ›noch nicht‹?«

Er sah einen Ausdruck in ihrem Gesicht, trotz ihres Bemühens, Distanz zu wahren, einen Ausdruck von Hunger oder Bedürfnis, den er erkannte und bei dem er am liebsten die Fensterläden aufgestoßen und sich aus dem Fenster gestürzt hätte, um davon wegzukommen.

»Nein«, sagte er.

»Aha. Du meinst also, ›überhaupt nicht‹.«

Er schwieg. Diana rührte ihren Kaffee um und trank einen Schluck. Er sah, dass ihre Hand zitterte.

»Ich fand dieses Jahr grauenhaft«, sagte sie. »Ich habe dich vermisst. Deine Besuche. Das Ausgehen mit dir. Das Schlafen mit dir. Ich hatte unglaublich viel zu tun, war ständig von einem Restaurant zum anderen unterwegs.«

»Laufen sie gut?«

»O ja, sie laufen gut und machen mich reich. Das bedeutet mir nicht viel. Es hält mich vom Grübeln ab, mehr nicht.«

»Blödsinn. Du liebst dein Imperium.«

»Ich würde es morgen aufgeben …«

Simon erhob sich. »Ich muss im Revier anrufen«, sagte er.

»Bitte hab wenigstens so viel Anstand, mich nicht anzulügen, Simon. Wenn man dich braucht, würde man dich anrufen. Nicht wahr? Falls du darauf wartest, dass ich gehe, dann sag es.«

»Nein … Trink erst deinen Kaffee aus, natürlich musst du das.«

Diana erhob sich und sah sich langsam im Zimmer um.

»Ich habe mich danach gesehnt, hierherzukommen«, sagte sie leise. »Ich habe mich danach gesehnt, zu sehen, wo du wohnst. Ich hab es mir vorgestellt. Ich wollte in diesem Zimmer sein – dieser Wohnung – mit dir. Es ist perfekt.«

Er stand schweigend da.
Geh. Geh bitte, geh jetzt. Das ist mein Zimmer. Ich mag nicht, wenn jemand hierherkommt, ich will das nicht. Ich will nichts von deinen Gefühlen, deiner Verletztheit, von dir wissen.
Bitte.
»Ich möchte nicht gehen. Siehst du, ich habe keinen Stolz mehr. Zwing mich nicht zum Gehen.«
Die Stille im Zimmer war wie die Sekunden vor einer schrecklichen Explosion oder einem Akt der Gewalttätigkeit, aufgeladen wie ein Hochspannungskabel.
Aber es blieb eine Stille, die nicht von einer Explosion gebrochen wurde.
Diana griff nach ihrem Mantel und zog ihn rasch an, bevor er die Höflichkeitsgeste machen konnte, ihr hineinzuhelfen, nahm ihre Handtasche und verließ das Zimmer. Sie sprach nicht mit Simon, weder dort noch an der Tür, lief die Treppe hinunter, ohne sich umzuschauen. Nach einem Augenblick hörte er das Anlassen eines Autos, das weit unten auf dem Kies wendete und davonschoss.
Das Zimmer kam wieder zur Ruhe, als sei Staub aufgewirbelt worden und fiele jetzt leise herunter, um sich unsichtbar auf die Sessel zu legen, auf denen sie gesessen hatten, das Tablett mit dem Kaffeegeschirr, das Bild, das sie betrachtet hatte.
Simon schloss die Augen. Er roch ihr Parfüm, wusste aber nicht, was es war. Er hatte ihr nie etwas so Persönliches geschenkt, ihr nur Blumen oder eine Flasche Wein mitgebracht.
Erleichterung wärmte ihn. Er ging zum Schrank und goss sich einen zweiten Whisky ein. Sein Essen würde inzwischen ungenießbar sein, und er hatte sonst nichts in der Wohnung. Aber der Appetit war ihm ohnehin vergangen.

32

Wer, zum Teufel, schickt dir denn ein Päckchen?« Michelle warf ihm die braune Schachtel zu, als er in die Küche kam.

Andy fing sie auf und drehte sie zweimal um. Sein Name stand gedruckt auf dem Aufkleber, mit der richtigen Adresse. »CIM-communications.com« lautete der Absender.

»Ich hoff nur, da ist keine verdammte Bombe drin.«

»Red doch keinen Quatsch.«

»Und was ist es dann?«

»Woher soll ich das wissen?«

»Hast du was erwartet?«

Hatte er nicht. Michelle beobachtete ihn genau. »Mach's auf.«

»Ich wollte gerade gehen.«

Aus dem Vorderzimmer dröhnte die Schlussmelodie von *Coronation Street.*

»Ich kann das Geleier nicht ausstehen ... waaw, waaw, waaw ...«

Michelle lief aus der Küche. Drei Sekunden später hatte sich die Melodie in Schüsse verwandelt.

Andy nahm die braune Schachtel und verließ rasch das Haus, bevor sie ihm nachkommen und verlangen konnte, mehr zu erfahren.

Der einzige Ort, wohin er das Ding mitnehmen konnte, war das Ox, und das war voller Menschen für ein Darts-Finale, aber Andy fand einen Platz an der Klotür, holte sich ein kleines Bier und musterte das Päckchen und die Leute um sich herum. Doch diejenigen, die nicht um die Dartscheibe standen, saßen vor dem Fernseher und schauten zu, wie Chelsea ein Tor gegen Arsenal schoss.

Mit der Spitze seines Haustürschlüssels riss er das Päckchen auf. Zwischen dem Verpackungsmaterial lag ein neues Handy. Vorsichtig nahm er es heraus und wog es in der Hand. Es war sehr klein und sehr leicht. Silberfarben. »Cool«, hätte sein Neffe gesagt.

Andy wusste, woher es kam, und es fühlte sich in seiner Hand an wie eine tickende Bombe.

Langsam trank er sein Bier. Die Schachtel enthielt ein Ladegerät, eine Bedienungsanleitung und einen Garantieschein. Sonst nichts.

Von den Zuschauern des Dartspiels hallte ein Begeisterungsschrei herüber.

Er wagte nicht, an der Tastatur herumzufummeln oder herauszufinden, wie das Handy funktionierte. Er wollte es nicht haben. Es anzunehmen, bedeutete eine Verpflichtung gegenüber Lee Carter und seinem Job, und von Tag zu Tag wuchsen Andys Bedenken.

Er dachte ans Gefängnis. Allmählich verstand er, warum ehemalige Insassen versuchten, wieder in den Bau zu kommen. Nicht, dass er das tun würde, niemals. Aber die Welt war schwierig. Die Freiheit war schwierig. Nichts war so, wie er es erwartet hatte, alles war, nachdem sich der Reiz, draußen zu sein, abgenützt hatte, entweder ein Schock oder eine Enttäuschung. Er fühlte sich ziellos und war frustriert. Er wollte, dass

etwas weiterging ... das Leben, vermutlich. War das hier das Leben? In der Dulcie-Siedlung rumzuhängen, Stunden damit zu verbringen, sich in Kneipen wie dieser an einem kleinen Bier festzuhalten, auf engstem Raum mit seinem Neffen zu schlafen, dessen Turnschuhe stanken?
Er packte das Handy wieder ein, trank das Bier aus und schaute hinüber zur Dartscheibe. Langweilig. Andy hatte das alles im Gefängnis gespielt. Darts, Tischtennis, Poolbillard ... Und Darts verdiente den Preis für das Allerlangweiligste von allem. Die Pfeile flogen und trafen die richtigen Segmente der Korkscheibe, zack, zack, zack. Ein weiterer Jubelschrei.
Andy ging hinaus in den Nieselregen, das Päckchen in seiner Innentasche verstaut.

Zwei Tage lang geschah nichts. Als er eine Stunde lang allein im Haus gewesen war, hatte er die Bedienungsanleitung durchgelesen und das Handy aufgeladen, versteckt unter seinem Feldbett. Dort würde es niemand finden. Michelle schien hier oben nie sauberzumachen, bezog nur die Betten von Zeit zu Zeit neu und öffnete für eine Weile das Fenster.
Viel war in der Zeit seiner Abwesenheit passiert, Handys gehörten dazu. Damals hatte es hauptsächlich Funktelefone für Autos gegeben. Jetzt hatte alle Welt Mobiltelefone. Zehnjährige auf Rollschuhen brabbelten da rein. Die Welt hatte einen Ruck nach vorne gemacht und Andy nicht mitgenommen.
Um Viertel vor neun an diesem Morgen kam sein Neffe herunter, hatte das Handy in der Hand und warf es ihm zu. »Du hast eine SMS«, sagte er und verschwand durch die Hintertür.
Andy ging nach oben, schaute in der Bedienungsanleitung nach und öffnete die erste SMS seines Lebens.
Apprentice Rd. 2:30. Silbr Jag XK8. Dnny.

Er las die Nachricht mehrmals durch. Er kannte keinen Danny. Er wusste nur, dass es kaum legal sein konnte, einen Jaguar XK8 in den frühen Morgenstunden in einer schicken Wohnstraße in den Außenbezirken Laffertons abzuholen.
Also würde er nicht hingehen. Ganz einfach. Lee Carter konnte ihm nichts. Er würde wohl kaum um diese Uhrzeit an Michelles Hintertür klopfen und nach ihm fragen, oder? Andy würde einfach nicht hingehen. Total blöde, von Lee einen koscheren Job zu erwarten, selbst für fünf Minuten, auch wenn der behauptete, es wäre jetzt alles anders. Natürlich war es nicht anders. Sah es vielleicht anders aus? Hatten das Haus und der Rasen und die Eckbar und der mit Schnaps vollgestopfte Kühlschrank vielleicht legal ausgesehen?
Er steckte das Handy in die Hosentasche und verließ das Haus. Die Straßen waren leer. Die Kinder waren in der Schule, die meisten Leute bei der Arbeit, und die Arbeitslosen schauten fern, hockten im Pub oder hingen in der Stadt rum. Wie er. Er nahm einen Bus und fuhr zum Rumhängen in die Stadt.
Der Bus brachte ihn bis zum Dino's. Die beschlagenen Fenster und der Name in verschnörkeltem Neon, genauso wie vor zehn oder mehr Jahren, alles aus einer anderen Welt, der alten Welt, einer, in der er sich zu Hause fühlte. Unter dem Neonschild schaute ihn der vermisste Junge von einem Plakat an.
Andy öffnete die Tür zum Café. Fredo stand an der Espressomaschine.
»Andy … Willst du einen Knickerbocker Glory?«
Das waren noch Zeiten gewesen. Andy lachte.
»Espresso, Cappuccino, Mokka, Latte?«
»Tee.«
»Okay, ich geb's auf. Wie geht's dir, Andy? Hast du einen Job?«
Nein. Ja. Er war sich nicht sicher.

»Ich such einen. Kennst du jemand, der eine Gemüsegärtnerei aufmachen will?«
»Nein. Vielleicht kenne ich jemanden, der einen Heckenschnitt braucht. Ich.«
»Ja, ja, schon gut. Danke, Fredo.«
Er nahm seinen Becher mit Tee, zögerte und fügte dann einen Doughnut von dem Glassturz auf dem Tresen hinzu.
Als er sich an einen der Marmortische am Fenster setzte, gab sein Handy ein surrendes Geräusch von sich. Andy schaute sich um. Niemand beachtete ihn. Tja, warum auch?
Andy nahm das Handy aus der Tasche. »Gunton«, sagte er. Stille. Er zögerte, drückte dann auf den grünen, mit Gummi überzogenen Knopf und versuchte es erneut. »Gunton.« Dämliches Ding. Er biss in den Doughnut, und Marmelade spritzte seitlich heraus auf seine Wange.
Eine Viertelstunde später, als er bei seinem zweiten Becher Tee war, surrte das Handy wieder, und als er es diesmal ans Ohr hob, sah er das kleine Briefzeichen auf dem Display. SMS.
Er brauchte fünf Minuten. Er hatte die Anleitung nicht dabei. Alfredo polierte Löffel und beobachtete ihn. Der Junge auf dem Plakat beobachtete ihn. Eine Frau starrte ihn durch das beschlagene Fenster an. Mist.
Am Ende schaffte er es.
Antw.
Himmel.
»Alles in Ordnung, Andy?«
»Ja, ja.«
»Du lässt den Kopf doch nicht hängen, oder?«
»Nee.«
»Weißt du, was du brauchst?«
»Was brauch ich, Fredo?«

Fredo bückte sich unter den Tresen, holte ein kleines Fotomäppchen heraus und reichte es Andy. Drinnen waren zwei Fotos, eins von einem dunkelhaarigen, dunkeläugigen Mädchen mit Goldohrringen, eines von demselben Mädchen in einem weißen Brautkleid, mit Alfredo, bei ihrer Hochzeit.
»Toll«, sagte Andy und gab es ihm zurück. »Ganz toll, Alfredo. Schön für dich. Was macht's?«
»Ein Pfund.«
»Nee, hör mal.«
»Ich kann's dir nicht ganz umsonst geben, Andy, ein Pfund ist okay.«
Für einen Sekundenbruchteil spürte Andy, wie die Wut in ihm hochstieg, so dass er Alfredos Hand voller Löffel fast auf den Tresen geknallt und ihn angebrüllt hätte, er bräuchte keine Almosen. Er schaute seinem alten Schulfreund ins Gesicht. Alfredo schaute zurück, lächelte immer noch.
»Danke, Fredo«, sagte Andy, »aber nächstes Mal zahl ich den vollen Preis, sonst kann ich nicht wiederkommen, und ich möchte wiederkommen.«
»Einverstanden.« Fredo legte die Pfundmünze in die Kasse. »Ich will, dass du wiederkommst.«
Als Andy an der Tür war, rief ihm Fredo nach: »Und wenn du eine Hecke schneiden willst, sagst du Bescheid, ja, Andy?«

Er fand eine Bank auf dem Platz vor dem neuen Einkaufszentrum. Zwei alte Männer sonnten sich. Einer schien zu schlafen. Wie konnten sie das aushalten, tagein, tagaus, nichts zu tun, nur auf Bänken herumzusitzen?
Und, was tat er? Er nahm das Handy heraus. Die SMS war vom Display verschwunden. Er fragte sich, was passieren würde, wenn er einfach nicht antwortete. Er konnte so tun, als hätte er

das Handy nie bekommen, hätte nie eins benutzt und daher keine Ahnung, dass er eine Nachricht bekommen hatte, dass …

Ja, ja.

Er musste dorthin, es ging nicht anders. Er musste das Auto um halb drei Uhr morgens abholen. Wenn er es nicht tat, würde Lee zu ihm kommen, und dann? Er wusste, was dann passierte.

Michelle und eine andere Frau aßen Sandwiches und tranken Cider aus Dosen, als er zurückkam.

»Wo hast du dich denn rumgetrieben?« Sie bot ihm kein Sandwich an.

Die andere Frau hatte einen Nasenstecker und schwarz lackierte Fingernägel.

»War unterwegs.«

»Aber nicht da, wo du hättest sein sollen. Die dämliche Bewährungshelferin hat angerufen.« Michelle wischte sich den Mund ab und griff nach ihren Zigaretten.

Mist. Das hatte er total vergessen, weil die Termine bei ihr Zeitverschwendung waren und die langbeinige Trulla selbst eine Platzverschwendung war. Was hatte ihm das schon gebracht? Einen Job? Eine Wohnung?

»Was hat sie gesagt?«

Michelle zuckte die Schultern. »Ruf sie an und find's raus.«

»Na toll.«

»Und wenn's dir nichts ausmacht, wir haben hier ein Mädelsgespräch.«

Die schwarz Lackierte kicherte.

Das Zimmer roch muffig. Andy öffnete das Fenster weit, stellte zwei Paar Turnschuhe von Matt zum Lüften auf den Fenstersims, setzte sich auf das Feldbett und studierte die Bedienungs-

anleitung des Handys, bis er die Anweisungen zum SMS-Verschicken auswendig konnte.
In der Siedlung war es still und würde es auch bleiben bis halb vier, wenn die Schule aus war und dann bis ein Uhr morgens wieder Tumult herrschte. Es war nicht wie im Gefängnis, sondern schlimmer. Seine Schwester war nicht netter zu ihm als die Schließer, und zumindest hatte er dort ein eigenes Zimmer gehabt. Unter dem Bett seines Neffen konnte er dicke Staubflocken und einen Stapel Pornoheftchen erkennen.
Also, was sollte er antworten? Ihm blieb nur das eine. Er zog das Handy heraus, fand die SMS unter »Nachrichten Eingang« und tippte sorgfältig eine Antwort ein.
Verst.
Er drückte auf »Senden«.

Er schätzte, dass er von Dulcie aus vierzig Minuten brauchen würde, quer über das alte Eisenbahngelände zur Apprentice Road. Er hatte keinen Wecker, und selbst dann hätte er nicht zu riskieren gewagt, Matt aufzuwecken, also ging er schließlich um Mitternacht ins Bett und lag wach, die Hände hinter dem Kopf verschränkt. Er war nicht in Gefahr einzuschlafen, dazu war er zu aufgedreht. Neben ihm schlief sein Neffe geräuschvoll, schniefte, grunzte, redete im Schlaf, wälzte sich von einer Seite auf die andere.
Der Mond schien hell, beleuchtete Andy durchs Fenster und warf silbriges Licht auf die Heavy-Metal- und Harley-Davidson-Poster an der Wand gegenüber. Andy hatte den Mond nie gemocht. Unheimlich und kalt fand er ihn, doch für heute Nacht war das ganz praktisch.
Das Handy steckte in seiner Tasche.
Um eins stand er auf und zog leise die Schuhe an. Matt bewegte

sich und murmelte etwas, aber mehr nicht. Das Haus war still. Pete war bei der Arbeit. Michelle hatte noch mit ein paar Dosen Cider vor dem Fernseher gehockt, als Andy ins Bett gegangen war. Vorsichtig schlich er die Treppe hinunter, machte fast kein Geräusch, nahm seine Jacke vom Haken und schlüpfte hinaus. Das Sicherheitsschloss rastete mit einem lauten Klicken ein. Andy erstarrte. Aber er hätte die Tür auch zuknallen können, und niemand hätte darauf geachtet.

Er ging durch die leeren, mondhellen Straßen und erkannte nach einer Weile, dass das, was er spürte, keine Angst oder böse Vorahnung war, sondern Erregung. Das hatte etwas damit zu tun, um diese Zeit allein hier draußen zu sein, seit so langer Zeit keinerlei Aufregung mehr gehabt zu haben … und mehr. Was er da vorhatte, war nicht legal, aber in welchem Ausmaß, konnte er nicht sagen. Doch es war die Tatsache, dass er wieder eine Arbeit hatte, nachts unterwegs war und sich mit den anderen gegen die schlafende Welt stellte, was diesen Nervenkitzel auslöste. Es fiel ihm schwer, sich das einzugestehen.

Hier und dort brannte Licht in einem Schlafzimmerfenster. Ein Minicab fuhr an ihm vorbei, und er drückte sich instinktiv in die Büsche. Auf dem Ödland bei den Schienen sah er einen Fuchs, der vor ihm davonhuschte, die Rute gesenkt, die Augen schimmernd. Andy mochte den Geruch der Nacht.

Die Apprentice Road war weiter entfernt, als er in Erinnerung hatte. Er erreichte sie erst zwanzig vor drei. Jetzt ging er langsamer, hielt sich dicht an die Hecken. Niemand zu sehen. Keine Lichter. Keine Autos.

Es war eine lange Straße mit edwardianischen Häusern, größtenteils in Wohnungen umgewandelt, und dazwischengequetscht ein oder zwei Doppelhäuser aus den Sechzigerjahren. Dann sah er den Wagen, fast am Ende der Straße. Ein Jaguar,

außerhalb des Lichts der Straßenlaternen geparkt. Nur das Auto. Kein Mensch.
Andy näherte sich vorsichtig. Blieb stehen. Wartete. Strich mit dem Finger über das Handy in seiner Tasche.
Er stand vielleicht vier Minuten da, fast ohne zu atmen. Nichts. Niemand. Er ging zum Jaguar. Der Wagen war leer, aber auf dem Fahrersitz lag eine Straßenkarte. Vorsichtig berührte Andy den Türgriff, bereit wegzurennen, falls der Alarm losgehen sollte, doch nichts geschah. Die Tür war unverschlossen.
Er beugte sich ins Auto und schob die Karte zur Seite. Darunter lagen die Schlüssel. Als er sie nehmen wollte, summte sein Handy, erschreckte ihn, klang laut wie eine Sirene in der schlafenden Straße. Er zog es heraus. Das Display leuchtete seltsam grün.
Flugpl. 4 Meil n. Dunstn, Hangar 5.
Andy sah sich um. Kein Licht, kein Geräusch, aber jemand war da draußen, jemand hatte genau gewusst, wann er in den Jaguar stieg. Er spürte, wie sich Schweiß um seinen Kragen bildete. Er wartete. Nichts. Keine weitere Nachricht.
Er kannte den Flugplatz. Als Kinder hatten sie da herumgelungert. Er hatte geglaubt, dort sei längst alles bebaut.
Er setzte sich zurecht und stellte den Sitz ein. Im Auto roch es wunderbar, nach kaltem Leder. Als er den Schlüssel ins Zündschloss steckte, leuchtete das Armaturenbrett in einem tiefen, beruhigenden Blau auf. Der Schalthebel war mit Leder bezogen und kurz, passte genau in Andys Handfläche. Er ließ den Motor an. Seit fünf Jahren hatte er kein Auto gefahren, aber es kam ihm wie fünf Minuten vor, und das Schnurren des Motors erregte ihn. Ein Jaguar war etwas Besonderes. Das Innere war makellos. Das Auto war erst dreitausend Meilen gefahren. Er löste die Handbremse und fuhr langsam und leise, ohne die Scheinwerfer einzuschalten, zum Ende der Straße. Wunderbar.

Die Hauptstraße lag verlassen da. Andy machte die Scheinwerfer an und schloss den Sicherheitsgurt. Drei Meilen, dann auf die Umgehungsstraße, die zweite links und weiter auf der gewundenen Landstraße zum Flugplatz. Sein Herz klopfte. Er gab Gas, und der Jaguar schoss vorwärts.
Auf der Hauptstraße begegnete er ein paar Lastern, aber die Umgehungsstraße war leer, und nachdem er abgebogen war, sah er nur noch eine Eule und ein Stück weiter ein Kaninchen in seinem Scheinwerferlicht auftauchen. Dann hatte er die mit Schlaglöchern übersäte Fahrspur zum Flugplatz erreicht. Hier schien sich nicht viel verändert zu haben. Er verlangsamte das Tempo. Nichts. Keine Fahrzeuge, kein Licht, niemand.
Am entfernten Ende standen immer noch die Wellblechhütten mit den gewölbten Dächern. Andy fuhr langsam daran vorbei, wendete und fuhr zurück über das offene Gelände; dabei surrte wieder sein Handy. Dämliches Ding, wie ein körperloser Wächter.
Er hielt an und nahm das Handy vom Beifahrersitz.
Leg Autoschl untr Karte
Er fuhr neben den zweiten Hangar, Nummer 5, machte die Scheinwerfer und den Motor aus und wartete. Wartete eine Viertelstunde lang. Niemand kam. Alles war dunkel und still. Er stieg aus und hielt die Tür des Jaguars auf. Er sollte das Auto also hier stehenlassen. Und dann? Zu Fuß nach Hause gehen?
Ja, zu Fuß.
Verdammte Scheiße.
Er schob die Schlüssel unter die Straßenkarte, knallte die Tür zu und marschierte in die Dunkelheit. Zum Teufel, er dachte nicht daran, das noch einmal für Lee Carter oder sonst wen zu tun. Er würde sich ja die Sohlen durchlatschen.
Nachdem er eine Meile auf der Straße gegangen war, hörte er

ein Auto auf sich zukommen. Eine Sekunde lang war er von den Scheinwerfern geblendet.
»Steig ein.«
Ein alter Landrover. Andy kannte die Stimme nicht, kannte den Mann nicht. Er hievte sich auf den Sitz, der mit einem Sack bedeckt war und nach Dung roch.
»Ich lass dich an der Ecke der Barton Road raus.«
»Wer bist du?«
»Ian.«
»Ian wer?«
»Ian.«
Nach dem Jaguar hatte er das Gefühl, in einem Panzer zu fahren. Andy meinte, jeden einzelnen Stein auf der Straße zu spüren. Er schaute zum Fahrer, der einen Anglerhut trug. Vielleicht um die dreißig, fünfunddreißig.
»Arbeitest du regelmäßig für Lee?«, fragte er.
»Barton Road.«
»Gut, Barton Road, Mr. Schweigsam.«
Ian grunzte. »Willst du ein Toffee? Da, direkt vor dir.«
»Nein, danke.«
»Dann nicht.«
»Wo bist du hergekommen?«
»Aus der Nähe.«
»Entschuldige, dass ich gefragt habe.«
Den Rest des Weges fuhren sie schweigend, obwohl das Schweigen nicht feindselig wirkte. Als Andy ausstieg, nahm er eins von den Toffees und steckte es sich in den Mund.
»Danke. Dachte, ich müsste den ganzen Weg zu Fuß gehen.«
Ian lachte. Das Geräusch des Dieselmotors schien in der gesamten Siedlung widerzuhallen. Andy sah dem Landrover nach, bis die Rücklichter verschwunden waren, bevor er nach Dulcie

hineinging. Es war fünf vor vier. Der Mond war hinter einer Wolke verschwunden, aber die Straßen wurden von dem hellen Orange der Laternen erleuchtet.

Er fühlte sich ausgepumpt und seltsam enttäuscht. Es war nicht genug passiert. Er hatte ein Auto gefahren und war mit einem anderen zurückgebracht worden. Koscher oder nicht, das einzig Anständige daran war der Jaguar gewesen. Geld war zu keinem Zeitpunkt erwähnt worden.

Morgen würde er Lee Carter anrufen und ihm sagen, dass er das nicht mehr machen konnte.

33

Chief Constable Paula Devenish saß vor Simons Schreibtisch.

»Schön, Sie wiederzusehen, Simon. Weisen Sie mich kurz ein, und dann gehe ich und rede mit allen.«

»Soll sich das Team in einer halben Stunde im Besprechungsraum versammeln, Ma'am?«

»Nein, nein. Dann denken die Leute, ich wollte ihnen eine Standpauke halten. Ich werde nur ein paar Worte sagen und danach mit ihnen einzeln sprechen, während ich durch das Dezernatsbüro gehe.«

»Das werden sie zu schätzen wissen.«

»Wie ist die Stimmung?«

»Etwas gedrückt. Sie brauchen frische Energie … Darum ist es gut, dass Sie hier sind.«

»Das Einzige, was ihnen wirklich frische Energie geben wird, wäre ein Durchbruch, und der ist bislang ausgeblieben. Die Beamten haben nichts, worin sie sich verbeißen können.«

»Ich lasse Ihnen einen Kaffee bringen. Haben Sie schon die Köstlichkeiten von unserem Zyprer um die Ecke probiert?«

»Klingt gut. Ich möchte aber die Kantine nicht kränken.«

»Die sind das gewöhnt. Cappuccino?«

Simon griff zum Telefon. »Nathan? Könnten Sie jemand zum Zyprer schicken und einen Cappuccino für den Chief und einen doppelten Espresso für mich holen lassen? Ja, ich dachte mir schon, dass Sie das selbst machen würden. Danke.«

»Nathan Coates?«

»Genau der.«

»Wie macht er sich?«

»Ich bin begeistert von ihm. Er ist eifrig wie ein Terrier, er kennt Lafferton so gut wie seine Westentasche, vor allem die Sozialbausiedlungen, er hat ein gutes Urteilsvermögen ... arbeitet rund um die Uhr am Angus-Fall. Ich musste ihn schon zweimal nach Hause schicken, damit er etwas Schlaf bekam.«

»Um ihn muss man sich also keine Sorgen machen.«

»Er ist ein bisschen stimmungsabhängig ... obenauf, wenn etwas gut läuft, springt herum wie ein Welpe, lässt sich aber auch leicht herunterziehen. Der Fall macht ihn wütend.«

»Er ist jung. Wie ist die Rekonstruktion gelaufen?«

Simon stöhnte und erzählte es ihr.

Paula Devenish hörte mitfühlend und mit ihrer üblichen Aufmerksamkeit zu. Das gehörte zu den Dingen, die er an ihr bewunderte. Man hatte nie das Gefühl, dass sie mit den Gedanken anderswo war oder einen zu drängen versuchte. Sie fragte, sie hörte zu, sie überlegte, sie entschied. Er erinnerte sich, von Chris Deerborn einmal gehört zu haben, dass die besten Chirurgen diejenigen waren, die eine Entscheidung über das trafen, was sie machen wollten, und dann nie mehr zurückblickten.

»Wie geht es den Eltern?«

»Kate Marshall ist die Verbindungsbeamtin. Sie sagt, der Vater sei kaum da – vergräbt sich in der Arbeit. Seine Frau steht kurz vor dem Zusammenbruch.«

»Ist die Spurensicherung fertig mit dem Haus?«
»Ja. Nichts. Und jetzt wissen wir mit Sicherheit, dass der Junge um zehn nach acht vor dem Haus gewartet hat. Er wurde definitiv gesehen.«
»Also, wo stehen wir, Simon?«
»Die Suchmannschaften haben absolut nichts gefunden. Das Vorstrafenregister jedes bekannten Pädophilen in zehn Meilen Umkreis von Lafferton ist erneut durchkämmt worden. Bisher nichts … Herein.«
»Kaffee … Ma'am … Chef.«
Paula Devenish stand auf. »Guten Morgen, Nathan. Das war aber nett von Ihnen, ihn selbst zu holen.«
»Ich verpass keine Chance, Ma'am. Nur den Kuchenstand hat meine Frau mir verboten.« Nathan stellte die Plastikbecher auf den Schreibtisch, nachdem er sorgfältig eine Papierserviette unter jeden gelegt hatte. Er zwinkerte Simon zu und verschwand.
»Was haben Sie mit dem Pädophilen gemacht, der belästigt wurde?«
»Ihn in einem sicheren Haus untergebracht. Die Sache ist da oben etwas aus dem Ruder gelaufen. Das Fernsehen hat Wind davon bekommen, was natürlich noch mehr Menschen angezogen hat.«
»Der Fall wird Narben hinterlassen, die nie richtig verheilen werden, Simon. Ebenso wie der Mord an Freya Graffham.«
»Ich weiß.«
»Und wie geht es Ihnen?« Paula Devenish musterte ihn.
»Mir geht's gut. Ich halte mich an die Ratschläge, die für alle gelten, genug Schlaf zu bekommen und vernünftig zu essen.«
»Gut. Aber das habe ich nicht gemeint. Haben Sie über Ihre berufliche Zukunft nachgedacht?«
»Ma'am?«

»Es gibt ein paar verlockende Angebote … Sonderaufgaben, schnelle Eingreiftruppen, ein Pädophiliedezernat mit Hauptquartier drüben in Calverton, aber zuständig für die gesamte östliche Region.«
»Absolut nicht.«
»Koordinator für Drogenfahndung?«
Simon lachte. »Wollen Sie mich fertigmachen?«
»Na gut, aber ich möchte jemanden mit Ihrem Ehrgeiz und Talent nicht an eine andere Einheit verlieren.«

Das Dezernatsbüro war voll. Köpfe beugten sich über Computer, Ohren klebten an Telefonhörern. Ein Summen hing über dem Raum, als ob sehr viel passierte, was in gewissem Sinne auch der Fall war, aber der DCI wusste, dass der Anschein zielgerichteten Arbeitseifers größtenteils Illusion war. Die Beamten arbeiteten an weit Hergeholtem, verfolgten dünne Hinweise und hoffnungslose Intuitionen. Es wurde viel auf Computern herumgehackt, Dateien und Akten durchgesehen … Und es herrschte eine seltsam tote Atmosphäre, trotz des Lärms.
Als der Chief Constable hereinkam, wurde es still. Hörer wurden aufgelegt, Hände verharrten über Tastaturen. Anspannung erfasste den Raum.
Paula spürte es sofort. »Ich sag ein paar Worte«, meinte sie leise zu Simon und ging ans andere Ende des Büros, wo die ganze Wand für den Angus-Fall reserviert war. In der Mitte hing das Plakat, auf doppeltes Format vergrößert. David Angus' Gesicht schaute sie alle an.
Paula Devenish war nicht groß oder körperlich anziehend. Sie hatte kurze braune Haare und sanfte Züge, und obwohl sie durchtrainiert und aktiv war, wirkte sie eher mollig als schlank. Aber sie besaß eine Präsenz, die ihr Autorität verlieh. Sie hatte

eine leise, gewöhnliche Stimme, doch jeder hörte ihr zu, sie hatte eine ruhige Art, die sofortigen Respekt einflößte. Jetzt stand sie vor der weißen Tafel, etwas seitlich von dem Plakat, und alle warteten still.

»Guten Morgen Ihnen allen … Ich möchte Ihnen sagen, dass ich vollkommen verstehe, wie frustriert und demoralisiert Sie sich im Moment fühlen … was ich Ihnen nicht einen Augenblick lang vorwerfe. Das ist ganz natürlich. Sie müssen geglaubt haben, was wir alle hofften, dass bei einem so hochrangigen Fall, einer so stark motivierten Mannschaft und so vielen Zusatzkräften für die Ermittlung innerhalb von vierundzwanzig Stunden David wohlbehalten wiedergefunden würde. Jetzt haben Sie das Gefühl, im Dunkeln zu tappen. Auch das ist verständlich. Aber ich möchte nicht, dass nur ein Einziger von Ihnen das Gefühl hat, nicht hundertprozentig von mir, von allen im Präsidium und in der Tat von sämtlichen Polizeikräften des Landes unterstützt zu werden. Es ist ein Fall, der in den Medien sehr hochgehängt wird. Das setzt Sie zusätzlichem Druck aus, ich weiß, aber Sie müssen versuchen, diese Dinge beiseitezuschieben und konzentriert zu bleiben. Bitte denken Sie daran, dass alle hinter Ihnen stehen. Und wenn Sie an einem langen, trübsinnigen Tag nichts anderes gemacht haben, als Computerdateien zu durchforschen oder in alten Akten zu wühlen, vergessen Sie nicht: Es könnte irgendein Informationsschnipsel von so einem Tag sein, der uns den entscheidenden Hinweis gibt. Es mag Ihnen so vorkommen, als hätten die Leute, die mit Schleppnetzen den Fluss und den Kanal absuchen, in jeden Graben und hinter jede Hecke schauen, eine interessantere Aufgabe, aber das ist nicht der Fall. Es ist eine monotone, zermürbende Arbeit. Sie muss getan werden, mehr nicht, genau wie die detaillierten Recherchen, die hier durchgeführt wurden. Ich bin hergekommen, um Sie zu ermutigen und Ihnen zu sagen, falls jemand von Ihnen eine Pause braucht, einen Tag Urlaub, was auch immer, sprechen Sie mit dem DCI und nehmen Sie den Tag frei. Gehen Sie an die frische Luft, machen Sie etwas anderes, und Sie werden mit neuer Kraft zurückkommen. Sonst stumpfen Sie ab, und man wird Sie natürlich sofort benachrichtigen, wenn sich etwas Neues ergibt. Sitzen Sie nicht stundenlang vor dem Bildschirm, machen Sie einen Spaziergang, und Sie werden sich nicht nur besserfühlen, sondern den Fall vielleicht plötzlich aus einem anderen Blickwinkel sehen – und auch das könnte zu dem Durchbruch führen, den wir brauchen. Gut, ich danke Ihnen allen ... Was Sie hier tun, wird sehr, sehr geschätzt. Jetzt werde ich noch ein bisschen herumlaufen und mich näher informieren, wenn ich darf – Sie können mir dabei berichten, was Sie im Einzelnen machen.«

Sie trat zur Seite und wandte sich leise an Simon. »Sie brauchen nicht dazubleiben, es ist besser, wenn ich mich ein wenig unter die Leute mische. Ich komme noch mal bei Ihnen vorbei, bevor ich gehe.«

Er schickte sich an, den Raum zu verlassen. Paula Devenish sprach bereits mit Nathan, ging mit ihm an der weißen Tafel die markierten Anweisungen für den Tag durch. Die Beamten machten sich wieder an die Arbeit, und Simon fiel auf, dass sie konzentrierter wirkten; sie saßen aufrecht auf ihren Stühlen, nicht zusammengesackt, jemand hatte ein Fenster geöffnet, die Telefone klingelten und wurden forsch beantwortet. Paula Devenish hatte die Stimmung der Beamten gehoben und mit ein paar Worten ihren Enthusiasmus wiederbelebt. Das war die Energiespritze, die sie alle gebraucht hatten.

Simon kehrte in sein Büro zurück und verspürte selbst frische Energie. Er zog ein Blatt Papier heraus, bat darum, ihn nur in dringenden Fällen zu stören, und ging den Fall noch einmal von Anfang an durch, erstellte ein Fließdiagramm von dem Zeitpunkt an, als der Junge am Abend vor seinem Verschwinden ins Bett gegangen war, und füllte zusätzlich eine Liste mit Notizen, wie sie ihm in den Kopf kamen. Er arbeitete schnell, seine Vorstellungskraft wach, er sah den Jungen vor seinem inneren Auge, folgte ihm und betrachtete den Fall dann aus dem Blickwinkel eines anderen … des Entführers.

Vierzig Minuten vergingen, bevor Paula Devenish zurückkam. Bis dahin hatte er drei Seiten mit sorgfältigen Notizen gefüllt.

»Simon, ich muss zurück ins Präsidium, aber ich bin jetzt voll informiert, was die Einzelnen tun. Ich bin beeindruckt. Das ist eine effiziente und gut koordinierte Ermittlung.«

»Vielen Dank.«

»Die Leute waren ein bisschen entmutigt, aber so ist es immer. Das ist ein gutes Team. Und vergessen Sie nicht, was ich über Ihre Karriere gesagt habe. Ich könnte Ihren Kopf bei etwas gebrauchen, was ich über die nächsten Jahre aufbauen möchte. Machen Sie es sich hier nicht zu gemütlich, Simon.«

Er brachte sie hinunter und sah ihrem Auto nach, als sie davonfuhr.

Machte er es sich zu gemütlich? Das Gefühl hatte er nie gehabt, aber wenn es so war, was sprach dagegen? Es gefiel ihm hier. Er fragte sich, wie viel Ehrgeiz noch in ihm war. Zwei Frauen hatten ihn innerhalb der letzten paar Tage aus dem Gleichgewicht gebracht.

Er hatte nichts dagegen, dass ihn der Chief Constable nach seiner Zukunft befragte – Paula Devenish wollte nur sein Bestes, und er wusste auch, dass sie eine hohe Meinung von ihm hatte, deren Wert er nicht unterschätzen würde. Diana war etwas anderes. An sie wollte er überhaupt nicht denken.

Ein paar Minuten blieb er noch im kalten Wind stehen, dann ging er zurück, eilte, zwei Stufen auf einmal nehmend, die Treppe hinauf und rief Nathan Coates zu sich, sobald er in seinem Büro war. Sie mussten etwas unternehmen. Wenn David Angus tot war, dann würde sein Entführer und Mörder sich jetzt darauf vorbereiten, das nächste Kind zu holen.

34

Ich weiß es einfach nicht«, sagte Meriel, »dazu brauche ich Sie. Wählen Sie das Richtige aus und pflanzen Sie es an die richtige Stelle … Sie machen das doch so gut.«

Karin stand neben ihr. In den zwei Jahren, seit sie Meriels Garten neu entworfen und angelegt hatte, war alles gut gediehen und sah nicht mehr so kahl und frisch bepflanzt aus. Büsche wurden dichter, Knollen waren aufgegangen, so dass die kleinen Beete zu beiden Seiten der Stufen, die zur Terrasse hinaufführten, voll blauer Iris und kleiner Narzissen waren. Im Juni würden auch die Pflanzen auf den breiten Umrandungen am anderen Ende blühen und die Kletterrosen voller sein.

Meriel hatte Karin zum Lunch hergebeten.

Es war der Tag nach Marthas trauriger kleiner Trauerfeier in der Kapelle des Krematoriums, bei der es kalt und grau gewesen war. Heute schien die Sonne. Meriel wollte einen Baum zu Marthas Gedenken pflanzen, schien aber weder zu wissen, welche Baumart, noch, wo er stehen sollte. Sie starrte nur unbestimmt in den Garten.

Sie sieht abgespannt aus, dachte Karin, auf einen Schlag alt geworden. Sogar gebrechlich. Auch in Meriels Augen lag etwas, ein gequälter Blick, den Karin nie zuvor bemerkt hatte.

»Sie halten es also für richtig, das zu machen?« Jetzt drehte sie sich um, brauchte Bestätigung und Vergewisserung.
»Natürlich, es ist absolut passend. Wie wäre es mit einer winterblühenden Kirsche? Die hat diese zarten rosa Blüten an kahlen Ästen, wenn sonst fast nichts blüht, und oft blüht sie sogar zweimal, im November und noch mal Ende Januar. Sie ist leicht zu pflegen, sieht wunderbar aus im Schnee und gibt während des Sommers einen hübsch gesprenkelten Schatten.«
»Ich wusste, Ihnen würde genau das Richtige einfallen. Aber wo?«
»An einer Stelle, wo Sie ihn sehen können ... Wo er sich von allem anderen abhebt ...«
»Dort?« Meriel deutete vage in eine Richtung. »Ach nein, suchen Sie es aus, entscheiden Sie das.«
»Es ist Ihr Garten«, sagte Karin sanft, »sie war Ihre Tochter. Diese Entscheidung kann ich Ihnen nicht einfach abnehmen.«
»Ich werde es nur falsch machen.«
»Natürlich nicht.« Karin trat von der Terrasse auf den Rasen und schaute sich um. Die Sonne verbreitete keine Wärme. Zum Glück hatte sie sich ihren Schal zweimal um den Hals geschlungen. Meriel stand etwas oberhalb, groß und mit geradem Rücken, die langen Beine in schwarzen Jeans. Wie viele Frauen in ihrem Alter können es sich noch erlauben, mit solcher Selbstverständlichkeit Jeans zu tragen?, dachte Karin.
»Wie wäre es dort ... in der Mitte vom seitlichen Rasen, vor dem dunklen Hintergrund? Da können Sie ihn von der Küche aus sehen, vom Wohnzimmer und von Ihrem Schlafzimmer. An der Stelle würde er auch später nicht zu groß wirken.«
»Ja. Vielen Dank.« Meriel schien erpicht darauf, die Entscheidung hinter sich zu bringen, den Baum ausgesucht, gekauft, gepflanzt zu haben und sich dann anderem zuzuwenden.

Karin war verwirrt. Sie hatte keine Ahnung, was Meriel über Marthas Leben gedacht hatte und was sie wegen ihres wenige Tage zurückliegenden Todes empfand. Gestern im Krematorium waren Meriels Augen trocken geblieben, sie hatte sich ein bisschen steif bewegt, hatte einmal kurz Simons Arm berührt, bevor sie schnell zu den wartenden Autos ging. Sie war ernst gewesen. Mehr nicht.

Richard Serrailler hatte geweint, diskret, aber eine ganze Weile, er hatte am Sarg seiner verstorbenen Tochter ein Gedicht vorgelesen und es kaum beenden können. Danach hatte er sich den anderen nicht angeschlossen oder die Blumen betrachtet, sondern war rasch in den Garten auf der anderen Seite der Kapelle gegangen. Chris Deerborn hatte hinter ihm hergehen wollen, aber Simon hatte den Kopf geschüttelt.

Es waren nur wenige dort gewesen – drei vom Personal der Ivy Lodge, Karin, Chris war alleine gekommen, da Cat gerade erst mit dem Baby nach Hause gekommen war. Karin hatte immer wieder zu Meriel geschaut. Irgendetwas war mit ihr passiert. Bis dahin war sie eine Frau in mittleren Jahren gewesen, und jetzt hatte sie plötzlich das erste Stadium des Altseins erreicht.

»Kommen Sie herein, der Wind ist zu kalt, um hier draußen zu stehen. Ich möchte mit Ihnen über die Hospizausstellung reden.«

Karin folgte ihr. Aus dem Arbeitszimmer am Ende des Flurs hörte sie das leise Klicken einer Tastatur. Richard Serrailler verfasste nach wie vor Beiträge für medizinische Fachzeitschriften und war Mitherausgeber eines Online-Journals für Augenheilkunde.

Meriel legte einen frischen Filter in die Kaffeemaschine und hängte einen Beutel Pfefferminztee in einen Becher für Karin, die ihre Antikrebsdiät immer noch strikt einhielt. Karin saß am

Küchentisch und betrachtete die Pläne für die Hospizerweiterung.

»Leiden Sie darunter«, fragte Meriel abrupt, als sie die Becher abstellte, »keine Kinder zu haben?«

Karin war sprachlos. Seit Mike sie verlassen hatte, war sie in ihren Gefühlen hin und her gerissen; einerseits war sie dankbar dafür, dass es ihnen trotz jahrelanger Versuche, Kinder zu bekommen, doch nicht gelungen war – denn diese Kinder würden jetzt durch sein Verhalten leiden müssen. Dann wieder glaubte sie, Kinder hätten vielleicht dazu geführt, dass Mike nie diese Frau in New York kennengelernt hätte, nie fortgegangen wäre.

»Ja und nein … Momentan wohl eher nein als ja. Aber wenn ich Cat und den kleinen Felix besuche, wird es wahrscheinlich ein sehr starkes Ja sein.«

»Das ist das Schwerste. Ein Kind zu verlieren, ein Kind sterben zu sehen, bevor man selbst stirbt. Es ist verkehrt herum, und man fühlt sich schuldig. Man hat versagt, verstehen Sie. Ich hatte keine Ahnung, dass ich so wegen Martha empfinden würde … Vielleicht fühle ich es stärker, als es bei einem der anderen gewesen wäre … Sie war so verletzlich. Sie war unschuldig und hilflos und verletzlich.«

Meriel trank von ihrem Kaffee. Karin bemerkte die bleichen Flecken unter Meriels Augen, als hätte da jemand Daumenabdrücke hinterlassen.

»Der medizinische Fortschritt bedeutet, dass wir alle den Tod so viel weniger hinnehmen wollen. Und wir müssen ihn hinnehmen. Wir alle.«

»Ich glaube nicht, dass ich ihn hinnehme, sonst hätte ich das letzte Jahr über nicht so hart dagegen angekämpft.«

»Nein. Aber Sie wären vor Ihrer Zeit gestorben. Und Martha?

Wann war *ihre* Zeit zu sterben? Vermutlich bei der Geburt. Vor der Geburt. Die Menschen beklagen Fehlgeburten, allerdings sind sie fast immer das Richtige. Fast immer.« Sie starrte in die Küche, nicht aus dem Fenster, sondern nur ins Leere.

Karin zog die Pläne zu sich heran. »Wann soll ich am Samstag dort sein?« Sie wollte die Atmosphäre durchbrechen, wollte die normale Meriel zurück, voller Energie, die alles organisierte, regelte und in die Hand nahm, nicht diese traurige, geschlagene Frau. Karin fühlte sich wie ein Kind, dessen scheinbar unbesiegbare Mutter plötzlich Schwäche zeigt.

»Ja.« Meriel sah unbestimmt auf die Pläne vor ihr. »Also, wir öffnen um zehn. Das Modell muss aufgebaut werden und die Schautafeln … Leider können wir nicht schon am Abend davor in den Saal, er wird gebraucht.«

»Um halb neun?«

»Ginge das?«

»Ja, kein Problem, ich stehe ziemlich früh auf. Haben Sie Leute für Kuchen und Getränke, oder soll ich Ihnen auch dabei helfen?«

Eine Tür öffnete und schloss sich, und im Flur waren Schritte zu hören.

»Nein, um Gottes willen, es gibt genug Kuchenbäcker und Kaffeeausschenker … Nein, ich brauche Sie an meiner Seite. Wir müssen mit jedem reden, der hereinkommt, sie davon überzeugen, wie dringend diese Erweiterung für die Tagesbetreuung gebraucht wird. Mein Ziel ist, am Ende des Samstags genügend Zusagen und Interessenten beisammenzuhaben, um sicher zu sein, dass wir mit der Umsetzung der Pläne beginnen können. Gott weiß, dass es genügend Geld in Lafferton gibt, wir müssen nur danach graben. Haben Sie das Modell schon gesehen? Ich finde immer, Pläne und Zeichnungen geben keinen richtigen

Eindruck eines Gebäudes, aber ein Modell lässt es lebendig werden.« Sie beugte sich über den Tisch. »Karin, es ist so wichtig … Wir müssen dafür sorgen, dass es klappt!«
Das war wieder die alte Meriel Serrailler, enthusiastisch und entschlossen, mit leuchtenden Augen. Karin entspannte sich. Die Ordnung der Dinge war wiederhergestellt.
Die Tür öffnete sich, und Richard Serrailler stakte in die Küche. »Der Kaffee noch heiß?«
»Ich hab ihn vor fünf Minuten gemacht.«
»Gut.« Er öffnete den Schrank, nahm eine Tasse und eine Untertasse heraus. Dann, als er sich Kaffee einschenken wollte, wandte er sich an Karin. »Es war sehr freundlich von Ihnen, gestern zu kommen. Wir wissen das sehr zu schätzen.«
Karin stammelte eine Antwort. Richard Serrailler hatte kaum je mit ihr gesprochen, und niemals, ohne kurz angebunden zu sein. Wie seltsam es war, dass der Tod nicht nur Menschen erschütterte, sondern auch so verändern konnte, dass man sie nicht mehr zu kennen meinte. Selbst der Tod dieser Kindfrau, von niemandem wirklich gekannt, hatte die Dinge verändert, hatte Meriel genug getroffen, um sie altern zu lassen und ihre Verletzlichkeit zu enthüllen, und hatte die schroffe Art ihres Mannes so abgemildert, dass er sich für Karins Anwesenheit bei der Kremation mit echter Dankbarkeit erkenntlich zeigte, wie formell er es auch ausgedrückt hatte.
»Ich war froh, dass ich dort sein konnte«, sagte sie.
Er nickte und ging ohne weitere Bemerkung hinaus.
»Das Modell muss so aufgestellt werden, dass die Leute es als Erstes sehen und direkt darauf zugehen«, fuhr Meriel fort.
Es war, als wäre ihr Mann nie im Raum gewesen.

35

Sam Deerborn stand auf der Terrasse des Bauernhauses, seine kleine Gestalt von der Deckenlampe erleuchtet, als Simon vorfuhr. Nachdem er die Autotür geöffnet hatte, kam sein Neffe zu ihm gerannt und stellte sich ihm in den Weg.

»Habt ihr David Angus schon gefunden?«

Simon blickte in das ernste Gesicht des kleinen Jungen mit dem seltsam hochstehenden Haar und den Augen seiner Mutter.

»Ihr habt ihn noch nicht gefunden, stimmt's? Strengt ihr euch auch genug an? Viele in der Schule sagen, ihr sucht nicht ordentlich. Viele Jungs in der Schule sagen, er ist tot, aber das glaube ich nicht, ich glaube, eine Bande hat ihn irgendwo, in einem Speicher oder einer Höhle, und sie werden Geld verlangen, bevor sie ihn gehen lassen. Das nennt man Lösegeldforderung.«

»Stimmt. Aber wieso glaubst du, dass das mit David passiert ist?«

»Na ja, weil sein Dad doch bestimmt ziemlich reich ist. Wenigstens ein bisschen reich. Er könnte doch Lösegeld zahlen, oder?«

»Das hängt davon ab.«

»Wovon?«

»Von allem Möglichen.«
»Davon, wie viel Geld die Bande verlangt?«
»So was in der Art.«
»Keine Millionen oder Milliarden, das meine ich nicht, aber sein Dad könnte bestimmt eine Menge bezahlen, glaubst du nicht?«
»Ich weiß es nicht. Sam, können wir bitte hineingehen?«
Sam zögerte, öffnete die Autotür dann langsam weiter. »Vergiss nicht abzuschließen. Autos werden am helllichten Tag gestohlen, weißt du.«
»Danke, dass du mich daran erinnert hast.« Simon drückte auf die Zentralverriegelung in seinem Autoschlüssel, und die Türknöpfe klickten nach unten.
»Gut«, sagte Sam. »Das Auto von Rivers' Mutter wurde aus der Garage gestohlen, und es war sogar abgeschlossen und der Alarm war eingeschaltet, aber sie sind da reingekommen und haben es trotzdem gestohlen.
»Wo wohnt Rivers denn?«
»Yoxley Crescent. Ich hätte gedacht, sie würden Rivers kidnappen, sein Vater hat eine megagroße Fabrik, die würden jede Menge zahlen.«
»Ich finde, keiner sollte entführt werden, meinst du nicht auch?«
»Eigentlich nicht, aber wenn Leute Geld brauchen, um für ihre Kinder was zu essen zu kaufen, dann vielleicht schon.«
»Ich glaube, so was nennt man falsche Argumentation. Robin Hood, weißt du?«
Simon wirkte verwirrt.
»Lass gut sein.«
Simon betrat die Küche und hätte den Augenblick gerne für immer festgehalten. Er war müde, gereizt und fror. Die Küche

war warm, roch nach gebackenen Kartoffeln, und auf der Arbeitsfläche stand eine Flasche Rotwein. Daneben saß der große rote Kater Mephisto, den Schwanz um sich gelegt, die grünen Augen auf Simon gerichtet. In einer Ecke des Sofas hatte sich Cat zusammengerollt, in einer alten Trainingshose und einem T-Shirt, das sie angehoben hatte, um Felix die Brust zu geben, der sich eng an sie schmiegte, die eine Hand auf Cats bleicher Haut mit den blauen Adern um die Brustwarze.

»Was für ein Bild.«

»Dicke Frau mit Säugling.«

»Mütterlich, nicht dick.«

»Danke, Si, das habe ich gebraucht.«

Sam hatte sich in ihre Armbeuge gekuschelt und versuchte, so nahe an sie heranzukommen wie das Baby. Simon hob die Augenbrauen, aber Cat schüttelte den Kopf.

»Du kannst die Flasche gleich öffnen. Gott weiß, wann Chris zurück sein wird, die Vertretung hat sich schon wieder krankgemeldet. Ich weiß nicht, wie lange er das noch durchhält.«

»Taugt sie nichts?«

»Sie ist ganz in Ordnung … wenn sie da ist. Die Patienten mögen sie nicht sonderlich, sie ist zu scharf – verdonnert jeden dazu, mit dem Rauchen aufzuhören, ein paar Kilo abzunehmen und ins Fitnesszentrum zu gehen, bevor er noch zur Tür herein ist, und hat während ihres gesamten Berufslebens noch nie Antibiotika verschrieben. 'ne harte Nuss. Aber ruft ständig an, weil es *ihr* nicht gutgeht.«

»Kann ich einen Gin haben vor dem Wein?«

»Dann bleibst du über Nacht?«

»Ist das in Ordnung?« Simon warf seinen Autoschlüssel auf den Tisch.

»Klar. Du weißt, wo die Flaschen stehen.«

Als er mit seinem Drink zurückkam, hatte Cat Felix an die andere Brust gelegt, und Sam war ins Spielzimmer verschwunden.

Simon setzte sich neben seine Schwester. »Er hat auf mich gewartet … Macht sich Sorgen um David Angus, nicht wahr?«

»Natürlich tut er das.«

»Erzählte mir, David würde wegen Lösegeld festgehalten.«

»Wird er das?«

Simon wich dem Blick seiner Schwester aus. »Ich bezweifle es.«

»Er ist tot.«

»Dieses Gespräch willst du nicht fuhren.«

»Eigentlich nicht. Wie sieht dein neuer Neffe inzwischen aus, was meinst du?«

»Größer. Irgendwie – glatter.«

»Also war er klein und verschrumpelt, und du hast es nicht mal erwähnt.«

»Was gibt's zu essen?«

»Mary hat was mit Lamm in den Ofen gestellt. Sie wird in den nächsten zwei Wochen täglich kommen.«

»Hat Ma heute mit dir gesprochen?«

»Ja. Klang nicht so gut.«

»Karin war bei der Kremation.«

»Ich weiß, Ma hat es mir erzählt.«

»Das Ganze war ziemlich belanglos. Ich wünschte, es hätte nicht in Farnley Woods stattgefunden. Ich finde es da furchtbar. Ich finde Krematorien furchtbar, Punkt.«

»Wie fühlst du dich jetzt?«

Simon zuckte die Schultern. »Sag bloß nicht, es sei das Beste so … Die Besuche bei ihr werden mir fehlen. Ich fühlte mich immer so friedvoll, wenn ich mit ihr zusammen war, weißt du.«

»Ma sagt, du hättest eine Zeichnung von Martha gemacht.«
»Ja, als sie im Krankenhaus war.«
Simon trank, stand dann auf und ging zum Schrank, um nach Chips zu suchen. Mephisto starrte ihn finster an. »Hallo, du Teufel.«
Simon streichelte seine Ohren, aber der Kater zuckte weg und sprang auf den Boden.
»Diana hat mich in meiner Wohnung besucht«, sagte Simon mit dem Rücken zu Cat. Er hörte das Baby kleine, schniefende Laute machen.
Cat schwieg.
»Sehr spät abends.«
Immer noch Schweigen.
Er drehte sich um. Felix lag über ihrer Schulter, und sie klopfte ihm sanft auf den Rücken. Sein Kopf war hellrosa und hatte eine kleine kahle Stelle in der Mitte des dunklen Flaums. Cat schaute Simon an.
»Ich war stinkwütend.«
»Warum?«
»Ich mag es nicht, wenn Leute unangekündigt, uneingeladen auftauchen.«
»Du magst Menschen nur zu deinen Bedingungen.«
»Das stimmt nicht.«
»Ich meine nicht uns. Weibliche Menschen, Frauen.«
»Ist das so schlimm?«
»Hast du dich gefragt, was sie empfunden hat?«
»Sie hat alles als selbstverständlich vorausgesetzt.«
»So habe ich das nicht gemeint. Was hast du denn gemacht? Ich wette, du hast sie nicht mit offenen Armen empfangen.«
Simon errötete.
»Nein, das dachte ich mir. Vielleicht hat es sie viel gekostet, sich

in die Höhle des Löwen zu wagen … Vielleicht war sie verzweifelt. Wann habt ihr das letzte Mal Kontakt gehabt?«
»Ich muss keinen Kontakt halten.«
»Hast du ihr das jemals gesagt? Sie hat deine Wohnung wahrscheinlich gedemütigt und niedergeschlagen verlassen und fühlt sich sehr, sehr verletzt.«
»Das ist ihre eigene Schuld. Sie hätte nicht kommen dürfen. Wir hatten eine völlig klare Vereinbarung. Ich schuldete ihr nichts … und sie mir auch nicht.«
»Ja, ja.«
»Verdammt noch mal.«
»Hol mir bitte ein Glas Wasser, ja – ein großes Glas.«
»Ich dachte, du wärst verständnisvoller«, sagte Simon und nahm das Wasser heraus.
»Ich bin eine Frau.«
»Na und? Ich bin dein Bruder.«
»Ich liebe dich, Si, aber ich muss sagen, was Frauen angeht, bist du schwer zu verkraften. Das klingt hart, ich weiß.«
»Allerdings.«
»Also lass uns über was anderes reden.«
»Nur nicht über die Arbeit.«
»Die Wirtschaftslage des Landes? Den Booker-Preis?«
»Glaubst du, ich mache es mir zu gemütlich?«
»Inwiefern?«
»Mit der Wohnung … der Arbeit … im Allgemeinen.«
»So hab ich das noch nie gesehen. Was ist daran falsch?«
»Genau.«
»Hat Dad dir wieder zugesetzt?«
»Nein, der Chief Constable.«
»Will sie dich versetzen?«
»Sie hat was davon gemurmelt. Neue Einheiten, neue Heraus-

forderungen. Hier in der Grafschaft ... und eine Beförderung.«
»Zieh nicht zu weit weg.« Cats Augen füllten sich mit Tränen. Sie war zu nahe am Wasser gebaut, das wusste sie, jetzt so direkt nach der Geburt von Felix, viel zu nah, doch sie hätte es nicht ertragen können, wenn ihr Bruder wegzog.
»So hab ich das nicht gemeint.«
»Ich weiß.«
»Aber die Sache mit Diana hat mir trotzdem einen Stich versetzt.«
»Spar dir das. Diana ist hart im Nehmen.«
»Hm.«
»Onkel Simon, was wäre das meiste, was ein Kidnapper je kriegen würde? Wie viel wäre ein neunjähriger Junge wert, wäre er Hunderte von Pfund wert, wenn er gekidnappt wird, oder Tausende von Pfund?«
Cat und ihr Bruder wechselten entsetzte Blicke, und Simon stand sofort auf, hob Sam hoch, warf ihn sich über die Schulter und wirbelte ihn herum. Sam begann zu lachen.
»Ich sag dir was, Samuel Christopher Deerborn ...«
»Was? Was?«
»Ich werd dich in die Badewanne werfen ...«
»Mich auch, mich auch, mich auch.« Hannah rannte herein und warf sich gegen Simons Beine. Cat blieb mit dem schlafenden Baby sitzen, während die drei die Treppe hinaufstürmten.
Er war genauso damit umgegangen, wie Chris es für gewöhnlich tat, hatte Sam abgelenkt und einen Tumult verursacht, aber sie wusste, dass das Verschwinden von David Angus ihrem Sohn Tag und Nacht nicht aus dem Kopf ging und sich nie wieder verflüchtigen würde. Das Verschwinden des Jungen hatte alles verändert. Jedes Kind, jede Mutter, jeden Vater. Alle.

Um halb neun schliefen die Kinder; Cat und Simon beschlossen zu essen.
»Deck den Tisch, Si – der Auflauf wird im Ofen warm bleiben. Ich hab Felix zweimal gestillt, seit ich das letzte Mal gegessen habe, und mir wird allmählich etwas schwummerig.«
»Machst du dir Sorgen?«
»Um Chris? Nein ... er ruft nicht immer an ... Es wird einen Notfall gegeben haben, um den er sich kümmern muss.«
»Anstrengend.«
Simon holte Weingläser und trug die Flasche zum Tisch.
»Für mich nicht, ich trinke Wasser. Wie haben es unsere Eltern gestern überstanden?«
»Schwer zu sagen. Waren sehr verschlossen ... Vielleicht aus Trauer, aber wohl eher aus Erleichterung. Dad hat es mehr mitgenommen, als ich erwartet hätte.«
»Er hat sie oft besucht. Hat stundenlang bei ihr gesessen. Haben mir die Mädchen aus der Ivy Lodge erzählt.«
Simon goss sich ein großes Glas Rotwein ein und trank einen tiefen Schluck. »Sie war natürlich keine Bedrohung. Konnte ihn nicht stärker enttäuschen, als sie es zu Beginn getan hatte, im Gegensatz zu mir.«
»Ach, hör doch auf, Si.«
Simon zuckte die Schultern.
Sie waren beim Essen, als Chris zehn Minuten später mit grauem Gesicht hereinkam. Er trat direkt an den Tisch, goss sich ein Glas Wein ein und trank es halb aus, bevor er sagte: »Für den Rest der Nacht hab ich alle Anrufe zum ärztlichen Bereitschaftsdienst durchgestellt, ich bin völlig fertig.« Er wandte sich an Simon. »Hast du es schon gehört?«
»Was?«
»Alan Angus hat versucht sich umzubringen.«

»Großer Gott.«
»Durch irgendein Wunder kam ein Assistenzarzt in Angus' Büro, um eine Krankenakte zu holen, als der sich gerade die Pulsadern aufschnitt. Angus wusste natürlich, wie man das macht, daher wäre ihm nicht viel Zeit geblieben. Aber das Krankenhaus meint, er wird es überleben.«
Cat schob ihren Teller weg, doch Chris füllte sein Glas erneut und ging zum Herd, um sein Essen zu holen.
»Ich rufe besser auf dem Revier an.« Simon war auf dem Weg zum Haustelefon, als sein Handy klingelte.
»Nathan? … Ich hab es gerade vor einer Minute erfahren.«
»Mike Batty ist dort, Chef … Er und ich waren vorher bei Angus gewesen. Sind noch mal alles durchgegangen. Ich hab ihm gesagt, dass er nicht verdächtigt würde, ich hab gesagt, wir würden nur noch mal alles von Anfang an durchgehen, er kann einfach nicht gedacht haben, dass wir seine Aussage in Frage stellen. Ich hab ihm überhaupt nicht zugesetzt, Chef, absolut nicht.«
»Niemand wird Ihnen die Schuld geben.«
»Hat verdammtes Glück gehabt, das sag ich Ihnen, dass ihn jemand gefunden hat, sonst ist in den Büroräumen um die Zeit keiner mehr unterwegs, normalerweise.«
»Ich weiß. Wo sind Sie?«
»Wo immer Sie mich haben wollen, Chef.«
»Gut, dann sehen Sie nach Marilyn Angus.«
»Nee, die ist im Krankenhaus, ich steh jetzt davor. Soll ich mit ihr reden?«
»Nein, in dem Fall lassen Sie sie heute Abend in Ruhe. Sie hat genug durchgemacht. Und Sie fahren nach Hause.«
»Chef, direkt bevor ich wegen Angus angerufen wurde, hab ich noch mal alles durchgesehen. Da bin ich wieder über den

silbernen Jaguar gestolpert. Dachte, es könnte sich lohnen, das noch mal nachzuprüfen.«

»Ist das nicht bereits geschehen?«

»Nur in Lafferton und Bevham ... Vielleicht könnten wir es landesweit machen?«

»Gibt zu viele. Damit können Sie heute nicht mehr anfangen.«

»Okay, Chef.«

»Ich fahr morgen früh gleich ins Krankenhaus, dann zu Mrs. Angus. Machen Sie Schluss für heute, Nathan.«

»Okay. Chef, es ist wirklich gut angekommen, dass der Chief Constable da war, alle haben gesagt, volle Punktzahl.«

Simon lächelte. »Ich werde es weitergeben. Gute Nacht, Nathan.«

»Für Sie auch, Chef.«

Sie aßen den Lammauflauf und öffneten eine zweite Flasche Rotwein, redeten aber kaum. Todesfälle und ein beinahe gelungener Selbstmordversuch hingen über ihnen.

Cat ging vor zehn ins Bett, mit dem schlafenden Baby auf dem Arm.

Chris hielt die Flasche hoch.

»Nein, danke.«

»Na gut. Gott, was für eine Woche. Nie war mir mehr danach, alles zusammenzupacken und zu Ivo nach Australien zu ziehen. Wir haben darüber gesprochen, weißt du, Cat und ich.«

Simon schaute seinen Schwager an, versuchte einzuschätzen, ob er es auch nur halb ernst meinte. Simon würde das niemals ertragen können. Wie sollte er dann hierbleiben, mit seinen alternden Eltern, seinem immer mürrischer und übellauniger werdenden Vater und allen, die er liebte, entweder tot oder

Tausende von Meilen entfernt? Er hatte Ivo einmal in Melbourne besucht und es dort schrecklich gefunden – der einzige Mensch, hatte sein Bruder amüsiert gesagt, dem es je so gegangen war. Es den anderen nachzutun, wäre für ihn also keine Option. Sein Leben, so sorgfältig entworfen und genau so, wie er es liebte, schien plötzlich in Gefahr, über ihm zusammenzubrechen.

David

Hier ist es am schlimmsten.
Ich bin wirklich, wirklich hungrig.
Und ich bin auch wirklich durstig.
Mein Arm tut weh.
Warum musste ich es sein?
Es ist kalt.
Ich zittere am ganzen Körper.
Ich möchte nur …
Nein, nicht …
Bitte …
Nicht …
Bit …
Ma …

36

Ich kann das nicht«, sagte Marilyn Angus. »Auf die schlimmste aller Nachrichten warten, ständig warten, und es kommt keine Nachricht. Ich kann das nicht, aber ich *tue* es. Was ist bloß los mit dir?«

Ihre Stimme war nur ein Flüstern. Sie saß neben Alans Bett, zwischen den piepsenden Apparaten, und hasste ihn. Was mit David passiert war, hatte sie beide auseinandergerissen, während alle erwarteten, es würde sie einander viel näher bringen; Marilyn hätte das vorher auch erwartet. Stattdessen hatte es ihr einen Ehemann enthüllt, den sie nicht kannte oder kennen wollte – einen, der in ihren Augen ein Feigling war. Jeden Morgen noch vor sieben zur Arbeit zu verschwinden und bis spät in die Nacht im Krankenhaus zu bleiben, die Fälle anderer zu übernehmen, seine Dienstbereitschaft rund um die Uhr – sie fühlte sich von ihm nicht nur in Stich gelassen, sondern betrachtete es als Feigheit. Das hier war ebenfalls Feigheit. Seine Handgelenke waren bandagiert, an seinem Arm hing ein Tropf, die Monitore überwachten jede Funktion seines Körpers, und sie verabscheute ihn. Das war das beängstigendste Gefühl ihres Lebens. Sie kannte diesen Mann nicht, ihren Ehemann, Lucys Vater. Davids Vater.

Sein Kopf war von ihr abgewandt. Er hatte nicht mit ihr gesprochen, seit sie mit der Polizistin hergekommen war. Kate kümmert sich mehr um mich als du, dachte sie, starrte auf sein bandagiertes Handgelenk.

»Ich weiß nicht, wie ich mit dir reden soll«, sagte Marilyn. »Ich weiß nicht mehr, was in deinem Kopf vorgeht. Ich verstehe nicht, wie du das tun konntest.«

»Nein«, erwiderte er, so leise, dass sie ihn kaum hören konnte.

»Wenn David heute nach Hause gebracht worden wäre, wenn …«

»David ist tot.«

Die Worte kamen aus seinem Mund und hingen in der Luft, schwer und voll schwarzer Galle. Sie ängstigten sie. Wenn sie die Hand ausgestreckt hätte, dann hätte sie die Worte berühren können, und sie wären in ihren Körper eingedrungen, in ihren Blutkreislauf und ihren Glauben. Sie öffnete den Mund, fand aber keine Worte, weder giftige noch gläubige.

»Ich habe operiert. Habe auf den Monitor geschaut und gesehen, wie sich die Sonde im Gehirn des Patienten bewegte, und da wusste ich es einfach. Frag mich nicht, warum ausgerechnet in dem Moment. Ich weiß es nicht. Ich schaute hin und sah, dass David tot war, und danach gab es keine Möglichkeit für mich weiterzuleben.«

»Ist das alles?«

Er bewegte den Kopf. Aus seinem Gesicht war alle Farbe gewichen, es war grau wie das Gesicht eines Toten, die Augen flach und eingesunken, leblos.

»Gibt es sonst nichts in deinem Leben?«

»Was denn?«

»Weder Lucy noch mich?«

»Natürlich.«

»Sind wir es nicht wert, weiterzuleben?«
»Ich weiß es nicht.«
»Wie gesagt, wenn David nach Hause käme, unverletzt und gesund … Würde er dich dann nicht brauchen?«
»Natürlich.«
»Daran hast du nicht gedacht?«
»David ist tot.«
Marilyn legte den Kopf auf das Krankenhausbett und schrie in die Decke, stopfte sie sich in den Mund, damit nichts zu hören war. Sie hatte das dringende Bedürfnis, jemandem wehzutun, und um sich davon abzuhalten, konnte sie nur sich selbst Schmerz zufügen, indem sie versuchte, an der Bettdecke zu ersticken.
Die Klingel ertönte. Eine Schwester und Kate Marshall waren im Zimmer und hinter ihr, redeten sanft auf sie ein, legten ihr die Hände auf die Schultern, zogen sie hoch.
»Marilyn, ist schon gut.« Kate hatte jetzt die Arme um sie gelegt. »Machen Sie sich keine Sorgen …«
Marilyn holte aus und rammte ihren Ellbogen fest in das Gesicht der Polizistin.
Kate stieß einen Schmerzensschrei aus. Das Zimmer war plötzlich voller Menschen und Stimmen.

Sie führten sie hinaus in ein Wartezimmer mit blauen Stühlen. Jemand brachte ihr ein Glas Wasser. Jemand anders kam mit einer Tasse Tee. Marilyn hatte die Arme eng um ihren Körper geschlungen, wiegte sich, wiegte sich, wollte jedes Geräusch von sich fernhalten, jedes Wort, jeden unbeholfenen Tröstungs- oder Beruhigungsversuch. Alans Worte hatten ihre Wirkung getan. Es hatte einen geschützten Ort gegeben, einen Ort mit einem kleinen, hellen Fleck von Wärme und Hoffnung, an den sie sich hatte zurückziehen können. Niemand sonst wusste, dass es diesen Ort gab, aber sie hatte sich darauf verlassen, weil dort die Wahrheit war, nämlich dass David lebte, dass es ihm gutging und er nach Hause kommen würde. Alan hatte die Wand mit einer Klinge durchstoßen, und all das Licht und die Helligkeit und Hoffnung waren hinausgeflossen und schwarz geworden, zu einer immer dunkler werdenden Blutpfütze auf dem Boden geronnen. Der Ort war jetzt leer, die Luft eklig und verpestet. Alan hatte ihre letzte Zuflucht zerstört. Nun gab es keine Hoffnung und keinen Trost mehr. David war tot. Alle anderen hatten es gewusst, nur sie nicht. Jetzt wusste sie es.

Langsam lockerte sie ihren verkrampften Körper. Die Muskeln um ihren Brustkorb und am Rücken brannten, und unter ihrem Herzen saß ein dumpfer Schmerz.

Neben ihr stand eine Krankenschwester, hielt geduldig ein Glas Wasser. Marilyn versuchte es zu nehmen, aber ihre Hand zitterte so stark, dass es ihr nicht gelang, daher setzte ihr die Schwester das Glas an die Lippen und neigte es ein wenig, ließ sie wie ein Kind trinken, das gerade den Umgang mit der Tasse lernt. Marilyn wollte ihr danken, aber ihre Kehle war wie zugeschnürt. Die Schwester streichelte sie am Arm.

»Kate …«, brachte Marilyn schließlich hervor, ein merkwürdiges Krächzen.

»Sie wird gleich hier sein. Keine Bange.«

Jetzt hob die Schwester die Tasse mit warmem, süßem Tee und hielt sie ihr an die Lippen. Menschen gingen auf dem Flur vorbei. Eine Tür schloss sich mit einem seltsam saugenden Geräusch. Metall klirrte auf Metall. Der Raum war sehr ruhig. An der Wand hing ein Bild von einer Welle, die auf einen Strand schwappte, und eins von einem verschneiten Garten. *»Gestiftet von dem Freundeskreis des Kreiskrankenhauses Bevham.«*

Marilyn suchte in ihrer Manteltasche nach einem Taschentuch. Ihr Gesicht war tränenüberströmt. Die Schwester reichte ihr Papiertücher. Marilyn zuckte vor dem Gedanken an die ungebremste Gewalt zurück, die in ihr aufgewallt war, wie sie sich so wütend gegen die Polizistin gewandt hatte; sie hatte noch nie jemanden geschlagen, keiner Spinne etwas zu Leide getan und keine Schnecke zertreten. Keines ihrer Kinder hatte je auch nur den leichtesten Klaps bekommen. Und doch war sie von einem solchen Zorn erfüllt gewesen, dass sie hätte töten können.

Die Tür zu dem Raum mit den blauen Stühlen und ruhigen Bildern öffnete sich. Ein junger Arzt in einem weißen Kittel kam herein.

»Wie geht es Ihnen, Mrs. Angus?«

Warum waren sie so freundlich zu ihr, redeten so beruhigend, schauten so mitfühlend? Sie sollten sie einsperren, in eine Zwangsjacke stecken, sie mit ihrem Zorn allein lassen – nicht das hier.

Er maß ihren Puls, hielt danach ihre Hand. »Alles in Ordnung. Wenn Sie dann so weit sind – die Polizei hat ein Auto geschickt, jemand wird Sie nach Hause fahren und bei Ihnen bleiben. Ich habe Ihnen ein Beruhigungsmittel verschrieben, Sie können es beim Hinausgehen im Schwesternzimmer abholen ... Sie müssen schlafen. Gibt es sonst noch etwas, das ich für Sie tun kann?«

Sie blickte in sein Gesicht. Er hatte eine winzige Warze neben dem Auge, eine Narbe an der Oberlippe und sah aus wie fünfzehn. Wie konnte er mit so ruhiger Selbstsicherheit zu ihr sprechen? Wie kam es, dass sie bereit war, alles zu tun, was er ihr auftrug?

Sie schüttelte den Kopf, schaffte es dann, erneut Kates Namen auszusprechen.

»Es geht ihr gut, aber sie hat heute Abend dienstfrei.«
»Was habe ich ihr angetan?«
»Ihr die Nase blutig geschlagen. Kein dauerhafter Schaden.« Er lächelte. »Sie haben einen ganz schön harten Schlag.«
Es machte ihr nichts aus, dass er sie aufzumuntern versuchte, ihr zu helfen versuchte, sich zu entspannen. Es machte ihr nichts aus. Sie lächelte zurück.
Dann sagte sie: »Mein Sohn David ist tot«, und wusste, dass es die schlichte Wahrheit war.
Der junge Arzt beleidigte sie nicht durch einen Widerspruch, redete es ihr auch nicht aus, sondern hielt weiter schweigend ihre Hand und blieb bei ihr, bis ein anderer Polizist kam, sie nach unten zu dem wartenden Auto brachte und nach Hause fuhr.

37

Der Saal roch nach feuchten Mänteln. Der Platz vor der Blackfriar's Hall war wie eine Schleuse, und aus der Dachrinne floss Wasser auf jeden, der hereinkam. Viele Menschen waren da, hauptsächlich, dachte Karin McCafferty, um aus dem Nassen zu kommen, weniger aus Interesse an der Ausstellung für das geplante neue Tagesbetreuungsheim. Die für die Erfrischungen zuständigen Hilfskräfte hatten ununterbrochen Kaffee und Kuchen serviert, und die Tische für die Verlosung und die Tombola waren von Anfang an umlagert gewesen. Aber die Leute umrundeten das Modell des Tagesheims ohne allzu großes Interesse, ohne Fragen zu stellen oder sich, mit wenigen Ausnahmen, in das Buch einzutragen, das für diejenigen auslag, die weitere Informationen erhalten wollten. Das Modell war sehr hübsch. Das Tagesheim würde sich an das Imogen House anschließen und Patienten die Möglichkeit bieten, sich zu treffen, um zu malen und zu nähen, Modelle zu bauen, Spiele zu spielen. Es würde Beratungs- und Behandlungsräume geben und einen Wintergarten. Nicht alle Patienten des Hospizes mussten stationär aufgenommen werden, und auch nicht alle stationären Patienten kamen zum Sterben ins Imogen House; darunter waren auch viele bedürftige Personen, die zeitweilig in

Pflege genommen wurden, andere erhielten eine Schmerztherapie und kehrten für Wochen und Monate in besserer Verfassung nach Hause zurück. Mit einer Tagesbetreuung würde das Pflegeangebot komplett sein. Karin und Meriel Serrailler waren bereit gewesen, jede nur denkbare Frage zu beantworten, hatten Erklärungen und Broschüren parat und dazu, wie Meriel es ausdrückte, bessere Verkaufssprüche als jeder Gebrauchtwagenhändler. Aber ihnen war kaum eine Frage gestellt worden, und niemand war lange genug geblieben, um sich die Grundidee des Tagesheims verkaufen zu lassen.

Jetzt leerte sich der Saal, die Leute tranken ihren Kaffee aus und waren bereit, sich wieder in den Regen zu wagen. Meriel half beim Abwasch. Karin saß neben dem Modell, trank ihre zweite Tasse Tee und fühlte sich entmutigt.

Kurz danach schaute sie zu einer jungen Frau auf, die gerade hereingekommen war. Sie trug einen cremefarbenen, gegürteten Regenmantel und eine hellrosa Kaschmirstola, auf ihrem Haar glänzten Regentropfen, aber es war weder zu feuchten Rattenschwänzen verheddert noch an ihren Kopf geklatscht. Sie war wunderschön. Karin starrte sie an. Sie war vielleicht die schönste Frau, die Karin je gesehen hatte. Schlank, mit perfekter Frisur und sehr großen, dunklen Augen, so dunkel wie ihr Haar.

Karin erhob sich. Das gehörte sich einfach, spürte sie, in Anwesenheit solcher Schönheit.

Die junge Frau kam langsam durch den Saal auf das Modell zu.

»Guten Morgen.«

»Hi.« Also eine Amerikanerin. Der Akzent war liebenswürdig, gebildet, sanft. Die junge Frau streckte die Hand aus. »Sie sind?«

»Karin McCafferty.«

»Lucia Philips. Jetzt erzählen Sie mir doch bitte, was hier vorgeht – wofür dieses Modell steht. Wir sind nur vor dem Regen geflohen und wollten uns das alte Gebäude anschauen, und hier läuft etwas, von dem wir vielleicht wissen sollten?«

Fünf Minuten später wusste sie alles, was Karin ihr erzählen konnte, und hörte mit intelligenter Aufmerksamkeit zu. Sie umrundeten das Modell. Karin deutete auf diesen und jenen Aspekt, die junge Frau sah sich alles genau an. Hinten im Raum, nahm Karin wahr, blickten Meriel und ein paar weitere Helferinnen neugierig zu ihnen.

Beim Geräusch von Schritten hinter ihr drehte sich Lucia Philips um. »Cax, komm her und schau dir das an.«

Er war in den Fünfzigern, ein gutaussehender Mann, gekleidet in das amerikanische Äquivalent von Sevil Row und mit einem entsprechenden Akzent. Mit ihm war der Regenguss weniger freundlich umgegangen. Sein Mantel war am Kragen und an den Ärmeln durchweicht, Regenwasser lief ihm seitlich vom Gesicht in den Nacken.

»Ich hole Ihnen gern eine Tasse Kaffee … Und ich kann bestimmt ein sauberes Handtuch auftreiben, damit Sie sich ein bisschen abtrocknen können.«

Er streckte die Hand aus. »Ah, vielen Dank. George Caxton Philips. Wie ich sehe, haben Sie meine Frau Lucia bereits kennengelernt.«

Karin sah noch einmal hin. Die junge Frau konnte nicht älter als zwei- oder dreiundzwanzig sein, und Karin hatte den Mann für ihren Vater gehalten. Aber was immer er war, sie spürte, dass man ihnen die größtmögliche Aufmerksamkeit schenken sollte. Sie ging in die Küche, auf der Suche nach frischem Kaffee und einem Handtuch.

Meriel hielt sie neben der Spüle auf. »Wer ist das?«
»Amerikaner. Charmant. Können Sie ihnen eine frische Kanne Kaffee machen?« Sie wühlte in einer der Schubladen und fand zwei ausgebleichte, aber saubere Geschirrtücher mit dem Aufdruck der St.-Michael-Kathedrale.
»Ich bringe ihn raus«, flüsterte Meriel. »Gehen Sie wieder zu ihnen.«
Das Paar betrachtete das Modell gemeinsam, und als Karin sich ihnen näherte, spürte sie einen leichten Schauer von Intimität und sexueller Spannung zwischen den beiden, der sie verblüffte, obwohl sie einige Zentimeter voneinander entfernt standen und über das Modell sprachen.
»Tut mir leid, das ist alles, was wir zum Abtrocknen haben, aber sie sind wenigstens sauber.«
»Vielen herzlichen Dank.« Er bedachte Karin mit einem Lächeln, das augenblicklich seine Anziehung auf jede Frau erklärte, selbst auf eine umwerfende Schönheit, die jung genug war, seine Tochter zu sein. Er rubbelte sein Haar kräftig mit einem der Geschirrtücher ab, wischte sich dann mit dem anderen über das Gesicht und den Nacken, wobei er ein klägliches Gesicht machte. Seine Frau schaute zu und bog sich schier vor Lachen; er reagierte darauf, bemerkte Karin, mit einem fast anbetenden Ausdruck. Keine bloße Liebe, sondern absolut verzauberte Anbetung.
»Ich lasse sie waschen.«
»Meine Güte, nein, bitte nicht.« Karin nahm ihm die Tücher ab, als Meriel mit einem Tablett kam. Irgendwie war es ihr gelungen, nicht nur Tassen mit Pulverkaffee aufzutreiben, sondern eine Cafetière mit echtem Kaffee. Karin entfernte sich und begann, Abfälle von den Tischen zu räumen. Weitere Menschen kamen herein und gingen zur Tombola. Ein Paar bat um Tee.

Meriel hatte die Sache an sich genommen, wie Karin vorhergesehen hatte, und im Weggehen hatte sie den Amerikaner noch sagen hören: »Wir sind wirklich an allem hier interessiert. Wir haben Seaton Vaux gekauft, vielleicht kennen Sie es, nur ein paar Meilen außerhalb der Stadt?«

Karin schoss in die Küche, wo drei der anderen zusammenstanden. »Seaton Vaux«, flüsterte sie, deutete mit dem Kopf zur Tür.

»Ich hatte gehört, dass da wieder jemand wäre …«

»Mein Gott, das könnte etwas Ernstes werden.«

Die winzige Küche summte.

Seaton Vaux, ein paar Meilen westlich von Lafferton, war eines der hochkarätigsten elisabethanischen Herrenhäuser mit mehreren Hektar Land und einem dazugehörigen Dörfchen, im Besitz der Familie Cuff, bis das letzte Familienmitglied vor zehn Jahren gestorben war. Danach war es baufällig geworden und dann fast verfallen. Es war lange Zeit auf dem Markt gewesen, und die üblichen Gerüchte über Popstars, Schauspieler, gekrönte Häupter und exotische Ausländer hatten die Runde gemacht. In letzter Zeit war es still geworden um Seaton Vaux. Bis dieser gutaussehende, gebildete Amerikaner mit seiner jungen Frau auftauchte, die jeden Filmstar und jede Prinzessin in den tiefsten Schatten stellen konnte.

Karin schaute aus der Küche hinaus. Die Flaute war vorüber. Weitere Besucher kamen herein. Sie ging zu ihnen, um Bestellungen aufzunehmen, vorbei an Meriel, die nun mit den Caxton Philips' zusammensaß. Meriel ignorierte Karin.

Kurz darauf begleitete Meriel die beiden aus dem Saal. Karin zögerte, kletterte dann auf einen Stuhl und schaute aus dem hohen Fenster. Ein dunkelblauer Bentley fuhr vor, als die George Caxton Philips' aus der Tür traten.

Königliche Hoheiten, dachte Karin. Geld und königliche Hoheiten. Was sonst?

Sie schlossen um vier. Mary Payne saß zwanzig Minuten lang an einem Kartentisch, umgeben von Geldstapeln, während die anderen den Saal aufräumten. Lediglich das Modell und die Schautafeln würden gesondert abgeholt werden.
»Eintausendeinhundertelf Pfund und achtundfünfzig Pence, zwei irische Pennys und ein israelischer Schekel.« Mary lehnte sich zurück und rieb sich die Augen.
Ein kleiner Jubelruf ertönte. Alle waren erschöpft. Draußen regnete es immer noch. Niemand fragte, ob die Amerikaner gespendet hatten.

Zwei Tage später war Karin früh im Garten und topfte ein halbes Dutzend Kamelien um, die auf der geschützten Terrasse neben dem Haus standen. Sie hörte den Bus des Postboten kommen und ging ihm entgegen. Sie wartete nach wie vor, wusste, dass nichts kommen würde, war sich sogar unsicher, ob sie von Mike hören wollte. Sie war nicht glücklich, aber sie begann sich daran zu gewöhnen, konzentrierte sich auf ihre Arbeit und ihren Garten, verbrachte genauso viel Zeit wie immer damit, ihre organische Diät und die Therapien fortzusetzen, die ihren Krebs seit fast achtzehn Monaten in Schach hielten. Der Postbote beugte sich heraus und reichte ihr ein Bündel zusammengeschnürte Post. Sie wollte keinen New Yorker Stempel sehen. Sie wollte ihn sehen.
Auf ihrer Gartenbank blätterte sie die Briefe durch. Nichts aus New York. Machte ihr das etwas aus? Nein. Ja. Nur Rechnungen und Reklamesendungen, außer einem Brief in einem dicken, cremefarbenen Umschlag, beschriftet in Schwarz.

Liebe Karin,
es war eine große Freude, Sie am Samstag kennenzulernen, und wir danken Ihnen für Ihre Freundlichkeit uns gegenüber und die Aufmerksamkeit, mit der Sie uns die sehr interessante Ausstellung über das geplante Tagesheim des Hospizes gezeigt haben.
Ich freue mich darauf, Sie in Seaton Vaux willkommen zu heißen, und nicht erst, nachdem wir dort eingezogen sind. Bisher galt unsere Hauptaufmerksamkeit dem Haus, aber ich möchte auch gerne einen richtigen englischen Garten anlegen, vor allem, um einiges der großen Pracht zurückzubringen, die dort früher herrschte, wie wir wissen und auf Fotos gesehen haben. Dr. Serrailler hat uns begeistert von Ihrer Gartenbauarchitektur und Ihrem Planungsgenie erzählt, und ich würde mich sehr freuen, wenn Sie zu uns kommen, sich den Garten im jetzigen Zustand anschauen und uns Ihre Ideen mitteilen könnten, mit der Aussicht, in die zukünftige Arbeit einbezogen zu sein.
Wir sind nächste Woche in London und im Claridge Hotel zu erreichen, wonach wir für einige Zeit nach New York zurückfliegen. Ich habe Ihnen eine Karte beigelegt.
Wir freuen uns darauf, unsere Bekanntschaft zu erneuern.
Mit allen guten Wünschen

Lucia Caxton Philips

Im Haus klingelte das Telefon.
»Hallo … Meriel, ich habe gerade an Sie gedacht. Ich war dabei, einen Brief von der hübschen jungen Amerikanerin zu lesen. Sie möchte die Gärten von Seaton Vaux wiederherstellen.«

»Ich weiß. Ich habe Sie in den höchsten Tönen gelobt. Aber hören Sie zu, vergessen Sie die Gärten, *ich* habe einen Brief von dem gutaussehenden Mr. Caxton Philips bekommen. Er hat angeboten, für das Tagesheim zu bezahlen.«

»Was? Für alles?«

»Für alles. Er gibt uns eine Million Pfund.«

»Große Güte.«

»Genau. Das heißt, wir können loslegen, ohne uns zu beschneiden oder weitere Bettelbriefe verschicken zu müssen.«

»Und das nur, weil sie aus dem Regen hereinkamen, um sich die Blackfriar's Hall anzuschauen.«

»Jetzt muss ich John Quartermaine anrufen. Er wird es nicht glauben.«

Meriel legte auf, wie immer ohne sich zu verabschieden. Sie würde es genießen, dem Leiter des Hospizes von George Caxton Philips zu berichten. Innerhalb einer Stunde hatte es ein amerikanisches Paar geschafft, die Welt umzukrempeln. Geld, dachte Karin. Man sollte es nie verachten.

Erneut las sie den Brief von Lucia Philips, geschrieben in einer etwas unausgereiften Schrift, die ihr Alter verriet.

Zum ersten Mal, seit Mike sie verlassen hatte, merkte Karin, dass sie sich auf etwas freute. An dem Neuentwurf und der Planung der Gärten von Seaton Vaux zu arbeiten, würde ein Traumjob sein. Gleichzeitig war es eine beängstigende Aufgabe. Sie würde all ihre Fähigkeiten, ihre Gesundheit und Kraft brauchen.

»Leben«, sagte sie laut in die Küche hinein. »Leben!«

38

Mein Liebling,
ich sitze bei einem Glas Sancerre, gekühlt, so wie Du ihn magst. Es ist halb zwei Uhr morgens, und ich kann nicht schlafen. Ich habe kaum geschlafen, seit ich im Eiltempo nach London zurückgefahren bin wie etwas, das in sein Loch zurückflitzt, nachdem Du mich aus Deiner Wohnung geworfen hast. Zu hart? Ja … ich nehme es zurück. »Mir gezeigt hast, wie unwillkommen ich in Deiner Wohnung war.«
Ich habe mich geschämt. Ich kam mir vor wie ein Trottel. Ich spürte mit der tiefsten Gewissheit meines Lebens, dass ich Dich liebe, schon seit langer Zeit. Ich glaube, es hat alles als freundliches Spiel begonnen, sowohl von meiner Seite als auch von Deiner, nicht wahr? Wir suchten wohl beide einen Gefährten für einen netten Abend, ein bisschen Gesellschaft, sagt man das nicht so? Und ein wenig unbeschwerten Sex. Das hat auch eine Zeitlang funktioniert, aber jetzt ist mir klar, dass es für mich nur eine sehr kurze Zeit war.
Ich habe mich in Dich verliebt. Ich wollte das nicht, und ich habe es mir lange Zeit kaum eingestanden. Habe es sicherlich Dir nie gestanden. Es verdirbt alles. Es hat alles verdorben. Aber so ist es. Ich bin aus Verzweiflung zu Dir gekommen, nachdem ich die Nachrichten auf Deinem Anrufbeantworter hinterlassen hatte, auf die Du Dich nie gemeldet hast. Ich wollte wissen, was ich empfinde, wenn ich Dich wiedersehe. Vielleicht hatte ich mich ge-

irrt, würde Dich vielleicht nicht mehr lieben und so sehr begehren. Das wäre eine Erleichterung gewesen. Aber so war es nicht. In dem Moment, als Du die Tür geöffnet hast, wusste ich, dass sich nichts in mir geändert hatte, nur gewachsen und stärker geworden war.

Es war so gut mit uns, aber es könnte noch so viel besser sein. Ich glaube daran. Ich glaube, dass Du ein einsamer Mann bist, der keine Ahnung von der Stärke seiner Gefühle hat. Aber wenn Du sie zulässt, wirst Du schließlich ein freier Mann sein, frei für die Liebe, frei für mich.

Bei unserem kurzen Zusammensein hast Du erwähnt, dass es eine andere gegeben hätte. Das traf mich wie ein Dolchstoß, bis ich auf der Heimfahrt erkannte, dass es nicht die Wahrheit war. Es hat nie eine andere gegeben, nicht wahr? Ich kenne Dich gut genug, um zu wissen, dass Du nie eine Geliebte hattest. Du wolltest mich loswerden, Du warst in leichter Panik und hast diese »andere« erfunden. Es spielt keine Rolle. Solange Du weißt, wie sehr ich Dich liebe und Du mich wiedersehen willst, spielt nichts eine Rolle. Bitte, Simon, ruf mich an, komm zu mir, was auch immer. Aber strafe mich nicht mit Missachtung. Ich kann das Schweigen und diese Unnahbarkeit nicht ertragen.

In Liebe, für immer

Diana

Simon Serrailler hielt den Briefbogen, als stünde das Papier in Flammen. Nachdem er fertig gelesen hatte, trat er auf das Pedal des Treteimers und ließ den Brief hineinfallen. Der Deckel fiel klappernd zu. Simon ging zur Spüle und trank ein Glas Wasser, dann nahm er die Laphroaigflasche heraus. Es war halb zehn, und er hatte mehrere zermürbende Stunden mit Marilyn und danach Alan Angus verbracht. Dann hatte er in der Kantine gegessen und war mit der Absicht nach Hause gekommen, nur noch etwas zu trinken und in aller Ruhe seine Porträtzeichnungen durchzuschauen, um drei für die Einreichung zu einem Preis auszuwählen.

Er hatte Dianas Handschrift nicht erkannt, sonst hätte er den Brief gleich ungelesen in den Müll geworfen.

Es erschien ihm wie ein Überfall auf sein Territorium, seine Privatsphäre, ein weiterer Versuch, ihm unter die Haut zu dringen, genau wie ihr Besuch. Er war wütend über ihre Belästigung, noch wütender, dass sie ihm nicht geglaubt hatte, als er Freya erwähnte. Wütend.

Er zögerte, goss sich noch einen Schluck Maltwhisky ein und schob die Flasche zurück in den Schrank. Das war keine Lösung, und er verachtete Säufer noch mehr als die meisten Verbrecher.

Er zog eine der flachen Mappen aus der Schublade, wollte die schwarzen Bänder aufknüpfen, hielt dann aber inne. Er konnte sich seine Arbeiten jetzt nicht anschauen, hätte sie nicht beurteilen können. Auch das hatte sie ihm verdorben.

»Verdammtes Weib.«

Er würde nicht antworten, und da er nun wenigstens ihre Handschrift kannte, würde er alle zukünftigen Briefe ungelesen zerreißen. »Wenn du nicht weißt, was du tun sollst, tu nichts«, war eine der wenigen Lektionen gewesen, die er von seinem Vater gelernt hatte. Also, keine Antwort auf den Brief, keine Reaktion auf telefonische Nachrichten. Er würde nichts tun, und wenn er das lange genug durchhielt, würde sie ihn in Ruhe lassen. Er wünschte ihr nichts Böses, wünschte nur, dass sie aus seinem Leben verschwand.

Die Uhr der Kathedrale schlug zehn, die ernsten, abgemessenen Töne klangen durch den Raum, säuberten ihn von der Verschmutzung seines wütenden Fluchens. Sie beruhigten ihn. Er legte sich auf das lange Sofa.
Seine Gedanken kreisten um Freya Graffham, die glatte Kappe ihres Haars, die feinen Gesichtszüge. Das war also Liebe, und er war zu dumm gewesen, es zu erkennen, zu langsam in seiner Reaktion, zu ... Er stellte sie sich in diesem Zimmer vor, nicht als Besucherin, sondern als vertrauten Teil davon, ihre Bücher auf den Regalen, die Noten des jeweiligen Chorwerks, das sie für die St.-Michael-Sänger probte, geöffnet auf dem Tisch. In seiner Vorstellung war es nicht mehr sein Zimmer, sondern ihr gemeinsames. »Hast du dich gefragt, was sie empfunden hat?«, hatte Cat ihn gefragt, als er ihr von Dianas Besuch erzählte. Jetzt hatte Diana es ihm mitgeteilt, und es hatte ihn nicht veranlasst, sich seinetwegen zu schämen oder ihr gegenüber Mitgefühl zu empfinden, es hatte ihn nur verärgert.
Er stand auf. Für neun war eine Teambesprechung des Angus-Falles angesetzt, für zehn eine Pressekonferenz. Die Nachricht von Alan Angus' Selbstmordversuch war noch nicht an die Öffentlichkeit gedrungen, und Simon wollte die Medien selbst davon unterrichten, um ihre Reaktion besser kontrollieren zu können. Dazu würde er fit sein müssen. Er schloss die Wohnungstür ab, schaltete die Lampen aus und blieb ein paar Minuten am Fenster stehen, betrachtete die angestrahlte Kathedrale. Der Himmel war klar, die Nacht ungeheuer still. Allmählich spürte Simon, wie die Ruhe auf ihn überging. Er legte sich ins Bett, um vor dem Einschlafen noch ein weiteres Kapitel von *Hornblower* zu lesen.
Aber er schlief nicht ein. Um zwei wälzte er sich immer noch, sein Frieden gestört. Er las weiter, stand auf und aß ein paar

Kekse. Er ging wieder ins Bett, konnte aber nach wie vor nicht einschlafen.

Eine halbe Stunde später verließ er die Wohnung und lief die hallende Treppe hinunter, vorbei an den dunklen Büros und hinaus zu seinem Auto. Wenn er nicht schlafen konnte und nicht daliegen und an Dianas Brief denken wollte, und am wenigsten an Freya, konnte er genauso gut arbeiten. Der Audi glitt aus dem Hof in die nächtlichen Straßen.

39

Drei Tage nachdem Andy Gunton den Jaguar auf dem Flugplatz abgestellt hatte, war ein weiteres Päckchen mit der Post eingetroffen, eine weiße gepolsterte Versandtasche mit der Aufschrift ZERBRECHLICH und per Eilzustellung verschickt. Michelle hatte in der Küchentür gestanden, als er die Treppe herunterkam.

»In der Kanne ist Tee, und es gibt Brot. Ich muss zur Schule, brauch höchstens zehn Minuten, und wenn ich wiederkomme, setzen du und ich uns hin und frühstücken und reden, okay?«

Sie hatte Otis' Schal fester um dessen Hals gezerrt und die Treppe hinauf nach Ashley gebrüllt, sich eine Zigarette angezündet, die Kinder hinausgeschoben und es Andy überlassen, die Tür zu schließen. Pete war im Bett. Im Wohnzimmer pries der Fernseher Ledersofas mit zinsloser Ratenzahlung an.

Das Päckchen lag auf dem Tisch. Michelle hatte dafür unterschrieben und es zweifellos immer wieder hin und her gedreht. Er konnte es unmöglich an sich nehmen und so tun, als sei es nie gekommen.

Nach der Sache mit dem Handy würde alles, was per Eilzustellung für ihn kam, zu Diskussionen führen.

Er stellte den Kessel wieder an, nahm einen Becher herunter, hängte einen Teebeutel hinein, fand den Zucker und einen Teelöffel, öffnete den Kühlschrank, holte die Milch heraus und schaute zwischendurch ständig auf das Päckchen, berührte es und wog es in der Hand. Er hatte Angst davor, es zu öffnen. Nichts war passiert, seit er mitten in der Nacht am Ende der Straße abgesetzt worden war. Niemand hatte Verbindung zu ihm aufgenommen, keine weiteren SMS waren gekommen. Es war, als wäre nie etwas gewesen. Andy glaubte schon fast daran.

Er setzte sich mit dem Teebecher an den Küchentisch und griff wieder nach dem Päckchen. Es hatte die Form und Dicke eines kleinen Taschenbuchs. Er riss es auf.

In dem Päckchen war ein brauner Umschlag. In dem Umschlag lagen fünfzig Zehn-Pfund-Noten. Keine Nachricht. Nur das Geld.

Ihm brach der Schweiß aus. Er musste entweder die fünfhundert Pfund in bar erklären oder über den Inhalt des Päckchens lügen. Wenn er lügen wollte, müsste ihm innerhalb der nächsten paar Minuten eine überzeugende Erklärung einfallen. Andererseits, wenn er Michelle einfach zweihundert Pfund gab, nichts sagte, keine Fragen beantwortete, einfach das Haus verließ … was dann?

Er stand auf und steckte vier Brotscheiben in den Toaster. Warum fürchtete er sich so vor Michelle?

Er wusste, warum.

Er nahm das Päckchen und das Geld und rannte nach oben, stopfte alles in seine Nylonreisetasche und schob sie wieder unter das Bett, neben den Karton, in dem das Handy gewesen war.

Die Hintertür knallte zu.

Andy öffnete das Fenster, um den Gestank von den Turnschuhen seines Neffen hinauszulassen, und ging wieder nach unten, mit klopfendem Herzen, als wäre seine Mutter nach Hause gekommen, und er wäre neun Jahre alt und hätte etwas angestellt.

»Was ist hier los?«

Michelle funkelte ihn an, ihr Rücken an die Spüle gelehnt. Für einen Sekundenbruchteil dachte er tatsächlich, sie wäre seine Mutter. Sie ähnelte ihr immer mehr, dünn wie ein Besenstiel, flachbrüstig und mit missmutigem Gesicht. Nur hatte Michelle blonde Haare und eine schlechte Haut. Die Haut ihrer Mutter war immer glatt wie ein Pfirsich gewesen, ihr Haar mausbraun, mit Grau durchsetzt. Aber die Art, wie Michelle dastand, war dieselbe, die Haltung ihres Kopfes, erhoben und zurückgeneigt, das Kinn vorgestreckt.

Er griff nach seinem Becher Tee, der inzwischen abgekühlt war, und versuchte an seiner Schwester vorbei zur Mikrowelle zu kommen, aber sie trat plötzlich vor, und er plumpste hart auf einen Stuhl, wobei der Tee auf sein Sweatshirt und den Boden schwappte.

Michelle drehte sich um, nahm einen Lappen vom Abtropfbrett und warf ihn ihm zu.

»Hast du nicht gehört?«

»Doch.«

»Und, machst du endlich den Mund auf? Bring mich nicht auf die Palme, Andy Gunton, lüg mich ja nicht an. Ich will es wissen. Was war in dem verdammten Umschlag?«

»Das geht dich überhaupt nichts an.«

»Es geht mich wohl was an, wenn du wieder mit deinen alten Dummheiten anfängst. Du fliegst auf der Stelle hier raus, wenn du irgendwas Unkoscheres machst, irgendwas, ist mir völlig egal, was. Du fliegst raus.«

Andy wischte sich das Sweatshirt ab, bückte sich und zog den Lappen durch den verschütteten Tee zu seinen Füßen. Dann richtete er sich auf, warf den Lappen in Richtung Spüle und trampelte, zwei Stufen auf einmal nehmend, die Treppe hinauf. Es kümmerte ihn nicht, ob er Pete dabei weckte. Er hörte ihn wie einen Presslufthammer im vorderen Schlafzimmer schnarchen.

Er holte das Geld aus der Tasche unter dem Bett hervor, steckte sich davon hundert Pfund in die hintere Hosentasche und ging mit dem Rest wieder hinunter in die Küche. Michelle hatte sich nicht gerührt. Sie wartete.

Andy legte das Geld auf den Küchentisch.

»Kann ich jetzt meinen Tee haben?«

»Woher hast du das?«

»Du wolltest wissen, was mit der Post gekommen ist. Das ist mit der Post gekommen.«

Er stellte sich vor sie, bis sie etwas zur Seite wich und ihn vorbeiließ.

Andy stellte den Kessel wieder an und legte ein weiteres Brot in den Toaster. Er begann zu pfeifen.

»Ich wusste es.«

»Du weißt überhaupt nichts.«

»Hast du das etwa in der Gosse gefunden?«

»Das ist Lohn. Du wolltest, dass ich dir was bezahle, und ich bezahl dir was. Es sind vierhundert.«

»Die hast du geklaut.«

»Hab ich nicht. Ich sag doch, das ist Lohn. Ich hab einen Job erledigt. Ich wurde bezahlt.«

»Job. O ja, klar doch. Was für einen Job? Erbsenpflücken?«

Fast hätte er »Autofahren« gesagt. Das kochende Wasser und der anbrennende Toast retteten ihn.

»Du bist ein Lügner, du hast keinen Job erledigt – und damit meine ich anständige Arbeit, und das weißt du verdammt genau.«

Oben krachte die Schlafzimmertür gegen die Wand. Pete Tait kam mit schweren Schritten herunter und erschien in der Küchentür, in Unterhemd und Trainingshose.

»Was, zum Teufel, ist hier los? Könnt ihr mich nicht wenigstens in Ruhe schlafen lassen? Ihr brüllt rum wie die Blöden. Gib mir was von dem Tee. Was denkst du dir eigentlich, Michelle? Ihr zwei seid schlimmer als die Kinder.«

Andy wartete gespannt darauf, ob der klapprige Küchenstuhl zerbrach, als sich Pete drauffallen ließ. Das Geld lag vor ihm auf dem Tisch. Pete streckte behutsam den Finger aus und schnippte dagegen.

»Lass das bloß liegen, das ist schmutziges Geld, frag ihn.«

Pete beachtete sie nicht. Er zog die Scheine zu sich und schob sie ein wenig hin und her.

Andy stellte seinem Schwager einen Becher Tee hin und setzte sich ihm gegenüber. Er schmierte Margarine und Marmelade auf seinen Toast und begann zu kauen, ohne auf Pete zu achten. Michelle beobachtete sie.

Aber Andy brauchte nicht hinzusehen. Er kannte Petes Verhältnis zu Geld. Pete trank schlürfend seinen Tee. Unter gesenkten Augenlidern heraus sah Andy, wie sich die Finger wieder auf das Geld zubewegten.

»Ich hab ihm gesagt, er fliegt auf der Stelle raus, wenn er wieder Dummheiten macht. Wir wollen ihn hier nicht. Ich hab Kinder. Ich will nicht, dass die was mit Verbrechern zu tun haben.«

Pete schlürfte weiter Tee. »Woher hast du die dreihundert?«

»Vier-«, sagte Andy mit vollem Mund. »Vierhundert.«

»Vierhundert?« Bei dem öligen Ton seines Schwagers hätte Andy fast gelacht.
»Ist mir egal, ob's viertausend sind, das bleibt hier nicht, das ist schmutziges Geld. Als Nächstes haben wir die Bullen an der Tür, diesen hochnäsigen Nathan Coates.«
»Jetzt mach mal halblang, ja?«
»Was?«
»Gib ihm die Chance, uns zu sagen, wo er das her hat.«
»Arbeit, hat er gesagt. Lohn. Job. Dass ich nicht lache.«
»Jetzt mach mal ...«
Andy hob den Kopf und sah Pete zum ersten Mal direkt an. »Ich hab gesagt, es war ein Job, und es war ein Job. Ich hab gesagt, es war legal, und es war legal. Ich hab nur nicht gesagt, was, und das muss ich auch nicht. Oder?«
»Tja ... nein, nein. Ich glaub nicht, dass du das musst, And. Nein.«
»Ich hab's Michelle angeboten. Für Miete und so. Sie will es nicht anfassen.«
»Jetzt mach mal halblang.«
»Also nimm du es, Pete. Los, stopf es in dein Unterhemd.«
Andy stand auf. Er fegte das Geld auf, rollte es zusammen und beugte sich vor. Pete packte sein Handgelenk und hielt ihn davon ab, ihm das Geld zwischen das Hemd und die nackte Haut zu schieben. Er lachte.
Andy wich vor Petes Atem zurück.
»Ich soll es nehmen? Vierhundert?«
»Vierhundert. Hab ich doch gesagt. Für Miete.« Er schlug Pete auf die sommersprossige Schulter. »Nur zu, Pete«, sagte er und ging grinsend hinaus, überließ es den beiden, sich zu einigen.
Oben zog er seine Schuhe und die Jacke an, faltete seine verbliebenen hundert Pfund zusammen und grinste immer noch.

Er würde hierbleiben, bis er von sich aus gehen wollte, nicht bis seine Schwester ihn hinauswarf. Dafür hatte es sich gelohnt.
In der Küche wurde gestritten. Im Wohnzimmer spielte der Fernseher Gastgeber für Richard und Judy.
Als Andy Gunton das Tor erreichte, piepste das Handy in seiner Tasche mit einer neuen SMS.

40

Diana verfolgte ihn, und er begriff allmählich, warum unerwiderte Liebe Menschen gewalttätig macht. Zu schnell bog er um eine Ecke in Richtung Altstadt. Er musste einen Blick auf Freyas Haus werfen.

Die Straße lag ruhig da. Es war halb drei. Nicht ein Licht brannte in den Reihenhäusern.

Er verlangsamte das Tempo, doch während er das tat, dachte er, und ich verfolge eine Tote. Ist das möglich? Was in Gottes Namen machte er da? Wenn er entdeckt hätte, dass sich einer aus seinem Team so verhielt, hätte er ihn vom Dienst suspendiert und ihm empfohlen, sich an den Polizeipsychologen zu wenden.

Oben an der Straße bemerkte er, dass der Benzinanzeiger unter Rot stand. Es gab eine rund um die Uhr geöffnete Tankstelle an der Umgehungsstraße nach Bevham. Er tankte und holte sich einen Kaffee aus dem Automaten. Der Mann an der Kasse trug eine merkwürdige rote Wollmütze, die ihn wie einen Zwerg aussehen ließ, und schien halb zu schlafen. Der Kaffee schmeckte widerlich, wirkte aber wie eine intravenöse Adrenalinspritze, und als Simon aus der Tankstelle bog und den silbernen Jaguar XKV vor sich auf der Straße sah, war er daher hellwach. Er drückte auf die Freisprecheinrichtung und rief auf dem Revier an.

Er folgte dem Jaguar in hundert Metern Abstand. Sonst war niemand auf der Umgehungsstraße. Dann bog der Jaguar zweimal rechts ab und fuhr in Richtung offenes Land. Die Straßen wurden bald schmäler. Simon rief erneut auf dem Revier an, gab seine Position durch und forderte einen Streifenwagen an.
Der Jaguar fuhr vorsichtig und nicht zu schnell. Der Fahrer nahm die scharfen Kurven meist in der Mitte der Straße und behutsam, als wolle er durch am Straßenrand überhängende Zweige keinen Schaden an der Karosserie riskieren. Ein achtsamer Besitzer, dachte Simon, der bedächtig nach Hause fährt. Wenn es nicht auf drei Uhr morgens zugegangen wäre, hätte er ihn vermutlich nicht verfolgt. Das Revier hatte bereits bestätigt, dass das Autokennzeichen nicht mit dem vom Sorrel Drive übereinstimmte.
Sie fuhren auf Dunston zu. Simon schaltete die Hauptscheinwerfer aus und fuhr mit Abblendlicht weiter, wollte den Fahrer vor ihm nicht auf sich aufmerksam machen. Von einem Streifenwagen hinter ihm war nichts zu sehen.
Wenn der Jaguar in eine der Einfahrten in Dunston bog, würde Simon sich das Haus notieren und den Streifenwagen zurückschicken.
Einen Augenblick später fiel ihm der unbenutzte Flugplatz ein, mit dem aufgeplatzten Beton der Rollbahnen, aus dem Unkraut spross, und den alten Hangars am Seitenrand. Der Besitzer des Geländes kümmerte sich nicht darum, war aber auch nicht bereit, es zu räumen oder zu verkaufen. Es war schon lange ein Schandfleck in der Landschaft, gegen den anscheinend weder die Behörden noch sonst jemand vorgehen wollte.

Der Jaguar fuhr noch eine Meile weiter. Simon musste auf etwas über dreißig abbremsen, um genug Abstand zu wahren. Er stellte das Funkgerät an und befahl dem Streifenwagen, sich zu beeilen. Wenn das Auto auf ein verlassenes Gelände voll alter Hangars fuhr, würde er vielleicht dringend Verstärkung brauchen.

Der Jaguar bremste ab und bog nach links auf den Weg zum Flugplatz.

Simon schaltete auch das Abblendlicht aus, wartete, bis der Jaguar weit genug vor ihm war, und folgte ihm erneut, wich dabei Schlaglöchern und knirschenden Resten aufgerissenen Betons aus. Sein Herz klopfte, und er war sich bewusst, dass er allein war. Noch einmal rief er das Revier an, gab seine neue Position durch. Die Stimme am anderen Ende war fest, professionell. Beruhigend.

»Ich brauche dringend Verstärkung, wiederhole, dringend Verstärkung.«

»Verstanden. Verstärkung ist unterwegs.«

Der Jaguar fuhr zur anderen Seite des Flugfelds. Keine anderen Autos, kein Anzeichen von Bewegung oder Aktivität irgendeiner Art, soweit Simon erkennen konnte. Er hielt neben dem Eingangstor, hoffte, dadurch außer Sichtweite zu sein, wenn der Jaguar nicht mit eingeschalteten Scheinwerfern dicht an ihm vorbei zurückkam. Er beobachtete, wie das Auto an dem zerstörten hinteren Zaun entlangfuhr, das Ende erreichte und dann nach rechts bog, zurück zu den Hangars. Suchte der Fahrer nach jemandem? Überprüfte er, ob die Luft rein war? Es war schwer zu erkennen, was dort hinten in der Dunkelheit geschah.

Der Jaguar näherte sich dem entferntesten Hangar und kam außer Sichtweite. Simon stieg aus, ließ aber seine Autotür offen. Nachts, in weit offenem Gelände, trägt noch das kleinste Geräusch. Er hörte nichts. Nirgendwo war Licht. Er wartete.

Als der Streifenwagen durch das Tor und auf die Rollbahn bog, sah Simon die sich bewegende Gestalt auf der anderen Seite des Flugfelds. Rufend sprang er aus seinem Versteck. Der Streifenwagen bremste.

»Schaltet das Fernlicht ein, da – seht ihr ihn? Er rennt. Los.«

Simon hechtete auf den Rücksitz des Streifenwagens, als der beschleunigte.

Der Mann hatte keine Chance. Er lief im Zickzack, drehte um und versuchte sich hinter den Hangars zu verstecken, aber sie brauchten nur Sekunden, um ihn zu erreichen. Der Beamte, der als Erster aus dem Streifenwagen gesprungen war, warf den Mann zu Boden.

»Okay, okay, ihr braucht mir nicht den Kopf einzuschlagen.«

»Immer ruhig«, sagte Serrailler. Der Uniformierte knipste seine Taschenlampe an, als er den Mann losließ, der sich daraufhin aufrappelte.

Simon griff nach seinem Dienstausweis. »Ich bin DCI Serrailler. Ich bin Ihnen seit der Umgehungsstraße gefolgt. Ich würde gerne mit Ihnen sprechen.«

»Was soll ich denn, verdammt noch mal, getan haben?«

»Wenn Sie bitte mit zum Streifenwagen kommen.«

»Nehmen Sie mich fest?«

»Habe ich dazu einen Grund?«

»Nein, verflucht.«

»Gut.«

Sie standen neben dem Streifenwagen, und der Fahrer schaltete die Scheinwerfer ein.

»Wie heißen Sie?«

»Das sag ich erst, wenn Sie mir sagen, warum Sie mir gefolgt sind, wo ich doch nichts getan hab.«

»Irgendein Grund, warum Sie mir Ihren Namen nicht nennen wollen?«

Der Mann seufzte. Er war jung, Anfang zwanzig. Simon erkannte ihn nicht.

»Gunton. Andrew Gunton.«

»Wo wohnen Sie?«

Er gab eine Adresse in der Dulcie-Siedlung an.

»Danke. Sie sind in einem silbernen Jaguar XKV aus Lafferton gefahren. Ist das Ihr Auto?«

»Ja.«

»Warum haben Sie es dann hinter dem Hangar geparkt?«

»Warum sollte ich nicht?«

»Ein wertvolles Auto wie das? Fürchten Sie nicht, dass es gestohlen oder kaputt gemacht wird? Ein Topmodell, nehme ich an. Neu, oder?«

»Ja.«

»Also, warum stellen Sie es hier ab und gehen weg?«

»Ich hab es für einen Kumpel hiergelassen.«

»Verstehe. Welchen Kumpel?«

»Nur ein Kumpel.«

»Was, und der holt es hier ab?«

»Genau.«

»Wie soll er an die Schlüssel kommen?«

»Hab sie im Wagen liegengelassen.«

»Wirklich? Ein bisschen unvorsichtig bei so einem Auto.«

»Er wird jede Minute hier sein.«

»Und wie kommen Sie nach Hause?«

»Er nimmt mich mit, okay?«

»Waren Sie schon mal hier, Mr. Gunton?«

»Und wenn?«
»Wie oft?«
Der Mann kratzte mit der Schuhspitze auf dem Beton. »Hab mich hier oft rumgetrieben, als ich Kind war.«
»Ich meine, eher in letzter Zeit. Waren Sie in letzter Zeit hier?«
Keine Antwort.
»Warum haben Sie dort bei dem Hangar geparkt?«
»Weil der abgelegen ist.«
»Verstehe. Sie sind nicht hineingegangen?«
»Warum sollte ich? Ich hab doch gesagt, ich hab nur mein Auto da abgestellt.«
»Sind Sie je in dem Hangar gewesen?«
»Keine Ahnung. Kann sein. Ich hab doch gesagt, als ich …«
»Nein, nicht als Sie Kind waren. In der letzten Woche?«
»Nein.«
»Sind Sie sicher?«
»Klar bin ich sicher, ich bin doch kein Schlafwandler, ich hab mein Gedächtnis nicht verloren. Ich war nicht da drin.«
»In keinem der Hangars?«
»Nein, in keinem. Hören Sie, was soll das?«
»Wissen Sie irgendwas über einen neunjährigen Jungen namens David Angus, der vermisst wird, seit er das letzte Mal vor seinem Haus gesehen wurde?«
Verblüfftes Schweigen. Andy Gunton starrte Serrailler im grellen Licht der Scheinwerfer verständnislos an.
»Ach du Scheiße«, sagte er schließlich leise, »geht es darum?«
»Bitte beantworten Sie die Frage, Mr. Gunton.«
»Ja, ich weiß von ihm. Man kann nicht in Lafferton leben und nichts von ihm wissen, er ist doch überall, in jedem Schaufenster auf den Plakaten. Armer kleiner Kerl.«
»Warum sagen Sie das?«

»Na, natürlich sag ich das. Sie etwa nicht?«
»Wissen Sie irgendwas darüber, wo er sein könnte?«
Andy Gunton trat einen Schritt vor. Er zischte mit zusammengebissenen Zähnen, und die Wut stand ihm ins Gesicht geschrieben. »Nein, verdammt noch mal. Ich wünschte, ich wüsste was. Ich wünschte, ich könnt Ihnen sagen, dass er irgendwo in Sicherheit ist, dass er es warm hat, und könnte Sie da hinbringen, aber das ist er nicht, das hat er nicht, Sie und ich wissen das.«
»Tatsächlich? Wissen Sie es?«
»Hören Sie zu, ich mag ja einiges angestellt haben …«
»Was denn?«
»Doch so wahr mir Gott helfe und beim Grab meiner Mutter, ich hab nie einem Kind auch nur ein Haar gekrümmt und würde das auch nie tun. Das schwör ich auf jede Bibel, hier auf der Stelle, hören Sie?« Er sagte die Wahrheit. In seinem Ton und seinen Worten lag pure und beinahe rechtschaffene Wut. Serrailler spürte, dass ihn die Wahrheit regelrecht ansprang.
»Sie sind einen silbernen Jaguar XKV gefahren. Sie behaupten, es sei Ihr Auto.«
»Genau.«
»Ein silberner Jaguar XKV wurde im Sorrel Drive gesehen, in der Nähe des Hauses der Angus', am Tag, bevor David Angus verschwand.«
»Scheiße«, sagte Andrew Gunton leise.
»Ich muss Sie bitten, mit aufs Revier zu kommen und eine Aussage zu machen.«
»Ja.«
»Ich verhafte Sie nicht, haben Sie verstanden?«
»Das ist mir scheißegal. Ich werde die Aussage machen. Ich mach alles, was Sie wollen, wenn es hilft, das Kind zu finden.«

»Vielen Dank, Mr. Gunton. Wenn Sie sich hinten in den Streifenwagen setzen wollen, wir sehen uns dann auf dem Revier.«

Simon schickte sie los und stieg in sein Auto. Der Mond war herausgekommen, und die Hangars warfen lange Schatten über die alten Rollbahnen. Die Wellblechhütten waren verrostet, ihre gewölbten Dächer geschwärzt und aufgebrochen. Statt dem Streifenwagen zu folgen, fuhr er auf die Hangars zu und parkte neben dem Jaguar.

Es war still. Kein Wind ging, nicht der kleinste Lufthauch.

Er hielt nicht viel davon, Intuitionen und Ahnungen zu folgen, aber er hatte ein starkes Gefühl der Leere auf diesem Gelände und spürte überhaupt nichts Böses oder Gefahrvolles. Nichts, was irgendeine Bedeutung für Davids Verschwinden hatte, war hier passiert, kein Kind war hier verborgen, lebend oder tot. Simon war sich dessen sicher, während er in der stillen Nacht stand und nichts außer dem gelegentlichen Schrei einer Eule in der Ferne hörte.

Er ging auf den ersten Hangar zu. Die Tür hing offen, aber bei diesem war das Dach mehr oder weniger intakt. Er trat ein. Unter seinen Schuhen war Gras. Die Luft roch schwach metallisch. Nichts. Er hustete. Niemand war hier.

Er verließ den Hangar und ging in den nächsten, ein paar Meter entfernt. Dabei hörte er das Geräusch eines Fahrzeugs, das über die Zufahrt kam und auf das Flugfeld bog. Er drückte sich gegen die Hangarwand. Scheinwerfer glitten über das Gras und dann den Hangar selbst, bevor sie abschwenkten.

Simon schlich sich hinaus, hielt sich dicht an die Wand des Gebäudes. Stimmen waren nicht zu hören, nur das Schließen einer Autotür und das Scharren von Schritten. Er bog um die Ecke des Hangars, duckte sich und rannte rasch in den Schatten des nächsten. Scheinwerfer wurden eingeschaltet und ein Motor angelassen. Simon sprang hinaus und hielt den Arm hoch. Zwei Fahrzeuge waren da, der silberne Jaguar mit laufendem Motor und eines, das wie ein kleiner Pick-up aussah.

»Polizei!«

In der Hoffnung, dass sie hinter ihm ein ganzes Polizeiaufgebot vermuteten, stellte er sich dem Jaguar in den Weg.

Sekunden später lag er auf der Seite, rollte sich über den Beton in Richtung des Hangars, nachdem der Pick-up Gas gegeben und Simon nur um Haaresbreite verfehlt hatte. Sein rechter Arm und die Schulter brannten vor Schmerzen. Der Jaguar und der Pick-up waren weg, waren mit quietschenden Reifen über das Flugfeld gerast und die Straße hinauf verschwunden. Serrailler verfluchte sich, so ein Idiot gewesen zu sein, und tastete mit dem unverletzten Arm nach seinem Handy. Es war aus seiner Jacke gefallen und irgendwo auf dem Boden gelandet. Einige Minuten lang kroch er tastend herum, zuckte dabei vor Schmerz zusammen. Auch seine Handfläche tat weh und war feucht von Blut.

Er fluchte weiter, tastete blind. Erst als das Handy klingelte, fand er es, rechts von dort, wo er gesucht hatte. Es hörte auf zu klingeln, als er es an sich zog, aber es gelang ihm, die Wiederwahltaste zu drücken.

Zehn Minuten später kamen zwei Streifenwagen und ein Krankenwagen auf das Flugfeld. Simons Arm schmerzte stark, seine aufgeschürfte Hand war voller Dreck.

Aber er merkte, dass er trotz seiner Verletzungen in Hochstimmung war, aufgeputscht vom Adrenalin, und nicht mehr brütete. Er spürte den Nervenkitzel, wie immer, wenn er in Aktion war, was dieser Tage nur noch selten vorzukommen schien, diesen Nervenkitzel, den er im Polizeidienst zu finden gehofft hatte und der ihn weitermachen ließ. Vor etwas über einer Stunde hatte er im Bett gelegen, sich herumgewälzt und nicht einschlafen können. Es kam ihm vor, als wäre das in einem anderen Leben gewesen.

41

Sie erkennen es an den dicht geschichteten Isobaren …«
Meriel Serrailler wusste, dass sie das nicht konnte, beugte sich aber trotzdem vor und starrte angestrengt auf die Wirbel und Strudel der Fernsehwetterkarte. Unmöglich zu sagen, wo Lafferton in der Mitte von all dem sein sollte, aber alles deutete auf Nässe und sehr starken Wind hin.
Sie drückte auf den roten Knopf der Fernbedienung, und das Bild schrumpfte zu einem Stecknadelkopf zusammen.
»Gibt es was Neues?« Richard Serrailler kam ins Zimmer.
»Kriege und Seuchen.«
»Das Wetter?«
»Regen und Wind. Aber erst morgen oder übermorgen.«
Er gab ein ungeduldiges Geräusch von sich und verschwand. Meriel stand auf und folgte ihm in die Küche, wo er begonnen hatte, das Tablett für ihren Spätabendtee vorzubereiten.
»Regen ist mir im Moment gerade recht. Wenn es am Samstag nicht geregnet hätte, wäre das Hospiz um eine Million Pfund ärmer.«
Ihr Mann blickte auf. »Du glaubst diesen Blödsinn doch nicht im Ernst, oder? Das ist ja lächerlich.«
»Warum ist es lächerlich?«

»Du kannst mir nicht erzählen, dass irgendein unbekannter Amerikaner aus dem Regen in die Blackfriar's Hall spaziert und ernsthaft eine Million Pfund zum Bau eines Tagesheims spendet. Warum um alles in der Welt sollte er das tun?«

»Weil er ein großzügiger Mann ist. Und sehr reich.«

»Blödsinn. Da steckt irgendwas dahinter.«

»Jetzt machst *du* dich lächerlich. Was soll denn da dahinterstecken?«

»Keine Ahnung. Aber deine Million Pfund wirst du nie sehen.«

»Warum musst du immer so negativ sein? Du solltest den Menschen vertrauen, Richard.«

»Manchen vertraue ich.«

»Wem?«

»Dir.«

Sie sah ihn erstaunt an, und etwas in ihrem Magen krampfte sich zusammen.

»Natürlich tu ich das.« Richard Serrailler goss Wasser in die Kanne und schloss den Deckel. »Dich kenne ich. Diesen Yankee nicht. Leute wie der holen sich ihren Kick durch Machtdemonstrationen. Geld wird keines kommen.«

Er nahm das Tablett. Er wollte, dass sie widersprach, sich mit ihm stritt. Das genoss er am meisten. Normalerweise hätte sie es getan, teilweise, um ihn bei Laune zu halten, teilweise, weil sie an George Caxton Philips und seine Million glaubte.

»Du hast ihn nicht kennengelernt«, sagte sie leise.

»War auch nicht nötig.«

Sie ließ sich nicht darauf ein. Sie zitterte.

Gemeinsam kehrten sie in das kleine Wohnzimmer zurück.

In diesem Moment, als sie hinter ihm herging, wusste sie, was sie tun würde.

Sie hatte gedacht, sie könnte die Last bis zu ihrem Lebensende alleine tragen, und wenn er nicht gesagt hätte, dass er ihr vertraute, hätte sie das wohl auch getan. Warum nicht? Sie empfand keine Schuldgefühle. Sie empfand Bedauern, aber mit Bedauern konnte sie leben. Bedauern gehörte zum Gewebe ihres Lebens. Doch jetzt hier zu sitzen, in diesem stillen Zimmer, zu beobachten, wie ihr Mann die Porzellantasse mit dem blaugoldenen Rand an den Mund hob, zu sehen, wie sich seine Hand darum bog, wie er beim Schlucken die Augen schloss, nein, sie konnte es nicht mehr allein tragen.

Die Uhr hatte ein weißes Porzellanzifferblatt und schmale goldene Zeiger. Ein Hochzeitsgeschenk von einem Freund ihrer Mutter, vor dreiundvierzig Jahren. Als Meriel sie jetzt betrachtete, schien die Uhr zu wachsen und sich zu verzerren, das Zifferblatt schimmerte, starrte sie dann wütend an, die goldenen Zeiger loderten, als würden sie brennen. Die blassgrüne Tapete dahinter waberte.

Sie atmete mehrfach tief ein.

»Ist was mit dir?«

Wenn sie aufstehen, in die Küche zurückgehen und dort für ein paar Augenblicke allein sein könnte, dann würde sie ruhiger werden und sich nicht mehr vor dem fürchten, was sie gleich tun würde. Oder sie würde es gar nicht tun. Sie würde weitermachen. Nichts würde gesagt werden. Sie würde zurückkommen, und alles wäre wieder normal, die Uhr mit dem weißen Zifferblatt ganz vertraut, die grüne Tapete glatt wie immer. Sie konnte nicht aufstehen. Sie konnte nicht einmal ihre Tasse heben. Wenn sie es tat, würde sie den ganzen Tee verschütten, weil ihre Hände so sehr zitterten.

»Ron Oldham ist übrigens gestorben. Wurde heute in der Loge verkündet. Noch einer.« Er goss sich Tee nach. »Fallen alle um wie die Fliegen. Liegt an der Jahreszeit.« Wieder blickte er sie scharf an. »Solltest du nicht besser ins Bett gehen?«

Sie war wie erstarrt, ihre Glieder ineinander verhakt, die Muskeln in ihrem Gesicht, ihrem Hals, ihrem Mund gelähmt. So muss es sein, wenn man einen Schlaganfall hat, dachte sie, wenn man denken kann und weiß, was man sagen will, sagen sollte, aber weder sprechen noch sich bewegen kann. Warten muss, bis einem jemand hilft. Einen hochhebt. Mit einem spricht. Einen füttert. Auszieht. Wie sie es getan hatte.

Die Uhr schlug die Viertelstunde. Sie hat einen hübschen Klang, dachte Meriel. Zart. Das Zimmer schien schwach zu summen, als wäre an unsichtbaren Drähten gezupft worden. Ein wunderschöner Klang.

Sie hatte einen säuerlichen Geschmack im Mund. In ihrer Kehle war ein schleimiger Kloß, den sie weder schlucken noch ausspucken konnte.

Richard Serrailler trank seinen Tee. Sein Kragen war hinten in Unordnung. Er war in seiner Freimaurerloge gewesen, wo sie ihre albernen Verkleidungsspielchen machten und niemand jemals lachte, oder zumindest hatte Meriel das immer geglaubt, denn wenn sie lachen könnten, würden sie sich bei ihrem eigenen Anblick halb totlachen. Er hatte versucht, Simon und Chris zu überreden, ihre Namen eintragen zu lassen. Sie hatten gelacht, alle beide, bis es sie schüttelte. Meriel fragte sich, ob die Freimaurerei noch eine Zukunft hatte.

Plötzlich verstummte das Summen im Zimmer, und der Kloß in ihrem Hals löste sich auf. Sie fühlte sich ganz ruhig.

»Ich muss dir etwas erzählen«, sagte Meriel.

Er antwortete nicht, aber sein Blick blieb stetig auf ihr Gesicht gerichtet.

»Was denkst du jetzt über Martha?«

Er stellte seine Tasse ab. »Was ich über sie denke?«
»Denkst du an sie?«
»Tust du das?«
»O ja.«
»Und was denkst du?«
Sie hatte nicht vorgehabt, ihn zum Inquisitor werden zu lassen, aber er hatte die Dinge umgekehrt, und jetzt stand sie vor Gericht. Das überraschte sie nicht.
»Ich denke … sechsundzwanzig Jahre waren eine lange Zeit dafür, dass die Dinge so waren, wie sie waren.«
»Für uns?«
»Für uns. Für alle. Aber am meisten für sie.«
»Wie kannst du das wissen?«
»Kann ich nicht. Das kann niemand. Doch die Last des Daseins … selbst des Bewusstseins … muss fast unerträglich für sie gewesen sein.«
»Das werden wir nie wissen.«
»Nein.«
»Als du mich gefragt hast, was ich denke …«
»Vielleicht meinte ich … empfinde. Was empfindest du jetzt?«
Er starrte auf die Tasse und Untertasse vor sich auf dem niedrigen Tisch, den Kopf gebeugt, die Hände zusammengelegt zwischen den Knien. Sie versuchte sich zu erinnern, wie er ausgesehen hatte, als er in Simons Alter war … und jünger als Simon, aber die beiden waren körperlich so unähnlich, bis auf eine abschätzige Geste, die sie gemeinsam hatten, und die Art, sich nach außen abzuschotten, dass ein Vergleich schwierig war. Simon war gutaussehend.
Und Richard? Sah er noch gut aus? Sein Gesicht hatte so lange die Maske des Sarkasmus und der Missbilligung getragen, dass es sich für immer verändert hatte. War er je ein sanfter Mann

gewesen? Mit Martha. Ja, und auch mit Cat, als sie klein war. Nie mit den Jungs, und vor allem nie mit Simon.

»Ich empfinde Qual«, sagte Richard Serrailler. »Ich empfinde bitteres Bedauern und eine bittere, bittere Hilflosigkeit. Was tun wir?« Er hob den Kopf, und sie sah, dass Tränen in seinen Augen glänzten. »Was tun wir heute, in der Medizin, mit unserem rücksichtslosen Verlangen, Leben um jeden Preis zu erhalten und zu verlängern? Warum beharren wir darauf, dass jedes Leben, jedes Anzeichen von Atem und Bewusstsein, das Beste ist, um das wir uns mit aller Kraft bemühen müssen? Warum können wir alte Menschen nicht sterben lassen, wenn sie es sollten? Wie haben wir Lungenentzündung während unserer Ausbildung genannt? Den Freund des alten Mannes. Nicht mehr. So etwas gibt es heutzutage nicht mehr. Die Lungenentzündung hätte schon vor Jahren ihr Freund werden sollen.«

Hör auf, sagte sie sich, hör jetzt auf. Gib dem Gespräch eine andere Richtung, oder steh auf, verlass das Zimmer, geh ins Bett. Es besteht keine Notwendigkeit. Hör auf. Du musst es weiterhin alleine tragen. Du kannst das nicht.

»Es gibt etwas, das ich dir erzählen muss«, sagte sie.

Die Stille im Zimmer war so groß, dass Meriel sich fragte, ob sie beide zu atmen aufgehört hatten. Richard wartete. Hundert Jahre vergingen.

»Derek Wix glaubt, dass die letzte Thoraxinfektion und Lungenentzündung ihre angeborene Herzschwäche verstärkt haben«, sagte sie schließlich. »Er hat Herzversagen als Todesursache angegeben.« Sie wartete. Nichts. Er reagierte nicht. »Was es natürlich war. Ich habe dafür gesorgt, dass ihr Herz zu schlagen aufhörte. Ich habe sie getötet.«

Sie wollte seine Hilfe, wusste aber, dass er ihr nicht helfen würde, dass sie es allein bis zum Ende durchstehen und ihm alles erzählen musste, kein einziges Detail auslassen durfte. Ihre Kehle war trocken, aber sie konnte sich nicht bewegen, um sich etwas zu trinken einzuschenken, nicht, bis es vorbei war.

»Sie schlief. Ich bin an dem Abend noch spät zu ihr gefahren – nach zehn. Ich war bei der Chorprobe, und danach bin ich zur Ivy Lodge gefahren. Das Zimmer war sehr friedvoll. Sie war friedvoll. Sie hatte keine Ahnung, dass ich da war. Ich habe ihr Kalium gespritzt. Ihr Herz hörte natürlich sofort auf zu schlagen, aber es war, als schliefe sie einfach weiter. Ich küsste sie und blieb noch einen Moment bei ihr sitzen, und ich verabschiedete mich von ihr. Dann bin ich nach Hause gefahren.«

Sie spürte, wie aller Atem ihren Körper verließ, fühlte sich schwach, aber auch von aller Anspannung und Qual befreit. Sie zitterte, zitterte am ganzen Körper.

»Mehr gibt es nicht zu erzählen, Richard«, sagte sie.

Wie lange das Schweigen danach andauerte, hätte sie nicht sagen können. Sie lehnte den Kopf an die Sessellehne und schloss die Augen. Hinter ihren Augenlidern sah sie Martha in friedlichem Schlaf.

Einige Zeit später stand Richard auf, ging an den Getränkeschrank und schenkte zwei Gläser Whisky ein. Das eine reichte er ihr ohne ein Wort, worauf sie furchtsam zu ihm aufschaute. Sein Gesicht war starr, leicht gerötet.

Er wich ihrem Blick aus.

Als er schließlich sprach, klang seine Stimme seltsam, wie erstickt oder voll unterdrückter Tränen. »Ich finde es schwer zu glauben, dass du das getan hast.«

»Ich habe es getan.«

»Du hast sie ausgetragen und geboren.«

»Ich glaube, das war der Grund. Letztlich. Ich habe sie geliebt.«
»Wirklich?«
Eine Sekunde lang schauten sie sich an.
»Natürlich habe ich sie geliebt. Wie kannst du je daran gezweifelt haben. Ich habe sie genauso geliebt wie du.«
»Ach ja?« Er trank einen Schluck von seinem Whisky.
»Es verging kaum ein Tag, an dem ich nicht an sie gedacht habe, weißt du.«
»Daran, sie zu töten?«
Sie zuckte zusammen, sagte aber: »Bitte erzähl mir nicht, dass es dir nie in den Sinn gekommen wäre. Jedes Mal, wenn sie wieder eine Bronchitis, wieder eine Lungenentzündung bekam, hast du gesagt, sie sollte jetzt sterben.«
»Ja.«
»Ist das so anders?«
»Falls du meinst, ob das Endergebnis dasselbe ist …«
»Ich meine … Du hast gewünscht, dass sie stirbt. Ich habe es mir gewünscht. Aber sie ist nicht gestorben, und daher habe ich ihr das Leben genommen. Und sie hat nichts davon gemerkt, und sie ist – frei. Was auch immer das bedeutet, ja, sie ist frei. Ich habe sie befreit. Sie war in einem entsetzlichen Gefängnis eingesperrt, und ich habe sie freigelassen. Nur so kann ich es sehen.«
»Du empfindest keine Schuld? Hast es einfach weggeschoben?«
»Es ist mir seitdem in jeder einzelnen Minute präsent. Aber ich empfinde keine Schuld. Nein.«
»Ich hätte niemals …«
»Das glaube ich dir nicht.«
»Mein Gott, glaubst du, ich könnte einen Mord begehen?«

Mord. Das Wort klang eigentümlich in diesem Zimmer, wie ein Wort aus einer fremden Sprache, das nicht hierher passte. Es ängstigte oder alarmierte sie nicht. Sie verstand es nur nicht und lehnte es dann, nach einem Moment, als irrelevant ab.

»Es war kein Mord … Wie immer du es auch nennen willst, das war es nicht.«

»Tötung.«

»Ja.«

»Warum diese Haarspalterei?«

»Weil es wichtig ist.«

»Unsere Tochter war wichtig.«

Er hatte seinen Whisky ausgetrunken. Sie hatte ihren nicht angerührt. Er drehte das leere Glas zwischen den Fingern. Dann stand er auf, trat zu ihr, legte ihr die Hand auf die Schulter.

»Ich weiß es jetzt. Und nun muss einer von uns es Simon sagen.«

»Kommt nicht in Frage.«

»Weil er Simon ist oder weil er bei der Polizei ist?«

»Beides. Er fühlte sich ihr näher als sonst jemand von uns. Diese seltsame Art, in der er mit ihr sprach, ihr etwas vorsang, als er ein Junge war, weißt du noch? Wie oft er sie besucht und bei ihr gesessen hat … Es würde ihn vernichten.«

»Trotzdem, er ist Polizist.«

»Du glaubst, ich muss es ihm erzählen? All das auf unser Haupt laden?«

»Auf deins.«

»Ich spreche nicht von Schmach und Schande, und außerdem würde niemand so reagieren, niemand. Ich meine eine Anklage und einen Prozess, die Zeitungen, und für was? ›Wieder einmal leistet ein Arzt Sterbehilfe‹ … Es geschieht dauernd, das wissen wir beide. Jeder Arzt weiß das.«

»Früher hat man uns vertraut. Jetzt nicht mehr. Ärzte werden verdächtigt ... seit Shipman und den Fällen in Holland.«
»Ein Grund mehr. Aber ich habe es nicht als Ärztin getan. Ich habe ihr ein friedliches Ende bereitet, weil ich ihre Mutter bin. Wenn mir mein ärztliches Wissen den richtigen Weg gezeigt hat – dann ist das reiner Zufall.«
»Du wirst keine Ruhe mehr haben, bevor du es jemandem erzählt hast.«
»Ich habe es dir erzählt.«
»Ich wünschte, du hättest es nicht getan«, brüllte Richard Serrailler, und dabei schossen ihm Tränen der Qual und des Zorns in die Augen. »Ich wünschte bei Gott, ich wüsste es nicht.«

Sie schlief sofort ein und fiel in einen traumlosen Schlaf, wachte aber voller Furcht auf, mit hämmerndem Herzen und Schweiß, der ihr zwischen den Brüsten hinunterlief. Richard hatte sich in seinem Bett von ihr weggedreht, lag auf der Seite. Nach einem Augenblick stand sie leise auf, ging ins Bad und duschte warm. Sie zögerte auf dem Flur, kehrte dann jedoch ins Schlafzimmer zurück. Richard hatte sich nicht bewegt. Sie zog die Vorhänge ein Stück auf. Draußen war es ruhig, der Mond hell und drei viertel voll, sein Licht geisterhaft auf den ersten Blüten des Pfirsichbaums. Sie zog den Korbstuhl von ihrem Frisiertisch ans Fenster, setzte sich und schaute hinaus in den Garten. Martha hat nie etwas davon gesehen, dachte Meriel, nichts davon, weder das Haus, noch den Garten oder das umliegende Land. Es hätte ihr Zuhause sein sollen, war es aber nie.
Sie erinnerte sich an Marthas Geburt. Während der Schwangerschaft hatte sie gewusst, dass irgendetwas nicht stimmte, und es einmal ihrem Mann zu sagen versucht, der es als Einbildung abtat, sie darauf hinwies, dass sie kerngesund war und

ihre ersten Kinder leichter bekommen hatte, als es jeder Frau, die Drillinge austrug, zustand.

Sie hatte sich das angehört und es trotzdem gewusst. Als sie es Jahre später Cat erzählte, war ihre Tochter nicht überrascht gewesen. »Natürlich, das passiert. Du wusstest es. Du hattest recht.«

Aber der Anblick des Kindes hatte sie trotzdem erschreckt. Schlaff und reglos hatte es dagelegen, der Kopf zu groß, die Haut bleich und klamm. Die Ärzte hatten sich bemüht, sie zum Atmen zu bringen, was sie nicht hätten tun sollen, genauso wenig, wie all die Ärzte über die Jahre sie nicht vor Mumps und Masern, Bronchitis und Mittelohrentzündungen und jedem anderen Versuch Gottes oder der Natur, ihr Leben zu beenden, hätten bewahren sollen.

Das war stattdessen ihr überlassen worden.

Sie hatte ihr nicht einfach »Behandlung vorenthalten«. Bei manchen alten Menschen wurde »Nicht reanimieren« in der Krankenakte vermerkt, warum dann nicht bei jenen wie Martha?

Sie hatte ein Leben genommen. War das Mord? Sie wusste es nicht. Aber bei dem Wort »töten« gab es keine Zweideutigkeit. Ihr Kopf war klar, ihr Geist ruhig. Sie fühlte sich ausgeruht. Der Anblick des vom Mond erhellten Gartens war Balsam für sie. Was sie getan hatte, würde sie wieder tun. Das wusste sie. Sie war jetzt eins mit sich.

Sie schüttelte ihr Bett auf und glättete die Kissen. Ein Mondstrahl fiel durch den Spalt, den sie im Vorhang offen gelassen hatte, auf den hellblauen Teppich.

Abrupt, als sei er aus tiefster Tiefe hochgekommen, erwachte Richard, setzte sich auf und sagte ihren Namen.

»Ist schon gut. Schlaf weiter.«

Er starrte sie an. »Erinnerst du dich an das, was du mir erzählt hast?«
»Liebling, du bist gar nicht wach … Es ist drei Uhr morgens.«
»Du hast mir erzählt, dass du Martha ermordet hast.«
»Das Wort habe ich nicht benützt.«
Er sank zurück auf die Kissen und drehte seinen Kopf leicht, damit er sie nicht sah.
»Richard …«
»Du musst zur Polizei.«
»Nein«, sagte sie.
»Jemand muss es tun.«
»Wirst du es tun?«
Er antwortete nicht. Der Mond verschwand hinter einer Wolke. Meriel wartete, lag auf dem Rücken, genau wie er. Wie die Hochreliefs auf einem der Grabmäler in der Kathedrale. Sie sah sie beide so – kalt, grau und stumm im Tod.
Schließlich, während sie noch auf seine Antwort wartete, schlief sie so ein, die Hände an der Seite, und der Mond kam heraus und versilberte das Zimmer erneut, und der Abstand zwischen den beiden Betten war so breit wie die ganze Welt.

42

Es war der Geruch. Andy Gunton saß auf der Bank in einer Zelle des Polizeireviers von Lafferton und roch ihn. Polizeireviere. Gerichte. Und danach die Gefängnisse. Sie rochen. Sie rochen alle anders, aber man erkannte sie mit geschlossenen Augen, und während er da saß, spürte er, wie Wut und Scham und Erinnerung und Selbstverachtung über ihm zusammenschlugen, Welle auf Welle. Es war vier Uhr morgens. Man hatte ihm einen Plastikbecher mit Tee gebracht und ihn allein gelassen, und selbst die Art, mit der der Constable den Becher vor ihn hinstellte, verriet Andy etwas darüber, wie er hier gesehen wurde.

Er legte den Kopf auf die Arme. Du hast es versaut, sagte er sich. Du hast es versaut. Du verdammter, blöder Idiot. Was hast du erwartet, wenn du für Lee Carter arbeitest, außer hier zu landen? Er hasste und verachtete sich so sehr, dass er sich am liebsten umgebracht hätte, wenn das möglich gewesen wäre. Hatte er aus den viereinhalb Jahren Knast denn gar nichts gelernt?

Er sah, wie es passiert war, immer und immer wieder, und es gab niemanden, dem er die Schuld geben konnte. Er hatte nichts übriggehabt für diejenigen, die ständig zurückkamen, bis sie

nichts anderes mehr als den Knast kannten, aber er hatte sich in einen von ihnen verwandelt, ohne es kommen zu sehen.
Er wollte weinen, weinte auch kurz, doch dadurch verachtete er sich nur noch mehr. Michelle würde ihn hinauswerfen. Er begriff, wie man zum Obdachlosen wurde, in Ladeneingängen schlief. Dann war's schon besser im Knast. Drei Mahlzeiten und ein halbwegs anständiges Bett. Auf jeden Fall besser.
Er fragte sich, wann sie kommen würden. Eine halbe Stunde, vierzig Minuten lang schaute er auf die Uhr. Danach drehte er sich um, mit dem Gesicht zur Wand, und schlief unruhig ein.

Simon Serraillers Arm war geröntgt und verbunden, seine Hand gesäubert worden, und dann hatte man ihn nach Hause ins Bett geschickt. Aber er wusste, wenn er das tat, würde er das Schmerzmittel nehmen, das man ihm mitgegeben hatte, und am Morgen halbbetäubt, steif und zerschlagen aufwachen und sich nicht bewegen wollen. Er bat den Taxifahrer, ihn aufs Revier zu fahren.
»Geht es Ihnen wirklich gut genug, um hier zu sein, Chef?« Der Diensthabende musterte ihn.
»Alles bestens. Ich verhöre Gunton, sobald Nathan kommt, dann geh ich heim. Gibt's noch Tee?«
»Klar.«
Simon stieg langsam die Treppe hinauf. Nachts war das Revier ein seltsamer Ort, größtenteils still und ruhig, besonders hier oben, bis auf den gelegentlichen Tumult von unten, wenn die Betrunkenen gebracht wurden und gegen ihre Zellentüren hämmerten.
Er knipste seine Tischlampe an und zog die Jalousie hoch. Im Hof warfen die Laternen bernsteinfarbene Lichtpfützen auf den Asphalt.

Sein Arm schmerzte.
Er hatte das starke Gefühl, dass es sich bei dem Jaguar XKV um ein gestohlenes Fahrzeug handelte und die Verfolgung zum Flugplatz das erste Stadium in der Aufdeckung einer größeren Operation war, in die viele Menschen verwickelt waren; es würde sich herausstellen, dass die Tentakel weit über Lafferton hinausreichten. Aber er war sich ebenfalls ziemlich sicher, dass weder das Auto noch der Fahrer irgendetwas mit David Angus zu tun hatten.
Er stellte sich vor die Karte an der Wand. Lafferton und der Bezirk. Die Kathedrale. Die Altstadt. Der Hügel. Sorrel Drive. Mit den Augen folgte er von dort, wo der Junge vor seinem Haus gestanden hatte, den wegführenden Straßen. Jedes Auto, das die Stadt verlassen wollte, wäre am Ende des Sorrel Drive nach rechts abgebogen und innerhalb von drei Minuten auf der Bevham Road gewesen, wo es entweder weitergefahren oder über den Kreisverkehr eine der Umgehungsstraßen genommen hätte, nach Osten oder Westen. Innerhalb von zwanzig Minuten hätte es die Autobahn erreicht.
Er sah sich das Raster an, das sich vom Sorrel Drive ausbreitete, über den Hügel, den Kanal, den Fluss, die Parks, den alten Eisenbahntunnel und so weiter, bis hinaus aufs Land. Inzwischen war jeder offensichtliche Abladeplatz, jedes Versteck für eine Leiche durchkämmt worden. In der Nähe von Starly hatte man tatsächlich eine Leiche gefunden – die eines älteren Mannes, der seit zehn Tagen vermisst wurde. Er hatte nicht weit vom auf der Hauptstraße vorbeirauschenden Verkehr gelegen, war aber eines natürlichen Todes gestorben.
Von David Angus gab es keine Spur.
Simon setzte sich wieder an den Schreibtisch und versuchte die Schmerzen zu verdrängen, die jetzt in seine Schulter gezogen

waren, wie der Arzt vorausgesagt hatte. »Da sind Sie aufgeprallt, als Sie sich weggerollt haben. Sie haben verdammtes Glück gehabt, dass die Schulter nicht gebrochen ist.« Es fühlte sich aber so an.

Irgendwo verbarg jemand die Leiche des Jungen oder hatte sich ihrer entledigt. Wenn ein Entführer sich ein Kind schnappte, wurde es zu einer Belastung, je länger es am Leben blieb. Ein neunjähriger Junge, redegewandt, wach und aufmerksam, wäre eine äußerst bedrohliche Belastung für einen Entführer, jemand, der fähig war, zu beschreiben, zu identifizieren und sich zu erinnern. Wer auch immer David Angus entführt hatte, kannte ihn möglicherweise nicht und war vielleicht noch nie in Lafferton gewesen. Er hatte ihn gesehen, gepackt und war davongerast. Dann …

Simon starrte auf das Blatt Papier vor sich. Es war leer. Kein Anhaltspunkt, kein Hinweis, keine Beweise, keine Spuren, keine Ergebnisse. Leer.

Er befürchtete, dass es für immer leer bleiben würde.

43

Sie weckten ihn mit einem Becher Tee und einem durchgeweichten Schinkenbrötchen. Er fühlte sich verkrampft und steif. Der Himmel hinter dem hoch oben angebrachten Zellenfenster war grau und sah tot aus. Er wurde gefragt, ob er jemanden anrufen wollte, aber er verneinte. Er überlegte, was wohl auf dem Flugplatz passiert war. Was Lee Carter machte. Was Lee Carter machen würde. Es war sicherer, hier drinnen zu sein.

Großer Gott. Hier drinnen. Ungläubig sah er sich um. Was hatte er gesagt? Was war das eine, das er nie wieder tun wollte? Trotzdem, sie konnten ihn nicht einfach dafür in den Bau schicken, ein Auto in einer Straße abgeholt, es zum Flugplatz gefahren und dort stehengelassen zu haben. Wenn er nichts sagte, mussten sie ihn laufenlassen. Die Tür wurde erneut geöffnet, damit er aufs Klo gehen konnte. Er wusch sich die Hände, spritzte sich Wasser ins Gesicht, fuhr sich durch die Haare. Er sah aus wie der Himmel, grau und tot.

»Also los, ins Verhörzimmer. Hoffe, du weißt, dass es der DCI persönlich war, der dich gestern verfolgt hat.«

Ach du Scheiße.

Er wartete, setzte sich an den Tisch. Hier gab es dasselbe Rechteck leeren Himmels. Ein weiterer Becher Tee wurde ihm gebracht, den er nicht wollte. Dann kamen zwei Bullen herein.

»Andrew Philip Gunton.«

»Ja.«

»Ich bin DCI Serrailler, das hier ist DS Nathan Coates.«

Der blöde Coates. Was hatte Michelle gesagt? »Hochnäsiger kleiner Wichser.«

Andy schwieg. Der DCI sah furchtbar aus, und seine Hand war verbunden. Er stützte den Arm unbeholfen ab.

»Verhörbeginn um acht Uhr dreizehn. Na gut, Gunton, was haben Sie in einem gestohlenen Jaguar XKV, Autokennzeichen 188 KVM, gegen zwei Uhr dreißig am Dienstag, dem 14. März, gemacht?«

»Ich wusste nicht, dass er gestohlen war.«

»Ach ja? Hast du geträumt, du hättest ihn im Lotto gewonnen?«

Dieser aufgeblasene, blöde Coates.

»Nein.«

»Was haben Sie damit gemacht?«

»Ihn zum Flugplatz gefahren.«

»Warum?«

»Weil mir das gesagt wurde.«

»Von wem?«

»Kein Kommentar.«

»Wo hatten Sie ihn her?«

»Ich hab ihn abgeholt.«

»Von wo?«

»Grasmere Avenue.«

»Was machte er da?«

»Woher soll ich das wissen? Ich hab ihn nur abgeholt.«

»Also hat Ihnen jemand gesagt, dass der Wagen dort sein würde.«

»Niemand hat es mir gesagt.«
»Und woher wussten Sie es?«
Er antwortete nicht. Er hatte genug gesagt.
»Hatten Sie dieses Auto schon mal gefahren, Gunton?«
»Hab es noch nie zuvor gesehen.«
»Was steckt dann dahinter? Sind Sie nur der Bote, oder ist da noch mehr?«
»Weiß nicht, was Sie meinen.«
Der DCI bewegte sich auf seinem Stuhl und zuckte leicht zusammen. Beugte sich vor. »Wer hat letzte Nacht versucht, mich über den Haufen zu fahren?«
»Was?«
»Auf dem Flugplatz.«
»Nicht während ich dort war.«
»Nein, kurz nachdem Sie weg waren. Jemand kam auf den Platz gefahren und erwischte mich im Scheinwerferlicht. Und dachte sich dann, es wäre wohl besser, mich plattzumachen. Wer war das?«
Andy zuckte die Schultern. Aber er dachte angestrengt nach, und es gefiel ihm nicht, was er da hörte. Ein Auto von A nach B zu fahren, war eine Sache. In etwas verwickelt zu werden wie schon einmal …
»Haben Sie von David Angus gehört?«
Andy sah hoch. Der DCI blickte ihn durchdringend an.
»War ja kaum zu vermeiden. Das hab ich Ihnen bereits gesagt.«
»Haben Sie ihn jemals gesehen?«
»Nein. Nicht dass ich wüsste, ist mir nicht über den Weg gelaufen.«
»Sie haben ihn nicht mit dem Jaguar am Morgen des …«
Andy sprang auf, stieß dabei fast den Stuhl um. »Nein, verdammt, hab ich nicht.«

»Setzen Sie sich. Sind Sie mit demselben Jaguar den Sorrel Drive entlanggefahren, am …«

»Nein, bin ich nicht«, brüllte er.

»Hör zu, Andy …« Also war er plötzlich Andy. »Es sieht nicht so besonders toll für dich aus. Halb drei am frühen Morgen. In einem gestohlenen Auto. Ein Auto derselben Bauart, wie es auf der Straße gesehen wurde, von der der Junge verschwunden ist.«

»Das hat überhaupt nichts mit mir zu tun. Ich würde nie ein Kind anrühren, und das weißt du, Coates.«

»Ach ja? Woher denn?«

»Gunton«, sagte der DCI müde, »hören Sie zu. Erzählen Sie uns einfach, wer Sie beauftragt hat, das Auto abzuholen und auf den Flugplatz zu bringen. Erzählen Sie uns alles, was Sie darüber wissen, und wie oft Sie das schon gemacht haben.«

»Und?«

»Erzählen Sie einfach.«

Andy glaubte nicht, dass Lee Carter irgendetwas mit dem kleinen Jungen zu tun hatte. Carter hatte es auf Geld abgesehen, nicht auf kleine Jungs.

»Na, kommen Sie schon.«

»Also gut … und das ist alles. Und wenn ich es Ihnen erzählt habe, will ich gehen, und ich will keine Fragen mehr über das vermisste Kind hören, weil ich bei Gott schwöre, dass ich niemals, niemals …«

»Reden Sie«, sagte Serrailler.

Er glaubte ihm, das merkte Andy Gunton.

Er stützte sich auf den Tisch und fing an. Letztlich gab es nicht viel zu gestehen. Das Treffen mit Lee Carter. Die Zustimmung, für ihn zu fahren. Die Anweisungen per SMS. Das Abholen der Autos, zweimal, und auf dem Flugplatz abstellen. Das war alles.

»Wie wirst du bezahlt, Gunton?« Wieder Coates. »Für umsonst wirst du's ja nicht machen.«
»Bar. Per Post.«
»Wie viel?«
»Hundert Pfund«, erwiderte er rasch.
»Und der Rest?«
»Hundert Pfund.«
»Wer hat sonst noch damit zu tun?«
»Ich hab nie jemand anders gesehen.«
»Nur Carter.«
»Ja.«
Der DCI stand auf. »Verhör beendet … um acht Uhr achtundzwanzig.« Coates stellte den Kassettenrecorder ab.
»Werd ich angezeigt?«
»Wegen Fahrens eines gestohlenen Fahrzeugs. Der Diensthabende wird die Kaution festlegen. Und bleiben Sie in der Gegend. Gut möglich, dass wir noch mal mit Ihnen reden wollen.«
Sie ließen ihn wartend am Empfangstresen stehen.
Da hatte er ja wohl noch mal Schwein gehabt.

44

»Wie wär's mit Karin?«
Schweigen. Die Uhr schlug mit feinem Klang halb elf.
»Chris?«
Er saß auf einem Sessel vor dem Horror eines Selbstmordanschlags in den Fernsehnachrichten und schlief. Cat stand auf und schaltete das Gerät aus. In seinem Stubenwagen neben ihr bewegte sich Felix und schmatzte mit den Lippen, aber Chris schlief weiter. Cat war dabei, eine Liste möglicher Paten aufzustellen, und hatte noch keine Kandidatin für Felix' Patin gefunden.
Sie ging in die Küche. Mephisto rieb seinen breiten, rötlichen Körper außen an der Scheibe, und sie öffnete ihm das Fenster, um ihn hereinzulassen. Kalte Luft vom Nordostwind schoss wie fliegende Messer in den Raum.
Vor einer Stunde hatte sie Simon anrufen und herausfinden wollen, wie es seinem Arm ging. Seit der Prellung waren fünf Tage vergangen, und er hatte bei Cat immer noch über Schmerzen geklagt, als er am vorherigen Nachmittag auf ein rasches Sandwich vorbeigeschaut hatte. Er hatte niedergeschlagen gewirkt, frustriert und pessimistisch wegen des David-Angus-Falls.

»Ich weiß nicht, was ich noch machen soll.«
Der Fall war mittlerweile in HOLMES eingegeben worden, die zentrale Datenbank für großangelegte Polizeiermittlungen, was bedeutete, dass jede Dienststelle im Land darauf Zugang hatte und die Informationen mit Querverweisen versehen konnte. Wenn es irgendwelche anderen Fälle gab, die Ähnlichkeiten mit der Entführung von David aufwiesen, würden sie so darauf stoßen.
Chris kam in die Küche gestolpert und fuhr sich durch die Haare. »Ich glaube, ich bin eingeschlafen.«
»Das kann so nicht weitergehen, Chris. Schau dich doch an, du bist vollkommen fertig.«
Die neue Vertretung war schon wieder krank. Chris hatte es beim ärztlichen Bereitschaftsdienst versucht, der ihm im Moment aber keine weitere Nachtvertretung zur Verfügung stellen konnte.
»Ich werde früher als geplant wieder arbeiten. Ich such mir Hilfe für Felix. Sally Warrender kann es gar nicht erwarten, ihn öfter um sich zu haben, hat sie heute gesagt.«
»Nein, du wirst nicht früher zurückkommen. Du machst ein Jahr Pause. Keine Diskussion. Mir geht's gut.«
Das Telefon klingelte.
»Klar, sicher doch, du gehst nach dem Abendessen sofort ins Bett und schläfst wie ein Toter, du läufst rum wie ein Zombie, die Kinder fragen sich, ob du tatsächlich hier wohnst. Das ist wie in deinem ersten Jahr als Assistenzarzt, nur bist du keine vierundzwanzig mehr.«
Aber er signalisierte ihr, still zu sein, während er den Anruf entgegennahm. »Ja, ich komme sofort. Sagen Sie mir nur noch mal, wo das genau ist.« Er schrieb. »Gut … Warten Sie an der Hauptstraße und zeigen mir dann den Weg? Danke, Sergeant.«

»Die Polizei?«
»Im Wald in der Nähe von Starly ist ein Mann tot aufgefunden worden.«
»Doch nicht Selbstmord?«
»Scheint so. Autoabgase. Meist eine üble Sache.«
»Trink erst mal eine Tasse Kaffee. Da geht es um eine Bestätigung, und die Polizei ist da, also hast du Zeit.«
»Danke.«
Er ging hinaus, um seine Arzttasche und Jacke zu holen. Cat goss Wasser in die Cafetière. Fünf Meilen Hinfahrt. Den Tod bestätigen. Fünf Meilen Rückfahrt. Er würde vor Mitternacht wieder daheim sein, und mit etwas Glück würde das Telefon nicht noch einmal klingeln. Mit Glück.
»Du musst eine verlässlichere Vertretung finden.«
»Ich weiß nicht, was mit den Hausärzten los ist.«
»Aber ich. Der verdammte Papierkram und immer mehr Vorschriften, das ist los, genau wie in der gesamten Medizin, außerdem hat sich die Grundeinstellung geändert.«
Er zuckte zusammen, als er einen Schluck von dem brühheißen Kaffee trank, und ließ kaltes Wasser in die Tasse laufen. »Na gut, Schatz, dann schlag ich mich jetzt in die Wälder. Warte nicht auf mich.«
»Ich muss noch stillen. Ein weiteres nettes Kapitel in meinem William Trevor, bis sich Seine Lordschaft mal zum Trinken bequemt. Er ist eine solche Schlafmütze.«
»Es gefällt mir, wenn ein Mann das meiste aus seinem Pint herausholt.«
Chris küsste sie auf die Wange und ging.
Cat fiel ein, dass er geschlafen hatte, als sie Karin McCafferty als Felix' Patin vorschlug, und sie nahm sich vor, ihren Namen erneut zu erwähnen, falls sie noch wach war, wenn Chris zu-

rückkam. Sie wischte das Abtropfbrett sauber, stellte die Spülmaschine an, knipste die Lichter aus und verließ die Küche. Auf dem Sofa rollte sich Mephisto zusammen und fuhr genüsslich die Krallen aus.

Das Polizeiauto wartete an der Straße. Es blinkte mit den Scheinwerfern, als Chris ankam.
»Hallo, Doc … Steigen Sie ein. Da kommen wir nur mit einem Allradantrieb hoch. Es ist ziemlich steil.«
Chris und der Constable stiegen in den Polizeilandrover und fuhren den Weg zwischen den Bäumen hinauf. An den Wochenenden war es hier voll mit Motocrossfahrern. Tiefer im Wald trafen sich Teams zum Paintballspielen. Doch heute Nacht fingen die Scheinwerfer des Polizeiautos nur die mit Flechten bewachsenen Baumstämme, den modrigen Blätterteppich und den Schlamm auf dem Pfad ein. Sie schlängelten sich fast eine Meile weit durch den Wald, bis sie auf eine kleine Lichtung bogen und neben den Absperrbändern hielten. Chris stieg aus.
»Von hier aus gehen Sie besser zu Fuß. Er hat sich durch das Unterholz gezwängt, aber zu dem Zeitpunkt waren ihm Lackschäden wohl schon egal, nehme ich an.«
»Weiß man, wer er ist?«
»Er hat es uns schwergemacht – hat beide Nummernschilder abgeschraubt. Wir haben sie noch nicht gefunden, aber auch noch nicht zu weiträumig danach gesucht. Ist nicht leicht unter diesen Bedingungen.«
Sie knipsten beide ihre Taschenlampen an und machten sich auf den Weg. Zweige und Unterholz waren abgebrochen und niedergewalzt, bildeten einen holprigen Pfad.
»Wer hat ihn gefunden?«

»Ein Wildhüter. Wir befinden uns direkt am Rand vom Pennythorn Estate. Der Mann kam hier mit seinen Hunden vorbei, hörte einen Automotor … Dachte zuerst, es wären Knutscher.«

Chris lächelte. Knutscher. Der örtliche Ausdruck für spätnachts im Auto sitzende Liebespaare.

»Da sind wir. Nach Ihnen, Doc.«

»'n Abend, Doc.« Der zweite Constable stand direkt hinter dem Auto. »Er gehört Ihnen.«

»Vielen herzlichen Dank.«

Regen hatte eingesetzt, und der Pfad war rutschig von den herabgefallenen Blättern. Es war kalt. Das Auto war silbern und Chris nicht bekannt. Er ging zur offenen Fahrertür und beugte sich hinein. Diese Aufgabe verabscheute er ganz besonders, nachts im Dunkeln einen Weg hinaufzutrampeln, sich von der Polizei unter Zeitdruck gesetzt zu fühlen und einen Tod durch Kohlenmonoxidvergiftung bestätigen zu müssen, durch die sich der Körper rosig färbte, so dass man noch genauer prüfen musste, dass der Tod wirklich eingetreten war. Daran gab es zwar selten Zweifel, aber Chris hatte immer Angst, einen Fehler zu machen, daher dauerte es doppelt so lange, wie es sollte, und sein Rücken wurde dafür bestraft, sich mehrere Minuten halb durch eine Autotür zu beugen.

Er leuchtete mit der Taschenlampe ins Wageninnere. Der Mann lag zusammengekrümmt über dem Lenkrad, und Chris hatte Schwierigkeiten, ihn aufzurichten. Als ihm das gelungen war, blickte er in das gerötete Gesicht von Alan Angus.

Er vergewisserte sich, überprüfte mehrfach alles, Puls, Herz, Augen.

Dann richtete er sich auf.

»Er ist tot. Kohlenmonoxidvergiftung. Ich kann Ihnen auch sagen, wer es ist, doch das wird Ihnen nicht gefallen … Alan Angus.«
»Der Vater des Jungen?«
»Ja. Er hat es schon mal versucht – hat sich in seinem Büro im Krankenhaus die Pulsadern aufgeschnitten … Nur ist zufällig jemand vorbeigekommen.«
»Diesmal nicht.«
»Nein, diesmal hat er gewusst, wo er hinmuss, und hat sich nach Kräften bemüht, nicht gefunden zu werden.«
»Die arme Frau.«
»Und das andere Kind. Sie haben noch eine Tochter.«
»Da kommt man schon ins Grübeln … Er konnte es nicht ertragen, aber sie muss damit fertig werden – und dann gleich zweimal.«
»Was für eine Sauerei.«
Chris schlitterte den Pfad hinunter und wäre kurz vor seinem Auto fast gestürzt. Das Revier würde Simon anrufen. Die Leiche würde zur Obduktion kommen, und danach würde Alan Angus dem Pathologen und dem Coroner gehören. Chris' Arbeit war erledigt. Er hatte schon genügend Selbstmorde gesehen, hatte Totenscheine für viele solcher Fälle ausstellen müssen, aber es verstörte ihn stets auf einer tieferen Ebene als alles andere in seiner ärztlichen Praxis. Es war die letzte verzweifelte, hoffnungslose Tat von jemandem, der in diesem Moment der einsamste Mensch der Welt war. Als Arzt hatte Chris das Gefühl, versagt zu haben, wenn es sich um einen seiner Patienten handelte. Als Mensch bedrückte ihn jeder Selbstmord.
Er wusste, dass die erste Reaktion vieler Menschen, die dem toten Ehemann oder der Ehefrau, der Tochter oder dem Sohn nahestanden, oft Wut war. Das Trauern war kompliziert und

wurde davon getrübt. Er empfand selbst Wut auf Alan Angus, weil der seine Frau mit weiterer quälender Unsicherheit allein ließ. Aber er wusste um die Hoffnungslosigkeit, die der Neurochirurg empfunden haben musste, die Verzweiflung beim Verschwinden seines Sohnes und die darauf folgende totale Stille und Leere.

simon.serrailer@lafferton.pnn.police.uk
Liebling, ich kann nicht aufhören, an Dich zu denken. Ich möchte Dir nur sagen, wie sehr ich Dich liebe. Ich habe heute Morgen in der Zeitung vom Selbstmord des Vaters des vermissten Jungen gelesen. Das muss schrecklich sein. Ich weiß, wie sehr Du Dich verantwortlich fühlst. Versuch eine Pause einzulegen, wenn Du kannst. Jemand hat mir aus dem Nichts heraus ein Angebot für die Brasseriekette gemacht – ein Angebot, bei dem ich mich setzen musste. Vielleicht nehme ich es an. Ich bin es leid, eine alleinstehende Karrierefrau zu sein.
Würde gerne mit Dir reden, wenn Du kannst.
In Liebe, Deine Diana

45

Er rasierte sich gerade, als das Telefon klingelte. Es war noch nicht sieben, aber er konnte momentan nur schlecht schlafen, und so früh aufs Revier zu fahren, fiel ihm nicht schwer.

»Chef.«

»Morgen, Nathan.«

»Man hat eine Leiche gefunden.«

»Was für eine?«

»Von einem Kind.«

»O Gott. Und wo?«

»In der Gardale-Schlucht – ein flaches Grab am Steilufer des Flusses, kurz bevor er im Boden verschwindet.«

»Gardale hätte doch längst abgesucht sein sollen.«

»Ja, stimmt. Bloß hat es seither ziemlich geregnet und eine Menge Zeug runtergespült – ist dadurch vermutlich freigelegt worden.«

»Wer hat die Leiche gefunden?«

»Der Anrufer wollte seinen Namen nicht nennen. Sagte, er wär mit seinen Hunden da vorbeigekommen.«

»Gut, ich bin unterwegs. Sagen Sie in der Gerichtsmedizin Bescheid.«

»Hab ich gerade gemacht.«

Es regnete, ein sanfter, gleichmäßiger Regen, der die Windschutzscheibe beschlagen ließ. Lafferton kam allmählich in Bewegung, aber der Verkehr war noch schwach.
Simon gab Gas, als er aus der Stadt hinausfuhr. Er war bereits wegen Alan Angus benachrichtigt worden. Und jetzt das. Vielleicht war es nicht der Junge. Aber wenn es sich herausstellte, dass Davids Leiche in der Schlucht lag, hatte Marilyn Angus den schlimmsten Tag ihres Lebens vor sich.

Gardale war eine steile Schlucht. Es gab einen schwindelerregend schmalen Asphaltweg, der in der einen Richtung hinabführte und am anderen Ende wieder hinaus. Im Sommer war es ein Anglerparadies; Forellen schwammen im klaren, unverschmutzten Wasser des Flusses, der hier austrat und wieder verschwand, nur um weiter unten auf mysteriöse Weise erneut aufzutauchen, seit Generationen der Stoff örtlicher Legenden. An sonnigen Nachmittagen gab es hier nichts Furchterregendes, nichts Trauriges oder Geheimnisvolles. Dann war die Schlucht vom Licht gesprenkelt und friedvoll. Menschen picknickten am Wasser, und Kinder riefen laut, um das seltsame Echo zu hören.
Jetzt, an einem grauen Märzmorgen mit kaltem Wind und Regen, war es schwierig, in die Schlucht hinunterzugelangen, die düster und bedrohlich wirkte. Die steilen Abhänge mit den überhängenden Felsen und flachen Höhlen schienen sich nach innen zu neigen, und in der Luft hing ein übler Geruch. Das bisschen Platz neben dem Weg war voller Autos – das übliche Polizeiaufgebot plus Gerichtsmedizin und Spurensicherung. Simon stieg aus seinem Wagen. Zwei Männer zwängten sich in geisterhaft weiße Anzüge. Ein weiterer nahm eine Tasche heraus.

»Morgen, Simon.«
»Jonathan.«
Der diensthabende Pathologe Jonathan Nimmo war ein unattraktiver, zaundürrer Mann von fast einsneunzig, mit einem Mund voll kleiner, spitzer Rattenzähne.
»Ich nehme an, das könnte euer Junge sein.«
»Hoffentlich nicht, aber es ist zu befürchten.«
Nimmo zog seine Stiefel hoch. »Gut, gehen wir.«
»Warten Sie, ich zieh mir auch noch rasch meine Stiefel an. Der Abhang wird höllisch glatt sein. Waren Sie schon mal da unten?«
»Nee.«
»Dann schlage ich vor, dass ich vorausgehe.«
»Ich brauch kein Kindermädchen.«
»Nur als Führer.«
Simon beugte sich hinab, schnürte seine Wanderstiefel zu. Sie hatten genug Profil, um ihn selbst an Berghängen nicht abrutschen zu lassen.
Der Abstieg war mühsam, und sie bewegten sich mit Vorsicht. Unten sah Simon ein bereits abgesperrtes kleines Gebiet und die Umrisse von zwei Streifenpolizisten.
»Alles in Ordnung?«
Der Pathologe grunzte, bemühte sich, das Gleichgewicht nicht zu verlieren und dabei seine Tasche festzuhalten.
Der Regen fiel sanft und gleichmäßig, vermischte Blätter und Schlamm zu einer glitschigen Schicht auf dem Asphalt. Simon sah nicht hoch, nur auf seine Füße, setzte achtsam seine Schritte. Aber er hatte das Bild der gesamten Schlucht vor Augen. Wenn es das Grab von David Angus war, wie war er hier heruntergebracht worden, von wem und wann? Simon wollte sich nicht vorstellen, wie das gewesen sein musste, falls der Junge noch

gelebt hatte. Wenn er tot gewesen war, wie war er getötet worden und wie viel Zeit war vergangen, bis man ihn hergebracht hatte?

Als sie den Boden der Schlucht erreichten, kamen ihnen weitere Männer von der Spurensicherung nach, der Fotograf und Nathan Coates. Sie überquerten den angeschwollenen und rasch strömenden Fluss an der Stelle, wo er im Boden verschwand, und kletterten den kurzen Hang zu dem abgesperrten Gelände hinauf. Serraillers Haar war klatschnass, an seinem Anorak lief das Wasser hinunter.

»Chef.«

»Morgen.«

»Hier drüben.«

Sie duckten sich unter dem Absperrband hindurch. Eine kleine Stelle war aufgewühlt. Buschwerk und Steine waren vom strömenden Regen weggewaschen worden.

»Der Anrufer hat mehr oder weniger gesagt, wo es ist. Hat es sehr genau beschrieben. Wir brauchten kaum zu suchen. Es war sowieso schon halb freigelegt.«

Simon trat einen Schritt vor. Schaute hinunter. Ein Graben von etwa neunzig Zentimetern Tiefe war aus der Erde und dem Unterholz ausgehoben worden.

»Es war immer noch mit ein wenig Grünzeug und Mulch bedeckt. Aber bloß lose. Leicht zu finden.«

Der Boden war nur genug gesäubert worden, um das Grab aufzudecken.

Darin lag eine Leiche in fortgeschrittenem Verwesungsstadium, mit hervortretenden Knochen. Es sah aus, als wäre sie nackt gewesen.

»Kommt mir so vor, als läge sie hier schon zu lange, um David Angus zu sein.«

»Dachten wir auch, Chef.«
»Sie gehört Ihnen, Jonathan.«
Der Pathologe hatte seine Tasche geöffnet und seinen weißen Anzug halb angezogen. Auf seinem Gesicht lag ein begieriger Blick, doch der DCI hatte das schon oft zuvor gesehen. Pathologen waren entweder weltverdrossen und anscheinend zu Tode gelangweilt, oder sie leckten sich erwartungsvoll die Lippen, und je übler die Leiche war, desto besser.
Nathan Coates trat zu ihnen.
»Chef? Was haben wir?« Sein eingedrücktes Gesicht war besorgt.
»Ich bezweifle, dass er es ist. Zu weit fortgeschrittene Verwesung. Aber ich weiß auch, welchen Einfluss Wetter haben kann – er wird uns gleich mehr erzählen.«
Sie sahen beide nach oben. Die Schlucht erhob sich steil zu beiden Seiten.
»Ich find's schrecklich hier. Mein Dad hat uns mal hergebracht, als wir Kinder waren, hat uns zu Tode erschreckt. Er sagte, in den Höhlen versteckten sich Räuber und so, gewaltige Riesen mit roten Bärten und verschwitzten Achselhöhlen und Holzkeulen. Ich hab nie richtig aufgehört, ihm zu glauben, hatte jahrelang schlechte Träume.« Er blickte zu den Höhlen hinauf.
»Wie alt waren Sie denn da, um Himmels willen?«
»Vier, fünf? Verdammt beängstigend. Das war typisch für meinen Dad … Er fand es totkomisch.« Manchmal brach Nathans fröhliche Fassade auf, gab solche Kleinigkeiten über seine Kindheit preis.
»Simon!«
»Ich komme.«
Bitte, Gott, lass es nicht ihn sein. Lass es … Tja, was? Die Leiche eines anderen Kindes, hastig vergraben in der Schlucht?

»Was ist es?«
»Ein Kind. Zwischen acht und zehn Jahre alt. Todesursache wahrscheinlich Schädelbruch. Im Hinterkopf ist ein ziemlicher Riss.«
Großer Gott.
»Wie lange liegt es schon hier?«
»Schwer zu sagen. Die Leiche war teilweise freigelegt, wir hatten ein paar Frostnächte und dann starken Regen ... Ich kann mehr dazu sagen, wenn ich sie im Obduktionssaal habe.«
»Könnten es drei Wochen sein, vielleicht weniger?«
»Unwahrscheinlich.«
Der Pathologe blinzelte wie eine Eule aus der weißen Kapuze seines Anzugs, die mit Bändern unter dem Kinn zugeschnürt war. Er stand in dem flachen Grab neben der Leiche.
»Aber egal, wie lange, es ist sowieso nicht euer vermisster Schuljunge.«
»Woher wissen Sie das?«
»Weil es ein Mädchen ist. Fehlt Ihnen eines?«

46

Der Konferenzraum war bereits voll besetzt mit Medienleuten. Der DCI kam mit forschen Schritten herein, wobei seine Haltung verriet, dass er auf Angriff eingestellt war, nicht auf Verteidigung. Er macht den Eindruck, alles unter Kontrolle zu haben und zuversichtlich zu sein, dachte Nathan auf dem Weg zu seinem Platz, obwohl er das gar nicht ist.

»Vielen Dank allerseits. Also … wir brauchen Ihre Mithilfe. Heute Morgen wurde in der Gardale-Schlucht die Leiche eines Kindes gefunden. Sie lag in einem Grab, bedeckt mit Gestrüpp und Blättern. Es ist die Leiche eines Mädchens, etwa acht bis zehn Jahre alt. Die Todesursache war ein Schädelbruch, möglicherweise noch andere Verletzungen. Weitere Informationen können wir Ihnen nicht geben, weil wir keine haben. Zahnarztunterlagen, sollten sich welche finden, werden natürlich überprüft … Die Leiche war nackt, bisher wurden keine Kleidungsspuren gefunden. Die ganze Schlucht wurde abgesperrt und wird durchsucht. Zu diesem Zeitpunkt gibt es keine Verbindung zwischen dem Fund dieser Leiche und dem Verschwinden des neunjährigen David Angus, aber es gibt auch keinen Beweis des Gegenteils. Wir haben noch keine Hinweise zu dem Aufenthaltsort von David.

Wir möchten die Öffentlichkeit mit einbeziehen. Um diese Jahreszeit geht kaum jemand in die Gardale-Schlucht, wie Sie wissen, daher ist jedes geparkte Auto, das in diesem Gebiet gesehen wurde … jedes Fahrzeug … von Bedeutung. Auf dem Moor wird zu jeder Jahreszeit gewandert, wenn also Wanderer oberhalb der Schlucht jemand mit einem Kind dieses Alters gesehen haben, wäre auch das von größter Wichtigkeit. Uns liegt keine Vermisstenanzeige von einem Kind dieses Alters aus der Gegend vor. Wir stehen in Verbindung mit anderen Dienststellen, aber auch da liegt bisher nichts vor.

Gut, haben Sie irgendwelche Fragen?«

Der Raum explodierte, wie Simon es vorausgesehen hatte. Warum war David Angus noch nicht gefunden worden? Noch ein vermisstes Kind – wann würde das nächste folgen? Welche Anstrengungen …? Würde jemand von außerhalb der Polizei …? Veränderte es die Sachlage …? Könnte der DCI etwas zum Selbstmord von …?

Er antwortete rasch und ohne auszuweichen oder seine Enttäuschung über die mangelnden Fortschritte im Fall David Angus oder seine Betroffenheit über den Fund einer weiteren Kinderleiche zu verbergen. Die Journalisten mögen Serrailler, dachte Nathan Coates. Sie merkten, wenn man sie mit Geschwafel hinhielt, sie waren Experten darin, Schwachpunkte aufzugreifen, und in einem Fall wie diesem brodelte es immer unter der Oberfläche. Die Medien könnten sich sehr schnell gegen die Polizei wenden, vor allem, wenn sie spürten, dass die Öffentlichkeit hinter ihnen stand, doch noch waren sie auf ihrer Seite. Sie vertrauten dem, was ihnen gesagt wurde, sie wussten es zu schätzen, so früh und umfassend informiert worden zu sein.

Die Fragen verstummten allmählich, und der Raum leerte sich.

Die Geschichte machte innerhalb einer halben Stunde örtliche Schlagzeilen und war weitere dreißig Minuten später in den nationalen Radionachrichten.
Während die Anrufe eintrafen – »Bekloppte und Wichtigtuer zuerst«, wie Nathan sich ausdrückte – und von den Telefonmannschaften ausgewertet wurden, fuhr Simon nach Bevham zur Obduktion. Er wollte alles über die Kinderleiche in Erfahrung bringen, und er wollte raus aus dem Revier. Als er aus Gardale zurückgekommen war, hatten zwei weitere E-Mails von Diana auf ihn gewartet. Gestern Abend hatte sie ihm auf den Anrufbeantworter gesprochen. Er war wütend. Außerdem konnte er es nicht leiden, untätig auf dem Revier herumzusitzen. Von Bevham aus wollte er zurück in die Schlucht, und er wusste, dass er auch zu Marilyn Angus musste.

Jonathan Nimmo war bereits bei der Arbeit. Die Kinderleiche lag auf dem Obduktionstisch, mitleiderregend klein und nicht viel mehr als Haut und Knochen.
»Morgen, Simon. Haben Sie den Mörder schon?«
»Sie wurde ermordet?«
»Na ja, im Bett ist sie nicht gestorben. Nein, sie ist an einem Schlag auf den Kopf gestorben … Sehen Sie?«
Simon beugte sich hinunter.
»Sehen Sie … da? Und hier …«
»Womit wurde sie geschlagen?«
»Also, ich neige zu der Ansicht, dass es nichts in dem Sinne war, was Sie denken. Ich glaube, sie ist auf den Hinterkopf gefallen, vermutlich aus einiger Höhe, wenn auch nicht allzu hoch, und mit dem Schädel gegen etwas Hartes geprallt.«
»Oh.«
»In der Tat.«

»Demnach suchen wir nach einem Mörder oder auch nicht.«
»Sie könnte gestoßen worden sein, sie könnte ausgerutscht und gefallen sein … lässt sich unmöglich sagen.«
»Sonst noch was?«
»Gebrochener Arm und Ellbogen. Ist wahrscheinlich unglücklich gefallen. Ich würde sagen, rücklings nach unten. Sonst nichts. Alles normal.«
»Wurde sie sexuell missbraucht?«
»Schwer zu sagen. Nicht mit Gewalt. Ich hätte sie früher haben müssen. Wir haben Abstriche gemacht, aber die werden nichts ergeben.«
»Wenn sie durch einen Unfall starb …«
»Was machte sie dann in einem Erdgrab in der Gardale-Schlucht? Genau.«
Nimmo hob sehr sanft die Fingerknochen des Kindes hoch, einen nach dem anderen, untersuchte jeden und legte ihn wieder ab. Sein Gesichtsausdruck war aufmerksam und konzentriert.
»Uns liegt keine Vermisstenanzeige von einem Mädchen dieses Alters aus unserem Gebiet vor.«
»Dann ist sie wohl von außerhalb hergebracht worden.«
»Vielleicht. Es müsste jemand sein, der sich hier auskennt. Gardale ist auf den Karten verzeichnet, ist aber sonst für Leute von außerhalb kein allzu bekannter Ort.«
»Ach, ich weiß nicht – im Sommer gehen viele Leute da runter.«
»Und im Winter fast niemand, also muss derjenige gewusst haben, dass er nicht gestört und das Kind vielleicht nie gefunden werden würde.«
»Denken Sie laut, Simon?«
Serrailler schaute auf die Leiche, so entblößt unter dem grellen

Licht. Er war den Tränen nahe, dachte an seine Nichte Hannah, ein Kind im gleichen Alter, wohlgerundet und überfließend vor Enthusiasmus und Energie – vor Leben.

»Benachrichtigen Sie mich, wenn Sie noch irgendwas anderes finden«, sagte er und wandte sich vom Obduktionstisch ab.

»Da kommt nichts mehr. Ich bin so gut wie fertig. Mir reicht als Todesursache ein Schädelbruch durch Sturz auf den Hinterkopf.«

»Das macht es nicht leichter.«

»Tut mir leid, nicht mein Problem«, meinte Nimmo aufgeräumt.

Simon fuhr in den vierten Stock des Krankenhauses und ging in die Cafeteria. Er war hungrig. Ein Obduktionssaal hatte sich noch nie auf seinen Appetit ausgewirkt. Vielleicht lag das an einem winzigen Gen, das er aus dieser langen Reihe von Ärzten geerbt hatte. Er holte sich Kaffee und ein Käsebrötchen. »Nicht mein Problem«, hatte der Pathologe gesagt, aber im Moment dachte Simon nicht an die kleine Leiche, die er gerade gesehen hatte, noch nicht mal an David Angus und eine mögliche Verbindung zwischen den beiden. Er dachte an Martha. Als er zum letzten Mal im Kreiskrankenhaus Bevham gewesen war, hatte er sie besucht, nach seiner Rückkehr aus Venedig. Sie hatte still und bleich dagelegen, angeschlossen an so viele Schläuche und Apparate. Er hatte sie gezeichnet. Erst am vergangenen Abend hatte er sich die Skizzen angeschaut, und für ihn waren sie Totenmasken, obwohl sie da noch nicht tot gewesen war. Seine Gefühle für sie waren jetzt eine verwirrende Mischung aus Trauer, einem gewissen Maß an Erleichterung, Enttäuschung, dass er nie wieder bei ihr sitzen und mit ihr reden würde – und etwas anderem. Tief unter allem nagte dieses Etwas an ihm, irgendein vager Zweifel, eine Unsicherheit oder Beklemmung. Er konnte es nicht definieren, nicht einordnen, aber es war da, wie ein schwaches Echo oder eine Frage, ein Stück von etwas Unerledigtem.

Jemand ließ einen Teller fallen, jemand anderer hatte einen Hustenanfall, und ihm wurde rasch ein Glas Wasser gegeben. Ein Rollstuhl quietschte auf dem Boden. Eine Klingel ertönte. Leben.

Simon trank seinen Kaffee aus und verließ die Cafeteria, um sich seiner nächsten Aufgabe zu widmen. Sorrel Drive. Irgendwo in den Tiefen dieses Gebäudes lag die Leiche von Marilyns Mann in einem der Schubfächer des Obduktionssaales. Irgendwo lag David Angus' Leiche.

Sein Handy klingelte, als er über den Parkplatz ging.

»Chef?«

»Was ist los?«

Nathan klang merkwürdig – entschuldigend? Verlegen?

»Tut mir leid … bloß … Sie sollten besser herkommen.«

»Ich war auf dem Weg zu Mrs. Angus.«

»Ja, ich weiß … nur, vielleicht sollten Sie vorher doch erst herkommen, okay?«

»Hier ist Simon Serrailler. Ich bin nicht da. Bitte hinterlassen Sie eine Nachricht. Danke.«

»Du bist nie da, nicht wahr? Nicht für mich. Oder du bist vielleicht da und hörst zu und nimmst nicht ab … Simon? Wenn du da bist, nimm bitte ab, Liebling … Na gut, ob du nun da bist oder nicht, ich muss irgendwann mit dir reden. Ich vermisse dich so sehr. Ich kann es nicht ertragen. Ich verstehe es nicht. Was ist zwischen uns schiefgelaufen? Liebster Simon, bitte, bitte ruf mich an. Ich liebe dich.«

»Wir haben einen Anruf bekommen«, sagte Nathan. Er hatte einen Gesichtsausdruck, den Simon nicht ergründen konnte. Nathan hatte die Tür zu Simons Zimmer geschlossen und lehnte sich mit dem Rücken dagegen. »Von einem Anwohner. Vor etwa einer halben Stunde.«

»Und?«

»Der Mann sagt, er hätte um die fragliche Zeit ein Auto oben in der Nähe von Gardale gesehen … Sagt, er wäre nicht weit vom Hylam Peak gewesen, auf dem Parkplatz. Er meinte …«

»Ach, du lieber Himmel.«

»Chef …«

»Das war meins. Er hat mein Auto dort oben stehen sehen.«

»Ja … es stimmt mit Ihrem Autokennzeichen überein, nur hab ich gesagt …«

»Verdammt, das hatte ich vergessen.«

Aber jetzt fiel es ihm wieder ein. Wie er im Gras gelegen hatte, während die Sonne über den Peak jagte und die Schafe blökten. Und dann der Hubschrauber, der seinen Schatten geworfen hatte, und die Schafe, die verängstigt den Hügel hinauf geflohen waren. Simon wusste inzwischen, dass der Hubschrauber dem amerikanischen Millionär gehörte, der Seaton Vaux gekauft hatte.

»Da war ein Motorradfahrer. Er hat mich mit zurück zu meinem Auto genommen.«

»Ah ja.«

Simon setzte sich an seinen Schreibtisch. »Könnten Sie uns Kaffee holen? Wir müssen das klären.«

»Geht klar, Chef.«

»Sie brauchen nicht erst über die Straße zu gehen, das Kantinenzeug reicht. Und besorgen Sie den Wortlaut des Anrufs.«

Er saß ganz still, nachdem Nathan hinausgegangen war, die Augen geschlossen, die Hände hinter dem Kopf, setzte den Nachmittag zusammen, rief sich jedes Detail seines Spaziergangs in Erinnerung. Martha. Er war losgegangen, nachdem er sie im Krankenhaus besucht und befürchtet hatte, es würde das letzte Mal sein. Er hatte sich freilaufen und allein sein wollen.

Nathan kam zurück und stellte zwei Plastikbecher mit Kantinenkaffee ab. Simon hatte bereits ein Dokument auf seinem Laptop geöffnet.
»Ich schreibe es als offiziellen Bericht. Das Datum und die Zeit habe ich. Nachdem ich mein Auto auf dem öffentlichen Parkplatz abgestellt hatte, bin ich über den Peak in Richtung Gardale gegangen. Ich wollte in die Schlucht hinunter, aber es gab einen Regenguss – es wäre zu riskant gewesen. Ich war auf dem Rückweg, als ein Motorrad aus dem Nichts auftauchte. Der Fahrer hat mich mitgenommen und bei meinem Auto abgesetzt. Ich habe niemanden sonst gesehen … Auf dem Parkplatz stand kein anderes Auto, und mir ist unterwegs kein Wanderer begegnet.«
»Das ist überhaupt kein Problem, Chef, das wissen Sie. Ich dachte bloß, Sie sollten es sofort erfahren.«
»Danke. Sie hatten recht.« Simon trank einen Schluck von dem Pulverkaffee. »Ich weiß jetzt nicht, ob es gut oder schlecht war, nicht in die Schlucht zu gehen. Ich hätte etwas entdecken können. Zu dumm.«
»Schwer zu sagen, nicht wahr?«
»Ja. Ist sonst noch was reingekommen?«
»Das halbe verdammte Land ruft seit der Rundfunkdurchsage an … alles nicht zu verwerten.«
»Und kein vermisstes Mädchen?«

»Nein. Sie suchen in HOLMES, aber bisher ohne Ergebnis. Ist, als wär's jemandes Katze. Die werden ja auch nicht als vermisst gemeldet.«
»Ach, ich weiß nicht. Als ich neu bei der Streifenpolizei war, hatten wir eine Frau, die ihren Kater alle zwei Wochen als vermisst gemeldet hat … Dann tauchte er wieder auf, und sie meldete uns das auch … Dann verschwand er wieder …«
»Du lieber Himmel. Was war denn mit der los?«
»Sie war einsam«, erwiderte Simon.
»Nee, Sie hatte ein Auge auf sie geworfen, Chef.«
»Das auch.«
»Waren Sie bei Mrs. Angus?«
»Ich war auf dem Weg dahin.«
»Entschuldigung. Nur …«
»Oh, raus mit Ihnen, raus mit Ihnen, Nathan, hören Sie auf, sich zu entschuldigen.«
»Geht klar, Chef.«
Simon wandte sich dem Laptop zu und gab das ein, was er einen Bericht genannt hatte, ihm aber wie eine Aussage erschien.
Vierzig Minuten später war er fertig und legte eine Kopie auf Nathans Schreibtisch. Er schickte es auch per E-Mail, zusammen mit einem Erklärungsschreiben, an Paula Devenish. Gleichzeitig rief er seine E-Mails ab.
Liebling. Ich kann nicht aufhören, an Dich zu denken …
Löschen. Er haute auf die Taste, klappte den Laptop zu und eilte hinaus.

47

»Muss ich Sie reinlassen?«

Marilyn Angus hielt die Haustür nur einen Spalt auf und starrte Simon an. Er hatte erwartet, sie nachlässig gekleidet, ungeschminkt, geistesabwesend vorzufinden wie bei seinem letzten Besuch in diesem Haus, aber heute trug sie Lippenstift und eine Silberkette über einem Kaschmirpullover; nichts hätte passiert sein können, wenn sie ihn nicht mit einem derart feindseligen und abweisenden Blick durch den Türspalt betrachtet hätte.

»Ich würde sehr gerne kurz mit Ihnen sprechen, wenn Sie es erlauben.«

Sie zögerte. Vor zwei Tagen hatte sie die Verbindungsbeamtin gebeten zu gehen, hatte sich geweigert, darüber zu diskutieren, hatte Kate einfach fortgeschickt.

Abrupt öffnete sie die Tür und ließ Simon stehen, der ihr in die Küche folgte. Marilyn kehrte ihm den Rücken zu. Sie war zwar ordentlich gekleidet, aber etwas an ihr beunruhigte ihn, eine Art Realitätsferne, als stünde sie nicht in Verbindung mit dem, was passiert war.

Er zögerte, setzte sich. Marilyn starrte ihn an, als gehörte er zu einer Spezies, die ihr unbekannt war, doch dann griff sie zum

Kessel neben der Spüle und füllte ihn mit Wasser. Ihre Hände zitterten.

»Ich bin besorgt, weil Sie die Verbindungsbeamtin nicht mehr bei sich haben wollten. Falls es Probleme gegeben hat, muss ich das wissen.«

»Mit Kate? Nein. Ich mochte Kate.«

»Sie sind nicht verpflichtet, eine Verbindungsbeamtin hier zu haben, wie Sie wissen, aber wenn Sie hier allein sind …«

»Ich bin nicht allein. Lucy ist hier.«

»Lucy ist zwölf.«

»Mit uns ist alles in Ordnung. Die abschließende gerichtliche Untersuchung von Alans Tod wird übrigens erst später erfolgen. Die erste wurde eröffnet und vertagt.« Sie redete, als ginge es um einen ihrer Mandanten oder einen Fall, über den sie in der Zeitung gelesen hatte.

»Ja. Es tut mir leid – es ist quälend, wenn sich diese Dinge hinziehen.«

»Was halten Sie von dem, was mein Mann getan hat? Wie ist Ihre Ansicht dazu?«

»Mir hat das außerordentlich leidgetan – es …«

»Es war feige. Nicht wahr? Er hat es sich leichtgemacht.«

»Das bezweifle ich, wissen Sie.«

»Ein paar unangenehme Minuten vielleicht … Aber dann die Flucht. Er hat es hinter sich. Und was mache ich? Mein Mann ist tot, und mein Sohn wird vermisst. Ich muss mich um Lucy kümmern. Das ist allerdings schwierig genug. Sie redet nicht. Sie schließt ihre Zimmertür ab. Sie geht allein weg, sie redet mit niemandem in der Schule. Die Sache mit David war schlimm genug, doch jetzt hat sich auch noch ihr Vater umgebracht, und ich habe sie total verloren. Ich habe keine Ahnung, was ich machen soll.«

»Ich finde, Sie sollten zu jemandem gehen … mit jemandem reden. Zusammen mit Lucy. Sie braucht Sie, und Sie müssen eine Möglichkeit finden, sie zu erreichen.«

»Zu irgendeinem Berater?«

»Sie könnten zuerst mit Ihrem Hausarzt sprechen … Chris Deerborn, oder? Ich habe ihn hier gesehen. Er wird Ihnen raten können, an wen Sie sich am besten wenden.«

»Das würde er bestimmt.«

Aus dem elektrischen Kessel stieg Dampf auf. Marilyn schien es nicht wahrzunehmen, also stand Simon auf.

Er schaltete den Kessel ab und öffnete Schränke, fand Becher und eine Kaffeedose, holte Milch aus dem Kühlschrank. Sie schaute ihm zu.

»Wo ist Lucy jetzt, in der Schule?«

»Nehme ich an.«

»Sie wissen es nicht?«

»Ich dachte ja auch, dass David damals den ganzen Tag in der Schule war.«

»Bringen Sie Ihre Tochter zur Schule?«

»Sie fährt mit dem Bus. Zusammen mit ein paar ihrer Freundinnen.«

»Heute Morgen auch?«

»Nehme ich an.«

Simon stellte alles auf den Tisch.

»Ich weiß nicht, wie Sie Ihren Kaffee trinken.«

Marilyn starrte vor sich hin, bewegte sich aber nicht.

»Ich mache mir Sorgen, dass Sie hier tagsüber allein sind und nachts nur mit Lucy. Gibt es jemanden, der bei Ihnen bleiben könnte? Ich verstehe, dass Sie lieber keine Verbindungsbeamtin haben wollen, aber gibt es eine Freundin oder Verwandte, die herkommen könnte?«

»Nein.«
»Niemand?«
»Ich will niemanden hier haben. Warum sollte jemand bei mir sein wollen?«
»Mir geht es eher um das, was Sie brauchen.«
»Oh, was das betrifft … Ich brauche meinen Mann. Ich brauche meinen Sohn. Ich brauche mein Leben, so wie es war, bevor der eine verschwand und der andere sich umbrachte. Ich brauche das, was niemand mir geben kann. Wie könnte jemand, der im Gästezimmer schläft, diese Bedürfnisse befriedigen?«
Darauf hatte Simon keine Antwort.
»Ich nehme nicht an, dass Sie irgendwelche Informationen für mich haben, oder?«
»Es tut mir leid …«
»Tja, sehen Sie.«
Sie ließ sich schwer auf einen Stuhl fallen. Simon schob ihr den Kaffeebecher hin. Sie war über den Fund der Mädchenleiche in der Gardale-Schlucht informiert worden, Kate Marshall war extra deswegen zu ihr gekommen. Kate hatte berichtet, dass Marilyn die Nachricht unbewegt aufgenommen hatte, als könnte das nichts mit ihr zu tun haben. »Sie hat gefragt, warum ich ihr das erzähle. Es war nicht Davids Leiche, also bedeutete es ihr nichts. Und ich hatte das Gefühl, Chef, dass sie genauso reagiert hätte, wenn es David gewesen wäre. Sie ist wie jemand in Trance.«
Simon blieb, bis er seinen Kaffee ausgetrunken hatte. Ihm fiel nichts mehr zu sagen ein, und er spürte, dass Marilyn es auch nicht aufgenommen hätte. Das Haus bedrückte ihn. Sie schien kaum wahrzunehmen, dass er ging, saß am Küchentisch, den Kaffee unberührt vor sich.

Vom Auto aus rief er im Revier an. Kate Marshall war nicht zu erreichen, aber Sally Cairns hatte Dienst. Sie war genau die Richtige.
»Ich mache mir Sorgen um Mrs. Angus.«
»Sie will keine Verbindungsbeamtin, darin war sie eisern. Wir können sie nicht dazu zwingen, wie Sie wissen.«
»Ich weiß. Aber ich bin beunruhigt, weil sie mit ihrer Tochter ganz allein ist. Sie ist nicht in der Verfassung, sich um das Mädchen zu kümmern.«
»Ich könnte jemanden vom Sozialen Dienst bitten, bei ihnen vorbeizuschauen. Das Jugendamt wär ein bisschen zu heftig, finden Sie nicht auch?«
»Ja. Ich will sie nicht beängstigen oder noch mehr beunruhigen. Sie steht bloß unter Schock, ist nicht unzurechnungsfähig, und Lucy ist zwölf, kein Kleinkind. Aber der Sorrel Drive ist nicht sehr nachbarschaftlich. Zu verdammt schick – Anwälte und so.«
»Das Problem ist nur, dass wir ziemlich überlastet sind. Auf der Umgehungsstraße gibt es einen riesigen Stau – zwei Busse sind ineinandergerast, bisher sieben Tote. Der Fahrer des einen war betrunken, hat es geschafft, rauszukommen und abzuhauen, und ist noch nicht aufgegriffen worden. Außerdem gab es eine Messerstecherei in der Unterführung zur Eric Anderson … schon wieder Drogenhandel, und irgendeiner der Lehrer hat versucht, die Sache selbst zu regeln.«
Simon stöhnte. Er wusste, wie es war, wenn bei Schichtbeginn alles auf einmal kam. »Ist das alles?«
»Nein, ein junger Mann wurde in einem Graben gefunden. Übel zusammengeschlagen. Jemand, den Sie neulich für ein Verhör hier hatten.«
Andy Gunton. »Wer hat das übernommen?«

»Nathan ist ins Krankenhaus gefahren.«
»Gut. Danke trotzdem, Sally.«
»Falls ich noch jemanden hier hätte, könnten Sie ihn haben – doch wenn ich es recht bedenke, könnte ich selbst noch einen brauchen.«
Simon lächelte. Inspector Sally Cairns wog gute achtzig Kilo. Ihre Standpauken, die den abgebrühtesten Polizisten in ein zitterndes Häufchen verwandeln konnten, waren der Stoff von Legenden.

Simon wendete und fuhr über Umwege zu Cats Dorf, geriet aber trotzdem in die von der Massenkarambolage verursachten Staus, die sich nur langsam auflösten.
Es war nach drei, als er das Bauernhaus erreichte und es durch die Hintertür betrat. Die Küche war leer und still. Mephisto saß in dem Flecken Sonnenlicht, der auf die Fensterbank fiel. Serrailler machte sich ein Sandwich, einen Becher Tee und ließ sich auf das Sofa sinken. Sofort fielen die Ereignisse des Morgens von ihm ab, und die Friedlichkeit und Wärme der Küche, die Atmosphäre des ganzen Hauses, versetzten ihn in einen Zustand tiefer Entspannung. Eine halbe Stunde lang würde er den Angus-Fall vergessen, die Kinderleiche aus der Schlucht …
Diana fiel ihm ein, aber er schob den Gedanken an sie sofort wieder von sich. Er würde sie nicht hier hereinlassen oder ihr erlauben, ihn wütend zu machen. Sie gehörte nicht zu ihm, und er würde sie aus seinem Leben heraushalten, ob sie ihn nun mit Telefonnachrichten und E-Mails bombardierte oder sogar unangekündigt in seiner Wohnung auftauchte.
Es gab Besseres, an das er denken konnte.
An diesem Morgen hatte sich eine Galerie in Mayfair mit ihm in Verbindung gesetzt und ihm eine Gemeinschaftsausstellung

seiner Zeichnungen vorgeschlagen. Der andere Künstler sollte ein Mann sein, dessen Arbeiten Simon bewunderte. Der Anruf war eine vollkommene Überraschung gewesen und hatte ihm ein Gefühl vermittelt, wie er es nur selten im Leben empfunden hatte; fünf Minuten lang war alles andere in die Ferne gerückt. Nichts war ihm je so wichtig erschienen. Wenn er sein Leben ändern könnte … wenn er es sich leisten könnte … würde er es tun?

Ein seltsam wolkiges Band schien sich über ihn zu breiten und nicht nur zwei Drittel von dem, was er tat, sondern sogar das, was er war, auszulöschen. Keine Kollegen. Keine Herausforderungen. Keine Befriedigung, wenn ein Fall gelöst war. Aber da war auch alles andere. Seine Wohnung. Seine Zeichnungen. Reisen, überallhin, für ein halbes Jahr. Er konnte ein Nomade mit einer Segeltuchtasche werden.

Die Tür öffnete sich.

»Hallo, Si. Hab dein Auto aus dem Schlafzimmerfenster gesehen. Hier, nimm ihn mal kurz …« Cat hielt das Baby unter dem Arm wie eine aufgerollte Zeitung, die sie Simon in den Schoß fallen ließ.

»Hallo, Felix.«

»Richte ihn auf, sonst spuckt er dich voll.«

»Danke.«

»Er hat den ganzen Tag gespuckt. Hier …« Sie warf ihm ein sauberes Küchenhandtuch zu. »Für alle Fälle. Ich hab geschlafen.«

»Dachte ich mir … schlafen, wenn man kann. Was für ein Leben.«

»Ich finde es herrlich, Si. Wenn es nicht das Problem gäbe, dass Chris vor Erschöpfung auf dem Zahnfleisch kriecht, könnte ich mir ernsthaft vorstellen, nicht mehr als Ärztin zu arbeiten …

nur hin und wieder mal eine Sprechstunde und Vertretungen. Aber wie soll das gehen? Ich werde wahrscheinlich nur allzu bald wieder Sprechstunden übernehmen, ich kann nicht zulassen, dass Chris so weitermacht.«

Simon lehnte den Kopf zurück und legte Felix in seine Armbeuge. Der Kopf des Babys sackte zur Seite. Er hörte dem Geplauder seiner Schwester zu, während sie die Spülmaschine ausräumte und das Geschirr wegstellte, sich ein Glas Wasser einschenkte, Mephisto durch das Fenster hinausließ.

Plötzlich sehnte er sich nach einer Küche voller Wärme und Tee und einer Katze und einem Baby, voller Glück und zufriedenen Alltagsgeräuschen. Voller Liebe. Die Erinnerung an Freya durchfuhr ihn.

»Alles in Ordnung?«

»Ja. Nein.«

»Warte mal kurz, bis ich das hier in die Waschmaschine gestopft habe …« Cat griff nach dem Wäschekorb und ging hinaus in die Spülküche. Felix öffnete die Augen und übergab sich im selben Moment. Simon griff nach dem Handtuch und wischte sie beide ab.

»O Gott. Ich glaube nicht, dass er krank ist. Ich hab ein Curry gegessen, und das bekommt ihm nicht. Man vergisst so was. Erstaunlich, aber man vergisst es.«

Sie trug Felix zur Spüle, wischte sein Gesicht sanft mit einem feuchten Papiertuch ab und brachte ihn wieder zu Simon. »Soll ich dich auch abwischen?« Cat setzte sich aufs Sofa.

Er hatte gedacht, er sei hergekommen, um mit ihr über Marilyn Angus zu reden und sich Cats Rat anzuhören, und wenn das getan war, ihr von der Galerie zu erzählen.

Er hatte gedacht, das wären die Dinge, die ihn am meisten bewegten.

Er hatte nicht erwartet, sich sagen zu hören: »Ich möchte dich etwas wegen Martha fragen.«

»Martha?« Cat hob die Augenbrauen.

»Es beschäftigt mich.«

»Was denn?«

Er seufzte und bettete Felix vorsichtig um, doch die Übelkeit schien überstanden zu sein. »Bei meiner Rückkehr aus Venedig war sie ziemlich krank. Als Dad mich dort anrief, sagte er, wenn ich nicht nach Hause käme, würde ich sie nicht mehr lebend wiedersehen, oder so was in der Art.«

»Ja. Sie war sehr krank.«

»Aber sie ist nicht gestorben.«

»Nein. Sie hat Antibiotika bekommen, die sie vorher noch nie gehabt hatte, ein neues Medikament, und sie hat darauf reagiert. So etwas passiert. Niemand hatte damit gerechnet, aber es hat gewirkt.«

»Ja. Doch dann ist sie ganz ohne Vorwarnung gestorben, im Schlaf … als es ihr besserging. Das verunsichert mich.«

»Na gut, ich erklär's dir. Du weißt, dass jeder, der von Geburt an so schwer behindert ist, für gewöhnlich alle möglichen Schwächen und Defekte hat … Es können verschiedene sein – Nieren, Lunge, aber meist ist es das Herz. In ihrem Fall war das bekannt und wurde regelmäßig überprüft. Sie ist als Baby nicht daran gestorben, aber jedes Mal, wenn sie einen Infekt hatte, egal ob in der Lunge oder der Blase – sie hatte viele Nierenentzündungen –, bekam sie sehr starke Medikamente, wodurch sich die Herzschwäche verschlimmerte. Der letzte Anfall war sehr ernst … Wenn sie nicht auf das neue Antibiotikum reagiert hätte, wäre sie gestorben, ganz ohne Frage. Aber offenbar war ihr Herz mehr in Mitleidenschaft gezogen worden, als man erkannte, oder es war einfach der letzte Tropfen, der das Fass zum Überlaufen brachte, das weiß man nicht. Wie auch immer, ihre Thoraxinfektion war zwar geheilt, doch ihr Herz machte nicht mehr mit und gab auf. Das ist nicht ungewöhnlich. Und auch keine schlechte Art zu sterben.«

»Mag sein.«

Cat schaute ihn eindringlich an. »Was ist?«

Alles schien von tief unter der Oberfläche seines Bewusstseins hochzubrodeln.

»Besteht die Möglichkeit, dass ihr jemand das Leben genommen hat? Ich wähle meine Worte sehr sorgfältig …«

»Wer? Und mehr noch, warum?«

»Ich weiß es nicht … Doch, ja, das Warum ist einfach.«

»Tatsächlich?«

»Man glaubte allgemein, dass sie keine Lebensqualität hatte. Ich habe das nie geglaubt, aber ihr habt das alle getan, und alle in der Ivy Lodge, außer dieser netten Shirley. Niemand glaubte, dass ihr Leben es wert war, gelebt zu werden.«

»Das ist stark verallgemeinert.«

»Aber wahr.«

»Kann sein. Ja, vor allem in den letzten zwei Jahren, als sich die Infekte häuften. Aber es ist ein riesiger Schritt, das zu glauben und dann etwas zu unternehmen. Ich meine, sie zu ermorden. Das ist das Wort, das du benutzen musst, Si. Gerade du solltest das wissen.«

»Ja.«

»Derek Wix war als Erster bei ihr, und er war davon überzeugt, dass es Herzversagen war. Chris hat sie auch gesehen. Er hat sie nicht untersucht, das stimmt, doch er hat sie gesehen und hat Dereks Meinung nicht in Frage gestellt. Niemand in der Ivy Lodge hat die Todesursache in Frage gestellt. Ihr verdammten Polizisten seht überall Verbrechen.«

Simons Handy klingelte und weckte Felix, der verängstigt losbrüllte.
»Nathan, wo sind Sie?«
»Vor dem Kreiskrankenhaus, Chef. Ich wollte zu Andy Gunton, bloß ist der immer noch in ziemlich schlechter Verfassung und sie haben keinen zu ihm gelassen.«
»Ist seine Familie benachrichtigt worden?«
»Die Schwester ist jetzt hier. Ich kenn diese Michelle Tait. Hat mir die Hölle heiß gemacht, als sie mich im Flur sah, aber so war sie schon immer.«
»Wissen wir, was passiert ist?«
»Nee. Ein Mann mit einer Heckenschere kam dort entlang, hat nach unten geschaut und ihn im Graben liegen sehen. Hat sofort einen Krankenwagen gerufen. Sieht aus, als wär Gunton zusammengeschlagen und aus einem Auto geworfen worden.«
»Übel.«
»Er hatte es auch mit ein paar üblen Leuten zu tun … Ich mach mich jetzt auf den Weg zu Lee Carter.«
»Sie kennen ihn?«
»O ja, ich kenne Lee Carter. Allerdings.«
»Na dann, seien Sie vorsichtig, nehmen Sie Verstärkung mit.«
»Sie meinen, ich wär nicht stark genug?«
»Sie wissen, was ich meine.«
»Waren Sie bei Mrs. Angus, Chef?«
»Ja. Ihr geht es gar nicht gut.«
»Tja, das war vorauszusehen, oder?«
»Ja«, erwiderte Serrailler. »Ja, das war es wohl.«
Es gefiel ihm, wie sein DS die Dinge anpackte.

Simon wandte sich wieder der Küche zu. »Cat, Marilyn Angus ist eure Patientin, stimmt's?«
»Die von Chris.«
»Aber du kennst sie?«
»Nicht sehr gut. Warum?«
Er zog sich einen Stuhl heran und setzte sich rittlings darauf, den Blick auf Cat gerichtet, die Felix an der Brust hatte.
»Ich mache mir große Sorgen um sie.«
Er erzählte ihr von seinem Besuch im Haus der Angus'. Cat hörte aufmerksam zu, streichelte den kleinen Kopf des Babys. Dessen Füße zogen sich zusammen und streckten sich wieder im äußersten Behagen des Stillens.
»Sie steht offensichtlich unter Schock, aber das ist nicht überraschend.«
»Sie schien überhaupt keine Verbindung zu mir aufzunehmen. Es war, als wäre ich nicht da. Sie war wie in Trance.«
»Abwesend?«
»Ja ... mehr ...«
»Zombieartig?«
»Das beschreibt es ziemlich gut, ja. Am meisten Sorgen mache ich mir jedoch um die Tochter. Sie war in der Schule, aber es klang, als würde sie überhaupt nicht mit ihrer Mutter reden – schließt sich sofort, wenn sie heimkommt, in ihrem Zimmer ein. Marilyn Angus will niemanden sonst im Haus haben, behauptet, es ginge ihnen gut.«
»Könnte sie selbstmordgefährdet sein?«
»Nein. Dazu wirkt sie zu unkonzentriert, scheint nicht genug Energie und Entschlusskraft zu haben.«
»Stellt sie eine Gefahr für Lucy dar?«
»Nur in dem Sinne, dass sie Lucy vernachlässigt, das Mädchen oder was es tut nicht wahrnimmt, sich einfach nicht kümmert.«

»Klingt nicht gut. Möchtest du, dass ich Chris bitte, bei ihnen vorbeizuschauen?«

»Jemand sollte es tun.«

»Er hat so viel um die Ohren. Aber er wird es machen. Ich glaube, die Vertretung hat heute Morgen tatsächlich eine Sprechstunde abgehalten.« Sie hob Felix hoch und rieb ihm den Rücken.

»Gut, ich muss wieder los.«

»O nein. Du bleibst hier, bis du mir erzählt hast, worauf du hinauswolltest, bevor dein Handy geklingelt hat.«

Er hatte gewusst, dass sie darauf zurückkommen würde. Er hatte ihr nie ausweichen können, selbst als sie Kinder waren.

»Du hast mich gefragt, ob ich glaubte, jemand hätte Martha umgebracht.«

»So direkt nicht.«

»Ach, sei doch nicht so spitzfindig, genau das hast du gemeint.«

»Na gut. Glaubst du es?«

»Aber wer?«

»Das gehört nicht zur Frage. Ich meine nur, ist es möglich?«

»Tja, alles ist möglich. Ist es wahrscheinlich? Nein, natürlich nicht. Warum sollte jemand das tun? Weil er sie loswerden wollte?«

»Weil sie ihm leidtat.«

»Wem tat sie leid?«

»Herrgott, Cat, hör auf.«

»Du hast damit angefangen. Verdammte Polizeiarbeit. Es gibt so etwas wie einen natürlichen Tod, weißt du.«

»Vergessen wir es. Ich muss wirklich los. Nathan ist unterwegs zu einem potenziell gefährlichen Mann. Ich sollte dort sein.«

»Mach, was du willst. Ich wünschte nur, du wärst nicht hier

reinspaziert, hättest alle möglichen Zweifel gesät und sie zwischen den Fliesenritzen keimen lassen.«
Simon, der dabei war, seine Jacke anzuziehen, drehte sich um. Seine Schwester weinte, drückte das Baby an ihr Gesicht.
»Oh, Himmel, es tut mir so leid. Ich hab nicht nachgedacht, ich hätte den Mund halten sollen.«
»Es hat dich beschäftigt, darum musste es raus. Ist schon gut, ich bin immer noch voller Hormone, kümmer dich nicht darum.«
Simon hockte sich hin, reichte Cat ein sauberes Taschentuch und nahm ihr Felix ab, während sie sich die Augen wischte. Das Baby roch nach warmer Haut und Milch.
»Entschuldige.«
»Ich glaube ehrlich nicht, dass da auch nur der Hauch einer Wahrscheinlichkeit besteht, Si. Wirklich nicht. Schlag es dir aus dem Kopf. Geh und finde David Angus, bitte.«
Sie schaute ihm ins Gesicht. Er schwieg. Es gab nichts zu sagen.
»Und jetzt auch noch diese andere Sache, diese Kinderleiche in Gardale«, fuhr Cat fort. »Da muss doch eine Verbindung bestehen, oder?«
»Nicht unbedingt. In diesem Stadium wissen wir noch gar nichts. Ich kann es weder bejahen noch verneinen.«
Cats Augen füllten sich erneut mit Tränen. »Leg ihn in seinen Stubenwagen, ja? Er hat genug getrunken, und ich mach ihn nur mit meinen Tränen nass.«
Simon deckte seinen Neffen zu und setzte sich dann neben Cat. Er nahm sie in die Arme.
»Ich bin ein Scheißkerl.«
»Nicht mehr als sonst.«
»Vergiss das alles.«

»Weiß nicht, ob ich das kann. Jetzt fort mit dir, ich werde noch eine halbe Stunde gemütlich lesen, bevor sie hier reinstürmen, ihren Tee verlangen und Hausaufgaben machen wollen. Ich rufe Chris an. Er ist in der Geburtsklinik und kann auf dem Nachhauseweg bei Marilyn Angus vorbeifahren.«

»Danke, Cat.«

»Wofür wirst du bezahlt, DCI Serrailler?«

48

Andy Gunton konnte sich kaum bewegen. Sein Hals steckte in einer Manschette, sein rechter Arm in Gips. Er lag auf einer besonderen Matratze, die den Schmerz in seinem Bein und seinem zerschlagenen Rücken lindern sollte, aber er fragte sich, was sie bewirkte.

Er konnte nicht viel tun. Nur nachdenken.

Michelle war zweimal da gewesen und hatte ihn mit so schriller Stimme beschimpft, dass er sie gebeten hatte zu gehen. Sonst niemand, abgesehen von der Polizei. Er war nicht in der Lage gewesen, mit ihnen zu reden, aber sie würden wiederkommen. Er beschwerte sich jedoch nicht, er wusste, dass er von Glück sagen konnte, am Leben zu sein. Hatte Lee Carter ihn am Leben lassen wollen? Der Kleinbus war auf ihn zugerast, hatte ihn mit den Scheinwerfern geblendet, war wie aus dem Nichts aufgetaucht. Im einen Moment marschierte er noch vom Flugplatz heimwärts, im nächsten krümmte er sich vor Schmerzen in dem tiefen Graben neben der dunklen Straße. An viel mehr erinnerte er sich nicht … nur ein verschwommenes Durcheinander von Lärm und Licht und Schmerz und das verzweifelte Bedürfnis, jeden davon abzuhalten, ihn zu bewegen. Dann war er in der Notaufnahme aufgewacht.

Die Nachricht war wie üblich per SMS gekommen. *Brrtts Lane 2:00.*
Er würde nicht hingehen. Wie konnte er? Sie hatten ihn erwischt, er hatte mit der Polizei gesprochen. Er machte sich sowieso schon in die Hose. Aber Pete hatte ihm zu verstehen gegeben, dass Andy rausfliegen würde, wenn nicht mehr Geld in Umschlägen mit der Post kam. Das war ernst gemeint. Die Polizei würde ihn rund um die Uhr beschatten. Sie wollten, dass er sie zu größeren Fischen führte, würden ihn beobachten und warten, eine Falle aufstellen.
Nein, er hatte nicht vorgehabt, einen weiteren Carter-Job zu erledigen. Nicht, bis er um ein Uhr aufwachte, dalag und überlegte, was passieren würde, wenn er es nicht tat. Als ihm aufging, dass sie dann vielleicht hierher kamen, schoss er aus dem Bett und zog sich Jeans und Pullover an. Die Nacht war kalt. Matt lag auf dem Bauch, den einen Fuß unter der Decke hervorgestreckt. Andy hob den eiskalten Fuß an und schob ihn zurück. Er zögerte, aber sein Neffe stöhnte nur leicht.
Barrett's Lane lag nicht weit entfernt. Es machte ihm nichts aus, nachts zu Fuß zu gehen. Das hielt ihn fit, aber es war so kalt, dass eine halbe Meile angenehmer war als zwei oder drei. Das Sträßchen führte zwischen alten, verfallenen Häusern hindurch, und er sah das wartende Auto sofort, als er einbog. Ein schwarzer Ford Focus, und er kannte den Fahrer nicht, der den Motor anließ, als Andy auf ihn zukam, und beschleunigte, bevor er richtig eingestiegen war und die Tür geschlossen hatte.
»Pass doch auf, ich bin fast rausgefallen.«
Schweigen. Andy warf ihm einen seitlichen Blick zu. Ein gutaussehender Junge mit kahlrasiertem Kopf und vier Ringen im einen Ohr. Er fuhr schnell, bog mit quietschenden Reifen um jede Kurve und schwieg auf dem ganzen Weg zum Flugplatz.

Dort fuhr er bis zum Hangar. »Raus!« Andy stieg aus. Der Focus raste davon. Der Flugplatz war still, lag verlassen, soweit er sehen konnte, eiskalt und pechschwarz. Er kauerte sich in den Schutz des Hangars, aber der Wind fand ihn. Andy schob sich auf die andere Seite, stellte den Kragen hoch. Seine Hände waren steif vor Kälte. Auf dieser Seite war es noch schlimmer, er war dem Wind ausgesetzt. Andy wartete. Wartete vielleicht fast eine Stunde. Er fror so sehr, dass er nicht denken konnte, und ihm war übel. Schließlich ging er über das Flugfeld und zurück, joggte ein bisschen auf der Stelle und lief dann zum Tor. Niemand würde kommen. Lee Carter hatte ihn verarscht. Wahrscheinlich konnte er ihn über irgendeinen Satelliten sehen, ihn die fünfeinhalb Meilen durch die eiskalte Nacht nach Hause verfolgen und sich totlachen.
Er bog auf die Straße ein und lief darauf weiter. Und dann waren die Scheinwerfer aufgetaucht und der Kleinbus, der auf ihn zuraste, und der plötzliche Schmerz und das Entsetzen, als er gegen das Auto prallte.

Jedes Mal, wenn er die Augen schloss, lief dieser Film wieder ab. Der Arzt war am Morgen erneut bei ihm gewesen. Andys Arm würde gut verheilen, hatte er ihm gesagt, aber die Blutergüsse und Prellungen würden zunächst noch schmerzhafter werden, bevor eine Besserung eintrat. Man hatte ihn wegen Verdachts auf Gehirnerschütterung beobachtet, jedoch entschieden, dass er keine hatte. Morgen würde ihn jemand nach unten zum Röntgen bringen, und wenn mit seinem Hals alles in Ordnung war, bräuchte er nur noch zwei weitere Tage bleiben.
Ihm wäre eine Woche oder ein Monat lieber gewesen. Er fühlte sich in Sicherheit, warm und geborgen und außer Reichweite seiner Schwester und Lee Carters.

Er überlegte, ob Michelle ihn wieder aufnehmen würde, und wenn nicht, wohin er dann gehen sollte.

Eine Frau in einem grünen Kittel schob einen Wagen mit Zeitschriften und Süßigkeiten herein. Andy hätte gern einen Schokoriegel gehabt, hatte aber kein Geld. Er hatte in der Nacht keins mitgenommen, und Michelle konnte er nicht darum bitten.

»Danke«, sagte er, »ich möchte nichts.« Und schenkte der Frau in Grün sein freundlichstes Lächeln.

»Tag.«

Der verdammte, hochnäsige Nathan Coates und noch so ein Bulle mit einem dieser blöden, bleistiftstrichdünnen Bärtchen. Musste wie Punkte verbinden sein, außen rum zu rasieren.

Der Bulle sah aus, als fände er alles zum Kotzen, und sagte nichts. Nathan Coates zog sich einen Besucherstuhl heran.

»Geht's dir besser?«

»Ja, toll.«

Nathan grinste. »Du hast Glück gehabt, Kumpel.«

»Ich bin nicht dein Kumpel, Coates.«

»Und hast wohl auch nicht das Gefühl, Glück gehabt zu haben, was?«

»Kannst du mir ein Pfund leihen?«

»Wofür denn?«

»Ich hätt gern einen Schokoriegel von dem Wagen, aber ich hab kein Geld.«

»Na gut …« Nathan zog Kleingeld aus der Tasche. »Hol ihm zwei Marsriegel, Bevin.« Der Bulle fing das Geld auf und trollte sich.

»Bin dir was schuldig.«

»Das kannst du laut sagen. Okay, Andy, du warst vorher nicht in der Lage, Fragen zu beantworten. Versuchen wir's noch mal. Was ist passiert?«

»Bin überfahren worden.«
»Von wem?«
»Konnte ich nicht sehen.«
»Einfach so – du bist auf einer Landstraße in der Nähe eines Flugplatzes um drei Uhr morgens allein spazieren gegangen, und eh du dich versiehst, taucht ein Auto auf und fährt dich über den Haufen. Komm schon, erzähl mir keinen Scheiß.«
»Er hat mich mit den Scheinwerfern geblendet. Wie sollte ich sehen, wer es war?«
»Hätte also auch eine Sie sein können.«
»Ja, klar doch.«
»Was für ein Auto?«
»Van.«
»Was für ein Van?«
»Konnte ich nicht erkennen.«
»Aber du hast gesehen, dass es ein Van war?«
»Er war groß … größer als ein Auto.«
»Was hast du da gemacht?«
»Was meinst du damit?«
Nathan seufzte. Der Bulle kam mit den Marsriegeln zurück und reichte sie ihm. Nathan steckte beide in die Tasche.
»Äh …«
»Wenn du mir ein paar ordentliche Antworten gibst, kriegst du sie. Also weiter. Du steckst sowieso schon in einem ziemlichen Schlamassel, was? Schauen wir mal, was du tun kannst, um da rauszukommen. Wer hat dich diesmal zum Flugplatz geschickt? Was für ein Auto hast du abgeholt?«
»Keins. Hab eine SMS gekriegt, dass ich um zwei Uhr zur Barrett's Lane kommen soll, wo jemand auf mich warten würde.«
»Und, hat jemand auf dich gewartet?«

»Ja, und ich weiß nicht, wer er war, hab ihn noch nie zuvor gesehen. Schwarzer Ford Focus.«
»Und?«
»Ist zum Flugplatz gefahren. Hat mich bei den Hangars abgesetzt. Mir gesagt, ich soll warten, dann ist er weggefahren. Ich hab gewartet … gewartet, bis mir fast die Eier abgefroren sind. Niemand war da, niemand kam. Da hab ich mich auf den Heimweg gemacht. Bin die Landstraße entlanggegangen, als dieser Van aus dem Nichts direkt auf mich zukam. Hat mich in den Graben geschleudert. An mehr erinnere ich mich nicht, bis ich in der Notaufnahme aufgewacht bin. Auch daran erinnere ich mich kaum. Kann ich jetzt die Schokolade haben?«
Nathan zögerte, warf dann einen Schokoriegel aufs Bett. Er landete außerhalb von Andys Reichweite. Doch der protestierte nicht. Es war, als hätte es ihn plötzlich umgehauen. Er sank zurück, sah erschöpft aus und versuchte den Kopf zu drehen, um aus dem Fenster schauen zu können. Nathan streckte die Hand aus, riss den Schokoriegel auf und gab ihn ihm.
»Danke«, sagte Andy trübe.
»Na gut, bist du sicher, dass das alles ist?«
»Ja.«
»Sonst nichts mehr?«
»Nein.«
»Glaubst du, dass Lee Carter dich umgefahren hat?«
»Nein.«
»Warum nicht?«
»Weil der so was nicht selbst machen würde. Lag warm in seinem Bett. Der macht sich doch heutzutage nicht mehr die Finger schmutzig, bezahlt andere Leute dafür.«
»Genau – Leute wie dich. Du bist ein totaler Idiot, Andy. Du hast deine Chance gehabt. Was ist nur in dich gefahren?«

»Du hast ja keine Ahnung. Ihr alle nicht. Ich hab eine Ausbildung gekriegt, ich sollte einen guten Job in einer Gemüsegärtnerei bekommen, ich war anständig, ich war sauber, ich hatte mir das alles zurechtgelegt. Nur gibt es keine guten Jobs … Es funktioniert nicht so, wie man es plant oder möchte.«
»Und dann läufst du Lee Carter über den Weg.«
»Genau.«
»Und dein bisschen Verstand macht sich aus dem Staub.«
Andy sah ihn an. Wenn ihm nicht alles wehgetan hätte, wenn sein Arm nicht so geschmerzt hätte, wenn er sich nicht so beschissen gefühlt hätte, dann hätte er diesem klugscheißerischen Coates was in sein zerquetschtes Gesicht gebrüllt. Aber er hatte die Energie nicht, und wohin hätte ihn das gebracht?
»Genau«, wiederholte er.
Nathan Coates stand auf. »Das reicht. Wann kommst du hier raus?«
»In zwei Tagen.«
»Zurück zu Michelle?«
»Sie denkt drüber nach.«
»Und wo sonst?«
»Ladeneingänge.«
»Dein Bewährungshelfer kann das regeln, dafür ist er da.«
»Sie. Kannst du vergessen.«
»Man wird dich nicht auf der Straße schlafen lassen.«
»Wer's glaubt, wird selig.«
»Komm«, sagte Nathan zu dem Bullen. »Hier.« Er warf den zweiten Schokoriegel auf Andy Guntons Bett. »Geht auf mich.«
Andy sah ihnen nach. Die Schuhe des Bullen quietschten.

Ihm ging auf, dass Nathan Coates ihm durch etwas, das er gesagt oder angedeutet hatte, einen Hinweis gegeben hatte. Er hatte ihn auf eine Chance hingewiesen – und das würde auch seine letzte sein, das wusste Andy. Nicht, dass Nathan in der Lage war, ihm irgendwas zu verschaffen, aber er konnte mit Leuten sprechen, die dazu fähig waren, und was Andy nun machen musste, war, sich zu entscheiden. Er hatte sich schon zuvor entschieden, im Gefängnis, aber es war alles schiefgegangen, obwohl er nicht ganz begriff, wieso, es war zu schnell gegangen, fast hinter seinem Rücken. Jetzt könnte er die Chance haben, erneut zu entscheiden und es durchzuziehen. Irgendwie musste er Lee Carter aus dem Weg gehen und allen, die mit ihm zu tun hatten. Und er musste weg von Michelle. Er musste einen Job finden, vorzugsweise einen, für den er ausgebildet war, aber für den Anfang jeden Job. Irgendwie … Man musste sich stark fühlen, um das durchzuziehen, und er fühlte sich nicht stark. Wenn Carter herausfand, dass der Van Andy nicht plattgemacht hatte, konnte er auch wieder in Gefahr sein.

Eine Schwester kam herein. Die Unscheinbare mit der seltsamen Frisur, wie seine Mutter sie gehabt hatte, in flachen Wellen. Ihre Schneidezähne ruhten auf der Unterlippe, wie Rattenzähne.

»Na, Andy, schauen wir uns mal diesen Verband an und sehen, ob wir ihn nicht ganz abnehmen können.«

49

»Ich möcht mit jemandem sprechen.«
»Um was geht es denn, Sir?«
»Ich red mit keinem, nur mit dem Boss.«
»Damit kann ich nicht viel anfangen, Sir, wenn Sie …«
»Das Kind.«
»Um welches Kind handelt es sich, Sir?«
»Ich red nicht mit Ihnen, ich will den Boss. Ihr habt eine Kinderleiche gefunden …«
Darauf folgte ein langes Schweigen. Der Polizist wartete.
»Sind Sie noch da, Sir?«
»Gardale-Schlucht.« Es klang wie ein leises Knurren.
»Warten Sie einen Moment. Ich stelle Sie durch. Legen Sie bitte nicht auf.« Der Polizist verband mit dem DCI.
Drei Minuten später stieß Serrailler die Tür zum Dezernatsbüro auf und rief nach Nathan.

»Wo wollen wir hin?«
Sie fuhren aus Lafferton hinaus, Serrailler am Steuer.
»Bin mir nicht sicher … Könnten Sie mal die Karte rausholen? Ich kenne mich hier ganz gut aus, aber ich kann das nicht einordnen … auf der anderen Seite von Hylam Peak … Fly'ole hat

er es genannt. Hinter Hylam, hat er gesagt, doch dann auf den Pfad vor dem Anstieg, neben einer Öltonne, vier Meilen weiter, hinter einer offenen Scheune halten.«

»Klingt zweifelhaft.«

»Er weiß was. Der will uns keinen Bären aufbinden.«

Nathan widersprach nicht.

»Wo wir gerade Zeit haben, Chef, wollte ich mit Ihnen gern über Andy Gunton sprechen.«

»Nur zu.«

Nathan berichtete von seinem Besuch im Krankenhaus, wie er Andy Gunton vorgefunden hatte, was er über ihn dachte.

»Schauen Sie, was mich beschäftigt, ist Folgendes: Er ist kein schlechter Kerl, dieser Andy Gunton … Seine Familie stand eine Stufe über unserer, das kann ich Ihnen sagen; sein Dad war ein Taugenichts, aber seine Mum war das Salz der Erde, hat alles zusammengehalten. Diese Michelle ist eine Nervensäge, macht jeden sofort zur Schnecke und kann mich nicht leiden, bloß um ihre Kinder kümmert sie sich gut … Aber Andy … Hat sich im Bau prima gemacht. Erst als er rauskam, ging alles den Bach runter. Warum musste er auch dem dämlichen Carter über den Weg laufen?«

»Lafferton ist eine kleine Stadt. Er hätte sich ja nicht wieder auf ihn einlassen müssen.«

»Das sagt sich leicht, Chef.«

»Ich weiß.«

»Er hat keine vernünftige Chance gehabt.«

»Was wollen Sie, Nathan, dass ich ihm einen Job verschaffe?«

»Wenn er nicht bei dieser Schwester wohnen müsste, wenn er einen Job hätte, der ihm gefällt. Ich finde, jemand sollte ihm eine Starthilfe geben, mehr nicht.«

»Prima. Und wer?«

»Könnte man nicht mal mit dem Wohnungsamt sprechen? Mit der Bewährungshilfe?«
»Und mit welcher Begründung? Ich hab ihn letzte Woche festgenommen und ihn wegen Fahrens eines gestohlenen Autos angezeigt.«
»Ja, stimmt.« Nathan sackte trübsinnig in sich zusammen.
»Ihr Herz ist auf dem richtigen Fleck, DS Coates. Okay, wir suchen nach einer Öltonne.«
Fünfzig Meter weiter hatten sie die Tonne gefunden. Sie bogen auf einen Schlackenpfad, der fast ganz mit Gras bewachsen war. Über und vor ihnen erhob sich der Hylam Peak graugrün im trüben Licht. Zwei Bussarde zogen ihre Kreise, und ein paar Schafe sahen aus, als kippten sie an dem steilen Hang gleich um, grasten aber unbesorgt weiter.
Das Auto holperte über den unebenen Boden. Von einem Haus oder auch nur einer offenen Scheune war nichts zu sehen.
»Irgendwas ist mit diesem Ort«, sagte Nathan.
»Gut oder schlecht?«
»Nicht gut.«
»An einem strahlenden, sonnenhellen Nachmittag sieht das ganz anders aus.«
»Aber es hängt trotzdem über einem, nicht wahr?«
Sie kamen um eine Kurve und folgten einer dürren Hecke. Scharfe Steine und Ziegelsteinsplitter ragten aus dem Boden.
»Ich wette einen Fünfer, dass ich einen Platten kriege.« Simon fluchte, als ihm das Auto ausbrach.
»Der hat Sie auf den Arm genommen, Chef.«
Aber noch während er sprach, kamen zwei Hunde auf das Auto zugerannt, räudig, dürr und knurrend. Der Weg fiel plötzlich ab, und sie sahen zu ihrer Rechten als Erstes das rostige Dach einer uralten Scheune und dann daneben einen Wohnwagen.

Zwei weitere Hunde waren davor an einen Pfosten gebunden. Der DCI hielt an und hupte, und die Hunde warfen sich gegen die Reifen, bis sich die Tür des Wohnwagens öffnete und ein Mann erschien. Er brüllte, und die Hunde krochen zurück zum Wohnwagen, mit eingeknickten Läufen.

»Scheint gefahrlos zu sein.« Simon stieg aus dem Wagen. »DCI Serrailler, Polizei Lafferton, und das hier ist DS Coates. Mr. …?«

»Hab meinen Namen nie genannt.«

»Stimmt.«

Der Mann musterte sie, während sie auf ihn zugingen. »Wer ist der Boss? Ich hab gesagt, ich will nur mit dem Boss reden. Ich trau Polizisten nicht.«

»Ich bin der Boss, und ich bin Polizist.«

»Dann red ich mit Ihnen. Los, Bürschchen, verpiss dich.«

Der DCI nickte Nathan zu, der um den Wohnwagen herumging.

»Andere Richtung.« Nathan ging langsam Richtung Auto, blieb jedoch nach ein paar Metern stehen und verschränkte die Arme.

»Gut, ich bin der Boss, reden Sie mit mir. Aber erst nennen Sie mir Ihren Namen.«

»Murdo.«

»Mr. Murdo.«

»Kommen Sie rein.«

Serrailler folgte ihm in den Wohnwagen, warf noch einen Blick zurück auf Nathan, der wieder näher gekommen war. Simon hatte Dreck, Gestank und Unordnung erwartet, nach dem Aussehen des Mannes und der Hunde wie auch dem Durcheinander draußen zu schließen. Das Innere des Wohnwagens war allerdings sauber und ordentlich, wenn auch vollgestopft mit

Möbeln und Nippes, die mehr in das Vorderzimmer eines Reihenhauses gepasst hätten.
»Setzen Sie sich, oder Sie hauen sich den Kopf an.«
Simon hatte sich bereits gebückt. Murdo deutete auf einen Stuhl.
»Also, Sie sagten, Sie hätten Informationen, Mr. Murdo. Können Sie mir sagen, worum es sich da handelt?«
»Tasse Tee?«
»Nein, danke.«
»Dann nicht.«
Murdo setzte sich auf die Bank unter dem Wohnwagenfenster. Er war ein großer Mann, stämmig, mit dickem roten Haar auf der Brust und grauen Borsten, die ihm aus Ohren und Nasenlöchern sprossen. Er griff nach einer Dose auf dem Fensterbrett, nahm Tabak heraus und drehte sich eine Zigarette.
Serrailler wartete, musterte ihn. Er wünschte, er hätte Murdo zeichnen können, so wie er war, Unterhemd, Haar, Selbstgedrehte, und auch in diesem Wohnwagen …
»Ich leb hier, weil ich's mir so ausgesucht hab. Ich kümmer mich um niemanden, niemand kümmert sich um mich. Geradeheraus, so bin ich.«
»Damit habe ich kein Problem.«
»Ich komm nicht weit rum. Kein Verlangen. Aber hier in der Gegend seh ich dies und hör das. Letzten Herbst waren sie hier – fahrendes Volk. Keine Zigeuner, verstehen Sie, fahrendes Volk.«
»Ich kenne den Unterschied.«
»Genau. Schlampige Bande. Abfall, Wohnwägen, Dreck, Feuer, die sie nicht hätten anzünden dürfen. Sie haben vielleicht drei Wochen hier gecampt, halbe Meile weiter, auf Gardale zu. War froh, als sie weg waren. Haben die Hunde jede Nacht verrückt

gemacht, die Gören kamen her, waren neugierig, haben in die Fenster geglotzt. Sie hätten mich bis aufs Hemd beklaut, aber sie hatten zu viel Angst. In der Woche, bevor sie abhauten, gab's einen Unfall. Kinder haben rumgetobt; eins ist von einem Wohnwagendach gefallen.«

»Wie haben Sie das rausgefunden?«

»Ich sag doch, ich seh und hör dies und das.«

»Ist das Kind ins Krankenhaus gekommen?«

»Es war tot, Boss. Ein Mädchen. Ist auf einen Haufen Steinplatten gefallen. So viel weiß ich.«

»Was wissen Sie noch, Murdo?«

Murdo nahm einen langen, gemächlichen Zug aus seiner Selbstgedrehten, schaute dabei die ganze Zeit Serrailler durch halbgeschlossene Augen an, als wollte er ihn noch einmal abschätzen. Dann sagte er: »Ich weiß, dass sie das Mädchen begraben haben.«

»Wer?«

»Die Familie. Sie wissen das auch. Sie wissen, wo.«

»Sagen Sie es mir.«

»Ich geh mit den Hunden. Ich fang Kaninchen und so, entlang der Schlucht. Sie haben sie ein Stück hoch an dem abfallenden Hang begraben. Eines Nachmittags haben sie da gebuddelt. Am nächsten Tag haben sie das Mädchen da verscharrt, und am Tag drauf waren sie weg.«

»Warum sind Sie nicht schon früher zu uns gekommen und haben uns das erzählt?«

Murdo zuckte die Schultern. »Ging mich nichts an. Ging Sie auch nichts an, damals nicht.«

»Doch. Nach dem Gesetz muss uns jeder Unfalltod gemeldet und eine Gerichtsverhandlung zur Feststellung der Todesursache abgehalten werden.«

»Wozu soll das gut sein?«
»Als Sicherheitsmaßnahme, abgesehen von allem anderen. Denken Sie darüber nach. Und man kann nicht ohne Erlaubnis Menschen einfach dort begraben, wo man will.«
»Sie gehörte ihnen.«
»Also, kommen Sie, Murdo, Sie wissen sehr gut … Und warum sind Sie jetzt damit rausgerückt?«
»Hab's im Radio gehört. Die Fragen danach.«
»Sie hätten sich nicht melden müssen, genauso wie Sie es damals nicht getan haben. Irgendetwas hat Sie dazu veranlasst.«
»Na ja, dieses andere Kind. Als die sagten, es könnte was mit dem anderen Kind zu tun haben … dem Jungen … Das hat mich aufgerüttelt.«
»Warum? Sie haben mir gerade erzählt, dass das Mädchen von einem Wohnwagen gefallen ist und sich den Kopf aufgeschlagen hat. Warum sollte das irgendwas mit dem Verschwinden dieses Schuljungen aus Lafferton Monate später zu tun haben?«
»Hat es eben nicht. Das hab ich gemeint. Ich weiß, was mit dem Mädchen passiert ist, ich weiß, wann und wie und wer sie war. Hat nichts mit dem Jungen zu tun. Hab keine Ahnung wegen des Jungen. Ich hab alles über ihn gehört und mir nichts dabei gedacht, bis ihr Burschen zwei und zwei zusammengezählt habt und auf fünf gekommen seid. Ich hab keine Freunde bei den Fahrenden. Sie bedeuten mir nichts. Aber sie sind keine Kinderräuber, Boss. Sie brauchen jemand, der sich für sie einsetzt, und das kann genauso gut ich sein.«
»Wissen Sie, wohin sie von hier aus gezogen sind?«
»Richtung Cornwall.«
»Nichts Genaueres?«
Murdo stand auf. Er drückte den Stummel der Selbstgedrehten

mit seinen dicken Fingern aus und ließ ihn in einen Blechaschenbecher fallen. »Sie haben alles gehört. Sie können gehen, Boss. Ich hab gesagt, ich mag die Polizei nicht. Je weniger ich von euch seh, desto besser. Sie tun, was Sie tun müssen, und ich hab Ihnen nie etwas darüber erzählt, und es gibt keinen Zeugen.«
Er hielt die Wohnwagentür auf und wartete. Serrailler musste dicht an Murdo vorbei. Er roch nach Old-Holborn-Tabak und Schweiß.
»Danke. Kann sein, dass wir uns noch mal mit Ihnen in Verbindung setzen. Wir finden Sie hier?«
»Wozu? Ich hab nichts mehr zu sagen, und ich hab sowieso nichts gesagt, nicht wahr?«
Als Serrailler zu Nathan zurückging, fingen die Hunde hinter dem Wohnwagen wieder an zu bellen.
»Das hat mir nicht gefallen, Chef«, meinte Nathan beim Wegfahren. »Ich hab mich direkt unter das Fenster gestellt, als Sie drinnen waren.«
»Danke. Haben Sie was gehört?«
»Nee.«
»Schade.«
Sie holperten über den Pfad.
»Hat es denn was gebracht?«
»Ja und nein. Es muss überprüft werden, aber ich glaube nicht, dass er sich schuldig gemacht hat, außer vielleicht Informationen zurückzuhalten … die er uns jetzt freiwillig gegeben hat.«
»Hilft es uns bei David Angus weiter?«
»Nein«, erwiderte Serrailler grimmig, »absolut überhaupt nicht.«

50

Chef?«

»Warten Sie …«

Simon drehte die Hitze unter dem Topf herunter, in dem er sich Nudeln kochen wollte, und ging zurück ins Wohnzimmer. Der Handyempfang war am besten neben den hohen Fenstern über dem Kathedralenhof, der jetzt leer und silbern im Laternenlicht lag.

»Was gibt es?«

»Tut mir leid – bloß, wussten Sie, dass Mrs. Angus in einer halben Stunde ein Interview im Fernsehen gibt? Im Spätabendprogramm, nach den Nachrichten. Die bringen eine Sondersendung.«

»*Was?* Darüber hat mich niemand informiert. Haben Sie mit Ken gesprochen?«

Ken Mather war der örtliche Polizeipressesprecher.

»Ja, aber der weiß auch nichts davon. Ist alles heimlich gelaufen.«

»Verdammt noch mal. Wie haben Sie es erfahren?«

»Em hat die Vorschau gesehen. Um halb elf fängt es an.«

Simon überlegte, den Chief Constable anzurufen, entschied sich aber dagegen. Die Sendung war hinter ihrem Rücken vereinbart worden, konnte der Polizei nicht angelastet werden und fiel nicht in ihren Verantwortungsbereich, daher brauchte sich Simon für nichts zu entschuldigen. Er war verärgert über Marilyn Angus und verstand sie nicht. Wenn sie meinte, ein weiterer öffentlicher Aufruf wegen David sei nötig, hätte sie zu ihnen kommen sollen, aber nachdem sie sich weigerte, eine Verbindungsbeamtin bei sich zu haben, war es schwierig, mit allem, was sie dachte und tat, Schritt zu halten. Er kochte seine Nudeln, öffnete ein Glas Tomatensoße, rieb Parmesan über alles und schenkte sich ein Glas Wein ein. Während er am Küchentisch aß, klingelte sein Festnetztelefon. Er zögerte und beschloss dann, es dem Anrufbeantworter zu überlassen.

Um halb elf schaltete er den Fernseher an.

Die Moderatorin war eine gepflegte junge Frau in einem Nadelstreifenanzug mit langen blonden Haaren und dem üblichen mitfühlenden Gesichtsausdruck der Medienleute.

»Vor drei Wochen küsste Marilyn Angus ihren neunjährigen Sohn David zum Abschied in der Auffahrt ihres geräumigen Hauses in der idyllischen Kathedralenstadt Lafferton.

Seit diesem Morgen wird David vermisst. Niemand hat ihn gesehen, niemand hat sich mit irgendwelchen Informationen gemeldet. Die Polizei hat ganz Lafferton und Umgebung abgesucht. Im Fluss und im Kanal wurden Schleppnetze und Taucher eingesetzt, die nahe gelegenen Hügel und Moore durchkämmt. Aber keine Spur von David. Es ist, als hätte er sich in Luft aufgelöst. Letzte Woche schien es eine Entwicklung zu geben. In einem Grab in einer tiefen und einsamen Schlucht wurde eine Leiche gefunden. Es waren die Überreste eines Mädchens, acht bis zehn Jahre alt.

Heute Nachmittag kam Marilyn Angus in unser Nachrichtenstudio und sprach mit unserer Sonderreporterin Lorna Macintyre. Sie tat das, weil sie verzweifelt auf Nachrichten über ihren Sohn wartet und meint, dass nicht genug unternommen worden ist, um herauszufinden, was mit David passiert ist – wohin er an jenem Dienstagmorgen verschwand, mit wem und warum. Sehen Sie jetzt dieses Interview.«

Im Studiohintergrund hing das stark vergrößerte Foto von David Angus. Marilyn war so plaziert, dass sein Gesicht, leicht rechts von ihr, ständig im Bild blieb, wenn die Kamera auf ihres gerichtet war. Sie trug einen schwarzen Rock, eine Bluse und eine einreihige Perlenkette. Ihr Gesicht war eingefallen, ihre Augen lagen in tiefen Höhlen, aber mit einem wilden Blick, genauso, wie Simon sie beim letzten Mal gesehen hatte. Ihre Hände lagen verschränkt in ihrem Schoß, und sie bewegte ständig die Finger, rieb sie, faltete sie, zog sie wieder auseinander.

Die junge Frau, die das Interview führte, gab die ebenfalls üblichen, mitfühlenden Plattitüden von sich. Es war unfair, sie als unaufrichtig abzutun, und doch klangen sie so.

»Mrs. Angus, darf ich Sie als Erstes fragen, wie es Ihnen gelingt, mit alldem fertig zu werden? Natürlich kann sich niemand vorstellen, welche Gefühle Sie haben, was Sie durchmachen, aber vielleicht können Sie uns erzählen, wie Sie versuchen, durch den Tag zu kommen?«

Darauf folgte ein schrecklicher, langer Augenblick des Schweigens. Es schien, als könnte Marilyn Angus nicht weitermachen, aber dann sagte sie mit leiser Stimme: »Mit Entschlossenheit. Ich bin entschlossen herauszufinden, was mit David passiert ist. Entschlossen, dafür zu sorgen, dass er gefunden wird und derjenige, der ihn entführt hat und festhält, vor Gericht gebracht wird. Das ist das Einzige, was mich weitermachen lässt.«

»Das ist eine tapfere Aussage ... Und offensichtlich *sind* Sie entschlossen. Finden Sie dabei viel Unterstützung?«

»Ich unterstütze mich selbst. Das muss man. Nachbarn, Arbeitskollegen ... Leute rufen an, besuchen mich. Sie haben sich großartig verhalten. Aber letztlich bin ich auf mich selbst gestellt.«

»Zusammen mit Ihrem anderen Kind, natürlich ... Ihrer Tochter Lucy.«

»Ja, doch ich kann nichts davon auf ihre Schultern abladen.«

»Wie alt ist sie?«

»Erst zwölf.«

»Nun hat auch noch Ihr Mann Alan anscheinend Selbstmord begangen. Das muss doch ein weiterer verheerender Schlag ...«

Marilyn unterbrach sie. »Das war seine Art, damit fertig zu werden. Er hat sich abgesetzt. Er konnte es nicht mehr ertragen.«

»Ich verstehe.« Lorna Macintyre sah auf ihre Notizen. Sie wirkte leicht verlegen. »Ich kann mir vorstellen, dass Ihnen auch auf andere Weise geholfen wurde ... durch die Woge öffentlichen Mitgefühls, durch Ihre eigene Gemeinschaft in Lafferton und die Hilfe aller, durch die Polizei ...«

»Die Polizei tut ihre Arbeit, aber das ist alles.«

»Wie bitte?«

»Sie hat ihn noch nicht gefunden, oder?« Marilyns Stimme wurde schrill. »Sie hat keine Spur von David gefunden, sie hat keine Ahnung, was passiert ist, und sie scheint zugelassen zu haben, dass die Fährte kalt wird.«

»Empfinden Sie das so? Dass von der Polizei nicht genug getan wurde, um Ihren Sohn aufzuspüren?«

»Ich glaube, es wurde eine Menge getan – am Anfang waren sie sehr aktiv, ganze Horden von Beamten haben mein Haus durchkämmt, eine Stunde, nachdem ich David als vermisst gemeldet hatte. Doch jetzt kann ich nicht mehr so viele Anzeichen drängender Aktivitäten sehen. Vielleicht urteile ich zu hart.«

»Wie ich verstanden habe, hatten Sie eine Polizistin, eine Verbindungsbeamtin bei sich wohnen, die Sie jedoch gebeten haben zu gehen, ist das richtig?«

»Ich möchte nicht, dass jemand glaubt, ich hätte etwas gegen sie – DC Marshall – persönlich gehabt, sie ist nett. Aber eine Polizistin bei sich wohnen zu haben, ist eine Aufdringlichkeit, wenn man versucht, mit so etwas fertig zu werden. Wir sind – ich bin – sehr zurückhaltend und brauche meine Privatsphäre. Mir hat das nicht gefallen. Außerdem … nun ja, sie arbeitet für die Polizei und ist zuallererst ihr gegenüber in der Verantwortung. Ich weiß nicht, ob das den Leuten klar ist … Vielleicht denken sie, eine Verbindungsbeamtin ist da, um der Familie zu helfen und auf deren Seite zu stehen, was allerdings nicht der Fall ist. Man hat nie das Gefühl, eine Verbindungsbeamtin auf seiner Seite zu haben, wissen Sie. Im Wesentlichen steht man unter Verdacht, und sie sind Spione. Tut mir leid, wenn das hart klingt.«

»Ich weiß, dass es eine schwierige Frage für Sie ist, aber haben Sie eine Ahnung, irgendeine, was mit David passiert sein könnte, wo er sein könnte?«

»Ich wünschte bei Gott, die hätte ich. Aber nein, natürlich habe ich die nicht. Ich habe keine Ahnung. Welchen erdenklichen Grund sollte jemand haben, einen kleinen Jungen vor seinem eigenen Haus am helllichten Tag zu entführen?«

»Und haben Sie irgendwas zu sagen, einen Aufruf, den Sie machen möchten?«

»Ja.«

Marilyn Angus blickte direkt in die Kamera. Ihre Augen waren wieder wild, ihre Hände arbeiteten. »Wenn Sie wissen, wo

David ist … Wenn Sie David festhalten … Bitte, bitte denken Sie genau darüber nach, was Sie tun. Stellen Sie sich vor, wie es für mich ist … für seine Familie. Sein Vater ist bereits daran gestorben. Können Sie damit leben? Können Sie das? Lassen Sie David gehen. Bringen Sie ihn nach Hause. Rufen Sie die Polizei an und bringen Sie die Sache zu einem Ende. Ich flehe Sie an. Und wenn jemandem irgendeine Kleinigkeit einfällt, die er gehört oder gesehen hat … die etwas mit Davids Verschwinden zu tun haben könnte … Egal, wo Sie leben, egal, wer Sie sind … Bitte melden Sie sich. Bitte. Ich hab das Kostbarste auf der Welt verloren, und diese Qual ist …« Sie verstummte und wandte den Kopf von der Kamera ab.

Sofort füllte sich der Bildschirm mit dem Foto von David, dem klugen, wachen, intelligenten David, dem Foto, das jeder im Land inzwischen so gut kannte.

Simon schaltete den Fernseher aus und ging zum Telefon. Er war sich unsicher, ob er den Pressesprecher oder den Chief anrufen sollte, und während er noch zögerte, klingelte es.

»Simon? Paula Devenish.«

»Ma'am. Ich nehme an, Sie haben das Interview gesehen?«

»Ja, und ich bin sehr ärgerlich – nicht auf Sie, auf Marilyn Angus, auf die unverantwortlichen Medien. Lassen Sie mich wiederholen, was ich gesagt habe, als ich bei Ihnen auf dem Revier war – Sie wissen, dass ich auf Ihrer Seite stehe, und jetzt noch mehr. Ich bin absolut sicher, dass Sie immer noch Ihr Allermöglichstes tun … Sie alle. Damit das klar ist.«

»Vielen Dank, Ma'am. Aber …«

»Genau. Aber was ich weiß und was die Öffentlichkeit jetzt glauben wird, ganz zu schweigen davon, was Marilyn Angus empfindet, sind unterschiedliche Dinge. Ich glaube, wir brauchen eine Revision von außerhalb.«

»Ich bin froh, dass Sie das vorschlagen, und ich stimme dem zu. Es ist sehr wichtig, besonders nach dem heutigen Abend.«

»Ich kümmere mich morgen als Erstes darum. Lassen Sie sich davon nicht kleinkriegen. Es ist bedauerlich – schlechte Publicity ist das immer –, aber Mrs. Angus steht unter Schock, und der Sender sollte sich dafür schämen, sie auf die Weise, wie wir es gerade gesehen haben, auszunutzen. Ich nehme an, das ist hinter unserem Rücken geschehen.«

»Total. Ich wusste nichts davon, Ken auch nicht.«

»Das habe ich mir gedacht. Ich habe volles Vertrauen zu Ihnen. Verstanden?«

»Verstanden. Und vielen Dank.«

»Schlafen Sie jetzt erst mal. Wir sprechen uns morgen.«

Nachdem Simon aufgelegt hatte, bemerkte er, dass der Anrufbeantworter blinkte, und als er auf den Knopf drückte, hörte er die Stimme seiner Mutter.

»Liebling, ich möchte mit dir reden. Kannst du morgen rüberkommen, ich nehme an, jetzt ist es zu spät? Rufst du bitte zurück?«

Er hörte sich die Nachricht noch einmal ein. Sie klang besorgt, fast in Panik. Es war zehn nach elf, und seine Eltern gingen früh ins Bett. Die Nachricht war vor neun aufgesprochen worden.

Er rief im Bauernhaus an. »Dr. Deerborn«, meldete sich eine leise Stimme.

»Hallo, Chris. Hast du Bereitschaft?«

»Wie immer.«

»Hat einer von euch heute Abend mit Ma gesprochen?«

»Glaub nicht. Cat ist im Bad, ich frag sie, wenn sie rauskommt, aber ich bin mir ziemlich sicher, dass sie nicht mit ihr telefoniert hat. Was ist los?«

»Weiß ich nicht genau. Ich hab eben eine Nachricht von ihr

abgehört. Sie wolle mit mir reden, klang ein bisschen … wie soll ich sagen … nicht wie ihr übliches cooles Selbst.«

»Warte, Cat ist gerade hereingekommen. Si ist dran.«

»Hallo, Si. Alles in Ordnung?«

»Ich hatte eine merkwürdige Nachricht von Ma.«

»Oh. Hier hat sie nicht angerufen. Inwiefern merkwürdig?«

»Weiß nicht – nichts, was sie tatsächlich gesagt hat – will nur mit mir reden. Ob ich zu ihr kommen könnte, wenn es noch nicht zu spät sei – doch sie klang angespannt.«

»Kann mir nicht vorstellen, warum. Allerdings hab ich auch schon seit zwei Tagen nicht mehr mit ihr gesprochen.«

Sie plauderten noch ein paar Minuten. Felix hatte eine Kolik, Cat war müde, Chris hatte immer noch zu oft Bereitschaft, Hannah hatte einen Zahn verloren, was sie verängstigt hatte, und wachte jede Nacht auf, und Sam war nach wie vor voller Geschichten über entführte Jungen.

Sie hatten genug am Hals. Simon legte auf, nachdem er Cat wegen ihrer Mutter beruhigt hatte, und ohne das Fernsehinterview zu erwähnen, das sie eindeutig nicht gesehen hatten.

Er machte sich gerade bettfertig, als das Telefon erneut klingelte. »Serrailler.«

»Simon? Liebling, leg bitte nicht auf …«

»Diana, ich kann jetzt nicht mit dir reden, ich muss gleich wieder im Revier anrufen.«

»Die David-Angus-Geschichte, ja.«

Er antwortete nicht.

»Ich habe das Interview mit der Mutter gesehen. Wie kann sie es wagen, dir Nachlässigkeit vorzuwerfen? Das hat mich so wütend gemacht.«

»Sie ist eine sehr verstörte Frau. Ich kann darüber nicht weitersprechen und muss diesen Telefonanschluss freihalten.«

»Hast du dein Handy nicht da?«
Auch darauf antwortete er nicht.
»Simon, ich muss dich unbedingt sehen. Wir müssen miteinander reden.«
»Müssen wir? Warum denn?«
»Bitte, sei nicht so, bitte tu mir das nicht an. Das schmerzt so sehr. Ich möchte dich sehen, ich möchte mit dir zusammen sein. Ich vermisse dich, ich …« Sie sprach immer schneller, versuchte ihn am Telefon zu halten.
Simon dachte an diese oder jene Antwort … dass er beschäftigt sei, dass es ihm lieber wäre, sie würde keinen Kontakt mehr zu ihm suchen … aber er sagte nichts davon. Er legte einfach auf.
Draußen hatte es sanft zu regnen begonnen, der Regen ließ die Laternen verschwimmen und brachte die Pflastersteine zum Glänzen.

51

Als sie die breite Treppe aus dem Haus hinabgeschritten war, hatte Lucia Philips zuerst vorsichtig und zurückhaltend gewirkt, die perfekte Gastgeberin, die einen Gast herumführt. Innerhalb von Sekunden war diese Fassade aufgebrochen, und sie hatte zu lachen begonnen. Jetzt tanzte Lucia beinahe neben Karin her, während sie durch die Gärten gingen, wie ein Kind, das zum Spielen hinausgelassen worden ist, voller Aufregung und Begeisterung für dieses neue Spielzeug, das Landgut Seaton Vaux. Es war vernachlässigt, seit Jahren war weder Geld noch Liebe darauf verwendet worden, und alles machte einen überwucherten und trostlosen Eindruck. Aber es war grandios. Das elisabethanische Herrenhaus aus rosenroten Ziegeln und mit Schornsteinen im Zuckerbäckerstil, der Garten mit der abgesenkten Terrasse im italienischen Stil, dem ummauerten Obstgarten und dem weiten Areal wildwachsenden Grases. Hinter einem Umfassungsgraben lag der Hirschpark, die Bäume überwachsen und nach allen Seiten ausgeschlagen; dahinter schirmte ein weiterer Wall das kleine, zum Gut gehörende Dorf ab, durch das Karin gefahren war.

Lucia Philips trug Designerjeans, eine schlichte Tweedjacke, eine hellrosa Bluse und dazu lächerlich hohe Riemchenschuhe

in passendem Rosa. Ihr Haar war zurückgebunden gewesen, aber als Karin und sie nach draußen gekommen waren, hatte sie das Band herausgezogen und die Locken über ihre Schultern fallen lassen.
Zuvor, beim Kaffee, hatte sie Karin ihre Hochzeitsfotos gezeigt.
»Wir haben in der Schweiz geheiratet … in einem wunderschönen Dorf, das wir übernommen haben. Die Kirche hatte so niedliche kleine Glocken, wissen Sie? Als wir herauskamen, waren wir verheiratet und sind hinunter zum See gegangen … Es war Spätnachmittag, die Sonne ging unter. Sie war golden. Wir hatten siebenhundert Gäste einfliegen lassen, aber es war wirklich alles ganz schlicht.«
Karin hatte ihr einen Blick zugeworfen, doch in Lucias Stimme hatte keine Andeutung von Ironie gelegen. Schlicht war das, was sie gemeint hatte und wie es ihr erschienen war.
»Ihr Kleid ist so schön … All diese winzigen Kristalle. Wo hatten Sie es her?«
»Oh, von Valentino.«
»Ah ja.«
»Wir sind durch die Schweiz nach Venedig gefahren, dann weiter nach Süditalien, bevor wir zurück nach New York geflogen sind und dort auch noch einen nachträglichen Hochzeitsempfang gegeben haben. Die Blumen – oh, Sie hätten sie sehen sollen, Ihnen hätten die Blumen so gefallen – der ganze Raum war voll davon, schlichte Blumen, wissen Sie? Nichts Protziges, keine von diesen schrecklich steifen Designerblumen.«
»Das klingt wunderbar.«
»War es auch. Mein Gott, ich möchte das alles noch mal erleben. Cax noch mal heiraten.«
Sie hatten über Gartenrestaurierung gesprochen, Gartengeschichte, Gartenpläne … Bäume, Blumen, Mauern, Bögen,

Statuen, Wasser, und es hatte sich herausgestellt, dass Lucia sowohl Kenntnisse als auch Wünsche hatte, sowohl ernsthaftes Interesse als auch das nötige Geld besaß.

»Ich finde es hinreißend, was Sie mir erzählen, wie Sie das alles sehen. Ich hätte so gerne, dass Sie das hier übernehmen, Karin.«

Sie setzten sich im letzten Sonnenschein auf eine niedrige Mauer.

»Hören Sie, ich bin keine erfahrene Gartenbauarchitektin, Lucia. Ich habe mich erst vor kurzem qualifiziert und noch niemals so etwas übernommen wie das hier. Sie sollten sich vielleicht Rat von namhafteren Leuten holen.«

Lucia griff nach Karins Hand und sah ihr mit ernstem Blick in die Augen. Sie ist, dachte Karin, zu schön, um wahr zu sein.

»Karin, ich möchte keine ›namhaften Leute‹ ... puh. Ich möchte jemanden, den ich mag und dem ich vertrauen kann und der diesen wunderschönen Ort lieben und pflegen könnte. Und das sind Sie. Das wusste ich sofort.«

»Es gibt keinen Zweifel, dass ich ihn lieben könnte. Wer würde das nicht?«

»Also ... Sind wir uns einig?«

»Was ist mit Ihrem Mann?«

»Oh, Cax macht das, was ich will.«

Ja, dachte Karin, das hab ich mir gedacht.

»Ich habe einen guten Geschmack, wissen Sie, Karin ... Er vertraut meinem Geschmack. Er weiß, was ich für das alles hier empfinde. Werden Sie annehmen?«

»Ich muss darüber nachdenken. Ich werde ein paar vorläufige Entwürfe machen ... Kostenvoranschläge ... einen Zeitplan ausarbeiten.«

»Natürlich, was immer Sie wollen.«

»Bei Entwurf und Planung noch nicht – das würde ich selbst übernehmen –, aber danach werde ich schon recht bald praktische Hilfe brauchen … Mir ging es vor einem Jahr nicht sehr gut, und ich muss mich ein wenig in Acht nehmen.«
»Oh, das tut mir leid … Was war mit Ihnen?«
Karin zögerte. Eines der Dinge, die Mike seinen Worten nach gehasst hatte, war, nicht länger mit einer Ehefrau zusammenzuleben, sondern mit einem Krebsopfer. Ihr ganzes Sein war auf ihre Krankheit konzentriert, ihre Zeit und Energie und ihr Antrieb waren zu lange ausschließlich darauf gerichtet gewesen. Sie hatte sich letztlich darüber definiert. Das musste aufhören. Sie zuckte die Schultern und sprang von der Mauer.
»Ist nicht so wichtig«, sagte sie leichthin, »inzwischen ist das alles vorbei. Ich möchte nur, dass es so bleibt.«
Lucia besaß die beste Sorte guter amerikanischer Manieren. Sie lächelte, und das Thema wurde fallen gelassen.
»Gehen wir auf die Westseite des Hauses«, sagte sie, »da liegt der perfekte ummauerte Küchengarten … Na ja, die Mauer ist halb zusammengefallen, aber der Garten ist nur überwuchert. Ich möchte so gerne all unsere frischen Sachen selbst anbauen – Gemüse, Salate, Obst, Kräuter. Ich könnte mir sogar vorstellen, einen Laden damit zu eröffnen, wissen Sie, Obst und Gemüse aus organischem Anbau. Mir ist es so wichtig, das Land zu bewahren, mit Respekt zu behandeln. Ich denke, das Land ist nur ein uns anvertrautes Gut, geht es Ihnen nicht auch so? Und weil ich ein Neuankömmling bin, einfach so in Ihr Territorium hineingeplatzt, möchte ich es wirklich pflegen und achten.«
Wenn das von jemand anderem gekommen wäre, hätte es unecht geklungen.
»Darauf können wir uns die Hand geben«, erwiderte Karin.

»Frische, organische Produkte sind auch meine Leidenschaft. Ein solches Projekt würde ich liebend gern übernehmen.«

Lucia wandte sich ihr zu, küsste sie auf beide Wangen und tanzte wieder davon.

Fröhlich gingen sie zu einem zerbrochenen Tor, das in den alten Küchengarten führte. Karin spürte einen Ausbruch von Energie und Erneuerung. Dieser Ort und das Mädchen erfüllten sie mit Enthusiasmus und hochsprudelnder Erregung. Sie merkte, dass sie seit ihrer Ankunft hier kaum mehr an Mikes Abwesenheit oder ihre Krankheit gedacht hatte. Stattdessen hatte sie zu planen und träumen begonnen, und es drängte sie vorwärts.

Lucia blieb mit dem Schuh an einem Unkrautbüschel hängen, schwankte und fiel hin. Einen kurzen Moment lag sie verblüfft da, dann lachte sie, und während sie lachte, hob sie ihre Beine, zog die Schuhe aus und warf sie in die Luft. Sie drehte sich zu Karin um.

»Tja, geschieht mir das nicht verdammt recht?«

Sie lachten beide, dort in der Sonnenwärme, die von den alten Ziegelmauern abstrahlte, bis ihnen die Tränen kamen.

52

Liebling, wie nett! Bleibst du zum Tee?«

Was immer in ihrer Welt passierte oder der Welt im Allgemeinen, dachte Simon, seine Mutter würde ihr nie etwas anderes zeigen als dieses ruhige, kühle, charmante Gesicht. In ihrem blauen Kaschmirpullover und den dunkelblauen Jeans sah sie so elegant aus wie immer. Ihr Haar war hochgesteckt, Brosche und Kette am richtigen Platz.

Er nahm sie in die Arme. »Ich glaube, du wirst noch bei der Wiederkunft Christi so aussehen, Ma. ›Liebling, wie nett! Bleibst du zum Tee?‹«

»Na ja, ich hoffe, ich werde höflich sein, und nenn mich nicht Ma.«

»Nein, Ma. Hast du Kuchen da?«

»Wahrscheinlich. Erzähl mir von Marilyn Angus. Ich fand die Sendung schockierend. Wer hat sie denn dazu gebracht?«

»Sie ist in sehr schlechter Verfassung – was nicht überraschend ist.«

»Kein Grund, die Polizei auf diese Weise abzukanzeln – natürlich unternehmt ihr alles. Und ich finde diese öffentliche Vorführung von Kummer unerträglich. Also, seid ihr dem Auffinden des kleinen Jungen näher gekommen?«

»Nein.«
»Es ist einfach unvorstellbar. Wer hat das getan, Simon?«
»Ein Perverser ... ein Psychopath ... ein Zufallsmörder. Ich bin hergekommen, um Tee zu trinken und Kuchen zu essen, Ma.«
»Liebling, ich weiß, es tut mir leid, ich bin gedankenlos.«
»Und um dich zu fragen, warum du mich gestern Abend so aufgeregt angerufen hast.«
Er musterte Meriel genauer. Sie öffnete die Augen weiter.
»Ich war nicht aufgeregt.«
»Deine Nachricht klang ein bisschen merkwürdig ... panisch?«
»Wie um alles in der Welt kommst du darauf?«
»Sag du's mir.«
»Ich wollte nur ... Ja, nun, ich habe einen Termin für einen kurzen Gottesdienst festgelegt, aber ich wollte es erst mit dir absprechen. Der Stein, der Marthas Urne bedecken soll, ist fertig. Er wird in den Klosterhof hinter der Kathedrale eingelassen ... Der Stein ist sehr schlicht. Aus Waliser Schiefer.«
»Was steht drauf?«
»Martha Felicity Serrailler, Geburts- und Sterbejahr und dann ›Selig sind, die reinen Herzens sind‹.«
»Das gefällt mir.«
Sie hatte ihre Brille aufgesetzt und blätterte im Kalender. Er beobachtete sie. Er kannte sie zu gut. Irgendetwas hatte sie aufgewühlt.
»Hier ist es ... Sonntag, zwölfter Mai. Um zwei. Wir versammeln uns in der Marienkapelle – nur die Familie und ein oder zwei andere, nichts Formelles. Bist du damit einverstanden?«
»Klar. Ist Dad da?«
»Er ist beim Golfspielen. Also ... Kuchen. Ja.«
»Bist du sicher, dass dich nichts beunruhigt hat, als du mich angerufen hast?«

Aber seine Mutter war auf dem Weg zur Speisekammer. Simon füllte den Kessel und nahm Tassen und Untertassen heraus. Irgendetwas war da gewesen, doch es hatte keinen Zweck, sie unter Druck zu setzen. Sie hatte es verdrängt und würde jetzt nicht mehr darauf zurückkommen. Als sie mit zwei Kuchendosen zurückkam, klingelte es an der Haustür.

»Liebling, das wird Karin McCafferty sein – sie hat gesagt, dass sie vorbeikommen würde –, könntest du sie reinlassen?«

Karin sah gut aus, besser, als Simon sie in Erinnerung hatte. Dieser angespannte Ausdruck in den Augen und das Hagere waren verschwunden. Sie schien sich sogar mit mehr Lebhaftigkeit und Selbstvertrauen zu bewegen.

»Ich wusste, dass Sie alles darüber hören wollen.« Karin setzte sich an den Tisch, ungezwungen, wie es Menschen hier in Abwesenheit seines Vaters immer waren. Selbst Simon spürte eine Leichtigkeit in der Atmosphäre.

»Aber gewiss doch. Karin war in Seaton Vaux.«

»Wie ich höre, spielt da Geld keine Rolle.«

»Sicherlich nicht. Das zum Gut gehörende Dorf sieht schon viel besser aus – die Dächer werden repariert, alles wird frisch gestrichen, die Zäune zum ersten Mal in einem halben Jahrhundert ausgebessert. Und das Haus und die Gärten werden eine erstaunliche Verwandlung erfahren.«

»Und Sie haben den Auftrag?« Meriel brachte die Teekanne.

»Das ist ein bisschen komplizierter. Ich glaube schon … Doch es ist ein Riesenprojekt, das ich nicht allein bewältigen kann. Ich habe versucht zu erklären, dass ich keine Gartenpreisträgerin bin, mit zwanzig Jahren Erfahrung.«

»Und wie war die schöne Mrs. Philips?«

»Schön. Überschäumend. Sie ist wie ein Kind – sie *ist* ein Kind. Das ist eine seltsame Verbindung. Er ist sechsundfünfzig, sie

ist zweiundzwanzig. Er war nicht da, sie ist später mit dem Hubschrauber zurück nach London geflogen. Eine ganz andere Welt.«
»Sie müssen Ihr Licht nicht unter den Scheffel stellen, Karin. Nehmen Sie den Auftrag an. Sie können immer noch andere Leute einstellen. Aber Sie sind gut, und das wissen Sie.«
»Hm. Der Gedanke ist aufregend.«
»Ich nehme nicht an, dass Sie Verwendung für einen jungen Mann haben, der in Gartenbau ausgebildet wurde – Gemüsegärtnerei – und der einen Job braucht?«
»Wer sollte das sein, Simon?«, unterbrach Meriel misstrauisch.
»Jemand, mit dem ich vor kurzem zu tun hatte. Er ist jung und fit. Na gut … er ist ein Exsträfling.«
»Also wirklich, Simon.«
Doch Karin winkte ab. »Ja«, sagte sie zu Simon, »hätte ich. Erzählen Sie mir ein bisschen mehr.«

Später, als er ging, rief das Revier an.
»Eine Nachricht, Chef … DCS Jim Chapman von der Polizei North Yorkshire ist unterwegs, um die Revision des Angus-Falls vorzunehmen. Er will sich morgen früh mit Ihnen treffen.«
»Gut.«
Wenn jemand vermutete, dass DCI Serrailler verärgert war über die Ankunft eines höheren Beamten von einer anderen Polizeibehörde, der diese Revision durchführen sollte, dann irrte er sich gewaltig, dachte Simon, als er nach Lafferton zurückfuhr. Er brauchte zwei neue Augen, die den Fall betrachteten, eine andere Sichtweise auf die Dinge. Sie hatten alles abgegrast, und sie waren ausgelaugt und erschöpft, jeder von ihnen. Falls jemand von außen ihnen einen Ansporn geben und etwas entdecken konnte, irgendetwas, das sie vielleicht übersehen hatten, umso besser. Das war ein Stärkungsmittel, keine Beleidigung.

53

Das Treffen war für neun Uhr angesetzt. Um zwanzig nach acht, als Serrailler sein Büro betrat, klingelte das Telefon.
»Ich hab hier Mrs. Angus für Sie.«
Er zögerte. Seit dem Fernsehinterview hatte er Marilyn weder gesehen noch gesprochen, hatte sich jedoch genug beruhigt, um sich in der Lage zu fühlen, mit ihr zu reden. Trotzdem atmete er tief durch. Er musste an dem Verständnis festhalten, dass sie nicht aus Bosheit gehandelt hatte, sondern unter dem Einfluss äußersten Kummers und Leids.
»Stellen Sie durch.«
Marilyn ließ sich nicht auf Smalltalk ein, sondern sagte ohne weitere Einleitung: »Ich möchte Sie nur wissen lassen, was ich vorhabe. Ich habe ein paar Leute zusammen … Ich habe sie gebeten, mit einer Suche nach David zu beginnen.«
»Aber …«
»Ich weiß, was Sie sagen wollen, doch ich habe das Gefühl, dass nicht genug getan worden ist.«
»Ich kann Ihnen versichern, dass das absolut nicht der Fall ist, und dabei spreche ich nicht in der Vergangenheitsform – alles *wird* getan und wird weiterhin getan werden.«
»Und doch sind Sie damit seinem Auffinden kein Stück näher

gekommen. Ich glaube nicht, dass die Suchaktionen gründlich genug gewesen sein können. Ich bin nicht zufrieden, und ich werde nicht zufrieden sein, bis ich weiß, dass sie erneut durchgeführt wurden … Das wollte ich Ihnen nur sagen. Ich werde Teams zusammenstellen und …«

»Ihnen ist klar, dass Zivilpersonen kein Zugangsrecht haben, keine Befugnis, Privatgrundstücke zu betreten?«

»Gibt es irgendwas, das sie davon abhalten sollte, um Erlaubnis für eine Suche zu bitten und sie dann durchzuführen, sobald wir die Genehmigung haben? Ich glaube nicht.«

»Ich muss Sie warnen …«

»Bestimmt müssen Sie das. Aber ich werde trotzdem weitermachen. Ich kann es einfach nicht aushalten … dieses Nichts … Ich fühle mich machtlos und bin wütend.«

»Und ich verstehe diese Gefühle nur allzu gut, glauben Sie mir.«

»Dann lassen Sie mich weitermachen. Ich habe Sie aus Höflichkeit informiert, mehr nicht.«

»Können wir wenigstens darüber reden, bevor Sie …«

»Nein. Wir werden es durchziehen, bis wir umfallen – oder David finden. Ich muss ihn finden. Es gibt nichts Wichtigeres in meinem Leben, nichts, was ich sonst tun kann.«

Nathan steckte den Kopf durch die Tür. »Chef, haben Sie die Zeitungen gesehen?«

Simon stöhnte. »Bringen Sie sie rein.«

MUTTER VON VERMISSTEM JUNGEN GEZWUNGEN, EIGENE SUCHE ZU ORGANISIEREN. »DIE POLIZEI WAR ZU OBERFLÄCHLICH«, SAGT MRS. ANGUS. »ICH FINDE MEINEN JUNGEN SELBST«, SCHWÖRT DIE WÜTENDE MUTTER.

Serrailler war noch dabei, die giftspritzenden Artikel zu lesen, als der Diensthabende anrief und ihm mitteilte, DCS Chapman sei da. Simon warf die Zeitungen auf einen Stuhl und ging hinunter.

Jim Chapman war einer der erfahrendsten Beamten im Polizeidienst, hatte noch fünf Jahre bis zur Pensionierung und stand im Ruf äußerster Gründlichkeit und verbissener Entschlossenheit. Er hatte zwei hochrangige und erfolgreiche Mordermittlungen in Yorkshire geleitet und war Träger der königlichen Polizeimedaille. Als Serrailler ihm sagte, er fühle sich geehrt, mit ihm arbeiten zu dürfen, meinte er das ernst. Chapman war ein großer Mann mit kurz geschnittenem grauen Haar und schweren Augenlidern, ein Mann mit einem breiten Yorkshire-Akzent und erstaunlich sanftem Auftreten.

Als sich die Tür von Serraillers Büro hinter ihnen schloss, sagte er sofort: »Ich möchte Sie wissen lassen, dass ich auf Ihrer Seite stehe. Ich bin hier, um zu helfen, nicht um Ihre Stellung zu unterlaufen. Ich bin eine Ergänzung, keine Ablösung.«

»Danke, das weiß ich zu schätzen.«

»Und« – Chapman deutete auf die Zeitungen – »ich hab sie gelesen.«

»Ich habe für zehn Uhr eine Pressekonferenz einberufen.«

»Ihnen ist nichts anderes übriggeblieben. Das ist immer ein Problem. Die Mütter sind verstört, sie glauben stets, dass wir nicht genug unternehmen, und natürlich tun wir das nicht, kein Mensch auf der Welt tut genug für sie, bis der Junge gefunden wird. Der Vater hat Selbstmord begangen?«

»Ja. Ich glaube, das hat ihr den Rest gegeben – und ist es ein Wunder? Womit wollen Sie anfangen, Sir?«

»Nennen Sie mich Jim. Wie gesagt, ich bin auf Ihrer Seite. Ich möchte kurz mit dem Team sprechen, und dann sollten wir

diese Pressekonferenz hinter uns bringen. Ich gehe mit, aber ich werde nichts sagen. Das ist Ihr Fall. Nachdem wir diese Schmeißfliegen los sind, machen wir uns an die Arbeit. Ich habe die meisten Akten gestern Abend und auf dem Weg hierher gelesen. Machen Sie mich mit dem Rest vertraut.«
Simon kam der Aufforderung nach, stellte ihm das Team einen nach dem anderen vor, beschrieb Werdegang, Persönlichkeit, besondere Stärken. Der DCS hörte zu, sagte nichts, machte sich keine Notizen.
»Keine Schwachstellen?«
»Nein. Wir sind ein gutes Team, wie man es besser kaum finden kann … Im Moment sind sie niedergeschlagen, aber noch immer stur bei der Sache.«
»Keiner ist krank geworden?«
»Nein.«
»Zeichen von Überanstrengung?«
»Nicht mehr, als man erwarten würde.«
»Aye, diese Art von Ermittlung fordert ihren Tribut. Lieber stünden sie im Kugelhagel. Wie wir alle.«
»Möchten Sie mit Mrs. Angus sprechen?«
»Vielleicht. Im Moment nicht. Wo ist Ihre Kantine?«
»Ich kann Ihnen etwas bringen lassen, wir haben …«
Doch der DCS war schon aufgesprungen.
»Ich möchte keine Spezialbehandlung«, sagte er im Hinausgehen. »Unten oder oben?«
»Unten.« Serrailler folgte ihm rasch durch den Flur.

Die Pressekonferenz war eine unerfreuliche Angelegenheit. Marilyn Angus' Fernsehinterview hatte sie alle umgedreht. Selbst die Lokalreporter, die sonst immer eine Unterstützung waren, stellten aggressive Fragen, wetteiferten mit den großen Jungs

vom Fernsehen und der nationalen Presse in ihrer Feindseligkeit. Sie verlangten Taten, sie verlangten Antworten, sie drängten auf Einzelheiten.
Serrailler war ihnen bei jeder Frage gewachsen. Er war schon immer ein Kämpfer gewesen, behielt eine kühle, mitfühlende, jedoch nicht defensive Haltung bei. Es gab viel Gegrummel und Gemurmel unter den Versammelten, aber sie verschwanden besänftigt genug.

»Guten Morgen. Ich bin Jim Chapman. Okay, Sie haben heute Morgen in der Presse und durch das gestrige Fernsehinterview eine heftige Abreibung bekommen. Ich möchte Sie wissen lassen, dass wir in dieser Sache zusammenstehen. Ich bin nicht hier, um Sie ins Stolpern zu bringen, Sie in Stücke zu reißen oder Ihnen das Leben schwerzumachen. Ich bin hier, um mir den Fall David Angus ganz von vorne vorzunehmen. Ich bezweifle nicht, dass Sie äußerst hart daran gearbeitet haben – niemand war nachlässig, alle haben hundertzehn Prozent gegeben.
Ich werde mir alles anschauen, überall hingehen, die Akten, die Spurensicherung, den Hintergrund, die Daten studieren – und ich will mit jedem Einzelnen von Ihnen reden. Aber es gibt hier nichts Privates oder Geheimes, ich mache das nicht hinter dem Rücken Ihres Ermittlungsleiters.
Gut. Ich will bei null anfangen, Zentimeter um Zentimeter und Minute um Minute. Ich möchte, dass Sie mir alles berichten, was Sie wissen. Ich möchte Ihre Gedanken erfahren und Ihre Verdächtigungen – alles. Nichts, was Sie sagen, wird belächelt oder abgetan werden. Überhaupt nichts wird abgetan werden.
Heute Morgen möchte ich einen Eindruck davon bekommen,

wie jeder von Ihnen in diesem Ermittlungsteam den Fall sieht. Erzählen Sie mir von Ihren Vorstellungen zu dem Szenario. Nathan, nicht wahr? Gut, Junge, fangen Sie an.«

Im Raum wurde es still.

Nathan fuhr sich durch die Haare und schaute vor sich auf den Tisch. Dann sagte er: »Also, als Erstes, wir suchen nach einer Leiche. Der Junge ist tot. Muss tot sein.«

Er wartete, doch Chapman schwieg.

»Ich stelle mir immer noch Fragen wegen der Familie, um ehrlich zu sein. Weswegen hat der Vater sich umgebracht? Lag es nur daran, dass er es nicht ertragen konnte, noch länger ohne den Jungen zu sein? Ich weiß, dass er für den Zeitpunkt, zu dem der Junge verschwunden ist, ein hieb- und stichfestes Alibi hat, aber Eltern sind oft die Mörder, und ich frage mich halt, ob wir irgendwas in der Familiensituation übersehen haben. Wüsste allerdings nicht, was.«

»Wär's das?«

»Ja, wenigstens für den Augenblick … Sie wollten eine Ansicht.«

»Danke. Gut. Teilt sonst noch jemand Nathans Einstellung dazu?«

DC Clare Linscom sagte rasch: »Ja, ich. Was den Vater angeht, weiß ich nicht so recht, aber die Mutter … Sie hat sich sehr seltsam verhalten, selbst wenn man bedenkt, was sie hat durchmachen müssen. Sie ist uns gegenüber feindselig eingestellt, sie hat uns behindert … Sie hat noch ein Kind, ihre Tochter Lucy, aber es ist, als existierte das Kind kaum. Ich frag mich, ob wir die ganze Familie nicht noch mal auseinandernehmen sollten. Mehr in der Nähe suchen sollten als weiter weg.«

Kate Marshall schüttelte den Kopf. »Entschuldige, Clare, aber nein, ich …«

»Sie sind die Verbindungsbeamtin?«

»War. Entschuldigung, Sir, ja. DC Marshall. Niemand in der Familie hat David etwas angetan. Marilyn war außer sich vor Kummer und Qual und Anspannung und Schuldgefühlen, und dann versucht ihr Mann, Selbstmord zu begehen, versagt, versucht es erneut, diesmal mit Erfolg. Ich glaube, sie hat momentan buchstäblich den Verstand verloren, und ich mache mir Sorgen um sie, aber ich glaube nicht, dass wir dort im Haus irgendwas finden.«

Einer nach dem anderen stimmten sie ihr zu oder nicht, brachten dann ihre eigenen Ansichten ein.

Simon saß schweigend dabei, empfand großen Stolz auf sein Team, auf ihre Hingabe und Fähigkeiten, ihr Engagement und ihre Entschlossenheit. Sie waren als Gruppe so auf die Sache konzentriert, wie man es sich von einer Polizeitruppe nur wünschen konnte.

Zu seiner Überraschung äußerte sich auch Geoff Price. Er sprach sonst selten. »Was ist mit diesen Kriminellen, Sir? Bringen Jugendliche dazu, Autos für sie zu stehlen, versuchen dann den DCI umzulegen und den Trottel, der einen Teil ihrer schmutzigen Arbeit gemacht hat. Vielleicht haben sie den Jungen überfahren. Vielleicht hat er was gesehen …«

Serrailler schüttelte den Kopf. »Tut mir leid, aber das ist nicht ihr Stil.«

Chapman wandte sich an ihn. »Simon?«

»Ich glaube nicht, dass es irgendwas mit jemandem aus der Familie zu tun hat, den Lebenden oder dem Toten. Ich hab so ein Gefühl, dass David nicht im Umkreis von hundert Meilen von Lafferton gefunden wird. Ich glaube, er war innerhalb kürzester Zeit nach seiner Entführung weit fort von hier. Darauf lässt mich das Fehlen jeglicher Hinweise kommen …«

»Also gut. Listen wir es auf«, sagte Chapman. Er ging zu der weißen Tafel am anderen Ende des Raumes.

1. Lebendig oder tot. Aller Wahrscheinlichkeit nach – TOT.
2. Nach wie vor in seinem eigenen Haus. Also ist die Geschichte, dass er an der Einfahrt gewartet hat, ein Märchen.

»Entschuldigung, Sir, aber das stimmt nicht, wir haben einen Zeugen – ein Mann, der mit dem Fahrrad zur Arbeit fuhr, hat angegeben, David gesehen zu haben, wahrscheinlich zwei Minuten nachdem seine Mutter weggefahren war.«
»Gut. Danke.« Er wischte den zweiten Punkt mit einer schnellen Bewegung aus.
Das war ein Test, dachte Simon, geschickt gemacht.

3. Zu Fuß von jemandem mitgenommen, den er kannte.
4. Im Auto von jemandem mitgenommen, den er kannte.
5. Zu Fuß von einem Fremden mitgenommen.
6. Im Auto von einem Fremden mitgenommen.
7. Irgendwo in die Nähe gebracht und getötet worden.
8. Aus Lafferton hinausgebracht und irgendwo anders getötet worden.

»Und das ist es in etwa. Nicht gerade viele Alternativen, oder? Sauber und geradlinig. Wie sieht das schlimmstmögliche Szenario aus?«

Ein halbes Dutzend Polizisten sprachen auf einmal und verstummten dann.

»Das schlimmstmögliche Szenario ist ein pädophiler Mörder, der durch den Ort kam, den Jungen zufällig an der Einfahrt stehen sah, seine Chance ergriff und ihn Gott weiß wo hingebracht hat. Sie sagten es. Ein Alptraumszenario. Ich glaube, wir sind mittendrin.«

54

In der Sonne war es warm. Cat stand auf dem Supermarktparkplatz, mit dem schlafenden Felix in der Babytrage auf dem Einkaufswagen, und genoss den Sonnenschein. Am Rand des Parkplatzes öffneten die Zierkirschen ihre zuckrig-rosa Blüten, die Menschen wie ihre Mutter und Karin verachteten, aber die Cat liebte. In der vergangenen Woche war sie mit Hannah allein in Bevham gewesen, offiziell, um Schuhe für die Schule zu kaufen, aber eigentlich für etwas, das Hannah »einen rosa Nachmittag« nannte. Ihr Babybruder hatte seinen Neuheitswert verloren und war für sich genommen noch nicht interessant. Cat hatte die ersten Anzeichen von Gereiztheit erkannt. Felix war bei Meriel geblieben, während Hannah und sie einkaufen gingen. Sie waren mit Tragetaschen voller Rosa zurückgekommen … Kleidung, Spielzeug, Süßigkeiten und drei verschiedene Schattierungen von rosa Nagellack. Hannah war ganz aus dem Häuschen gewesen.

»Ich finde es herrlich«, sagte Cat zu sich, trödelte immer noch im Frühlingssonnenschein, bevor sie ihre Einkäufe ins Auto lud. »Ich finde es herrlich, Zeit mit den Kindern zu haben, mit Felix und dem Kater allein im Haus zu sein, zu kochen, zu lesen, einen Nachmittagsschlaf zu halten, Ma mitten am Tag zu besuchen und mir dabei Zeit lassen zu können. Ich find's herrlich, auf dem Sofa zu sitzen, das Baby zu stillen und in der Zeitung zu blättern oder alte Filme im Fernsehen anzuschauen. Einen rosa Nachmittag mit Hannah zu verbringen. Durch den Supermarkt zu schlendern, statt zu hetzen, das Wichtigste in den Wagen zu werfen und wieder hinauszurennen.«

Die Schattenseite war das Schuldgefühl. Die Vertretung war immer noch krank, doch der ärztliche Bereitschaftsdienst übernahm jetzt fünf Nächte, so dass Chris nur noch Montag und Freitag dran war.

Das Baby bewegte sich in seinem blauen, gefütterten Anzug. Das weiche, weiße Futter umrahmte sein kleines Gesicht. Cat betrachtete seine Wimpern, die perlrosa Nägel, den kaum erkennbaren Haarflaum. Liebe stieg in ihr auf und floss in Tränen über. Sie hatte noch nie so oft, so leicht oder so glücklich geweint, selbst nicht nach der Geburt ihrer beiden anderen Kinder.

Sie schnallte Felix ab und im Auto wieder an. Er wachte nicht auf. Als sie den Sicherheitsgurt über seinem Bauch einklickte, tauchte das Gesicht von David Angus vor ihr auf, das sie gerade auf dem vertrauten Plakat im Supermarkt gesehen hatte. Sie wagte nicht, weiter über ihn nachzudenken, aber sein Gesicht ließ sie nicht los.

In der Auffahrt zum Bauernhaus stand ein fremdes Fahrzeug, ein eisblauer Toyota Celica. Cat setzte ihr Auto rückwärts vor die Tür, die zur Küche führte, und stieg aus.

»Hallo?«

Cat wusste sofort, wer die Frau war, obwohl sie Diana Mason noch nie gesehen hatte. Sie sah phantastisch aus in einem cremefarbenen Bouclékostüm mit einem Rock, der kurz genug war, um ihre wohlgeformten Beine zur Geltung zu bringen, aber auch nicht zu kurz für jemanden Ende vierzig. Clever, dachte Cat. Felix stieß ein Wimmern aus.

»Entschuldigen Sie mich einen Moment.«

Die Frau sah zu, wie Cat sich in das Auto beugte, das Baby losschnallte und heraushievte. Er hatte auf seinen Anzug gespuckt. Cat fiel ein, dass ihre Jeans einen Riss in der Seitennaht hatten. Sie kam sich ungepflegt vor und wurde wütend.

»Tut mir leid, wenn dies ein unpassender Moment ist. Ich dachte, ich warte ein wenig, um zu sehen, ob Sie nach Hause kommen.« Diana streckte die Hand aus und lächelte dann. »Oh, gar nicht so leicht, wenn man die Arme voll hat. Trotzdem, erst mal guten Tag. Ich bin Diana Mason. Simons Freundin.«

Cat blieb nichts anderes übrig, als sie hereinzubitten.

»Ich muss den hier ziemlich bald stillen, wenn es Ihnen nichts ausmacht.« Cat spürte, wie ihr die Milch durch das T-Shirt sickerte, als sie herumeilte, um das Teegeschirr herauszuholen, während Felix auf ihrer Hüfte zappelte und seinen Kopf gegen ihren Brustkorb drückte.

Diana Mason blieb stehen, schlank, kühl und makellos neben dem Fenster, sah nur zu.

Verdammt noch mal, dachte Cat, mühte sich mit den Tassen ab.

»Keine Untertassen«, sagte sie, »zu kompliziert.« Felix trat sie, als sie sich bückte und die Milch aus dem Kühlschrank nahm.

»Entschuldigung, aber ich muss …« Sie ließ sich auf dem Sofa nieder und schob ihr T-Shirt hoch.

»Darf ich mich hier hinsetzen?«

»Wo immer Sie wollen.«

Cat atmete tief durch, als sich der Babymund fest um die Brustwarze schloss und Felix mit Kraft zu saugen begann, die Finger vor Entzücken zusammengekrampft. Dann schaute sie durch den Raum zu Diana Mason. Sie war nicht unbedingt hübsch, aber äußerst attraktiv, mit guter Haut und einer gepflegten Frisur; sie war elegant, selbstsicher und sexy.

Cat konnte sich nicht vorstellen, wie es Simon gelungen war, sie drei Jahre lang als gelegentliche Geliebte zu halten, doch irgendetwas an der kühlen Zurückhaltung der Frau passte zu seiner eigenen. Sie könnten ein gutes Team abgegeben haben.

»So, Sie sind also Simons geheimnisvolle Lady?«

Cat verdiente einen Preis dafür, es so taktlos zu formulieren, trotzdem hatte sie Dianas Reaktion nicht erwartet. Sie begann einfach zu weinen, still, verzweifelt, in wahren Sturzbächen. Die Tränen liefen ihr über das Gesicht auf ihre Hände, und sie machte keine Anstalten, sie aufzuhalten.

»O Gott, wie blöd von mir, das zu sagen«, murmelte Cat schwach.

Es dauerte eine Weile. Der Kessel pfiff. Cat stand auf, wobei das Baby wie eine Napfschnecke an ihrem wogenden Busen kleben blieb.

»Nein, es tut mir leid … Lassen Sie, das ist kochendes Wasser.«

Diana kam zu ihr und nahm den Kessel vom Herd, immer noch in Tränen aufgelöst. Cat ging zurück zum Sofa. Für den Moment schien es besser, sitzen zu bleiben und still zu sein.

Der Tee wurde aufgegossen und eingeschenkt, eine Keksdose geöffnet. Eine Tasse wurde auf den kleinen Tisch neben ihr gestellt, und drei Kekse auf einem Teller. Am Ende wirkte alles ganz gemütlich.

»Dann erzählen Sie mal«, sagte Cat schließlich.

»Darf ich Sie fragen, was Sie von mir wissen?«

»Nicht viel. Dass sich Simon gelegentlich mit Ihnen in London getroffen hat … dass Sie Witwe sind. Sie haben eine Firma, aber ich glaube nicht, dass er je gesagt hat, was es ist … Si ist gut darin, Dinge für sich zu behalten.«

»Mir gehört eine Brasseriekette. Nun habe ich gerade ein Angebot dafür angenommen. Ich hatte genug.«

»Ein gutes Angebot?«

»Ja.« Sie zuckte die Schultern.

»Und was jetzt?«

»Ich habe von Ihnen gehört … ein- oder zweimal zumindest. Simon spricht für gewöhnlich nicht über sich oder seine Arbeit, aber er hat mir von Ihnen erzählt … Ihrer Familie … diesem Haus. Es bedeutet ihm viel, nicht wahr?«

»Ich glaube, ja.«

»Ich bin zu Ihnen gekommen, weil ich niemanden sonst fragen kann. Ich muss wissen, was ich falsch gemacht habe und wie ich es wieder in Ordnung bringen kann. Ich brauche ihn … Ich will mit ihm zusammen sein. Es frisst mich auf. Ich habe nicht geglaubt, dass ich so empfinde. Ich hielt es für ein angenehmes Übereinkommen. Ich mochte ihn wirklich sehr … aber …«

»Dann hat er Ihnen gesagt, es wäre aus, und das hat alles geändert.«

»Ich kann ohne ihn nicht leben. So einfach ist das. Ich muss ihn sehen … muss bei ihm sein. Ich bin zu seiner Wohnung gefahren, und er war wütend. Ich rufe ihn an, aber er nimmt nicht ab. Ich weiß nicht, was ich tun oder an wen ich mich wenden soll.«

Cat legte Felix an die andere Brust und griff dann vorsichtig nach ihrer Teetasse. Sie brauchte Zeit zum Nachdenken. Sie sollte Diana die Wahrheit sagen und konnte es nicht. Einer Frau wehzutun, die so sichtbar verletzlich war und die feinste Nuance in Cats Stimme wahrnehmen würde, lag ihr nicht. Andererseits würde sie nicht lügen oder Diana Mason ermutigen.

»Er ist Ihr Bruder. Sie kennen ihn wahrscheinlich besser als alle anderen.«

»Das heißt nicht viel.«

»Zumindest gibt es eines, was Sie mir verraten können. Bitte, Sie müssten es wissen.«

Das würde der leichtere Teil sein. Cat stellte ihre Tasse ab.

»Soviel ich weiß, gibt es keine andere«, sagte sie. »Wenn es das ist, was Sie quält.«

»O Gott. Ich habe kein Schamgefühl mehr, überhaupt keins. Es ist mir egal, was Sie von mir halten. Darüber bin ich hinaus. Sind Sie sicher? Dass es keine andere gibt?«

Cat dachte an Freya. Freyas Gesicht tauchte vor ihr auf, klein, fröhlich, keck, lächelte sie aus der Ferne an.

»Nein«, sagte sie.

»Dann ist es etwas anderes, was ich falsch gemacht habe und herausfinden muss. Ich will es wieder in Ordnung bringen.«

»Es liegt nicht an Ihnen. Es liegt an Si. Er ist in Wirklichkeit ein Einzelgänger. Man kann ihn nicht drängen, man kann ihn nicht austricksen und man kann ihn schon gar nicht manipulieren. Gott weiß, genügend Frauen haben das versucht. Er hat eine harte Schale.«

»Ich möchte den Riss darin finden, ich möchte sie durchdringen.«

»Ich glaube ehrlich nicht, dass das überhaupt jemandem gelingen wird. Er ist sehr, sehr gut darin, sich abzuschotten. Das müssen Sie inzwischen doch gemerkt haben.«

»Ich nehme an, dass ich mir darüber nie Gedanken gemacht habe … bis er mich ausgeschlossen hat. Ich bin einfach davon ausgegangen, dass er immer da sein würde, dass alles zwischen uns gut lief.«

»Ja.«

»Cat, bitte, können Sie mir irgendwas sagen, das mir helfen würde? Egal was …« In ihren Augen standen immer noch Tränen. Sie drehte ihre Teetasse in kleinen Kreisen auf dem Tisch. Es war, als würde man einem liebeskranken Teenager Ratschläge geben. Also, wie würde sie das machen?

Ganz einfach.

»Ich glaube, Sie sollten sich etwas zurückziehen. Je mehr Sie drücken, desto fester wird die Tür verschlossen bleiben. Schließen Sie ihn auch aus … Lassen Sie ihn merken, was für ein Gefühl das ist.«

»Und wird ihm das etwas ausmachen?«

»Da bin ich mir nicht sicher. Ich weiß nur, dass alles andere zum Scheitern verurteilt ist.«

»O Gott. Ich kann das nicht ertragen.«

Cat hätte ihr am liebsten eine geknallt.

»Machen Sie Urlaub. Fahren Sie von dem Geld um die Welt.«

»Und wer weiß, vielleicht treffe ich unterwegs den Richtigen und vergesse Simon.«

»Nein, aber Sie könnten Spaß haben und viele interessante Dinge sehen, und es wird wahrscheinlich nicht mehr so schmerzhaft sein, wenn Sie auf der anderen Seite der Welt sind.«

»Vielleicht.«

»Außer Sie sind entschlossen, es nicht so zu empfinden.«

»Aua.«

»Tut mir leid – da spricht die robuste Hausärztin.«

»Sie sehen ihm gar nicht ähnlich … Niemand würde denken, dass Sie beide zu Drillingen gehören.«

»Ich weiß. Ivo auch nicht. Er und ich sehen uns ziemlich ähnlich, aber Si steht für sich allein. In fast jeder Hinsicht.«

Diana lachte.

Ich mag sie eigentlich, dachte Cat. Sie ist nicht wie ich, sie ist

alles, worum ich mich bemühe und was ich nie erreichen kann – patent, kühl, gut zurechtgemacht –, aber ich könnte mich mit ihr verstehen … wenn es nicht um Si ginge. Dieses »Wenn« machte es unmöglich. Cat hätte sich nie mit einer Frau gegen Simon verbünden können, und mit dieser schon gar nicht. Ein gelegentliches Treffen in London war genau das Richtige. Mehr nicht.
»Egal, was ich sage, es macht für Sie keinen Unterschied, nicht wahr?«
»Wahrscheinlich nicht. Ich musste nur mit jemandem über ihn reden. War er schon immer so … verschlossen?«
»Er ist einfach, wie er ist. Für mich ist er völlig in Ordnung, aber ich bin auch seine Schwester. Hören Sie, es macht mir überhaupt nichts aus, dass Sie hergekommen sind, und ich verstehe Sie und fühle mit Ihnen.«
Diana erhob sich. »Aber Sie wollen nicht über Ihren Bruder reden. Na gut.«
»Es tut mir leid.«
»Ich wollte mich ihm durch meinen Besuch hier näher fühlen. Kommt er?«
»Was, ob er hierher kommt? Ja. Er taucht einfach auf. Aber im Moment haben sie alle Hände voll mit dem Fall des vermissten Jungen zu tun. Er hat kaum Zeit für irgendwas anderes.«
»Haben Sie ein Foto von ihm?«
»Sie nicht?«
»Nein.«
»Dann lassen Sie es so. Je weniger Erinnerungen, desto besser.«
Ein kleines Schweigen entstand.
Gott, dachte Cat, ich komme mir vor, als würde ich eine neurotische Patientin entlassen.
Als sie zur Haustür gingen, hielt Chris' Auto gerade, und Sam

und Hannah sprangen aus den hinteren Türen und blieben wie angewurzelt stehen.
»Hallo. Ich bin Diana.«
Die beiden huschten wie Mäuse ins Haus und kicherten.
Sie ging zu Chris und streckte die Hand aus. »Ich bin Diana Mason. Doch ich will gerade gehen. Sie sind Chris?«
»Ja. Aber gehen Sie nicht meinet...«
»Ich gehe nicht Ihretwegen, ich gehe aus eigenen Stücken. Vielen Dank, Cat. Mehr, als ich sagen kann.« Und damit rauschte sie zu ihrem Auto und fuhr weg, ohne zurückzuschauen.
Cat trat zu Chris und schloss ihn in die Arme. »He, wie schön. Ich dachte, die Percys wären heute mit dem Fahren dran?«
»Waren sie auch, aber die Geburtsvorbereitung wurde abgesagt – beide Hebammen hatten Magenverstimmung. Also hab ich die Percy-Gören und unsere Gören eingesammelt und ... Wer, zum Teufel, war das?«
Er ging ins Haus, den Arm um Cats Schultern gelegt.
»Simons Londoner Lady.«
»Schick. Alt.«
»Verzweifelt.«
»Tränen?«
Chris legte die Hand an die Teekanne, leerte sie und setzte Wasser für frischen auf.
»Ja. Überhaupt kein Schamgefühl. Sie ist verrückt nach ihm, und da sie ihn jetzt nicht mehr haben kann, ist das alles natürlich noch viel schlimmer.«
»Wir haben leicht lachen.«
»Eines Tages erwürge ich meinen Bruder. Ich hab es satt, dass er ständig nette Frauen anzieht und dann von sich stößt.«
»Eines Tages wird er die Quittung bekommen. Eines Tages ...«
»Bleibst du zu Hause?«

»Ich hoffe. Dick übernimmt jetzt das eine oder andere, und der Rest sollte über den ärztlichen Bereitschaftsdienst laufen.«
Er sah hinunter auf seinen schlafenden Sohn. Aus dem Spielzimmer kamen die kreischenden Laute eines amerikanischen Zeichentrickfilms, den Sam und Hannah nicht anschauen durften. Cat verharrte auf ihrem Weg, ihn abzuschalten. »Ich liebe dich«, sagte sie.
Chris lächelte.
Das ist es, dachte sie und blickte sich in der Küche um. Das ist es, was sie mit Simon haben möchte. Was eine Menge Menschen haben möchten.
»Ihr zwei. Wie oft muss ich euch noch sagen …«
Chris Deerborn goss sich eine Tasse Tee ein, nahm sie mit hinüber zum Sofa, griff nach der Zeitung und schlief sofort ein. Mephisto sprang von der Fensterbank und legte sich auf Chris' Bauch.

55

Mondlicht fiel durch das lange, schmale Fenster auf die Treppe. In der Eingangshalle bildete es rombenförmige Muster auf dem Boden.

Sie schlüpfte durch das Haus wie ein zerbrechlicher kleiner Geist, ohne ein Geräusch zu machen.

Marilyn Angus schlief. Sie ging vor neun Uhr ins Bett und erwachte oft erst nach neun am nächsten Morgen. Lucy stand allein auf, zog sich an und verließ das Haus. Sie ging zum Schulbus an der Ecke. Immer waren Freundinnen da. Die Freundinnen kümmerten sich jetzt um sie.

Erst nachdem sie die Küchentür geschlossen hatte, schaltete sie das Licht an. Die weißblauen Röhren schimmerten, als wären sie lebendig.

Sie öffnete den Kühlschrank und nahm einen Milchkarton heraus.

Die Obstschale war leer, bis auf zwei Walnüsse und einen kleinen, verschrumpelten Apfel. Davor war sie immer voll mit Orangen, Pfirsichen, Pflaumen, einer Ananas, Kiwis, Bananen gewesen. Davor.

Sie holte sich ein neues Päckchen Kekse, schlitzte es auf und setzte sich an den Tisch. Der Kühlschrank summte.

Was als Nächstes passierte, überraschte sie. Die heutige Nacht unterschied sich in nichts von allen anderen Nächten. Sie kam oft hier herunter. Nichts hatte sich verändert. Sie fühlte sich noch genauso. Alles sah unverändert aus. Aber plötzlich hatte sie alles im Kopf, klar, eindeutig und komplett. Sie musste nicht darüber nachdenken oder sich langsam herantasten. Es war da, für sie ausgearbeitet. Geplant.
Sie stand auf, öffnete die Tür zum Abstellraum und dort die Tür nach draußen. Sie schob den Riegel zurück, der sich glatt und ohne jedes Geräusch bewegen ließ. Auch der Schlüssel drehte sich leicht. Sie ging hinaus.
Es war nicht kalt. Der Mond schien sehr hell. Aus dem Nachbarhaus war leise Musik zu hören. Irgendwo hinter den Gärten bellte ein Hund.
Sie schaute zum Tor am Ende der Einfahrt.
Da. Der Weg. Die Hecke. Der Torpfosten.
Da.
Da war er gewesen, und dann war er nicht mehr da.
Sie versuchte ihn sich vorzustellen. Da. Nicht da.
Das machte sie fast jede Nacht. Die einzige Veränderung war das, was vor ein paar Minuten in ihrem Kopf passiert war.
Auf der Straße fuhr ein Auto in hoher Geschwindigkeit vorbei. Die Scheinwerfer huschten über den Torpfosten.
Wieder bellte der Hund.
Sie schlüpfte zurück ins Haus, und ihr Kopf war voll, und alles war ihr plötzlich klar. Das Mondlicht war wie ein Teich, durch den sie auf ihrem Weg nach oben glitt.

56

Simon Serrailler lehnte sich mit seinem Stuhl zurück, bis er beinahe umkippte. Es war fast acht.

»Genug. Sollen wir was essen gehen?«

Jim Chapman und er hatten den ganzen Nachmittag durchgearbeitet, Überlegungen angestellt, alle Aspekte des Falles auseinandergepflückt. Jim hatte sich von Anfang an eingepasst, ein von außen gekommener Revisor und doch auch einer von ihnen und Teil des Teams. Der DCS hatte ein Geschick dafür, unvoreingenommen vorzugehen, auf dieses oder jenes hinzuweisen, Aufmerksamkeit auf etwas zu lenken, das man anders hätte machen können, während er Serrailler und den anderen gleichzeitig das beruhigende Gefühl gab, einer der Ihren zu sein.

Er sagte: »Gut, mir wäre nach einem Pint und einer anständigen Mahlzeit. Was schlagen Sie vor?«

Es kann genauso gut jetzt sein, dachte Simon. Zum letzten Mal war er mit Freya bei seinem Lieblingsitaliener gewesen, hatte sie angeschaut und sich gefragt, ob er nicht nur eine fähige neue Kollegin gefunden hätte, sondern …

»Italienisch?«

»Wenn's da vernünftige Spaghetti gibt.«

»Kann Pavarotti singen? Kommen Sie.«

Er hätte keine andere Frau dorthin ausführen wollen, war aber so gut mit diesem geradlinigen DCS aus Yorkshire ausgekommen, dass er sich entspannt genug fühlte, mit ihm hinzugehen und die unglücklichen Erinnerungen zu vertreiben – die Dämonen, dachte er.

Chapmans Auto stand im Hof neben dem von Simon. »Eine Flasche Wein?«

»Aye, wenn wir uns erst mal zwei Pints genehmigen können.«

»Dann gehen wir besser zu Fuß. Ich wohne nicht weit vom Restaurant entfernt, und Ihr Hotel ist auch ganz in der Nähe. Falls es Ihnen nichts ausmacht, morgen zu Fuß hierherzukommen, können wir heute Abend beide etwas trinken.«

»Ist mir recht. Mein Gepäck hab ich schon heute Morgen im Hotel abgestellt.«

Sie gingen durch den milden Frühlingsabend. Die Straßen waren still, bis sie auf den Marktplatz kamen, wo Leute zu Pubs oder Pizzerien unterwegs waren, allerdings nicht allzu viele, da es mitten in der Woche war.

Ein paar Jugendliche machten Bocksprünge über zwei Poller.

»Gibt's viel Ärger?«, fragte Chapman.

»Das Übliche – zu viel Alkohol freitags und samstags abends. Ansonsten können wir uns nicht beschweren.«

»Sie hatten diese hässliche Mordserie.«

»Ja … und wir haben eine Beamtin verloren, wie Sie wahrscheinlich wissen.«

»So was ist immer schwierig. Und jetzt das.«

»Mehr, als wir verdient haben, würde ich sagen. Wir sind da.«

Der Besitzer kam und schüttelte Simon die Hand.

»Wir haben Sie vermisst, Mr. Serrailler … Sie waren lange nicht bei uns.«

»Das ist ein Kollege von mir, DCS Chapman. Er kommt aus dem Norden Englands, wo sie doppelt so viel essen wie wir hier.«

Für eines sorgte Simon – dass sie möglichst weit von dort entfernt saßen, wo er mit Freya gesessen hatte. Er fühlte sich nicht unwohl oder bedrückt, wieder hier zu sein, er fühlte sich zu Hause. Aber trotzdem lenkte er Chapman von den Fenstertischen weg.

Sie bekamen zwei Pints Bitter und die Karte, und Chapman trank die Hälfte seines Glases in einem langen, langsamen, genüsslichen Schluck, bevor er etwas sagte.

»Ah, gut. Also, reden wir über Berufliches oder nicht?«

»Zehn Minuten Berufliches, schlage ich vor, dann vergessen wir es für den Abend.«

»In Ordnung.« Der DCS wartete, bis Simon von seinem eigenen Pint getrunken hatte, dann meinte er: »Ich will Ihnen was sagen, Simon, wir werden uns alles erneut vornehmen, es um- und umdrehen, aber ich schätze, wenn wir das getan haben, blicken wir auf dieselbe Sache wie jetzt.«

»Und die wäre?«

»Der Zufallstäter. Er ist hier durchgefahren … kommt von irgendwo Meilen entfernt. Entweder ist er ein angestellter Fernfahrer oder ein Selbstständiger, der kurze Aufträge annimmt, die ihn kreuz und quer durchs Land führen. Wenn es nicht der kleine Angus gewesen wäre, dann wäre es ein anderes Kind gewesen, in fünf oder hundert Meilen Entfernung. Er war innerhalb von zehn Minuten weg.«

Simon drehte sein Bierglas mehrfach in den Fingern um. »Mist.«

»Aye.«

In Simons Jackentasche klingelte das Handy. Zwei oder drei Gäste sahen sich augenblicklich nach ihm um. Er ging hinaus.

»Serrailler.«
»Chef, wo sind Sie?«
»Beim Essen mit DCS Chapman.«
»Tut mir leid, aber Sie werden nicht fertig essen können.«
»Wieso?«
»Das Angus-Mädchen … Lucy. Sie wird vermisst, Chef.«
»O Gott. Okay, ich bin unterwegs.«
Simon ging wieder hinein und berichtete dem DCS, was passiert war. Chapman stand auf.
»Nicht nötig«, sagte Simon. »Essen Sie erst mal, Sie sind davon nicht betroffen.«
»Ich komme trotzdem mit.«
»Verdammt, wir haben kein Auto.«
»Sechs oder sieben Minuten – darauf wird es nicht ankommen. Ihre Beamten sind ja schon vor Ort. Sie müssen Ihre Kräfte einteilen.«
In raschem Tempo gingen sie durch die Stadt zurück.

57

Steh auf.«

Andy erwachte aus einem Traum von zerquetschten Gliedern und merkte, dass er im Schlaf auf seinem angewinkelten Bein gelegen hatte. Sein Schwager saß am Fußende des Bettes, unrasiert, in Unterhemd und Jeans. Durch die zugezogenen Vorhänge fiel ein Licht wie saure Milch.

»Was steht an?«

»Du stehst an. Hoch mit dir.«

»Okay, okay, reg dich ab, wie spät ist es überhaupt?«

»Spät genug für dich, zu verschwinden. Michelle ist in der Küche.«

»Wohin verschwinden?«

»Mir scheißegal.« Pete knallte die Tür hinter sich zu.

Andy hievte sich aus dem Feldbett und ging ins Bad. Sein Neffe war bereits fort, die Harley-Davidson-Steppdecke hing aus dem Bett wie Innereien.

Als Andy in die Küche kam, waren sie beide da, Pete am Tisch mit einem Riesenteller Würstchen und Speck, Eiern und Bohnen vor sich, Michelle rauchend mit dem Rücken an der Spüle.

»Gut, du kriegst eine Tasse Tee und ein Stück Brot, und das ist alles. Ich denk nicht dran, dir was zu braten. Dann packst du

und verschwindest. Ich hab die Schnauze voll. Denkst du, ich will, dass meine Kinder mit einem Knastbruder aufwachsen?«
»Was soll das, ich bin doch schon seit über einem Monat draußen?«
»Ja, und du bist wieder drin, eh wir's uns versehen. Ich weiß, was passiert ist, ich weiß, dass du für eine Nacht eingelocht warst und auf Kaution entlassen wurdest. Und jetzt reicht's. Ich kann es nicht mehr ertragen, schon gar nicht mit dem Baby.«
»Welchem Baby?«
»Das ich im Bauch hab.«
»Ich wusste nicht, dass du ein Baby kriegst.«
»Tja, jetzt weißt du's. Hier.« Sie hielt ihm auf der Messerspitze eine weiße Toastscheibe hin. »Tee ist in der Kanne. Ich will, dass du in einer halben Stunde weg bist.«
»Ich dachte, ich wär dein Bruder.«
»Das hättest du dir früher überlegen sollen.«
»Ich hab für meinen Unterhalt bezahlt.«
»Ja, mit schmutzigem Geld. Nein, danke.«
»Wo soll ich denn hin?«
»Auch daran hättest du früher denken sollen.«
»Hör zu …«
»Nein. Du hörst zu, And. Ich will mein Haus zurück, und Matt will sein Zimmer zurück, und ich streite mich nicht mit dir darüber.« Sie stand immer noch an der Spüle, mit teigigem Gesicht und Ringen unter den Augen, die verrieten, dass sie schwanger war. Sie hatte Pickel am Kinn, und ihre Haaransätze wuchsen heraus, dunkelbraun in einer erdigen Furche entlang dem Weizenblond.
Er trank seinen Tee. Aß den Toast. Pete häufte Eigelb, Würstchen und Bohnen auf seine Gabel und stopfte sie seitlich in den Mund. Ein Klecks Eigelb fiel auf sein Unterhemd.

»Wisch's weg«, knurrte Michelle und warf einen Lappen in seine Richtung.
Andy sah sich um. Schlagartig hatte er genug. Er hätte es keine weitere Nacht ertragen und stand auf. »Na denn«, sagte er.
Er hatte wenig zu tragen und ließ ein paar Sachen zurück. Alles passte leicht in die Reisetasche. Zwanzig Minuten später war er aus der Tür, ohne ein weiteres Wort zu ihnen zu sagen. Es war sonnig. Narzissen blühten an den Rändern der Wohnblöcke und in den Vorgärten. Es war mild. Die Luft roch nach Frühling.
»Das ist gut«, sagte er zu sich. »Gut.«
Er überlegte, wie es im Gemüsegarten des Gefängnisses wohl aussah. Am Anfang war es ein Gefühl wie eine erneute Freilassung. Das lag teilweise am Frühling und teilweise daran, sich nie wieder auf dem Feldbett in Matts stinkigem Zimmer zusammenkrümmen oder seinem Schwager beim Eieressen zuschauen zu müssen. Aber da war noch mehr, ein seltsames Gefühl, neu geboren worden zu sein, aus einem Tunnel aufzutauchen, an dessen Ende er schon vor Monaten zu sein geglaubt hatte, der aber einen zusätzlichen Seitengang besaß.
Pfeifend marschierte er zum Stadtrand und bog dann auf den Pfad zum Hügel ein. Ein paar Leute führten ihre Hunde aus, zwei Mütter mit Kleinkindern mühten sich den grasigen Hang zur Kuppe hinauf, lachten im milden Wind.
Andy stieg langsam, und als er die Wernsteine erreichte, setzte er sich und lehnte sich gegen einen davon. Er fühlte sich noch immer kaputt von dem Aufprall gegen den Kleinbus. Die Sonne strich ihm übers Gesicht. Er schaute hinab über Lafferton. König. Das hatten sie gespielt, als sie Kinder waren. König der Wernsteine.
Er hatte die Geschichten über die Morde vom letzten Jahr ge-

hört, die auf dem Hügel passiert waren, spürte aber keine Verbindung dazu; damals hatte er gesessen, und das hier war eine andere Welt gewesen.

Er blieb eine halbe Stunde, bis die Sonne hinter den Wolken verschwand und ihm der an die uralten Steine gelehnte Rücken wehtat. Die Mütter mit den Kleinkindern waren verschwunden.

Andy stand auf. Er sollte gehen. Aber wohin? Wahrscheinlich in die Stadt und zu seiner Bewährungshelferin. Musste sie ihm nicht einen Schlafplatz besorgen? Er dachte an Lee Carter. Der hatte ein ganzes Haus voller Schlafplätze.

Stattdessen ging er zu Dino's. Das Café war voll von morgendlichen Einkäufern, und die Espressomaschine machte Überstunden. Andy fand einen Tisch in der Nähe des Tresens. Alfredo winkte ihm zu, Handtuch über dem Arm, Schweiß auf der Stirn. Kurz darauf schob er eine Tasse Tee und zwei Scheiben Toast über den Tresen und rief Andys Namen.

Menschen drängten herein, und nach einer Weile öffnete sich nur noch die Tür, die Leute sahen, dass es voll war, und gingen wieder. Es war warm und laut. Als jemand eine Zeitung liegen ließ, holte Andy sie sich. Er schlug die Sportseite auf und trank seinen Tee nur schluckweise, damit er länger davon hatte.

Um halb zwei kam er für ein Sandwich zurück, nachdem er durch die Straßen geschlendert war, seine Bewährungshelferin nicht angetroffen und eine halbe Stunde lang auf einer Bank gesessen hatte. Das ist es dann wohl, dachte er, Bänke, Türeingänge. Ich bin ein Penner. Mehr bleibt mir nicht.

Um zehn nach vier war er wieder bei Dino's. Jetzt war es endlich ruhig, nur zwei sich über nichts streitende Schuljungen und eine Frau, die langsam ein getoastetes Scone verzehrte.

»Okay, Andy, was ist los?«
»Wie meinst du das?«
»Du warst heute schon drei- oder viermal da und hängst hier rum – wie wir früher rumhingen.« Fredo deutete auf die Jungs, die ihre Schultaschen aufhoben und sich im Gehen gegenseitig auf den Bürgersteig schubsten. »Hatte deine Michelle genug von dir?«
»Ja.«
»Und?«
»Ich hab doch schon ja gesagt.«
»Okay, okay. Willst du Tee, Kaffee, einen Milchshake, Cola …«
»Ich sag dir was … Wie hieß das noch, was wir immer hatten? Coke-float. Als Erinnerung.«
»Du willst dich erinnern? … Willst du wirklich ein Coke-float?«
»Gut, dann Tee.«
»Du willst also kein Coke-float, aber vielleicht willst du einen Job?«
Andy nahm den Tee und blieb damit am Tresen stehen. Alfredo wischte weiter die Glasregale der Kuchenvitrine aus.
»Hast du gesehen, was hier heute los war? Ich bin bald verrückt geworden. Und ich bin ganz allein.«
»Wieso? Dachte, du hättest jede Menge Familie.«
»Jetzt nicht mehr so viele, und Maria musste nach Hause, ihre Schwester ist im Krankenhaus mit irgendwelchen ernsten Schwangerschaftsproblemen.«
»Es gibt also einen Job?«
»Ja, wirklich.«
»Was müsste ich tun?«
»Alles … alles Mögliche … hinter dem Tresen, in der Küche.«
»Und für wie lange?«
»Keine Ahnung. Eine Woche, einen Monat, zehn Jahre.«

»Das einzige Problem ist, ich müsste sauber sein, anständig aussehen.«
»Du siehst doch ordentlich aus, Andy.«
»Nicht mehr, wenn ich zwei Nächte auf einer Bank geschlafen hab.«
Fredo hörte auf mit dem Wischen. »Sie hat dich wirklich rausgeworfen.«
»Nicht, dass mir das was ausmacht. Blut ist eben doch nicht dicker als Wasser.«
»Klar ist es das.« Er drehte sich zur Spüle um und wusch das Tuch aus.
Die Frau aß ihr Scone auf und ging.
»Oben gibt es zwei Zimmer. Vollgestellt mit altem Krempel, hat seit Jahren keiner mehr gewohnt … keine Möbel, Küche ist in einem miesen Zustand. Nichts ist angeschaltet.«
»Du meinst, die gehören zum Job.«
Alfredo sah ihn fest an. »Nicht ganz. Du könntest volle Bezahlung kriegen und auf einer Bank schlafen, oder halbe Bezahlung und die Zimmer. Ich kann die rasch ausräumen, und irgendwo gibt es immer Möbel.«
»Ach ja?«
»Keine Wanne. Nur ein Waschbecken.«
»Das macht mir nichts. Du vergisst, wo ich war, Fredo.«
»Und kein Carter. Kein Ärger.«
»Nein.«
Eine Pause trat ein. Alfredo schwieg, musterte ihn weiter abwägend. Dann beugte er sich über den Tresen und streckte die Hand aus. Andy ergriff sie.
»Für heute Nacht kommst du besser mit zu mir nach Hause.«
»Danke, Fredo«, sagte Andy. Das schien zu genügen.

58

Einmal hatten sie ihr erlaubt, den Hund auszuführen, nur die Straße hinunter und zurück. Später war sie in den Garten gegangen und hatte mit ihm gespielt, hatte einen Ball für ihn geworfen. Als sie nach Hause gekommen war, hatte sie gefragt, ob sie einen Hund haben dürfte. »Einen wie den. Das ist ein Labrador. Ich mag ihn.«

»Wir sind völlig ausgelastet, wir arbeiten beide, es wäre nicht fair, einen Hund zu halten, vor allem keinen wie den, und du würdest bald das Interesse daran verlieren, mit ihm Gassi zu gehen.«

»Versuch's mit einem Hamster«, hatte ihr Vater gesagt. »Vielleicht eines Tages eine Katze? Ich werde darüber nachdenken.«

»Von Katzen muss ich niesen«, hatte David gesagt.

Also hatte es keinen Hund gegeben, keine Katze, und der Hamster war in Vergessenheit geraten.

Danach war sie ein paarmal hinübergegangen, hatte gefragt, ob sie den Hund sehen dürfte, und sie hatten sie hereingelassen. Er hieß Archie und schlief nicht im Haus, sondern in einer großen Werkstatt hinten im Garten. Die Frau, Mrs. Price, hatte sie mit dorthin genommen, wenn sie Archie für seinen Spaziergang holte. Ihr gefiel die Werkstatt. Es gab Regale, Holzwerkzeug, eine Werkbank, einen Hocker und eine Leiter zum Dachboden, der ein Fenster hatte und in dem eine Couch stand, bedeckt mit einem alten Quilt. Die Werkstatt gehörte dem Sohn der Prices, der sie benutzte, wenn er nach Hause kam, was er jetzt nur noch selten tat. Er war bei der Luftwaffe und diente in Übersee, flog Tornados, hatte seine Mutter gesagt. »Ich darf gar nicht daran denken.«

An den Wänden der Werkstatt hingen Poster von Flugzeugen und welche von den *Simpsons.* Auf dem Dachboden stand ein Radio, daneben lag ein Stapel Flugzeugzeitschriften. Eindeutig eine Jungsbude. Aber sie gefiel ihr wegen Archie, und die Vorstellung, eine ganze Hütte samt Dachboden für sich zu haben, begeisterte sie. Sie hatte daran gedacht, es beim Heimkommen zu erwähnen, tat es aber dann doch nicht. Sie hatte überlegt, sich so etwas zu Weihnachten zu wünschen, aber dabei war es geblieben – ein Gedanke, den sie schnell wieder verdrängt hatte.

All das war *davor* gewesen. Seitdem war sie nicht mehr zu den Prices gegangen. Sie war nirgendwo hingegangen. Aber dann, als sie im Dunkeln an der Tür gestanden hatte, zum Ende der Einfahrt und zum Torpfosten schaute, hatte sie versucht, an etwas Gutes zu denken, und das war ihr gelungen.

Danach war alles andere leicht.

59

»Was ist nur los, Chris … Was soll das? Warum ist die Welt verrückt geworden … Warum hört das nicht auf?«
Cat hatte um zehn die Nachrichten gehört. Chris hatte Bereitschaft und war unterwegs, sie war allein mit ihren drei schlafenden Kindern und war plötzlich überwältigt von Panik und Verzweiflung. Lucy Angus wurde vermisst. Cat umklammerte den Kaffeebecher, wünschte sich, Mephisto wäre bei ihr, ein anderer warmer, lebendiger Körper, aber Mephisto war draußen, strich durch die nächtlichen Felder auf der Suche nach kleinerem Getier, das er erlegen konnte.
Sie dachte an eine Wolke, zunächst »nicht größer als eine Männerfaust«, die täglich wuchs und dunkler wurde. Unter der befanden sie sich, und die Sonne konnte nicht durchdringen, Cat mit Wärme und Helligkeit beruhigen.
Chris war bei einer Notgeburt, zehn Meilen entfernt. Eine Frau hatte sich in den Kopf gesetzt gehabt, ihr erstes Kind zu Hause zu bekommen, in einer mit Wasser gefüllten Wanne mit einer selbständigen Hebamme als Hilfe, aber die Wehen hatten zu früh und sehr kräftig eingesetzt, die Hebamme war im Urlaub, und Chris hatte Cat gerade genug erzählt, dass sie sich nun auch darüber Sorgen machte. Das Baby war eine Steißgeburt,

und die Wehen kamen in sehr kurzen Abständen. Chris war auf sich gestellt, bis die Sanitäter mit der Krankenhaushebamme eintrafen. Was sie alle brauchten, und das bald, dachte Cat, war Urlaub, eine Woche oder zehn Tage zusammen im Ausland, weit weg von Lafferton und dem Bösen, das den Ort zu bedrohen schien, weg von der Traurigkeit nach Marthas Tod und den Sorgen über die Praxis und der plötzlichen Begegnung mit Diana Mason. Sie und Chris brauchten einander und ihre Kinder, Sonnenschein und ein warmes Meer, gutes Essen und Getränke und Lachen und nichts und niemanden sonst.

Wieder klingelte das Telefon, das auf dem Sofa neben ihr lag.

»Wie steht es?«

»Die Sanitäter sind da. Ich bin rausgegangen, um Luft zu schnappen. Diese dumme Kuh. Puh, jetzt bin ich das los und fühle mich besser.«

»Ist alles in Ordnung mit ihr?«

»So gerade eben. Das Baby muss dringend im Krankenhaus versorgt werden … Die Mutter hat starke Blutungen … Gott.«

»Gut gemacht.«

»Warum tun wir das, Cat?«

»Du weißt, warum. Komm nach Hause.«

»Ich bleibe da, bis sie im Krankenwagen sind. Dauert vielleicht noch zwanzig Minuten. Ich liebe dich.«

Solche Dinge passierten inzwischen nur noch selten. Mütter entbanden in Krankenhäusern. Gelegentlich kam ein Baby zu schnell, bevor die Frau es bis ins Kreiskrankenhaus schaffte, aber Allgemeinärzte waren nicht mehr die allzeit erreichbaren, praktischen Geburtshelfer wie früher. Als Cat und Chris ihre Ausbildung gemacht hatten, war das bereits vorbei gewesen. Daher war es umso beängstigender und bei den seltenen Gelegenheiten, wo diese Fähigkeiten eingesetzt werden mussten,

mit einem großen Risiko verbunden. Aber Chris bewahrte stets einen kühlen Kopf und hatte zwei Jahre in der Geburtshilfe und Gynäkologie gearbeitet.
Cat ging ins Wohnzimmer und stellte den Fernseher an. Gähnende Politiker. Männer, die mit Fernbedienungen selbstgebaute Roboter im Kreis herumjagten. Zwei in der Luft kämpfende Adler. Ein Mann, der einem anderen ein Messer in den Bauch rammte.
Sie schaltete durch die Kanäle auf der Suche nach etwas Beruhigendem, als Chris hereinkam.
»Du siehst völlig fertig aus.«
»So fühl ich mich auch. Ich dachte, ich würde sie beide verlieren. Der Krankenwagen wurde unterwegs von einem Verkehrsunfall aufgehalten, ein Junge, der vom Fahrrad gestoßen und getötet worden war … Die Sanitäter mussten erst einen anderen Krankenwagen rufen …«
Er sackte neben ihr zusammen und lehnte seinen Kopf an ihren Arm. »Sie war eine von diesen bekloppten New-Age-Typen aus Starly … Babys sollten unter Büschen geboren werden oder unter Wasser, keine Schmerzmittel, keine Ärzte, alles natürlich. Gott weiß, wer diese selbständige Hebamme ist – ich hatte noch nie von ihr gehört. Bin froh, dass sie nicht da war. Ich hatte so schon genug zu tun … Konnte keine weißen Hexen brauchen, die Blätter verbrennen. Das Mädchen hat keine Vorsorgeuntersuchungen machen lassen, hatte keine Ahnung, dass das Baby eine Steißlage war … Hat ihr einen ordentlichen Schreck eingejagt.«
»Werden sie durchkommen?«
»Ja. Ich konnte die Blutungen stillen, das Baby rausholen und zum Atmen bringen … Die Nabelschnur war natürlich um den Hals gewickelt.«

»Natürlich. Du Armer.«
»Die Arme … Sie hatte furchtbare Angst.«
Die Fernsehnachrichten begannen. Gemeinsam schauten sie sich Kriege und Politiker an.
Dann erschien das vertraute Foto von David Angus auf dem Schirm. Nach ein paar Sekunden tauchte daneben ein weiteres von Lucy auf.
»Mir ist schlecht«, sagte Cat.

Der Sorrel Drive war abgesperrt, und Polizeiwagen parkten auf beiden Seiten. Scheinwerfer waren aufgestellt worden.
Es war nach elf. Simon war im Haus gewesen, aber Marilyn hatte nicht verständlich mit ihm sprechen können. Der DC, der ihn begleitete, versuchte etwas aus ihren wenigen, hysterischen Sätzen zusammenzuklauben. Lucy war wie gewöhnlich in der Schule gewesen, wie üblich nach Hause gekommen, in ihr Zimmer gegangen, um ihre Hausaufgaben zu machen, und war, was ebenfalls üblich zu sein schien, nicht wieder herausgekommen. Doch als ihre Mutter hinaufgegangen war, um ihr gute Nacht zu sagen, war Lucy nicht da gewesen und auch sonst nirgends im Haus. Die Seitentür, die aus dem Abstellraum nach draußen führte, war entriegelt vorgefunden worden.
Innerhalb von zehn Minuten nach Marilyns Anruf war der Sorrel Drive voller Polizisten gewesen.
»Aber wie lange ist sie fort?«, fragte Simon, der unter einer Straßenlaterne in der Nähe des Hauses stand. »Das müssen wir genau wissen. Sie ist um zwanzig vor fünf nach Hause gekommen. Ihre Mutter hat um zehn vor neun festgestellt, dass Lucy nicht da war. Was ist in der Zwischenzeit passiert? Wir wissen es nicht. Wurde sie seit zwanzig Minuten vermisst oder seit vier

Stunden? Inzwischen ist es bis nach sieben Uhr hell … Jemand müsste sie gesehen haben.«
DCS Chapman war langsam die eine Seite des Sorrel Drive hinaufgegangen, auf der anderen wieder zurück und hatte sich sorgfältig umgeschaut. Jetzt trat er zu Simon.
»Ist Ihnen was aufgefallen?«
»Diesmal ist es anders.«
»Als bei dem Jungen? Das glaube ich auch.«
»Sie ist weggelaufen. Aus freien Stücken.«
»Ja, niemand ist ins Haus gekommen, nach oben gegangen, hat sie gefunden und sie nach unten gezerrt.«
»Wir werden das Gebiet durchkämmen, aber ich will auch bei all ihren Freundinnen nachforschen. Doch wenn sie bei einer von denen wäre, hätte die sich inzwischen gemeldet.«
»Die Schule?«
»Der Hausmeister sagt, es wäre alles wie immer.«
»Was wollen Sie unternehmen?«
Simon schaute sich um. Er kam sich vor wie in einer Filmkulisse für eine Polizeiserie. Nathan näherte sich ihnen auf dem Fahrrad.
»Chef. Wir waren aus. Ich bin sofort gekommen, als ich es gehört habe. Gibt es schon was?«
»Noch nicht.«
»Wir könnten die Leute per Lautsprecher bitten, ihre Grundstücke selbst zu durchsuchen.«
»Das werden sie nicht tun. Und wir müssen trotzdem nachsehen. Dann können wir es auch gleich den Uniformierten überlassen.«
»Haben Sie schon die Taucher benachrichtigt?«
»Ist noch zu früh.«
»Na gut, wo wollen Sie mich haben, Chef?«

Simon sah ihn an. Nathan hatte seinen Fahrradhelm abgenommen, und sein rotes Haar stand ab wie die Borsten eines Besens. Er sah hoffnungslos jung und so eifrig wie ein Pfadfinder aus.
»Ich brauche eine Liste von Lucys sämtlichen Freunden und Freundinnen ... aus der Schule und auch außerhalb. Von der Mutter werden Sie die nicht bekommen. Finden Sie die Klassenlehrerin und bitten Sie die darum ... Gut möglich, dass Lucy zu jemandem gegangen ist, und dann höchstwahrscheinlich zu einer Freundin.«
»Geht klar, Chef.«
Jim Chapman lächelte, als Nathan seinen Helm wieder aufsetzte und rasch davonradelte.
»Er erinnert mich an diese Anzeigen, die man früher in Schaufenstern sah ... ›Flinker Bursche gesucht‹ ...«
»Er ist der Beste.«
Zwei Uniformierte kamen auf ihrem Weg vom einen Haus zum nächsten an ihnen vorbei. »Diese Einfahrten sind eine halbe Meile lang«, knurrte der eine. »Wer braucht denn so was?«
»Hören Sie, Jim, warum kehren Sie nicht in Ihr Hotel zurück? Eines der Autos kann Sie hinbringen. Sie haben sicherlich oft genug nachts auf Straßen herumgestanden.«
»Da könnten Sie recht haben. Außerdem bin ich hier, um mich mit dem Fall des Jungen zu befassen.«
Sie gingen ein Stück die Straße hinunter, wo ein Streifenwagen einen Zugang blockierte.
»Würden Sie bitte DCS Chapman ins Hotel bringen? Das Stratfield Inn. Jemand kann hier zehn Minuten lang für Sie übernehmen.«
»Gute Nacht, Simon. Ich komme morgen früh gleich aufs Revier. Bis dahin haben Sie das Mädchen wohlauf und gesund wiedergefunden, das wette ich.«

»Ich hoffe bei Gott, dass Sie recht haben.«
Simon schloss die Tür des Wagens und ging zurück zum Haus der Angus'. Die Männer von der Spurensicherung in ihren weißen Anzügen hatten das ganze Haus untersucht, kamen aber jetzt allmählich wieder heraus, als Simon das Tor erreichte.
»Was gefunden?«
Simon hatte bei einer Reihe von Fällen mit Phil Gadsby zusammengearbeitet und hielt ihn für den Besten der ganzen Polizeitruppe. Wenn es Spuren zu finden gab, dann fand Phil sie.
»Sie war in ihrem Zimmer. Sie trug Jeans und ein Sweatshirt. Sie hat ihren Regenmantel mitgenommen. Ich glaube, sie ist durch die Küche in den Abstellraum gegangen. Sie hat was zu essen mitgenommen. Sie ist freiwillig gegangen. Es gibt keine Kampfspuren, kein Blut, keine fremden Fingerabdrücke. Im ganzen Haus nicht.«
»Das dachte ich mir schon. Irgendwas im Garten?«
»Wir kommen morgen früh wieder, nehmen uns auch alle Nachbargärten vor. Im Moment ist das alles.«
Simon ging zur Haustür. In allen Räumen brannte Licht, der Rest der Spurensicherungsmannschaft war abfahrbereit. Er wartete, bis sie gegangen waren und die Busse sich entfernt hatten. Es wurde still, obwohl die Uniformierten immer noch von Haus zu Haus gingen. Er dachte, wie anders es sein würde, wenn sich das alles in der Dulcie-Siedlung abgespielt hätte – alle würden draußen auf der Straße stehen oder an Türen und Fenstern, Kinder würden den Beamten folgen, Frauen ihnen etwas zurufen; jemand würde ihnen wahrscheinlich sogar Becher mit Tee bringen. Hier blieben die Vorhänge und Jalousien zugezogen. Ein oder zwei Nachbarn hatten hinausgeschaut, als die Streifenwagen eintrafen, aber sie waren alle unbewegt in ihren Häusern geblieben, als wäre nichts passiert. Jetzt gingen

Lichter aus. Niemand stand im Türeingang und blickte hinaus, und es wäre keinem in den Sinn gekommen, Tabletts mit Tee anzubieten.

Aber an der Tür zum Haus der Angus' zögerte er. Wenn Marilyn Angus im Moment als »sehr durcheinander« beschrieben wurde, würde es ihr vermutlich nicht helfen, Simon zu sehen, den Menschen, den sie vielleicht mehr als alle anderen mit Davids Verschwinden in Verbindung brachte. Er hatte keine Neuigkeiten, konnte ihr nichts bieten. Andere hatten ihr heute Abend schon genug Fragen gestellt.

Er kehrte wieder um.

Es war eine sanfte, milde Nacht, und die Gärten rochen nach frisch gemähtem Gras und umgegrabener Erde. Nach Frühling. Er versuchte sich die beiden Kinder vorzustellen, das eine mit Sicherheit tot, das andere möglicherweise noch am Leben. Wie wurde eine Frau mit dem wochenlangen Verschwinden ihres Sohnes, dem Selbstmord ihres Mannes und nun auch noch mit der Tatsache fertig, dass ihr zweites Kind vermisst wurde? Es war einer der Momente, in denen er die Polizeiarbeit qualvoll fand.

60

Sie hatte befürchtet, dass Archie bei ihrem Eintreffen an der Werkstatt bellen würde, also hatte sie schon leise seinen Namen gerufen, während sie durch den dunklen Garten ging. Er stand wartend da, wedelte mit dem Schwanz und drängte sich beim Hineingehen an sie.

Lucy stellte ihre Tasche auf die Werkbank und setzte sich neben Archie auf den Boden, und der Labrador legte sich hin und leckte ihr die Hände. Er roch nach Hund, und sein Körper war warm und sehr schwer.

Erst als sie sich sicher fühlte, hier bei ihm, gestattete sie sich nachzudenken. Ihre Mutter würde nach oben gehen, die Zimmertür öffnen und gute Nacht sagen oder auch nur aus dem Flur rufen. Davor war sie immer hereingekommen. Sie hatten miteinander geredet. Es war fast die schönste Zeit des Tages gewesen. Davor.

Der Hund richtete sich auf und schnupperte mit seiner feuchten Nase an ihrem Gesicht.

Davor hatte sie gewusst, dass David der Wichtigere war, Geliebtere, Interessantere für ihre Eltern, aber das hatte ihr nichts ausgemacht. Es hatte gestimmt. Er war interessant und liebenswert. Aber als er weg war, hätte sie den Platz einnehmen sollen,

den er freigemacht hatte, und stattdessen war sie immer weiter weggeschubst worden, bis sie am Ende unsichtbar war.
Sie hatte das Haus geliebt. Jetzt hasste sie es. Überall lag diese dicke, graue Stille, als wären seit dem Tag keine Luft und kein Licht mehr eingedrungen. Nur ihr eigenes Zimmer war unverändert, und darum war sie dortgeblieben.
Sie griff nach ihrer Tasche und holte die Kekse heraus, obwohl sie nicht hungrig war. Aber sie hatte sie mitgebracht, und daher mussten sie gegessen werden, und außerdem hatte sie dadurch etwas zu tun. Nachdem sich ihre Augen an die Dunkelheit gewöhnt hatten, konnte sie ein bisschen mehr sehen.
Sie hatte noch nicht beschlossen, wie lange sie in der Werkstatt bleiben würde. Vielleicht fand man sie. Vielleicht aber auch nie. Sie konnte herauskommen, wann sie wollte.
Nach einer Weile legte sich der Hund wieder hin, und sie kuschelte sich an ihn, zog die Decke aus seinem Korb über sie beide. Sie redete mit Archie. Der Hund stieß von Zeit zu Zeit tiefe Seufzer aus, und sie redete weiter, bis alles, was sie dachte und empfand, heraus war, in dem stillen, dunklen Raum der Werkstatt zwischen den Werkzeugen und den Bildern von Kampfflugzeugen.
Für kurze Zeit schlief sie ein.
Zuerst weckten sie die Lichter, dann das Geräusch der Autos. Archie stand auf, wollte bellen, aber sie brachte ihn zum Schweigen.
Sie nahm an, dass die Leute irgendwann die Werkstatt finden würden.
Im Haus der Prices hatte kein Licht gebrannt, als sie sich durch den Garten geschlichen hatte, und das Auto hatte nicht in der Einfahrt gestanden.
Aber niemand kam. Lucy öffnete die Tür der Werkstatt und

lauschte. Sie hörte weitere Autos und Stimmen auf der Straße. Sah die Scheinwerfer, die angeschaltet wurden, wie Flutlicht in einem Sportstadion. Leichte Aufregung kribbelte ihr im Magen.

Archie legte sich hin. Nach einer Weile tat sie es auch und schlief dann wieder ein, den Arm um den Hals des Hundes geschlungen.

61

Simon, Liebling, bitte, bitte, ruf mich zurück … Bitte, sprich doch nur ein einziges Mal mit mir.«

»Si, ruf mich an.«

Es war fast Mitternacht, und seine Schwester hatte ihm die Nachricht vor zehn Minuten hinterlassen. Er riskierte es.

»Cat Deerborn.«

»Du hast hoffentlich noch nicht geschlafen.«

»Nein, der junge Mann braucht Unterhaltung. Ich bin unten. Irgendwas Neues?«

»Wegen Lucy? Nein, aber ich bin zuversichtlich, dass wir sie finden werden.«

»David habt ihr nicht gefunden.«

»Diesmal ist es anders. Wir sind ziemlich sicher, dass sie freiwillig irgendwo hingegangen ist. Vermutlich, um Aufmerksamkeit zu gewinnen. Ist bei euch alles in Ordnung? Es klang ziemlich dringend.«

»Ja und nein. Hör zu, es ist reichlich spät. Kannst du morgen Abend zum Essen kommen?«

»Das hängt von dieser ganzen Sache ab. Lass uns jetzt reden, sonst liege ich die ganze Nacht wach.«

»Na gut, aber erschieß den Boten nicht.«

»Versprochen.«
»Ich hatte heute Nachmittag Besuch … Diana Mason war da.«
»Sie war bei dir? Einfach so? Verdammt noch mal!«
»Beruhige dich, Si. Tief durchatmen.«
»Wie kann sie es wagen! Sie kennt dich nicht mal. Wie hat sie dich gefunden? Sie hat absolut kein Recht, hierherzukommen, dir die Hölle heißzumachen, über mich zu reden …«
»Simon …«
»Ich hab sie satt bis obenhin, sie verfolgt mich ja schon krankhaft. Was muss ich sagen oder tun, um ihr das klarzumachen? Wann kapiert sie das endlich?«
Cat schwieg, während er tobte. Schließlich setzte er sich und holte tief Luft.
»Okay. Es tut mir leid.«
»Nein, ist schon gut, mach du nur, werd es los. Was immer ›es‹ ist.«
»Kümmer dich um deinen eigenen Mist.«
»Das hab ich nicht gehört.«
»Gott, es tut mir leid. Ich bin fix und fertig, und das hat mich auf die Palme gebracht.«
»Tja, das merk ich.«
»Vergiss sie. Nicht dein Problem.«
»Für sie ist es aber eins.«
»Da kann ich ihr nicht helfen.«
»Nein?«
»Nein«, erwiderte er.
»Hör zu, wir haben keine intimen Frauengeheimnisse ausgetauscht, ich hab ihr keine Informationen gegeben und sie mit Sicherheit nicht ermutigt. Aber sie hat mir leidgetan. Ich fürchte, du hast ihr übel mitgespielt. Versuch doch ein bisschen weniger selbstsüchtig zu sein und auch mal etwas von dir preis-

zugeben, Simon. Das passiert immer wieder, und du musst das mal auf die Reihe kriegen, findest du nicht? Dich jemandem öffnen, mit jemandem reden. Am Ende wird es dir furchtbar schlecht gehen, und vielen anderen auch. Wenn Freya nicht …«

»Halt die Klappe. Lass Freya da raus.«

»Warum?«

»Weil das was anderes war … Und nichts davon hat irgendwas mit dir zu tun.«

»Freya war nichts anderes, Freya *ist* anders, Simon, und zwar, weil sie tot ist, daher ist sie keine Gefahr mehr für dich. Du kannst dir einreden, dass alles wunderbar gelaufen wäre, da es nie zu einem echten Zusammenleben mit ihr gekommen ist. Einen Geist zu lieben ist leicht.«

»Ich hör mir das nicht länger an. Worum geht es hier überhaupt?«

»Es geht darum, dass ich den ganzen Nachmittag eine sehr unglückliche Frau im Haus hatte. Du brauchst dich ja nicht weiter mit ihr zu treffen, aber du musst ihr wenigstens eine Art Erklärung geben. Du kannst Menschen nicht einfach wortlos fallenlassen.«

»Ich leg jetzt auf. Sonst streiten wir beide uns noch ernsthaft.«

»Das tun wir bereits. Ich musste jetzt mal zu dir durchdringen, weil das bisher niemand anderem gelungen ist.«

»Sonst?«

»Nichts sonst. Felix ist eingeschlafen, und ich gehe jetzt ins Bett. Aber denk darüber nach, Simon. Es ist wichtig.«

Der Hörer wurde aufgelegt.

Ein paar Sekunden lang dachte er wirklich nach, bevor er von seinem Handy unterbrochen wurde.

»Serrailler.«

»Wir haben sie gefunden. Und es geht ihr gut.«

Nachdem er die Einzelheiten erfahren und Nathan gesagt hatte, er solle nach Hause gehen, schenkte sich Simon einen Whisky ein. Er wollte es auslöschen, wollte Cats Worte auslöschen, wollte die Erinnerung an Freya und die Zudringlichkeiten von Diana Mason auslöschen, einfach alles. Nur die Nachricht, dass Lucy Angus in Sicherheit war, verschaffte ihm einen gewissen Trost.

62

Kann ich einen Hund haben?«
Lucy trank einen Becher Tee. Sie wirkte gefasst.
Sie ist weggelaufen, dachte Marilyn. Sie wollte nicht mehr hier sein. Sie wollte in einem dunklen Gartenschuppen sein, der jemand anderem gehört, mit deren Hund, statt hier mit mir im Haus zu sein. Marilyn hatte sie angeschaut, als sie zwischen den beiden Constables die Einfahrt heraufgekommen war, mit einer großen Decke um ihre Schultern, und hatte jemanden gesehen, den sie kaum kannte.
»Sei nicht böse, bitte sei nicht böse.« Lucy hatte zu zittern begonnen.
»Natürlich bin ich nicht böse. Du bist hier, du lebst … Ich könnte gar nicht …«
Lucy war an ihrer Mutter vorbei in die Küche gegangen.
Es war zehn nach eins. Sie wollten beide nicht schlafen.
»Einen Hund?«
»Du hast es uns nie erlaubt.«
»Das ist schwierig … Es wäre nicht fair.«
»Warum nicht?«
»Dem Hund gegenüber, wenn er den ganzen Tag allein ist. Wir sind … Ich bin nicht da.«

»Nichts ist wie früher.«
»Nein.«
»Also, können wir einen Hund haben?«
»David ist allergisch gegen Tierhaare.«
Lucy sah ihr in die Augen. Ein Moment erschrockenen Schweigens entstand.
»David ist nicht da«, sagte Lucy schließlich.
Die Luft in der Küche schien etwas zu enthalten, das einem das Atmen schwermachte.
»Dad ist nicht da. Alles im Haus war tot.«
»Ich war nicht tot.«
»Kam mir aber so vor.«
»O Gott.«
»Bei dem Hund der Prices war es schön.«
»Du hättest nicht einbrechen sollen.«
»Ich bin nicht eingebrochen, die Tür von der Werkstatt ist offen. Warum antwortest du mir nicht? Das tust du nie. Als wär ich nicht da. Können wir einen Hund haben?«
»Lucy, lass mich … bitte … ich bin müde. Ich mag keine plötzlichen Entscheidungen treffen.«
»Wenn du nein meinst, dann sag es, aber antworte mir wenigstens.«
»Ich meine nicht nein. Ich weiß nicht, was ich meine. Ich konnte das alles nicht mehr ertragen. Hast du daran nicht gedacht? Hast du überhaupt an mich gedacht?«
»Ja«, erwiderte Lucy.
Sie stand auf, trug ihren Becher zur Spüle, wusch ihn aus und stellte ihn in den Geschirrkorb.
»Ich hab an dich gedacht. Gute Nacht.«
»Lucy, geh nicht einfach so, wir haben noch nicht richtig geredet, du hast nichts erklärt.«

»Doch, hab ich. Du hast mir nur nicht zugehört. Genau wie mit dem Hund.«
Sie ging hinaus, bewegte sich auf diese neue Art, bei der ihre Füße über den Boden zu gleiten schienen, ohne ein Geräusch zu machen oder die Luft aufzuwirbeln. Sie stieg die Treppe hinauf. Das Haus wirkte immer noch tot, aber etwas hatte sich verändert. Sie hatte es durch ihr Weglaufen verändert, hatte ein Zeichen gesetzt.
Auf dem Treppenabsatz blieb sie stehen, erklomm dann die letzte Treppe bis ganz nach oben. Dort stieß sie die Tür zu Davids Zimmer auf. Es roch nach ihm, ein Jungsgeruch, der bisher nicht verflogen war. Aber er wird verfliegen, dachte Lucy. Alles wird bald verblassen. Ich werde mich nicht mehr an ihn erinnern, sein Geruch wird nicht mehr da sein, nur seine Sachen werden auf den Regalen liegen, und das sind tote Sachen.
Leise ging sie herum, berührte sie. Seine Bücher. Seine Modelle. Seinen Computer. Seine Harry-Potter-Lampe. Seine Herr-der-Ringe-Figuren. Seine Schuhe. Sie fragte sich, ob alles hier für immer so bleiben würde, wie ein Schloss voll schlafender Menschen aus einem Märchen.
Fast von Anfang an hatte sie innerlich gewusst, dass ihr Bruder tot war, und sie hatte das akzeptiert. Die ganze Zeit, während ihre Eltern ständig wiederholt hatten, sie würden nie die Hoffnung aufgeben, hatte Lucy sie betrachtet und Fremde in ihnen gesehen, die nicht zuhören wollten. David war tot. Wie konnte es anders sein?
Es machte sie traurig, weil er immer dort in seiner eigenen kleinen Welt gewesen war, aber gleichzeitig Teil ihrer aller Welt, Teil ihrer eigenen. Sie mochte nicht daran denken, wie er gestorben war. Wenn diese Gedanken in ihren Kopf eindringen wollten, lenkte Lucy sie jedes Mal davon ab. Sie setzte sich auf

das Fensterbrett und sah hinunter in den dunklen Garten. Ob man seine Leiche wohl jemals finden oder denjenigen erwischen würde, der ihn entführt hatte? Bei diesen Fragen empfand sie keine Gewissheit. Nur darüber, dass er tot war.
Schließlich verkrampften sich ihre Beine, und sie rutschte vom Fensterbrett und glitt aus dem Zimmer ihres Bruders.
Das Haus war wieder still. Tot. Sie wusste nicht, ob ihre Mutter ins Bett gegangen oder noch aufgeblieben war. Das war sie gewöhnt. Ihr Weglaufen hatte daran nichts geändert. In ihrem eigenen Zimmer legte sie sich ins Bett und dachte an Hunde. Archie. Ein anderer Hund. Ihr eigener Hund. Ihr Hund würde alles verändern.
Sie schloss die Augen und stellte sich den perfekten Hund vor.

Auf der anderen Seite des Flurs lag Marilyn in der gleichen Haltung im Bett. Aber sie glichen sich nicht. Das hatte sie nie gewollt. Sie hatte eigentlich auch nie ein Mädchen gewollt. Als sie mit Lucy schwanger war, hatte sie geglaubt, einen Jungen zu bekommen, sich nach einem Jungen gesehnt und war enttäuscht gewesen, als es keiner war. Sie erinnerte sich, wie sie ihre Tochter kurz nach der Geburt betrachtet hatte und jemanden mit kühnen, herausfordernden Augen und einem Gesicht wie ihrem eigenen erblickt hatte, mit einer gewissen Trotzhaltung. Zwangsläufig – obwohl darüber einige Tage vergingen – hatte sie Lucy geliebt. Wer liebt sein Erstgeborenes nicht? Nach einiger Zeit hatte sie es sogar genossen, ein Mädchen zu haben.
Bei ihrer zweiten Schwangerschaft hatte sie nicht gewagt, etwas zu erwarten oder zu hoffen, hatte sich nur auf eine zweite Tochter eingestellt. David war eine freudige, wunderbare Überraschung gewesen. Neben ihm war alles und jeder andere in ihrer Welt zurückgetreten, schattenhaft und farblos geworden. Durch

David fühlte sie sich als neuer Mensch wieder zum Leben erweckt, unbesiegbar, über alles geliebt. Abgesehen von seinem Verlust war ihr eigenes Schuldgefühl am schwersten zu ertragen. Sie hatte ihn zu sehr geliebt, ihn allen vorgezogen, und daher war er ihr genommen worden. Sie hatte sich bemüht, Lucy auch nach Davids Geburt zu lieben, und hatte sie auf eine gewisse Weise natürlich auch geliebt – aber es war nie wieder echte, tief empfundene, alles verschlingende Liebe gewesen. Wenn man ihre Tochter entführt und nie zurückgebracht hätte, wäre der Schmerz groß, aber erträglich gewesen, genau wie der Schmerz, Alan zu verlieren, erträglich war. Außerdem war sie wütend auf Alan, verärgert, weil er aufgegeben und sie im Stich gelassen hatte, und erstaunt über seine Schwäche.

Kann ich einen Hund haben?

Lucy hatte sie mit denselben hellen, stetigen, herausfordernden Augen angeschaut.

Für den Moment waren sie allein zu zweit. Für den Moment war sonst niemand da. David würde sicherlich zurückkommen, sicherlich gefunden werden, egal, wie lange es dauerte. Sie konnte den Gedanken nicht an sich heranlassen, dass er verschwunden blieb. Wenn sie es zuließ, das wusste sie, würde sie in sich zusammenfallen und sich auflösen. Sie klammerte sich an die Zukunft, in der David da war, wie an einen dünnen, stahlharten Draht, der alles war, was sie vor dem Ertrinken bewahrte.

Kann ich einen Hund haben?

Sie hörte die kühle kleine Stimme, gefasst und vernünftig. Eigensinnig.

Lucy war undurchsichtig. Marilyn war es nie gelungen, zu ihr durchzudringen, sie kennenzulernen, sie zu verstehen. Und es gelang ihr auch jetzt nicht.

»David …«, sagte sie, drehte sich auf die Seite und rollte sich zusammen, die Arme um ihre Phantasievorstellung seines kleinen Körpers geschlungen, wie sie es immer tat, wenn sie sich hinlegte. Manchmal ging sie nur ins Bett, um das tun zu können.

»Doodlebug.«

Sie wusste nicht, ob sie einen Hund haben konnten.

63

»Hast du den halben Nachmittag geweint?« Chris Deerborn hob seinen Poststapel auf und blätterte ihn durch.

»Ja.«

»Die Hormone.«

»Nein, mein Bruder.«

»Die Hormone.«

»Ach, halt die Klappe, du Mistkerl, ich weiß, ich weiß. Aber die Geburt war nicht erst gestern, und die Hormone bringen mich nicht dazu, wegen nichts in Tränen auszubrechen. Ich kann es nicht ertragen, mit jemandem, den ich liebe, im Streit zu sein, ich kann es nicht ertragen, Si zu verärgern und schreckliche Sachen zu sagen und zu hören, wie wütend ich ihn gemacht habe.«

Chris warf eine Menge aufgerissene Briefumschläge und Werbesendungen in den Mülleimer und setzte sich neben sie.

»Ich weiß. Trotzdem musste es gesagt werden. Er verhält sich Frauen gegenüber mies und hat Diana ohne guten Grund verletzt. Diese Seite von ihm betrachtest du nicht gerne – und warum auch? Mir geht es genauso. Er ist uns wichtig.«

»Ich wünschte, dieser Sache bei ihm auf den Grund gehen zu können. Aber das ist mir nie gelungen.«

»Eines Tages wird es jemandem gelingen, und das wird ihm den Schock seines Lebens versetzen.«
»Sie tut mir leid.«
»Er wird sich besserfühlen, weil er wenigstens einen Fall rasch abschließen konnte.«
»Hast du heute irgendwas Neues gehört?«
»Nein, nur das, was in den Nachrichten kam. Ich glaube, das Kind hat auf etwas aufmerksam machen wollen – ›Sieh mich an, ich bin immer noch da.‹«
»Arme Kleine. Sie ist diejenige, um die sich alle kümmern sollten, weißt du.«
»Also, es gibt etwas, worüber ich mit dir reden möchte … etwas Wichtiges.«
»Was ist passiert?«
»Was Gutes. Zumindest glaube ich das. Mir ist ein Job angeboten worden.«
»Was soll das heißen? Du suchst doch nicht nach einem Job.«
»Dachte ich auch. Aber … ich bin von einem Pharmakonzern angesprochen worden. Sie wollen ihr neues Asthmamittel ganz groß herausbringen. Die Studien sind phantastisch gelaufen, es ist möglicherweise die größte Sache seit Salbutamol – könnte starke Asthmaanfälle bei Kindern um ein Drittel verringern … sogar Todesfälle verringern. Die wollen, dass ich das Team leite. Sie brauchen einen Arzt mit speziellem Interesse an Asthma.«
»Du hast kein spezielles Interesse an Asthma.« Cat sah ihn eindringlich an, bis er den Blick abwandte. »Ich glaube, du kannst mir noch nicht mal in die Augen sehen. Was, zum Teufel, denkst du dir? Pharmakonzern? Ist das Chris Deerborn, der hier sitzt? Du verachtest Ärzte, die Arzneimittel durchdrücken wollen. Hast du schon immer. *Hat sich verkauft*. Wie oft hab ich dich das sagen hören? *Hochgejubelte Ergebnisse. Lassen sich*

vor den Pharmakarren spannen … Himmel, Chris, wie kommst du darauf?«

»Ich komme darauf«, antwortete er leise, »weil ich mich in einem Zustand vollkommener Erschöpfung befinde. Einem Zustand, der es mir unmöglich macht, noch viel länger ohne Partner durchzuhalten, keine Vertretung zu finden, ein kleines Vermögen für den ärztlichen Bereitschaftsdienst auszugeben. Ein Zustand, in dem ich von dem verdammten Regierungspapierkram über Ziele und Quoten und alles Mögliche zugeschüttet werde, statt mich um kranke Menschen zu kümmern. Ich weiß nicht, wohin ich mich wenden soll. Das ist der Grund, warum ich darauf komme.«

»Du meinst es ernst, nicht wahr?«

»Absolut. Himmel, Cat, ich möchte meine Hausarztpraxis nicht aufgeben. Ich liebe sie. Ich liebe die praktische Medizin, habe sie schon immer geliebt. Aber im Moment fühle ich mich total ausgebrannt.«

»Die Antwort darauf ist nicht, dass du in Zukunft für einen Pharmakonzern arbeitest.«

»Dann sag mir, was die Antwort ist.«

»Dass ich zurück zur Arbeit komme, natürlich. Ich werde Felix zu Sally bringen, jeden Morgen eine Sprechstunde abhalten und darauf hinarbeiten, dass ich früher als geplant wieder voll im Geschirr bin. QED.« Sie stand auf. »Ich mache uns Suppe und Toast.«

»Klingt gut. Aber du kannst nicht zurückkommen, der ganze Sinn dieses einen Jahres lag darin, dass du …«

»Ich weiß, doch das war, bevor du so ausgelaugt warst, dass du anfängst, über Pharmakonzerne zu reden. Angesichts dessen ist mein Zuhausebleiben ein übertriebener Luxus, so schön es ist, mit Felix im Arm auf dem Sofa zu sitzen und Maeve

Binchy zu lesen. Gib mir noch eine Woche, dann fange ich wieder an.«
»Ich wage nicht, mit dir zu streiten, wenn du diesen Blick hast. Wenn ich zustimme …«
»Dir bleibt keine andere Wahl, Junge.«
»Wenn …, wirst du dann Si anrufen?«
»Nein.«
»Oh, werd erwachsen, Cat … Oder, besser, zeig ihm, wer hier erwachsen ist. Ich will keine Zwietracht in meiner Familie. Es gibt schon genug Kriege auf der Welt. Übrigens, hast du in letzter Zeit mit deinen Eltern gesprochen?«
»Mum hat mich gestern angerufen. Warum?«
»Wie klang sie?«
»Seltsam. Aber sie klingt inzwischen immer seltsam. Ich finde nicht raus, was es ist … Sie hat diese strahlende, charmante Barriere um sich errichtet. Da ist irgendwas, und ich krieg's einfach nicht zu fassen.«
Cat schob Brot in den Toaster. In solchen Momenten fand sie es immer am besten, nicht nachzudenken. Nicht über David Angus nachzudenken und die Möglichkeit, dass er eines entsetzlichen Todes gestorben war, nicht über ihre Mutter und ihren Vater nachzudenken und ob etwas zwischen ihnen passiert war, nicht darüber nachzudenken, viel früher als geplant zur Arbeit zurückzukehren. Nicht zu denken – nur weiterzumachen.
»Wir ertragen durch Ertragen«, hatte sie irgendwo gelesen. Das war ihr wie eine der größten Wahrheiten vorgekommen, die sie je gehört hatte.
Die Suppe begann zu blubbern.

64

»Simon, das ist die zweite Nachricht, die ich dir hinterlasse. Ich spreche nicht gern mit Anrufbeantwortern. Könntest du so gut sein, mich zurückzurufen?«

Meriel legte leise einen Armvoll Narzissen, die sie gerade gepflückt hatte, auf das ausgebreitete Zeitungspapier. Der Garten war voll mit Gelb und Gold und dem Rosa und Weiß und Scharlachrot der Tulpen.

Sie sah hinaus, und die Farbe zerfloss vor ihren Augen wie Blut, das aus einem Leichnam fließt. Die Welt wurde zweidimensional, grau.

»Verdammte Anrufbeantworter.«

Sie wagte nichts zu sagen. Sie würde nichts sagen.

Sie sagte: »Warum hast du Simon angerufen?«

Richard drehte sich um. »Ich will ihn etwas fragen.«

»Wenn …« Ihre Kehle zog sich zusammen. »Fragen?«

Zu ihrer Überraschung trat er zu ihr und legte seine Hände auf ihre Schultern.

»Bei dieser Sache, meine Liebe, musst du mir vertrauen. Du hast mir immer vertraut. Und du wirst es für den Rest unseres Lebens tun müssen. Glaubst du, ich würde dieses Vertrauen missbrauchen?«

Meriel Serrailler hatte in ihrem Leben selten geweint, aber jetzt kamen ihr die Tränen, wenn auch nur bis in die Augen, wo sie blieben und die gelben Blumen auf dem Küchentisch verschwimmen ließen.

»Was immer ich gesagt haben mag, als du mir von Martha erzählt hast, ich habe es akzeptiert, und ich akzeptiere, dass du das, was du getan hast, für sie und aus bester Absicht getan hast. Ich bin nicht deiner Meinung, aber ich habe deine Herzensgüte und dein Motiv nie in Frage gestellt. Das musst du mir glauben. Und wer kann sagen, dass du dich geirrt hast? Ich nicht. Wer? Niemand. Der allerletzte Mensch, dem ich es verraten würde, wäre unser Sohn.«

Sie wollte ihre Arme nach ihm ausstrecken, aber er hatte sie in einer einzigen Bewegung losgelassen und war aus dem Raum gegangen. Sie zog ein Taschentuch heraus und wischte sich langsam die Augen. Sie war erschüttert über die Tiefe seiner Güte. Unter der üblichen Förmlichkeit in seiner Stimme hatten eine Weichheit und Zärtlichkeit gelegen, die sie selten bei ihm erlebt hatte.

Sie setzte sich an den Tisch und schnitt die Blumen. Allmählich sah sie beim Blick aus dem Fenster, dass die Farbe in den Garten zurückgekehrt und voller, strahlender, intensiver war und die Blumen mit einer verwandelten Leuchtkraft schimmerten. Ein Gefühl der Erleichterung und Heiterkeit durchflutete sie. Ihr war vergeben worden.

65

Der Frühling ging in den Frühsommer und warme, sonnige Tage über. Auf dem Hylam Peak wimmelte es wieder von Wanderern. Hasen boxten und Lämmer hüpften und sprangen auf dem frischen Gras. In der Gardale-Schlucht legte jemand Lilien neben das Grab, in dem das Kind verscharrt worden war, obwohl die Leiche längst nicht mehr dort lag. Auf dem Hügel spielten Kinder bei den Wernsteinen, und die von den Ereignissen des vergangenen Jahres hinterlassene Düsterkeit löste sich in der Sonne auf. Die Gärten von Lafferton leuchteten golden von Forsythien.

Marilyn Angus hatte das Interesse daran verloren, eine eigene Suchaktion durchzuführen. Die Wütenden und die Verrückten, die ihrem öffentlichen Aufruf gefolgt waren, hatten sich zerstreut.

DCS Jim Chapman war nach Yorkshire zurückgekehrt. Seine Revision des David-Angus-Falls war gründlich gewesen, und er hatte keine Kritik an dessen Handhabung vorgebracht; er hatte einen oder zwei Vorschläge gemacht, die verfolgt wurden und nirgends hinführten. Das Gesicht von David Angus schaute immer noch von Plakaten und Bretterwänden, aus Schaufenstern und von Anschlagtafeln, doch inzwischen verblichen

und manchmal an den Ecken eingerissen. Niemand vergaß, aber er rückte in den Hintergrund.
Doch das Team machte weiter. Der Fall wurde von allen Dienststellen im Land aufgegriffen und schließlich wieder beiseitegelegt. HOLMES wurde eingesetzt, Daten wurden herausgezogen und eingegeben.
Es gab keine Neuigkeiten, keine Spuren, keine Hinweise. Der Junge könnte genauso gut nie existiert haben.
Die Anrufe bei der Polizei von Lafferton wegen des Falls wurden zu einem Rinnsal, und dieses Rinnsal bestand aus den Verrückten und den Traurigen und den Böswilligen.
Der März verging und mit ihm ein frühes Osterfest.
Am vierten April kam Cat aus der Morgensprechstunde nach Hause und hörte das Telefon klingeln.
»Hallo, Ma.«
»Nenn mich nicht Ma. Liebling, habt ihr ein Datum für Felix' Taufe festgelegt? Wenn nicht, könntet ihr den zwölften Mai nehmen?«
»Nein, haben wir nicht. Warum?«
»Weil wir an dem Tag Marthas Stein im Klosterhof verlegen wollen, und ich dachte, dass Felix' Taufe im Anschluss daran folgen könnte.«
»Ich spreche mit Chris, aus meiner Sicht spricht nichts dagegen. Nur, würdet ihr nicht etwas Ruhigeres und Spezielleres – Privateres – für Martha vorziehen?«
»Nein. Uns würde das sehr gut passen. Wie geht es dir?«
»Gut. Es macht mir richtig Spaß, wieder Ärztin zu sein. Was sich natürlich leicht sagen lässt, wenn ich keine nächtliche Bereitschaft habe und keine Hausbesuche machen muss.«
»Wie kommt Felix mit seiner Tagesmutter zurecht?«
»Sie lieben sich.«

»Ich versuche ständig, Simon anzurufen, aber ich erreiche ihn nie.«
»Oh.«
»Ist er verreist?«
»Nicht, dass ich wüsste.«
»Was meinst du damit?«
»Ma, ich muss Schluss machen.«
»Gib mir wegen dem Zwölften Bescheid, Liebling. Den Tee übernehme ich.«
Meriel Serrailler legte genauso abrupt auf wie immer.
»Verdammt.«
Aber sie würde nicht darüber nachdenken. Cat hatte seit Wochen nicht mit ihrem Bruder gesprochen. Sie wusste nichts von ihm, was sie unerträglich fand.
Sie griff nach ihrem Autoschlüssel und ging hinaus, um Felix bei Sally Warrender abzuholen.

Andy Gunton öffnete das Fenster in der Wohnung über dem Café und beugte sich hinaus. Es war Abend, und selbst mitten in der Stadt roch man das frische Grün und die umgegrabene Erde. Er fühlte sich wohl. Alfredos Frau hatte ihm Vorhänge genäht, Alfredo und sein Bruder hatten einen Schrank hergebracht, einen Tisch und einen Stuhl und einen uralten Fernseher.
Er war zufrieden. Es machte ihm nichts aus abzuspülen, die Tische zu putzen, die Küche sauberzumachen und am Ende des Tages die Böden zu wischen. Das war ja nicht für immer. Von Michelle hielt er sich fern. Einmal war sie mit einer Freundin ins Café gekommen, und er hatte sich die ganzen zwanzig Minuten, die sie geblieben waren, hinten versteckt. Lee Carter hatte er nicht wiedergesehen. Die Anzeige gegen Andy lag nach wie vor beim Amtsgericht. Er dachte nicht darüber nach.

Er beugte sich ein bisschen weiter hinaus und konnte die Baumwipfel auf dem Hügel sehen.
Es war nicht für immer. Es war nur eine Zwischenstation. Er würde es noch viel weiter bringen. Nicht wahr?

Simon Serrailler verließ das Revier und ging zum Pub auf der anderen Straßenseite. Dort kehrte er nur selten ein. Der Abend senkte sich nieder, der Himmel war wie Emaille.
Nathan Coates stand an der Bar.
»Chef ... Was kann ich Ihnen holen?«
»Danke. Ich nehm ein halbes Genesis.«
»Gut. War ruhig, zu ruhig. Das kann ich nicht leiden.«
Sie fanden einen Tisch.
»Em kommt auch noch. Wir wollen ins Kino.«
»Was läuft denn?«
»Keine Ahnung. Wir fahren raus zum Multiplex ... Schauen mal, was uns gefällt ... Essen hinterher chinesisch. Gönnen wir uns einmal die Woche. Ist wie eine Verabredung, wissen Sie, muss die Romantik am Laufen halten. Ich kauf ihr Schokolade und so.«
»Mir kommen die Tränen.«
Er betrachtete Nathan und glaubte genau zu wissen, wie es in ihm aussah. Nathan liebte seinen Job, hatte aber vermutlich keine weiteren Ambitionen, weil er wusste, wie glücklich er sich schätzen konnte, es so weit gebracht zu haben, raus aus der Dulcie-Siedlung und seiner Familie von Kleinkriminellen. Er liebte seine Frau. Sie sparten, um aus ihrer kleinen Wohnung in ein Cottage auf dem Land zu ziehen. Dann würden sie Kinder bekommen. QED.
»Was haben Sie vor, Nathan, wo sehen Sie sich in zehn, fünfzehn Jahren?«

»Tja, als Nächstes will ich den Detective Inspector machen, vermutlich hier oder in Bevham, dann möchte ich in einer der Spezialeinheiten Erfahrungen sammeln … Vielleicht in der Pädophilie-Einheit, dann vielleicht irgendwo in ein Morddezernat. Die Sache ist, Em kann überall arbeiten, wo es ein großes Krankenhaus gibt, die suchen alle Hebammen, und irgendwann werden wir eigene Kinder haben und sie wird eine Pause einlegen … aber aufgeben wird sie ihren Beruf nicht, sie liebt ihn. Vielleicht ziehen wir nach Norden. Ich hab mich mit Jim Chapman unterhalten. Er meinte, dort würde es für mich sicher freie Stellen geben.«
Simon trank sein Bier aus. Was weiß ich denn schon? Wie viel habe ich je über Menschen gewusst, mit denen ich zusammenarbeite, selbst so eng wie mit Nathan? Wie viel habe ich sie gefragt? Er fühlte sich in seine Schranken gewiesen.
»Ich hole Ihnen noch eins.«
»Nein, danke, Chef, Em ist da, und ich wollte sowieso nur ein halbes. Trink vielleicht später noch ein Pint.«
Die nette, mollige, blühend aussehende Emma Coates kam auf sie zu. Emma, die dabei gewesen war, als Nathan die Tür aufgebrochen hatte und die sterbende Freya fand, während ihr Mörder durch den dunklen Garten entkam. Sie hatten das alles durchgestanden. Sie verdienten ihre Ambitionen.
»Hallo, Chief Inspector, kommen Sie mit uns?«
Simon stand auf. »Himmel, nein. Hab nur Nathan davon abgehalten, Dummheiten zu machen, bis Sie eintrafen.«
»Danke.«
»Wäre aber nett, wenn Sie mitkämen, Chef, ehrlich, wir würden uns freuen.«
»Nein, würden Sie nicht. Außerdem hab ich versprochen, bei meiner Mutter vorbeizuschauen.«

»Ach so. Na, davor sollten Sie sich lieber nicht drücken.«
»Allerdings.«

Er ging über die Straße zu seinem Auto. Amseln trällerten lautstark in den Gärten. Es war immer noch nicht dunkel.
Einen Augenblick lang blieb er im Auto sitzen. Er sollte zum Bauernhaus fahren. Das würde er am liebsten machen – einfach auftauchen, wie er es stets getan hatte, sich mit ihnen zum Abendessen setzen, im Gästezimmer übernachten, nachdem sie eine oder zwei Flaschen Wein getrunken hatten, mit den Kindern herumtoben, bevor sie ins Bett gingen.
Entweder das oder er sollte das tun, was er Nathan erzählt hatte, und bei seinen Eltern vorbeischauen. Seit zwei Wochen hatte er kaum mit ihnen gesprochen.
Er ließ den Motor an und fuhr zur Kreuzung. Links aus der Stadt hinaus ging es zum Dorf der Deerborns. Rechts zu dem Ort, wo seine Eltern lebten. Geradeaus durch Lafferton zur Kathedrale und zu seiner Wohnung.
Er beschleunigte und fuhr geradeaus.

In London hatten die Bäume in den Parks ein sattes Grün, und Entenküken paddelten über die Seen wie geschäftige Hummeln. Im St. James' Park waren die Wege voller Spaziergänger, und im Gras lagen Liebespaare. Diana Mason saß auf einer Bank und bemühte sich, nicht hinzuschauen.
In der vergangenen Woche war der Verkauf ihrer Restaurantkette abgeschlossen worden. Sie war frei, und sie war vermögend. Sie hatte keine Ahnung, was sie mit dem Geld anfangen sollte. Sie hatte sich Kleidung gekauft, die sie nicht haben wollte, war in Reisebüros gewesen und hatte sich Kataloge für Urlaube geholt, die sie nicht machen würde. Ihre Gedanken

kreisten ununterbrochen um Simon. Er meldete sich nicht auf ihre Nachrichten, beantwortete ihre Faxe und E-Mails nicht. Sie hatte ihm Briefe geschrieben, war in seiner Wohnung gewesen, nach Lafferton gefahren, um seine Schwester zu besuchen, und nichts davon hatte funktioniert, nichts hatte ihr geholfen, ihn zu erreichen. Sie wusste nicht, was sie als Nächstes tun sollte, und konnte den Gedanken nicht ertragen, nichts zu tun, die Sache ruhen zu lassen und ihn sich durch eine weite Reise aus dem Kopf zu schlagen, wie seine Schwester vorgeschlagen hatte. Das würde nicht funktionieren. Je weiter sie sich entfernte, desto mehr würde sie an ihn denken. Es gab niemand anderen, nichts anderes. Sie reagierte ihrerseits nicht auf Nachrichten oder Einladungen von Freunden.

Sie verstand nicht, warum er sich so abrupt von ihr abgewandt hatte und sie so kalt behandelte. Sie musste jemanden fragen, doch der einzige Mensch, der ihr hätte helfen können, hatte sich höflich und freundlich, aber bestimmt geweigert.

Vielleicht sollte sie seine Mutter aufsuchen, die möglicherweise verständnisvoller sein würde, mitfühlender, vertraulicher, offener. Die ihre Partei ergreifen würde.

Rasch erhob sie sich. Die Vorstellung gab ihr neue Hoffnung und Energie. Es war das Einzige, was ihr noch blieb. Es war alles.

Sie ging zurück in ihre Wohnung, plante die Fahrt, ihre Kleidung. Was sie sagen würde.

66

Es hätte Hochsommer sein können an diesem zwölften Mai, nur lag immer noch der frische Frühlingsgeruch in der Luft.

Der alte Klosterhof der Kathedrale umschloss ein kleines, mit Gras bewachsenes Quadrat. Es war kein Friedhof, nur eine Gedächtnisstätte für Gemeindemitglieder, deren Erinnerungssteine flach auf dem Boden ausgelegt waren und ein Kreuz bildeten. Der von Martha Serrailler war einer der letzten, an der südlichen Ecke.

Sie standen in einem Streifen Sonnenlicht. Richard und Meriel. Cat und Chris mit ihren Kindern. Marthas Pate, ein alter Arztkollege von Richard, auf zwei Stöcke gestützt. Shirley und Rosa aus der Ivy Lodge.

Und, gerade als sie anfangen wollten, Simon, der sich neben seine Mutter stellte und Cats Blick auswich.

Die Weihung war kurz und schlicht. Einfache Worte. Ein kurzer Bibeltext. Das erste Gebet. Cat sah hinunter auf die Platte. *»Martha Felicity Serrailler. 1977 – 2003. Selig sind, die reinen Herzens sind.«*

Drei kleine Sträuße weißer Blumen lagen neben der Platte, einer war von Ivo aus Australien.

Nie ist er hier, dachte Cat – weder zu Hochzeiten noch zu Geburten oder Todesfällen, Festen oder Totenfeiern. Er könnte ebenso gut nicht zur Familie gehören. Warum? Was hatte ihn veranlasst, auf die andere Seite der Welt zu gehen und dort sieben Jahre zu bleiben, ohne ein einziges Mal nach Hause zu kommen?

Sie fragte sich, ob er sich überhaupt noch an ihre Gesichter erinnerte. Sicherlich würde er so gut wie keine Erinnerungen an Martha haben.

Cat selbst empfand jetzt nur wenig für das blonde, sprachlose Mädchen, das ihre Schwester gewesen war. Marthas Leben war abgekapselt gewesen und letztlich ein Rätsel. Vielleicht hatte Simon recht, und ihr Tod war ebenfalls ein Rätsel. Wer konnte das wissen?

Sie wollte ihn ansehen und konnte nicht. Er hielt den Blick gesenkt. Er trug einen hellgrauen Anzug, in dem er älter hätte aussehen sollen, der ihn jedoch wie einen großgewachsenen Schuljungen wirken ließ. Sie blickte hinab auf Felix in seinem Tragekorb, der nichts von den Stimmen, dem Vogelgezwitscher und der Sonne auf seinem Gesicht wahrnahm, auch nicht die Tatsache, dass er in cremefarbene Seide und Spitzen gekleidet war, das Taufkleid der Serraillers.

Ein plötzlicher Schmerz schoss ihr durchs Herz, wegen David Angus, wegen Martha.

Wegen Simon. Nach der Taufe, im Haus ihrer Eltern, würde sie ihn beiseitenehmen, ihn von allen anderen weg in den Garten führen. Diesem dämlichen Streit musste ein Ende bereitet werden.

»Lasst uns für Martha beten. Lasst uns das Mysterium ihres Lebens vor Gott bringen und sie Seiner Obhut anvertrauen. Herr, gib ihr das Verständnis Deiner Gegenwart, das Wissen

Deiner Liebe und die Gnade Deines Schutzes und hilf ihr, zu einem neuen Leben mit Dir heranzuwachsen.«

»Führe uns, o Herr, beim letzten Erwachen
in das Haus und durch das Tor des Himmels.
Um das Tor zu durchschreiten
und in diesem Haus zu weilen
Wo es weder Finsternis noch Helligkeit gibt,
sondern das eine Licht;
Weder Lärm noch Stille, sondern die eine Musik;
Weder Angst noch Hoffnung, sondern die eine Erfüllung;
Weder Anfang noch Ende, sondern die eine Ewigkeit
Im Reich Deiner Herrlichkeit und Herrschaft,
Welt ohne Ende.«

Sams kleine Stimme piepste vor den anderen durch die sonnenhelle Stille. »Amen.« Seine Schwester trat ihm auf den Fuß.
Cat schaute auf. Simon hatte den Blick auf sie gerichtet und konnte ihn jetzt nicht mehr senken. Langsam breitete sich ein Lächeln über sein Gesicht.

Sie gingen durch die Klosterhoftür in die Marienkapelle, die bereits mit Menschen gefüllt war, Paten und Freunden.
Felix wachte auf, als er aus dem Tragekorb gehoben wurde, und lag in Karin McCaffertys Armen, die Augen geweitet vor Verwunderung über die flackernden Kerzen und das Glitzern von Gold und Blau an der Kapellendecke, dem Schimmern des silbernen Taufkrugs.
Er japste kurz, als das Wasser ihn berührte, war dann aber wieder still und sah sich um.
Hannah ließ ihre Kerze fallen. Sam grinste triumphierend.

Sie gingen hinaus in den Sonnenschein des Mainachmittags und versammelten sich bewundernd um Felix. Fotoapparate klickten.

»Hallo«, sagte Simon hinter Cats Rücken.

Sie streckte die Hand aus, und er ergriff sie. »Hallo.«

Danach war es nicht mehr nötig, ihn mit in den Garten zu nehmen und überhaupt etwas zu sagen.

David

Höhle. Keller. Egal, welche Bezeichnung man verwendet. Ein dunkles, kaltes, feuchtes, tiefes Loch im Boden. Egal, wo. Nur weit entfernt von zu Hause, von Lafferton, der Hauseinfahrt und dem letzten gefahrlosen Augenblick.

Der kleine Körper lag zusammengekrümmt und zur Seite verbogen, der eine Arm nach vorne, der andere nach hinten.

Als die Wochen und Monate vergingen, geschah mit ihm dasselbe wie mit allen Körpern, so dass es bald kein Körper mehr war, sondern nur noch Knochen.

Falls sie jemals gefunden wurden, die Knochen des Jungen, würden sie herausgeholt, untersucht und dann ebenfalls in geheiligtem Boden begraben werden, mit einem Stein darüber.

Falls sie gefunden wurden.

67

Simon hatte eine Woche Urlaub. Es war Ende Juni. Noch Jahre später würden die Menschen von diesem langen, langen Frühling, dem heißen, heißen Sommer sprechen.
Simon hatte seine Zeichensachen in die Segeltuchtasche gepackt, die paar Kleidungsstücke, die er mit auf Reisen nahm, ein halbes Dutzend Taschenbücher. Er wollte um fünf Uhr am folgenden Morgen aufbrechen, um einen frühen Flug zu erreichen. Am Nachmittag würde er in Venedig sein, würde sich mit Ernesto und dessen Boot am Bahnhof treffen.
Er schaltete gerade den Kühlschrank aus und öffnete die Tür, als das Telefon klingelte. Er hatte dienstfrei. Es konnte nur die Familie sein.
»Chef? Ich weiß, dass Sie Urlaub haben, bloß …«
»Spucken Sie's aus, Nathan.«
»Dachte, Sie würden sich über eine gute Nachricht freuen.«
»Kann man immer brauchen.«
»Der Bericht kam über Interpol … haben bisher Verbindungen in fünf Ländern aufgedeckt … wegen der gestohlenen Autos … Sieht aus, als hätten wir Lee Carter am Schlafittchen. War der Kopf der Bande. Hat die Autos klauen und die Nummernschilder auswechseln lassen und so. Hat falsche Papiere aus-

gestellt und die Schlitten einzeln oder paarweise ins Ausland verschoben.«

»Wohin?«

»Hauptsächlich nach Russland. Aber auch in ein paar andere Länder, von denen ich noch nie gehört hab, um ehrlich zu sein.«

»Die russische Unterwelt?«

»Ja, die lieben diese schicken Flitzer. Den Fall wird das Amtsgericht nicht abweisen. Und noch was anderes ... Wir haben die Anzeige gegen diesen Andy Gunton zurückgezogen.«

»Er hat ja auch nichts anderes gemacht, als die Autos abzuholen und zum Flugplatz zu fahren.«

»Sie glauben also nicht, dass er in den Rest eingeweiht war?«

»Sie etwa?«

Eine Pause trat ein. Serrailler hatte keine Zweifel, dass Andy Gunton nur ein kleines Rädchen gewesen war. Er wollte jedoch, dass Nathan sich seine eigene Meinung bildete. »Nee«, sagte der Sergeant schließlich. »Der brauchte nur Geld und war zu blöd zum Nachdenken.«

»Stimmt. Andy Gunton tut mir leid. Weiß auch nicht, warum.«

Nathan lachte. »Sie sollten mal seine Schwester Michelle kennenlernen, dann täte er Ihnen noch mehr leid. Doch ich sag Ihnen was, Chef. Sie haben die beiden zu Tode erschreckt, ihn und Carter, als die dachten, Sie wären wegen dem vermissten Kind hinter ihnen her.«

»Oh, das weiß ich. Carter ist eine miese Ratte, Gunton war nur dumm, aber sie sind keine Kinderschänder. Ist mir nie in den Sinn gekommen. Außerdem hat die Spurensicherung diese Flugzeughangars auf Händen und Knien durchkämmt.«

»Wo ist der Junge, Chef?« Nathan klang, als wäre er den Tränen nahe. »Wo hat man ihn hingebracht?«

Serrailler seufzte. Was gab es da zu sagen? Welche Antwort hatte er?
»Mir wird schlecht, wenn ich nur daran denke«, sagte Nathan.
»Wir werden den Täter finden, Nathan.«
»Ja?«
»Ja. Und wenn nicht wir, dann jemand anders, von irgendeiner anderen Dienststelle.«
»Glauben Sie das?«
»Ich wäre nicht in diesem Beruf, wenn ich das nicht täte.«
»Richtig.«
Simon legte auf, mit Nathans letztem Wort noch im Ohr. *Richtig.* Aber es war nicht richtig. Er wusste es, der DS wusste es. Es war so falsch, wie es nur sein konnte. Nicht alles funktionierte. Nicht jeder Mörder wurde gefasst. Nicht jedes vermisste Kind wurde gefunden, lebendig oder tot. Manchmal gab es keine Auflösung. Manchmal musste man damit leben, und das war das Schwerste von allem. Er saß auf seinem Sessel und schaute hinaus in den Himmel hinter dem Fenster. Er fühlte sich ausgelaugt, was aber mehr mit Enttäuschung als mit Überarbeitung zu tun hatte. Man lebt für diesen Schlusspunkt, dachte er – Fall gelöst, eine Anklage, eine Verurteilung. Akte geschlossen. Wenn es sich so lange hinzog oder nie geschah, verstärkte sich die Erschöpfung durch ein schales, an der Moral zehrendes Gefühl des Versagens. So ging es ihm jetzt. Dem gesamten Team ging es so. Sie wussten, dass David Angus tot war, das sagten ihnen sämtliche Sinne und Erfahrungen. Wussten es, aber wussten es nicht. Sie wussten nichts, und das machte sie verrückt.
Er schloss die Augen. Verrückt. Eine Menge Dinge waren passiert, die ihn verrückt machten. Marthas Tod. David Angus. Dinge in seiner Familie, die ihm zusetzten, die er aber nicht richtig benennen konnte.

Und Diana.
Diana machte ihn nicht verrückt, sondern wütend, mit einem verzweifelten Bedürfnis, sich zu verteidigen, seine Bewegungsfreiheit, seine Privatsphäre, sein gesamtes Leben und Sein. Er verabscheute das Gefühl, dass sie ihn beobachtete, in Ecken seines Lebens herumschnüffelte, die er stets vor allen verborgen hatte.
Vor allem verabscheute er diesen schmierigen Gefühlsbrei, den sie über ihn ausschüttete. Was für ihn eine unbeschwerte, zwanglose Freundschaft gewesen war, hatte sich vollkommen umgekehrt. Er stand auf und ging zum Fenster, zurück zum Sessel, wieder ans Fenster, gereizt und wütend, auf Diana, auf sich selbst.
Das Telefon klingelte erneut und rettete ihn.
»Chef …«
»Was jetzt?«
»Gerade ist der Anruf von der Dienststelle in West Marcia reingekommen. Ein siebenjähriger Junge wird vermisst. Hat das Haus verlassen, um in die Dorfschule zu gehen, etwa eine Viertelmeile entfernt. Hat sich Süßigkeiten gekauft und wurde danach nicht wieder gesehen. Sie haben vor Ort schon alles unternommen. Nichts. Es ist zwölf Stunden her. Jetzt haben sie uns angerufen.«
»Wer leitet die Ermittlung?«
»DS Philipps. Hat nach Ihnen gefragt. Ich hab gesagt, Sie hätten Urlaub.«

Simon sah aus dem Fenster in den dunkler werdenden Himmel.
Das war die schlimmste aller Nachrichten, und er hatte sich davor gefürchtet. Irgendwo, ein anderes Kind. Ein weiteres Ver-

schwinden. Weitere Qualen. Das musste er sich nicht noch einmal antun. Er hatte Urlaub. Er konnte es ihnen überlassen.
Ich habe genug, dachte er. Er konnte nicht sagen, ob er einfach eine Pause brauchte oder ob sein Gefühl der Schalheit und Unzufriedenheit tiefer ging. Hatte er wirklich genug?

David Angus' Gesicht war vor seinem Fenster, schwebte vor dem Himmel, erfüllte seine Gedanken.
Wer auch immer das tut, wird weitermachen, dachte Simon. Es wird noch eins geben. Und noch eins. Denn Menschen wie diese, Kinderschänder, Kindesentführer, Kindermörder, hören nicht auf. Niemals. Bis wir ihnen das Handwerk legen.
Er erkannte, dass sonst nichts mehr zählte. Weder seine eigenen Gefühle noch Diana. Selbst die Besorgnis um seine Familie. Nichts zählte, nur das hier. Er hatte keine Zeit für etwas anderes.
Er griff nach dem Telefon, rief auf dem Revier an und ließ sich die Nummer der Dienststelle von West Marcia geben.
Nachdem er mit DS Philipps gesprochen hatte, würde er Ernesto anrufen.
Auch Venedig würde warten müssen.

Dank

Mein Dank gilt den Mitgliedern der Wiltshire Police Force – dem ehemaligen Chief Constable, Dame Elizabeth Neville QPM, Detective Chief Superintendent Paul Howlett, Leiter des Kriminaldezernats, und Detective Chief Inspector Paul Granger – für ihre vielen Informationen, ihre Hilfe und Ratschläge und ihre Bereitschaft, mir großzügig ihre Zeit zur Verfügung zu stellen und mich in ihrem Präsidium zu empfangen.

Außerdem danke ich den (anonymen) Mitgliedern von police999.com, die meine vielen Fragen so rasch und freundlich beantwortet haben.

Über medizinische Fragen habe ich mich mit einer großen Anzahl von Ärzten unterhalten, besonders möchte ich Dr. Ian Reekie danken, der ritterlich genug war, mir entgegen seiner Berufung, Leben zu retten, Ratschläge zu geben, wie man es beenden kann.